W0045950

A^tV

MARTIN ANDERSEN NEXÖ wurde 1869 in Kopenhagen geboren, 1879 übersiedelte die Familie Andersen nach Nexö auf der Insel Bornholm. In seiner Kindheit und Jugend arbeitete er als Hütejunge und Stallknecht. Nach der Beendigung einer Schuhmacherlehre besuchte er die Volkshochschule, war Lehrer in Odense auf der Insel Fünen und betätigte sich literarisch. Mit fünfundzwanzig Jahren brach der angehende Schriftsteller zu einer zweijährigen Reise nach Italien und Spanien auf, um eine Tuberkulose auszuheilen; seit 1910 unternahm er längere Studienreisen nach Deutschland, wo er von 1922 bis 1930 seinen festen Wohnsitz hatte. 1925 heiratete er Johanna May aus Karlsruhe. 1933 fielen seine Werke der Bücherverbrennung zum Opfer. Andersen Nexö unterstützte alle wichtigen internationalen Aktionen gegen Faschismus und Krieg und nahm an den Schriftstellerkongressen zur Verteidigung der Kultur in Paris und Madrid teil. Während der deutschen Besetzung Dänemarks wurde er 1941 verhaftet, es folgten 1943 Flucht nach Schweden, 1944 Aufenthalt in Moskau, 1945 Rückkehr nach Dänemark. Seit 1951 wohnte er in Dresden-Weißer Hirsch, wo er 1954 starb; beigesetzt ist er in Kopenhagen, wo auch sein literarischer Nachlaß betreut wird.

Neben seinem Erzählwerk und den Reisebüchern schuf Andersen Nexö mit »Pelle der Eroberer« (1906–1910) und »Ditte Menschenkind« (1917–1921) zwei grandiose Romane der Weltliteratur.

»Die Kindheitserinnerungen haben ihre eigenen Brutplätze, Stellen, wo jeder Fußbreit lebendig ist wie ein Vogelfelsen und wo bei jedem Schritt, den man tut, neue Erinnerungen aufflattern.« An der Küste seiner Kindheit sitzt der Erzähler, und märchenhafte Bilder der Vergangenheit steigen auf und verschwimmen mit dem, was sich vor ihm abspielt. Noch haben die Touristen den Strand nicht erobert, noch gibt es die alten Wege, doch auch sie führen zu neuen Zielen. Vor allem die Kinder sind es, die dank ihrer Phantasie einen Traum in sich bewahren, der sie aus dem Alltag von Armut, Verzweiflung und Heimatlosigkeit führt. Ihnen zur Seite stehen die tatkräftigen Frauen und warmherzigen Mütter. Sie wissen, wie groß der Mut sein muß und wie stark der Eigensinn, wollen sie einen Zipfel des Glücks erwischen. Ihr Mitgefühl verbindet sich mit einem Trotz, das Leben auf ihre eigene Weise zu bestehen.

Martin Andersen Nexö

Die Küste
der Kindheit

Die schönsten Erzählungen

Herausgegeben
von Tilman Spreckelsen

Aufbau Taschenbuch Verlag

Aus dem Dänischen übersetzt

ISBN 3-7466-5122-0

1. Auflage 2001
Aufbau Taschenbuch Verlag GmbH, Berlin 2001
© Aufbau-Verlag Berlin und Weimar 1974
Umschlaggestaltung Torsten Lemme
unter Verwendung eines Gemäldes von Philip Wilson Steer
Druck Elsnerdruck GmbH, Berlin
Printed in Germany

www.aufbau-taschenbuch.de

Inhalt

Das musikalische Schwein
Eine Rune über das Genie

Mitten in einem der Grübchen der Erde liegt ein kleines Land. Es besteht aus hundertsieben Inseln und noch einer halben dazu, und die halbe ist die größte von ihnen allen.

Fast jede dieser Inseln ist so klein, daß man sie mit einem Blick überschauen kann, und so fruchtbar, daß die Buchenzweige tief auf das gelbe Korn herunterhängen; das Getreide wieder neigt sich über das Kleefeld und der Klee über die Wiese. Die Wiese aber läuft geradewegs ins Wasser hinaus und wird zu Seegras.

Selbst die Gewässer sind klein, und gerade das macht sie so anziehend. Wie silberne Bänder schlingen sie sich um die kleinen Inseln, schimmernd von springenden Fischen und weiß und rot gesprenkelt von den Tupfen der Bootssegel. Über die meisten dieser Gewässer hinweg kann man ganz deutlich sehen, wie sich der Wald auf der anderen Seite in ihnen spiegelt und die Fischerrangen unten am Strand spielen.

Die Berge sind auch klein – aber doch groß genug. Von den Gipfeln der höchsten aus sieht man alle die kleinen Sunde, von denen jeder sein Inselchen im Arm hält; und wenn es windstill ist, sieht es genauso aus, als ob die kleinen Inseln auf dem Meer schwämmen und wie hängende Gärten auf und nieder schaukelten.

So klein ist das Land, daß seine Bevölkerung übermenschliche Anstrengungen machen muß, um sich in dem Bewußtsein der großen Welt zu behaupten; und aus diesen Anstrengungen ist mein Freund hervorgegangen.

Ich fühle um mich her schadenfroh lächelnde Gesichter, aber das ficht mich nicht an – ich bin mir keiner Anmaßung bewußt. Er hat mir selbst das Recht gegeben, das Wort Freund zu benutzen, da er es zuerst tat; und das geschah ohne jede Kriecherei von meiner Seite. Nicht einmal das konnte er damals wissen, daß es mir zufallen würde, seinen Nachruf zu schreiben.

Ebensowenig möchte ich für einen der vielen gehalten werden, die im Kielwasser des Genies segeln und sich von diesem mitschleppen lassen – oder die dem Genialen nachschnüffeln und alles, was es hinter sich fallen läßt, für ein Buch nach seinem Tode sammeln. Ich habe meinem großen Freund nie den Tod gewünscht, um seinen Lebenslauf niederschreiben zu können! Und obwohl ich weiß, daß selbst der Königsadler »kleine Bewohner« hat, die auf dem stolzen Vogel leben und seinen höchsten Flug mitmachen, ficht mich dieser Gedanke nicht an. Meine Freundschaft mit dem Verstorbenen bestand hauptsächlich darin, daß ich ihm Dienste erwies. Meine Bescheidenheit würde mir verbieten, das zu erwähnen, sowie überhaupt von mir selbst zu sprechen, wenn mich die niedrige Anschauungsweise gewisser Menschen nicht dazu gezwungen hätte.

Dort, wo der Buchenwald eine Bucht bildete und das Kornfeld seine gelben Wogen tief hineinschickte, lag ein kleiner Bauernhof. Und mitten in diesem Bauernhof befand sich der Misthaufen.

Dieser Misthaufen ist von großer kulturhistorischer Bedeutung; und wenn die Pietät bei uns daheim wieder in den Herzen Platz findet und alles gesammelt wird, was sozusagen den Rahmen des Daseins unserer großen Geister bildete, ihr zeitliches Wohlergehen bedingte, kommt selbstverständlich auch dieser Misthaufen dran. Ich werde hier nicht Rechenschaft darüber ablegen, wann und wie er in unser Geistesleben eingreift, sondern nur erwähnen, daß er eine Zeitlang der Tummelplatz des Verstorbenen war und eine wichtige Rolle bei seiner körperlichen Entwicklung spielte. Hier veranstaltete er in seiner frühesten Jugend Treibjagden auf die Hühner und zwang sie, den seit

Jahrtausenden vernachlässigten Gebrauch ihrer Flügel wieder aufzunehmen, weil er schon damals mit dem starken Instinkt des Genies das Zahme und bürgerlich Sichergestellte haßte. Hier grub er sich weiß ein und kam braun wieder zum Vorschein; hierher flüchtete er sich auch später, in den freien Stunden seines Mannesalters, und labte sich an der Sonne, bis er nahe daran war, zu Öl zu werden.

Ich bedaure die glücklicherweise nur wenigen, die die Begriffe Idealität und Misthaufen nicht in Einklang bringen können, und erinnere hier nur daran, daß, während wir anderen uns waagerecht bewegen, die Genies sich in die Höhe und Tiefe ausdehnen – und dabei nicht zum geringsten Teil in die Tiefe. Das Leben unserer großen Männer bestätigt meine Auffassung. Hingegen wird niemand überrascht sein, daß mein verstorbener Freund ein Schwein war; unser kleines Volk hat sich übrigens von jeher an die Landwirtschaft gehalten, wenn es etwas Außergewöhnliches hervorbringen wollte.

Und er war außergewöhnlich!

Er war es von Geburt an und seiner ursprünglichsten Veranlagung nach. Mit dem Ringel, in dem er schon von klein auf seinen Schwanz trug, konnte es kein anderer Ringel im Lande aufnehmen; sein Galopp, sein Grunzen, sein Blick – dieser wunderbare Spiegel der Seele –, alles war eigentümlich und verriet dem scharfen Beobachter das künftige Genie.

Seine Jugend trug das Gepräge dessen, was man heutzutage gesunde Sinnlichkeit heißt. Er ging nicht umher und beobachtete sich selbst, führte über seine inneren Regungen kein Tagebuch – und lachte über das Verlangen der Mittelmäßigkeit nach Konsequenz. Er war ein glücklicher Kerl und schämte sich nicht, es zu zeigen. Die Kritiksucht der Zeit war ihm fremd, und er ging nicht darauf aus, mit gerümpftem Rüssel alles alt und abgeschmackt zu finden; die kleinsten Kleinigkeiten konnten ihn freuen. Er war ein gesundes Schwein, und schon das hätte ihm zu einer

9

Zeit, wo die Erstarrung so verbreitet war, eine Sonderstellung gesichert. Dazu waren seine Handlungen ihm ganz eigen und von einer spontanen Stärke, die berückte – jede Halbheit war und blieb ihm fremd. Er konnte seine Anschauungen ändern, selbstverständlich, aber er schwankte nie zwischen der Rüben- und der Kartoffelgrube hin und her.

Es fällt ein bißchen schwer, bei dieser Zeit zu verweilen, in der seine Umgebung ihn gar nicht verstand, sondern in einem so außergewöhnlichen jungen Wesen nur etwas Mißlungenes – einen Wechselbalg – sah. Wenn er als kleines Ding mit sich selbst redend umhertrottete, was unverkennbar von innerem Reichtum zeugt, hieß es bloß, er sei verrückt. Damals litt er noch nicht unter der Verkennung, später aber wohl. Und er wird sich in seinem Himmel darüber freuen, daß ihm jetzt, nach seinem tragischen Tod, volle Anerkennung zuteil wird. Auch für uns andere ist das ein Glück, denn die Gerechtigkeit läßt sich nicht ungestraft von einem ganzen Volk mit Füßen treten. Daß aber unser kleines Volk sich jetzt so einstimmig vor seiner Genialität beugt, ist ein neuer Beweis für dessen hohe Geistesbildung; um so mehr, als er ja nie etwas hervorbrachte, was von seinen seltenen Gaben hätte Zeugnis ablegen können. Die Verhältnisse wollten es nicht.

Die frühzeitige Entschlossenheit im Denken und Handeln brachte zwischen seinem Körper und seiner Seele eine Harmonie hervor, die ihn in seiner Jugend zum Ideal eines Schweines machte. Und obgleich er im Laufe der Zeit wohlbeleibt wurde, war er nie zu fett, als daß er das Dasein nicht in frohen und trüben Tagen hätte genießen können.

Ich habe einen Materialisten behaupten hören, das ganze Geheimnis des außergewöhnlichen geistigen und körperlichen Gleichgewichts meines Freundes habe darauf beruht, daß er seine Nahrung sechsunddreißigmal kaute und deshalb eine gute Verdauung hatte. Ich würde an die Widerlegung dieser zynischen Erklärung keine zwei Worte verschwenden, wenn die Lehren des Naturalismus nicht ringsum im Volk offene Ohren fänden. Aber es scheint wirklich, als sollte dieser größte Krebsschaden unserer Zeit, der frech Gottes Dasein leugnet und uns doch nicht das Entstehen der geringsten Bakterie erklären kann, unser Volk dadurch aller geistigen Werte berauben, daß er alles als ein Ergebnis der Verdauung hinstellt. Für mich steht fest, daß außergewöhnliche Kräfte tätig sein müssen, um das Außergewöhnliche hervorzubringen; und es ist sicher, daß nur die Fürsorge einer ewig wachen Vorsehung meinen Freund vor dem bösen Geschick bewahrte, von dem seine elf Geschwister ereilt wurden, sobald sie das Licht der Welt erblickt hatten.

Ich werde jetzt seinen Lebenslauf erzählen, ohne etwas zu verschweigen oder auszuschmücken, und man kann dann selbst urteilen.

Auf dem kleinen Bauernhof stand eine große, wichtige Begebenheit bevor – die Sau sollte ferkeln. Alle waren in einer gewissen Spannung, und nicht zum wenigsten die Kinder. Sie wußten, es würde in der nächsten Nacht geschehen, denn der Vater hatte im Kalender nachgesehen. Und darin steht alles – wann der Geburtstag eines jeden ist, wann die Sonnenfinsternis eintritt und wann das alte Schwein Junge bekommt. Das alles weiß man drüben auf dem Observatorium in Kopenhagen.

Für gewöhnlich übernahm bei so wichtigen Gelegenheiten der Bauer selbst die Wache, aber die anstrengende Heuernte befand sich in vollem Gange, und er war todmüde und mußte am nächsten Morgen wieder frühzeitig heraus. Also übertrug er die Nachtwache seinem ältesten Jungen, mit der strengsten Weisung, der Alten gleich die Ferkel wegzunehmen, sobald sie da wären. Denn sie hatte die Neigung, während der Wehen ihre bereits geborenen Jungen totzubeißen.

Die Sonne ging unter; der Bauer legte sich zu Bett, und

11

der Junge begab sich mit seiner Laterne in den Schweine-stall.

Das Mutterschwein lag ausgestreckt auf der Seite und atmete schwer – vielleicht hatten die Wehen schon begonnen. Aber vielleicht schnarchte es auch nur. Der Junge setzte sich auf den Rand des Troges und betrachtete das Schwein aufmerksam; aber bald übermannte ihn die Müdigkeit und er mußte sich nach irgendeiner Unterhaltung umsehen, um nicht einzuschlafen. Er kroch zu den Stier-kälbern in den anderen Stand hinüber; diese aber waren müde und wollten nicht mit ihm spielen, obgleich er sich auf alle viere stellte und mit seiner Stirn einige Male gegen die ihren stieß. Schließlich wurde ihm die Sache langweilig, und er holte seine Armbrust, um die Ratten zu erschießen, wenn sie kämen und aus dem Schweinetrog fräßen. Lange saß er mit gespanntem Bogen wartend da; es kamen aber keine Ratten.

Da überkam ihn plötzlich die Lust zu rauchen. Alle anderen waren jetzt längst zu Bett, und so hatte er keine Prügel zu befürchten, obgleich das spanische Rohr gerade im Hinblick auf dieses Verbrechen in der Lauge lag. Er holte Tabak, Pfeife und Zündhölzer aus ihren verschiedenen Verstecken hervor und hatte das Pfeifchen bald in Brand gesetzt. Aus vollen Zügen qualmend, kroch er über den Verschlag hinauf, um eine Luke zuzumachen, die nach dem Feld hin offenstand.

Drüben, hinter dem nahen Wäldchen, entdeckte er einen roten Schein. Es sah genauso aus, als wäre die Sonne in Nachbar Madsens Garten niedergegangen und läge dort und glühte. Plötzlich aber schoß eine Feuerzunge über den Bäumen empor, verschwand und kam wieder – eine Feuersbrunst! Der Junge hatte noch nie einen Brand aus der Nähe gesehen, das Schwein schlief ruhig, und er konnte in einer Viertelstunde wieder dasein.

Er warf die Pfeife zur Laterne hinunter, sprang durch die Luke hinaus und setzte sich in Trab. Die Brandstätte war jedoch weiter entfernt, als er gedacht hatte; er lief über eine Stunde, ehe er hinkam. Was er dort sah, übertraf dann aber auch seine wildesten Phantasien. Die Flammen glichen einem großen Durcheinander von Scharen ringender Feuerriesen; einige ragten bis zum Himmel empor, andere krümmten sich oder sanken zusammen, sprangen dann plötzlich wieder in ihrer ganzen Länge auf und schleuderten einen Funkenregen und brennende Massen in den dunklen Weltraum hinaus. Und über die Felder hin stand eine lange Reihe Männer, die einander Eimer voll Wasser zureichten, um den Durst der Riesen zu löschen. Aber plötzlich sah der Junge auch hinter sich einen hellen Lichtschein – dort, wo sein väterlicher Hof liegen mußte –, und es fiel ihm ein, daß er die Pfeife brennend weggeworfen hatte. Sofort brach er in lautes Geheul aus, nahm seine Holzschuhe in die Hand und rannte über frischgepflügte Äcker, über staubige Straßen und durch nasses Gras heimwärts; er fuhr sich mit dem Rockärmel über die Nase, und das Wasser ging ihm vor Schrecken in die Hosen – er war vollständig aufgelöst! Und als er dann wieder jenseits des Wäldchens anlangte, war es nur die Sonne, die gerade hinter dem väterlichen Hof aufging! Da war er so überglücklich, daß er sich geradeswegs in die Arme seines Vaters stürzte, der am Hoftor stand und ihn mit einem biegsamen Rohr erwartete.

Wenn es auch eine kleine Übertreibung ist, daß unsere Bauern das Gras wachsen hören, so haben sie doch offene Ohren für alles Höhere – mitten in der Nacht war der Bauer vom Gebimmel der Kirchenglocken im nächsten Dorf aufgewacht. Er hatte sich sofort in den Schweinestall begeben, um zu sehen, wie es dort stehe, und eine zur Hälfte ausgerauchte Pfeife sowie ein kleines Ferkel vorgefunden, das in einem Rattenloch lag und jämmerlich schrie. Das war der ganze lebende Rest von zwölf Geschwistern.

Die Geschichte des Jungen hätte beinahe dort geendet,

13

wo die des Schweines anfing. Er hatte geraucht, hatte seinen Wachtposten verlassen und trug so die Schuld daran, daß das Schwein elf Ferkel totgebissen hatte; und er hatte obendrein noch ein Paar neue Strümpfe durchgelaufen. Dies alles hatte er in seiner Begeisterung darüber, daß der Hof nicht durch seine Schuld in Flammen aufgegangen war, vollständig vergessen. Aber er machte die Sache nur noch schlimmer dadurch, daß er sich, unter dem Stock des Vaters hüpfend, auf diese Tatsache berief. Und wenn sich nicht die Großmutter ins Mittel gelegt hätte, wäre dieser Lebenslauf vielleicht niemals geschrieben worden und vieles sähe überhaupt anders aus. Denn der Bauer war vor Zorn außer sich.

Während die irdische Laufbahn meines Freundes also durch große, schicksalsschwangere Ereignisse eingeleitet wurde, die vortrefflich mit seinem späteren stark bewegten Leben harmonierten, lag er selbst in Großmutters Stube in einem Körbchen. Sie hatte es übernommen, ihn mit der Flasche großzuziehen. Und während sie sich mit ihm beschäftigte, schüttelte sie ihren hinfälligen Kopf und murmelte etwas davon, daß der Teufel, da er den Speck schon gefressen hätte, jetzt auch noch die Borsten holen könnte. Aber sie meinte es nicht böse damit; sie war nur alt und das eben so eine Redensart. Im Gegenteil – sie tat alles, was in ihrer Macht stand, damit das Ferkelchen sich wohl fühle; sie nahm es sogar nachts mit in ihr Bett, weil sie meinte, es vermisse die körperliche Wärme.

Die erste Kindheit war unbedingt die glücklichste Zeit im Leben unseres Helden; und da fühlte er sich auch so wohl, wie es einem irdischen Wesen überhaupt beschieden sein kann. Frei von allen Sorgen und Kümmernissen galoppierte er in Großmutters Stube herum, rieb sich an den Spitzen ihrer Holzschuhe und warf ihren Garnkorb um, daß die Knäuel durcheinanderrollten. Und wenn sie dann spaßeshalber mit ihrem Krückstock hinter ihm herlief, stieß er ein entzücktes Geheul aus und schlüpfte zur Tür hinaus. Seine richtige Mutter schien er nicht zu entbehren; und als er sie später wiedersah, erkannten sie einander gar nicht.

Dies könnte ein niederschlagendes Ergebnis für uns alle sein, die wir behaupten, Mutterliebe sei der Urgrund aller Gefühle und die Arme der Mutter seien der einzig wirkliche Schutz für die Unschuld und die Freuden eines Kinderdaseins, was in der Regel sicher auch stimmt. Wir dürfen nur nicht vergessen, daß wir es hier mit einer Ausnahme zu tun haben.

Indes wuchs mein Freund heran und machte sich immer mehr von Großmutters Rockzipfeln frei. Er trieb sich viel im Freien herum und brachte die Nacht mit seinesgleichen im Schweinestall zu – sein sozialer Instinkt war erwacht. Nur ab und zu verirrte er sich aus alter Gewohnheit in Großmutters Stube, aber der Umgang mit den anderen hatte ihm verschiedene unschöne Angewohnheiten beigebracht – er befand sich ja damals in dem gelehrigsten aller Alter –, und so wurde er gar bald wieder hinausgejagt.

Und trotzdem: Jetzt, wo er unter seinesgleichen lebte, mußte es jedem Klarsehenden recht ins Auge fallen, wie weit er über ihnen stand. Man brauchte nie über sein Benehmen zu erröten, er vermied die Gemeinheiten seiner Kameraden und griff nie spielend den Mysterien des Lebens vor. Er besaß Schüchternheit – eine Eigenschaft, die sonst mit den Flegeljahren unvereinbar ist –, und er war Stimmungen unterworfen.

Schon in jener Epoche seines Lebens erkennen wir die ersten schwachen Anzeichen dessen, was für alle Zeiten sein Schicksal werden, sein irdisches Dasein verbittern und ihm dafür ein unsterbliches Andenken sichern sollte – wie das bei Genies meist der Fall ist.

Ein wunderbar feiner Sinn für Musik war ihm als Patengeschenk in die Wiege gelegt worden.

Das wußte damals aber niemand, nicht einmal er selbst, bis die Erweckung kam; und das geschah erst einige Zeit nach dem Übergangsalter. Er fing nicht damit an, sich schon in frühester Zeit eine Flöte zu schnitzen und diese so wunderbar zu traktieren, daß er sich hierdurch die Gunst einflußreicher Gönner erwarb; Schweine entwickeln sich nun einmal nicht auf diese Art. Die Erweckung kam im Gegenteil ganz plötzlich, und das kennzeichnet stets den höchsten Grad künstlerischer Begabung.

Es war an einem Herbstabend, mit Nebel über den Wiesen und Lauten, die von weit her kamen. Die Sonne war unter-, der Mond aufgegangen, und auf dem Hackblock vor dem westlichen Flügel des Hofes saß der Knecht mit dem Milchmädchen auf dem einen Knie und der Ziehharmonika auf dem anderen. Er arbeitete sich mühsam durch die Melodie von »Hjalmar und Hulda« hindurch und sang mit schmachtender Stimme die zweiundzwanzig Strophen, während das Mädchen mit sorgenvollem Gesichtsausdruck zuhörte. Die Luft war mild und ruhig, und die ganze Natur schien mit angehaltenem Atem dem Gesang zu lauschen. Ich habe übrigens beobachtet, daß die Natur bei uns daheim jederzeit lebhaften Anteil an den Freuden und Leiden ihrer Kinder nimmt und sie getreu widerspiegelt – und kann mich bei dieser Beobachtung auf viele Zitate aus einheimischen Dichtern stützen. Dieses gemütliche Verhältnis kommt, glaube ich, daher, daß unser Vaterland so klein ist. Alles liegt so nah beisammen und bildet deshalb notgedrungen eine große Familie mit gemeinsamem Glück und Unglück.

Während die erste Strophe vorgetragen wurde, stand das Schwein im Hof am Brunnen und kratzte sich mit einem Hinterfuß den Nacken. Diese Übung wiederholte es jeden Abend, bevor es zur Ruhe ging, um sich seine Gelenkigkeit zu bewahren, denn es haßte das Fettwerden. Die ersten Töne machten es stutzen, die nächsten setzten es in einen raschen Galopp zum Hoftor hinaus. Dort steckte es den Kopf in einen Haufen Nesseln und lauschte mit geschlossenen Augen.

Armer Kerl! Seine irdische Glückseligkeit hatte bisher in Kleie und gehacktem Grünzeug bestanden, und wenn er dann gar noch etwas Buttermilch bekam, hatte er sich in den Himmel aller Himmel – den Schweinehimmel – versetzt geglaubt. Jetzt verblaßte das alles, und vor seinem inneren Auge stieg eine höhere, schönere Welt empor. Glückliches Schwein!

Der Abschied war überstanden. Zum letztenmal hatte Hjalmar seine Hulda, die ihm ewige Treue schwor, umarmt und war dem »Heer der Feinde« entgegengezogen. Schwerfällig wie ein überladenes Schicksal mit zu wenig Vorspann bewegte sich das Lied langsam vorwärts: Hulda bekommt Briefe, die sie mit ihren Tränen benetzt – Hulda erhält keine Briefe, weint aber trotzdem – Hulda erhält die Nachricht, Hjalmar sei tot, und ist untröstlich. Sie will es nicht glauben, daß er tot ist, und glaubt es doch; langsam gibt sie den unermüdlichen Vorstellungen ihrer falschen Verwandten nach und erklärt sich bereit, einen anderen zu heiraten. Der Hochzeitstag kommt heran, und abends bei dem Fest erscheint Hjalmar; Huldas Verwandte hatten ihn totgelogen. Eine fürchterliche Katastrophe tritt ein: Hjalmar tobt wie ein Rasender gegen das böse Schicksal; er zieht sein Schwert und tötet zuerst den Bräutigam, dann sich selbst. Sobald sie das sieht, ergreift Hulda die blutige Waffe und stößt sie sich ins Herz; tot fällt sie über die Leichen der beiden hin. Hjalmar und Hulda ruhen jetzt gemeinsam in schwarzer Erde.

Die Magd schluchzte bei den letzten Strophen laut auf, und als das Lied zu Ende war, lehnte sie den Kopf an die Schulter des Knechtes und war nicht zu trösten.

Auch das Schwein war bewegt, wenn auch auf etwas andere Art. Eine neue Welt war vor seinem Bewußtsein aufgetaucht, sein musikalischer Sinn war geweckt. Später wurde die Harmonika heiser und zischte die meisten der Töne nur noch heraus, und der Baß bekam ein Loch. Aber das Schwein zehrte von dem ersten unvergeßlichen

Eindruck. Es ergänzte die verstümmelten Melodien der Harmonika durch Halbtöne und Sonstiges und komponierte im Geiste selbst lange Stücke – es wurde Musiker.

Oberflächliche Menschen und deren gibt es genug – werden vielleicht einwenden, so ein simples Instrument wie die Ziehharmonika, die »Hjalmar und Hulda« begleitete, könne unmöglich in Freund Schwein den Sinn für höhere Musik geweckt haben. Ich möchte aber darauf aufmerksam machen, daß in der Schweinewelt Ursache und Wirkung nicht in einem unmittelbaren Verhältnis zueinander stehen. Man wird mir sofort recht geben, wenn ich an den Mann erinnere, der sein Mutterschwein mit drei Speckseiten fütterte und nur zwei dafür zurückbekam. »Ein Klafter macht bei einem Schwein viel aus«, sagt das Sprichwort; und hier handelt es sich noch dazu um ein außergewöhnliches Schwein. Vollauf befriedigend sind alle diese Gründe wohl nicht; aber hat das Übersinnliche nicht auch ein gewisses Recht innerhalb des Daseins? Hier auf Erden war es außerdem von jeher gute Sitte, den Glauben zu Hilfe zu nehmen, wenn der Verstand nicht ausreichte.

Mein Freund war also im höchsten Grade musikalisch.

Doch die Vorsehung hatte mit jenem erhabenen Gerechtigkeitssinn, der alle ihre Handlungen prägt und sie veranlaßt hat, Baldur das schöne Antlitz, Njord aber die entsprechenden Füße zu geben, Freund Schwein eine Stimme geschenkt, die jede künstlerische Laufbahn ausschloß, obgleich sie ihn nicht daran hinderte, selber seine seltene Veranlagung zu genießen. Und das sollte ein wirklich tragisches Element in seinem Leben werden.

Ob er nun heimlich in den gelben Rüben des Küchengartens wühlte, es sich am Napf des Kettenhundes wohl sein ließ oder sich auf dem Misthaufen sonnte – immer und immer summte es in ihm. Und wenn das Summen Gestalt angenommen hatte, kam sein Wesen ins Gebären; er mußte dann singen, ob er wollte oder nicht. Denn wie alle Genies war auch er nur ein willenloses Gefäß – ein

Instrument – seiner großen Begabung. Dann brach aus seiner Kehle ein Meer von Tönen hervor, so wild und bizarr, daß man die Elemente in ihrem Toben zu hören glaubte. Er sang immer aus ganz schlichten, mächtigen Gefühlen heraus – von der Hoffnung und ihrer Enttäuschung, von dem Sturmlauf des Unglücks über die Erde und von den ewigen Schicksalen. Er selbst war damals zwar eitel Harmonie und geneigt, das Leben in rosigem Licht zu sehen, aber er war nicht so engstirnig, zu räsonieren wie der Kater, der fand, es ginge allen gut, weil er selbst herrlich auf dem Speck saß. Er war selbstlos genug, einzusehen, daß er eine Ausnahme bildete und daß die große Mehrzahl ein trauriges Dasein fristete. Deshalb war der Grundakkord seiner Schöpfungen Weltschmerz.

Und wenn er in seiner Ergriffenheit am schönsten und lautesten sang, geriet er dadurch immer in Konflikt mit seiner Umgebung. Die Hühner gackerten entsetzt über sein gellendes Gegrunze, die Gänse schrien laut auf und schlugen vor Angst mit den Flügeln, die Menschen stopften sich die Finger in die Ohren. Nicht selten kam der Bauer mit einer Peitsche daher und fragte prosaisch, ob er wohl seinen dreckigen Rüssel halten wolle.

Wie alle hochmusikalischen Geschöpfe hatte das Schwein große Augen und gut entwickelte Ohren, und diese hingen bei derartigen Gelegenheiten so betrübt herunter, als gäbe der Genius der Musik selbst auf diesem natürlichen Weg seiner Niedergeschlagenheit Ausdruck. Mein Freund war ja so überzeugt von der eigenen Berufung und begriff die Behandlung nicht, die ihm zuteil wurde. Die Verkennung entmutigte ihn ein paar Tage lang sehr und wirkte lähmend auf seine ganze Persönlichkeit bis in den Schwanzringel hinein, aber das war nur vorübergehend. Bald erwachte sein Selbstgefühl wieder und bewirkte, daß er sich empörte. Es war ja nichts als Dummheit, Mangel an Sinn für das wirklich Echte, was die anderen veranlaßte, nach ihm zu stoßen und ihn auszuzischen.

Vielleicht war auch ein klein bißchen Neid mit im Spiel. Konnte man sich aber eine bessere Bestätigung für die eigenen Talente wünschen als den Neid der anderen?

Niemand kennt einen so gut wie man selbst – auch wenn man ein Schwein ist. Und unser Landsmann verstand es, in allem, was ihn selbst betraf, das Wesentliche vom Unwesentlichen zu unterscheiden. Wie alle hervorragenden Geister dürstete er nach Lob und empfand zugleich die größte Verachtung dem Urteil anderer gegenüber, wenn es ungünstig für ihn ausfiel. War nicht das Zischen des Pöbels, wenn man es recht bedachte, eine größere Anerkennung für die Kunst als selbst das Beifallklatschen der Kenner?

Außerdem sang er ja nicht um seiner selbst willen und konnte deshalb in vielem Nachsicht üben. Er war kein Anhänger von l'art pour l'art oder des Speckes um des Speckes willen, sondern meinte, so, wie die Kunst ihre Wurzeln im Leben habe, müsse sie auch ihren Zweck dort haben. Dies verlieh ihm Kraft, und wenn er es sich einmal in den Kopf gesetzt hatte, singen zu wollen, brachten ihn weder die Stöße mit dem Holzschuh noch alles Auszischen zum Schweigen – er hatte die Verstocktheit des geborenen Reformators. Die Stimme hatte er ja, wie gesagt, gegen sich, aber es wird ewig als unbestreitbarer Beweis für seine große Begabung bestehen bleiben, daß er selbst ihre Mißtöne nicht hörte. Er sang aus der Tiefe seiner Seele heraus, und da war alles Vollkommenheit.

Wie groß war er! Jeder eigennützige Gedanke lag ihm fern; und mitten in diesem Sturm von Neid und Unwillen, der sich gegen ihn erhob, dachte er nicht daran, sich in Sicherheit zu bringen, sondern war nur bemüht, die Rasse zu veredeln, sie aus der Gewohnheitsschweinerei zu sich emporzuheben.

Und wie niedergeschlagen war er, als er entdeckte, wie vergeblich diese Mühe war. Er hatte behauptet, ein Schwein lebe nicht von Treber allein; es gebe etwas Höheres, Wichtigeres im Leben, als seinen Speck zu pflegen. Und die

Folge davon war nur, daß die anderen ihn vom Trog wegjagten, wenn er hungrig hinkam, und ihm seine eigenen Worte wiederholten. Er war derart gelähmt durch diese Entdeckung, daß er stundenlang am Bretterzaun stehen und sich blutig daran reiben konnte, ohne es zu bemerken.

Sein bisher etwas theoretischer Weltschmerz ging ihm jetzt ins Blut über, und er wurde Pessimist. Während er vorher lebhaft und schöpferisch gewesen war, verfiel er jetzt in untätiges Grübeln. Seine Verdauung wurde träge; tagelang konnte er, den Kopf in einen Winkel gedreht, mit geschlossenen Augen dastehen. Er grübelte, was wir daraus ersehen können, daß ihm zu jener Zeit die Borsten am Hinterkopf ausgingen.

»Kummer macht fett«, sagt ein altes Wort, und der Gram und das Grübeln griffen ihn derart an, daß er anfing, dicker zu werden. Er konnte sich jetzt nicht mehr mit dem Hinterfuß im Nacken kratzen und sich nur noch mühsam durch das Loch im Zaun quetschen.

Da trat etwas ein, das für eine Weile seinen Zorn erregte und neues Leben in ihm weckte – er erfuhr, daß einige seiner Mitgeschöpfe nicht mehr einschlafen konnten, wenn er nicht sang. Das erfüllte ihn mit edlem Abscheu. »Die Gewohnheit ist das Zerrbild der Kultur«, erklärte er bitter, und von diesem Tage an hörte er auf zu singen.

Aber es ist verhängnisvoll, eine fließende Wunde zu schließen, eine sprudelnde Quelle zu verstopfen.

In einer der folgenden Nächte hatte das Schwein einen Traum. Die Träume der Schweine lassen sich in der Regel nicht wiedergeben, aber auch hierin bildete mein Freund eine Ausnahme – er träumte niemals schweinisch. Er träumte, daß er sich mit den anderen Schweinen in dem großen Leiterwagen befände, der rasch vom Hof wegfuhr. Sie fuhren und fuhren, wenigstens hundertmal so weit wie der Weg um den Misthaufen herum, ja noch viel weiter. Und endlich kamen sie vor einer ganzen Anzahl von Gebäuden an – es konnten gut zehn Bauernhöfe sein –, und über deren Einfahrt stand: »Genossenschafts-Schweine-schlächterei«. Hier wurden er und seine Kameraden so-wie Hunderte von anderen Schweinen nebeneinander an einem Hinterfuß aufgehängt, und ein Mann lief die ganze Reihe entlang und stieß jedem von ihnen ein großes Mes-ser in den Hals, während ringsum die große Maschinerie arbeitete. Das Schwein sah sein eigenes Blut und das der anderen in den Rinnstein hinunterlaufen und war nahe daran, ohnmächtig zu werden; und plötzlich griffen die Arme der Maschine nach ihnen allen, zerhackten sie und mengten sie untereinander, so daß sein Ich ganz ver-schwand. Er wartete und wartete, daß er sich am anderen Ende der Maschinerie in einer neuen, verklärten Gestalt auftauchen sähe, aber vergeblich. Und als sein allerletz-ter Rest in der großen Masse untergegangen war, fuhr er zusammen und erwachte schweißgebadet. »Nirwana«, dachte er schaudernd, »das Verlöschen.« Und seine Bor-sten sträubten sich.

Das Schwein kannte die Genossenschafts-Schlächterei vom Hörensagen ganz gut. Es hatte seine Kameraden recht oft davon sprechen hören; sie rissen Witze darüber, während sie dalagen und verdauten. Aber sie glaubten alle, wenn sie durch die Maschinen geglitten und tüchtig zer-hackt worden wären, würden sie in neuer Schweinegestalt wieder aufstehen – in einem Land, wo alles nur ihretwegen da wäre, wo sie jederzeit fressen und saufen könnten und nie geschlachtet würden. Deshalb waren sie so mutig.

Mein Freund hatte ebenfalls an dieses Jenseits geglaubt, wenn auch mit Abänderungen; er hatte an die Stelle des Fressens, Saufens und dergleichen die Musik gesetzt und war von den anderen feierlichst für einen Ketzer und Frei-denker erklärt worden. Sie verfolgten ihn deshalb und hat-ten sogar einmal davon gesprochen, ihn umzubringen und seinen Speck unter sich zu verteilen.

Wäre nun nicht der Gesang in ihm getötet gewesen, so hätte er sich jetzt damit einen hellen Weg durch dieses

Dunkel bahnen können; so aber blieb ihm nur der traurige Ausweg, über seinen Traum weiterzugrübeln. Und er glaubte überdies an Träume.

Zweimal in seinem Leben hatte er nämlich geträumt, und jedesmal war sein Traum in Erfüllung gegangen. Als ihn einmal die Kameraden besonders hartnäckig verfolgt hatten und er sehr hungrig gewesen war, hatte er geträumt, an der östlichen Hausecke liege eine tote Ratte; und als er am Morgen hinlief und nachsah, lag wirklich eine da. Ein andermal hatte er geträumt, daß er Prügel bekomme, und das traf pünktlich am nächsten Tag ein. – Alles das übte jetzt, da er der ernstesten aller Fragen – der Frage nach dem ewigen Leben – gegenüberstand, einen schädlichen Einfluß auf ihn aus. Und seine früheren Vorbehalte – so edel sie auch ihrem Ursprung nach sein mochten – halfen ihm nicht auf den richtigen Weg.

Wie alle großen Geister war er aristokratisch veranlagt und konnte sich nicht mit dem Gedanken aussöhnen, daß er das Schicksal dieser faulen, verfressenen Geschöpfe teilen sollte, die an nichts anderes dachten als an ihren Freßtrog und nur den einen Wunsch hatten, diesen in die andere Welt mit hinüberzunehmen. Er empfand diesen Fressern gegenüber die größte Verachtung und war in der letzten Zeit zu der Überzeugung gekommen, daß es höchstens zwei oder drei wirkliche, vollwertige Schweine gebe – ja vielleicht nur ein einziges. Die anderen waren Speck, nichts als Speck, und eigneten sich nur dazu, gegessen zu werden. Es war eigentlich vollständig in Ordnung, daß sie nur an ihren Freßtrog dachten – dadurch erfüllten sie ihre Bestimmung und wurden fett. Wirkliche Schweine aber waren sie nicht.

Deshalb quälte ihn auch der Gedanke, daß er ihnen zur Genossenschafts-Schlächterei – dem Ort der Vernichtung – folgen sollte und wie sie, weder besser noch schlechter, in das Nirwana, die große Leere, sollte hinübergleiten müssen. Er empörte sich dagegen und suchte nach einem Ausweg, aber auch jetzt fand er nicht das Richtige. Mit einem gigantischen Trotz, der an Prometheus erinnerte, griff er nach der himmlischen Unsterblichkeit und verlegte sie auf die Erde – aber nur für die Auserwählten. Die Auflösung war nur für die Massen bestimmt, die nichts Selbständiges zeigten; für ihn kam sie nicht in Frage, denn er bildete eine Ausnahme – er war ein *Überschwein*. Als er dieses erlösende Wort gefunden hatte, atmete er auf, grunzte es wiederholt vor sich hin und machte sich noch einen Ringel in den Schwanz, um keine Ähnlichkeit mit den gewöhnlichen Schweinen zu haben.

Und er bildete seine Idee zu einer ganzen Weltanschauung aus; der Erdball sollte einmal an irgend etwas prallen und zerschellen; der Mond sollte in den Schweinetrog herunterfallen und erlöschen, aller Speck sollte verzehrt und vergessen werden. Das Genie hingegen, das wirkliche Schwein, würde in Ewigkeit bestehen bleiben. Wie es dies fertigbringen sollte, darüber legte er sich keine Rechenschaft ab; aber ich vermute, er stellte es sich als eine Art lokalisierte, im Weltenraum umherwirbelnde Ätherschwingung vor.

Aus Feigheit schuf er sich diese sonderbare, meiner Meinung nach höchst unbefriedigende Form für das ewige Leben nicht. Aber es darf einen nicht wundern, daß ein Geist von solchem Umfang das Verlangen hatte, über das Zeitliche hinaus fortzuwirken, wenn auch die Logik dabei zu kurz kam. Er hätte sich freilich ebensogut an seinen Kinderglauben halten und die Unzulänglichkeit der Vernunft vor den Fragen der Ewigkeit einsehen können.

Während der Kämpfe, die es kostete, zu diesem Resultat zu gelangen, war das Überschwein klapperdürr geworden. Und als wollte seine neue Ausnahmelehre sofort ihre Unfehlbarkeit bestätigen, wurde es, da der Ablieferungstag kam und die anderen Schweine auf den Leiterwagen geworfen und in die Schweineschlächterei gefahren wurden, zu Hause gelassen.

»Das ist doch ein sonderbares Monstrum von einem Schwein«, sagte der Bauer zu seiner Frau und stieß ihn mit der Hand in die Rippen, »an dem ist ja kein bißchen Speck! Lassen wir das Tier lieber bis Weihnachten laufen und essen es dann selber!« Und er fuhr mit den anderen fort, der Vernichtung entgegen.

Freund Schwein hatte hierbei Gelegenheit zu beobachten, wie oberflächlich die Todesverachtung seiner Kameraden gewesen war, als sie vollgefressen und in größtem Wohlbehagen auf der Seite gelegen und Witze über die Schweineschlächterei gerissen hatten. Jetzt, wo es Ernst damit wurde, schrien sie alle laut auf, als stäke ihnen schon das Messer im Hals; und doch glaubten sie steif und fest, sie würden zu einem weit besseren Schweinestall eingehen. Ihr herzzerreißendes Geschrei klang ihm noch immer in den Ohren, als er eine halbe Stunde später vor der Küchentür stand und an ein paar verfaulten Äpfeln knaupelte, die die Frau herausgeworfen hatte. Wie heidnisch doch die Welt fortwährend war – trotz aller Religion! Man nannte die Erde ein Jammertal und klammerte sich dennoch verzweifelt an sie.

Der Tod der anderen brachte ihm manche Vorteile. Solange sie lebten, hatte er nichts von den Küchenabfällen oder der Buttermilch bekommen; sie hatten ihm den Zutritt zum Freßtrog verweigert, und er hatte selbst sehen müssen, wie er durchkam. Jetzt aber hatte er sein festes Auskommen und alle Abfälle sowie die Buttermilch obendrein. Und mit dem leichten Zugang zum Freßtrog änderte sich, unmerklich, aber sicher, seine ganze Lebensanschauung. Er wurde Zyniker und fing an zu spotten, zuerst über seine Mitgeschöpfe, dann über sich selbst. Das ganze Schweinedasein kam ihm wie ein großes Possenspiel vor, das als Drama aufgeführt und dadurch in seiner Wirkung noch komischer wurde. Wie köstlich mußte sich für einen außerhalb Stehenden diese ganze Gesellschaft von Schinken, Schmerbäuchen und Stumpfrüsseln ausnehmen, die sich um sich selbst drehte und glaubte, die ganze Welt und sogar das Jenseits seien nur ihretwegen da! Und am allerkomischsten mußte es sein, ein solches Geschöpf mit idealen Forderungen im Magen herumtrotten zu sehen und mit allerlei Plänen zur Hebung seiner Umwelt. Als ob die Schweinewelt sich heben ließe oder, besser gesagt, gehoben zu werden brauchte! Überhaupt war es – wenn man es recht bedachte – dummes Gewäsch, die Gesellschaft heben zu wollen; der Platz, den jeder einnahm, war für ihn der natürliche. Deshalb mußte man stets Gewalt anwenden, wenn man den Dingen eine neue Lage geben wollte; und sie sanken immer in die frühere zurück, sobald sie sich selbst überlassen blieben. Der sogenannte Rückschritt war also nur das Zurückstreben aller Dinge in ihre natürliche Lage.

War die Schweinetonne nicht der beste Beweis dafür? Ein Teil ihres Inhalts sank zu Boden, ein anderer schwamm obenauf, und wenn die Magd die Schweine füttern wollte, mußte sie immer erst den Inhalt der Tonne umrühren. Vergaß sie es, dann bekamen einige Schweine alles Dicke und die übrigen nur Wasser. So wenig war die Natur selbst für eine gleichmäßige Verteilung der Lebensgüter; und das war gut so. Denn lieber heute Dickes und morgen Dünnes als immerfort und für alle ewig den gleichen Brei.

Berufung! Was war das nur für ein stumpfsinniger Begriff! Als ob es eine besondere Anerkennung verdiente, wenn irgend jemand in der großen Schweinetonne herumrührte und den Brei des Geistes gleichmäßig verteilte! Ihm ekelte vor seiner früheren Lebensführung, und er fand, daß selbst Genialität nur ein unnützer Ballast sei, der einen am ausgiebigen Genuß des Lebens hindere. Am allerdümmsten aber erschien ihm das Verlangen, etwas Nützliches zu leisten. Als ob es auch nur den geringsten Einfluß auf den Lauf der Welt haben könnte, wenn er ein paar Pflastersteine aufrisse oder die Spargelbeete durchwühlte!

Die Verhältnisse waren jetzt so, daß Freund Schwein

seine Kunst wieder hätte aufnehmen können, aber das tat er nicht. Im Gegenteil, er stellte jetzt, wo er zur Herrschaft gelangt war, sogar das innerliche Summen ein – er glaubte ja nicht mehr an sein Genie. Das einzige, was unerschütterlich feststand, war seine Überschweinetheorie; das mag vielleicht seltsam klingen, aber man muß bedenken, daß dies für ihn zur Religion geworden war.

Und damit befand er sich nun mitten in der Auflösung. Er selbst glaubte freilich, er sei in eine neue Phase seiner Entwicklung eingetreten; aber wir sehen deutlich, daß er im Begriff stand, nicht nur seine Genialität, sondern sein ganzes Ich, seine Persönlichkeit über Bord zu werfen und ein gewöhnliches Mastschwein zu werden. Bestand sein Leben nicht aus Fressen, Saufen und Schlafen, und fühlte er sich nicht wohl dabei? Schon dachte er ein klein wenig daran, ob es nicht doch ein Paradies für Schweine gäbe, mit einer Unmenge Futter, so daß man sich immer satt fressen könnte und wo man nie geschlachtet würde.

Mit Riesenschritten ging das Schwein also seiner geistigen Auflösung entgegen. Es ist menschlich, nach dem tieferen Grund dieses niederschlagenden Ergebnisses zu fragen, und ich fürchte, er muß in der Zeit gesucht werden; es ist ein allgemeines Übel, dem wir hier gegenüberstehen. Es scheint, als entwickle unsere Zeit durch ihre Zweifel, ihre Sucht zu kritisieren und den immer schwerer werdenden Kampf ums Dasein die Fähigkeit zu leiden, sozusagen im Schatten zu leben; und das wirkt natürlich schädlich auf die Fähigkeit, Licht und Sonne zu ertragen. So daß man, wie der Maulwurf, stirbt, wenn man dem starken, warmen Tageslicht ausgesetzt wird.

Das Schwein hatte Kraft genug gezeigt, wenn es sich darum handelte, Widerwärtigkeiten zu ertragen und zu überwinden; aber dem Glück war es nicht gewachsen. Es hat etwas außerordentlich Bedrückendes an sich, wenn ein Kutscher seinen Wagen plötzlich mitten auf der breiten Königsstraße des Lebens umwirft, nachdem er seine hin und her schwankende Fuhre glücklich über Gräben und schwierige Übergänge gebracht hat. Und das war hier der Fall.

Aber mein Freund war ein Auserwählter, obgleich er das selbst leugnete; und er hatte noch nicht umgeworfen, obwohl er sich schon sehr auf die Seite neigte. Schon damals war mir klar, daß ihn nur eine große Leidenschaft retten konnte; und die Leidenschaft kam gerade im rechten Augenblick – dank der Vorsehung, die er so bereitwillig verleugnet hatte.

Leute, die den Anspruch erheben, auf diesem Gebiet besonders beschlagen zu sein, behaupten, die Liebe müsse natürlich der erste große Antrieb für das Erwachen eines Genies sein und auf ihr bauten sich dann die anderen Eigenschaften auf. Ich weiß nicht, ob das so ist. Ich selbst habe derartige Dinge immer so hingenommen, wie sie kamen – das habe ich von meinem Freund gelernt. Noch manches andere in meinem Leben verdanke ich übrigens ihm; und wenn es mir bisher so gut gegangen ist und ich mit meinen bescheidenen Mitteln so verhältnismäßig weit gekommen bin, ist das nur ihm und seinem Vorbild zuzuschreiben. Selbst seine Fehltritte kamen mir zugute, da sie mich lehrten, rechtzeitig an Land zu gehen. Und wenn der historische Forscher einmal durch einen jener Zufälle, die selbst für die verborgenste Blume der Natur in Betracht kommen, bei meiner bescheidenen Person stehenbleiben sollte, wird er darüber staunen, bis zu welchem Grade das Schwein das Primum mobile – die Haupttriebfeder – meines Lebens war.

Man befindet sich also mitten in dem kalten, regnerischen November. Und es war am hellen Tage.

Das Schwein hatte sich vor dem Hof tief in einen Strohhaufen eingegraben; da lag es jetzt und schlief, nur damit die Zeit verging. Die Tage wurden ihm doch lang, seit es sich dem Müßiggang zugewendet hatte.

Drinnen in der Stube saßen der Bauer und seine Frau

und sprachen über die Zukunft ihres Schweines. Der Bauer wollte es sofort schlachten. Es sei jetzt wenigstens einigermaßen fett, man könne nie wissen, wie lange das anhalte. Die Frau hingegen wollte es noch eine Weile leben lassen. Und ihre Ansicht gab glücklicherweise den Ausschlag.

Im Laufe des Nachmittags kam der Junge mit einem Stock und trieb das Schwein in den Wald. Einen so langen Spaziergang hatte es noch nie machen müssen; er wollte fast kein Ende nehmen. Keuchend watschelte es vorwärts, sein fetter Bauch schlug gegen die Innenseite der Beine und behinderte es beim Gehen; es spürte ein verzehrendes Bedürfnis, sich niederzulegen. Sofort war aber der Junge mit seinem Stock da! Und so bot es denn seine ganze Willenskraft auf und trabte weiter – mit geschlossenen Augen, weil das das Mißgeschick erleichtert. Endlich kamen sie zum Wald, der Junge trieb das Schwein mit ein paar Stockschlägen zwischen die Bäume und ging dann heim.

Als Freund Schwein allein war, blieb er mit gesenktem Kopf und herunterhängenden Ohren lange regungslos stehen. Steif wie eine Bildsäule stand er da und starrte mit umflortem, geistesabwesendem Blick vor sich hin. Aber plötzlich stieß er ein kurzes Grunzen aus und sauste in schwerfälligem Galopp in das Waldesdickicht hinein.

Am anderen Saum des Waldes lag eine kleine Hütte, und dort wohnte eine große, magere Frauensperson, die Witwe eines Waldhüters. Sie war an diesem Nachmittag im Wald, um Brennholz zu sammeln, und beugte sich gerade über ein Bündel, als er grunzend an ihr vorbeigaloppierte. Mit erhobenem Schwanz sprang er in einem Bogen um sie herum, und sie stieß einen lauten Schrei aus, als er vorbeijagte, denn sie war stocktaub und hatte ihn nicht kommen hören. Auch er stieß einen lauten Schrei aus, aber vor Entzücken, blieb dann ein paar Schritte von ihr entfernt stehen und blinzelte sie kokett mit einem Auge an. Allmählich wagte sie, ihn im Nacken zu

krauen, und er nahm sich die Freiheit, sie heimzubeglei-
ten.

Von da an trafen sie sich oft. Anfangs waren ihre Begeg-
nungen mehr dem Zufall zu verdanken, aber später wurden sie absichtlich herbeigeführt – wenigstens von seiner
Seite. Er war es überhaupt, wie sich das ja gehört, der jede
weitere Annäherung anbahnte. Er besuchte sie einmal,
kam dann wieder und begleitete sie zum Holzsammeln in
den Wald. Schließlich zog er ganz zu ihr und nahm ihren
leeren kleinen Schweinestall in Besitz.

Aber ihr Verhältnis war nach wie vor rein platonisch.
Von einer gewissen Seite ist sogar bezweifelt worden, ob
sie ihn wirklich liebte oder ob nicht eher das übliche Mitgefühl der Frau mit einem Verlassenen, vielleicht auch ein
bißchen Sehnsucht nach Gesellschaft sie veranlaßt hatte,
sich seiner anzunehmen. Ihr Verhalten ihm gegenüber war
stets so, daß es sich gut aus bloßer Freundschaft heraus erklären ließ.

Hingegen ist seine Liebe zu ihr über jeden Zweifel erhaben. Er liebte sie wahnsinnig und kannte kein höheres
Glück, als unverwandt ihre schlanke Gestalt zu betrachten, wenn sie tief gebückt Brennholz sammelte.

Sicherlich war er körperlichen Reizen gegenüber nicht
unempfindlich, sondern im Gegenteil, wie alle Genies, sehr
sinnlich veranlagt. Ein Loch in ihrem Strumpf, ein Schimmer ihres roten Unterrocks durch den hinteren Rock-
schlitz ließen ihn am ganzen Leib erzittern. Aber in seiner
Auffassung von Liebe gehörte er der älteren Generation
an; er verstand die Kunst, sich zu beherrschen, und hat nie
irgendeinen Vorschuß auf das Glück gefordert.

Er wagte nicht einmal, ihr seine Liebe zu gestehen.
Wahre Liebe sieht in dem geliebten Gegenstand stets etwas Überirdisches; und es mag seltsam klingen, er, das Genie, das er trotz allem war, sah in dieser armen Witwe einen
vom Himmel herabgestiegenen Engel, auf den ein Auge zu
werfen er viel zu unwürdig wäre. Deshalb aber war seine

Liebe doch nicht hoffnungslos – er konnte sie sich erringen! Er wollte kämpfen und sich zu ihr emporheben, sich ihrer durch irgendeine große Tat würdig erweisen. Das war der Segen dieser Liebe – der Liebe der guten, romantischen, alten Zeit –, daß sie die jungen Leute zu großen Taten antrieb, ihnen ein hohes Ziel vor Augen stellte. Was ist natürlicher, als daß die tatkräftige Jugend eines kleinen Landes in die Welt hinausstrebt? Das ist das Gesetz der Ausdehnung! Mein Freund wollte fort – in die Türkei oder vielleicht auf das Grönlandeis –, um sich Lorbeeren zu erringen. Vielleicht dauerte das Jahre, aber siegen würde er. Und dann wollte er heimkehren und ihr seine Liebe erklären!

Er fühlte sich vom Rüssel bis zum Schwanz wie neugeboren und träumte Träume, so groß, daß ihm fast schwindlig wurde. Jeden Abend, ehe er einschlief, sagte er sich: »Morgen ziehe ich in die Welt hinaus!« Wenn aber der Tag anbrach, konnte er sich doch nicht von der Geliebten losreißen und schob den Abmarsch bis zum nächsten Tag auf. Und so verging die Zeit, ohne daß etwas daraus wurde; seine Willenskraft hatte einen grundlegenden Schaden erlitten.

Eines Tages, zwei Wochen vor Weihnachten, kam der Bauer in den Wald, um das Schwein zu suchen. Er wanderte umher und rief nach ihm; und als Freund Schwein seine Stimme hörte, erschrak er bis in die Knochen. So schnell ihn die kurzen Beine trugen, lief er zur Hütte der Freundin und versteckte sich im Schweinestall.

Als der Bauer ihn nicht fand, ging er in die Hütte des Waldhüters, um sich dort nach ihm zu erkundigen. Unser Held hörte ihn an die Haustür klopfen und mit der Frau sprechen. Wenn sie ihn jetzt verriet! Dann war alles aus, und er konnte ruhig noch in dieser Stunde von dem schönen, herrlichen Leben Abschied nehmen. Flieh! flüsterte ihm eine innere Stimme zu. Aber er war plötzlich wie gelähmt vor Angst und konnte kein Glied rühren. Und als er nach einer Weile den Gebrauch seiner Glieder wiedererlangte, kamen ihm aufs neue Bedenken und hinderten ihn daran, sein Vorhaben auszuführen. Warum sollte er sich eigentlich den Beschwerden einer unnötigen Flucht aussetzen? Er war ja nirgends so sicher wie bei seiner Freundin.

Er horchte.

»Ob ich ein Schwein gesehen habe?« schrie die taube Frau. »Gewiß, das habe ich allerdings! Ich habe einen ganzen Monat fast nichts anderes gesehen. Es folgt mir überallhin, wo ich gehe, und kommt jeden Abend und logiert sich bei mir ein. Es ist halt so treu wie ein Hund, und ich habe eine Handvoll für es übrig bekommen. Man fühlt sich hier draußen im Wald doch ein wenig einsam – ach ja!«

Bei ihren letzten Worten klopfte dem Schwein heftig das Herz; sie klangen in seinen Ohren wie eine Liebeserklärung.

»Jaja, so ein Tier habe ich noch nie gesehen!« fuhr die Frau fort. »Es kann stundenlang dastehen und einen ansehen; und dazwischen grunzt es ein bißchen, als wenn es einem etwas erzählen möchte. Jetzt wollen wir doch einmal nachsehen, ob es nicht im Schweinestall ist.«

Da hatte das Schwein einen lichten Augenblick, in dem alle seine Fähigkeiten wach wurden. Es verwünschte seine Schlaffheit, seine Traumsucht und seinen Wankelmut, die seine Flucht verhindert hatten, solange noch Zeit dazu war. Mit einem Satz war es auf den Beinen und an der Tür. Aber da hörte es etwas, was seiner Liebe den Todesstoß versetzte und ihm gleichzeitig den Weg zur Flucht versperrte.

»Es ist vielleicht besser, wir machen die Tür zu, damit uns das Schwein keinen Streich spielt und in den Wald durchbrennt«, sagte die Frau.

Die Stimmen klangen schon ganz nah, die Türklinke des Wirtschaftsgebäudes knarrte.

Das arme Herz des Schweines erstarrte zu Eis, ihm

wurde mit einemmal schwindlig, und es mußte die Augen schließen. Später zeigte es sich, daß seine Borsten in diesem furchtbaren Augenblick grau geworden waren.

Als es wieder die Augen öffnete, stand der Bauer mit einer Peitsche in der offenen Tür – es mußte aufstehen und hinaus. Verzweifelt flüchtete es zu seiner Freundin und bohrte seinen Rüssel in ihre Röcke; sie beugte sich über das arme Tier und kraute es im Nacken wie bei ihrer ersten Begegnung.

»Du lieber Himmel, man könnte fast meinen, es sucht Schutz bei mir«, rief sie gerührt und rieb es kräftig gegen die Borsten. Das war ein Augenblick voll Wonne und Qual.

Dann aber trieb der Bauer die beiden roh auseinander! Er band einen Strick um den einen Hinterfuß des Schweines, und nun ging es in langsamem Trab mit gesenktem Kopf heimwärts.

Tief betrübt wanderte mein unglücklicher Freund von da an auf dem Hof umher und wartete auf den Tod. Zum Hoftor hinaus durfte er nicht mehr, denn man fürchtete, er könnte wieder in den Wald laufen. Die Sehnsucht zehrte an ihm, und die Hoffnungslosigkeit tötete ihn langsam. Er fraß nicht, er schrie nicht, nur ab und zu glitt ein leiser Seufzer aus seinem Rüssel.

Er ging in einem Dusel umher und sehnte sich nach dem Tod, damit alles ein Ende habe; seine Verzweiflung war so groß, daß er mehrmals stark daran dachte, selbst den Schluß herbeizuführen. Zuerst wollte er sich, wenn das Mädchen Wasser heraufzog, dicht neben den Brunnenschwengel stellen und sich den schweren Holzklotz am Ende des Schwengels auf den Hinterkopf fallen lassen. Aber sein ästhetischer Sinn empörte sich gegen einen solchen Tod, und so beschloß er, nachts ins Freie zu schleichen, sich nasse Füße zu holen und an Auszehrung zu sterben. Er hatte nur nicht Kraft genug, den Entschluß in die Tat umzusetzen, und so bewahrte ihn seine Schlaffheit davor, das größte aller Verbrechen zu begehen – Hand an sich selber zu legen.

Aber warum in der Geschichte fortfahren? Zu welchem Zweck bis weit hinauf an die Beine in Schmerz und Kummer waten, wo die Erde doch voller Licht, Freude und Glück ist? Warum, könnte man hier mit Recht einwenden, so lange bei einem mißlungenen Dasein verweilen, wenn es Hunderte von Existenzen gibt, die über Erwarten geglückt sind? Allerdings handelt es sich dabei meist um Existenzen vierten Ranges, und diese verlangen ja so wenig, um zu gelingen – aber trotzdem! Ich weiß wohl, daß es bei jeder Wertberechnung die Durchschnittszahl ist, die etwas bedeutet, und nicht die vereinzelte, hochstrebende Ziffer – und ich bin durchaus kein Pessimist. Aber ich habe in meinem Freund, dem Schwein, etwas Großes, und zwar einen Erneuerer unserer einheimischen Jugend gesehen; und ich kann mich auch jetzt nicht von der Vorstellung frei machen, daß er noch immer eine große Mission unter der Jugend zu erfüllen hat, gerade durch die schiefe Richtung, die seine Entwicklung nahm. Er war ursprünglich zum Wegweiser geschaffen und endete als Prellstein – denn im großen Haushalt der Vorsehung geht nichts verloren.

Deshalb habe ich so ausführlich bei seinem Schicksal verweilt – deshalb, und um einige der vielen irreführenden Aufsätze zu berichtigen, die jetzt über ihn geschrieben werden, nachdem die Allgemeinheit entdeckt hat, was aus ihm hätte werden können. Jetzt bleibt mir nur noch übrig, sein tatsächliches Ende zu schildern.

Es war am dreiundzwanzigsten Dezember. Vor der Küchentür stand eine solide Schlachtbank mit vier weit auseinanderstehenden Beinen. Auf dieser Bank lag das Schwein und stöhnte, sein Kopf hing über die Bank herab. Neben seinem Kopf stand die Stallmagd mit einem Melkeimer voll Grütze, um das Blut des Schweines aufzufangen, auf ihm aber lagen der alte Kätner Mads und der Knecht mit ihrem ganzen Gewicht. Sie taten, als koste es sie eine große Anstrengung, das Schwein zu halten, und das machte dieses gar traurig, denn es leistete nicht den geringsten Widerstand. Es hatte die Schrecken des Todes überwunden und wünschte nichts weiter, als daß alles bald vorüber wäre. Am liebsten wäre es freiwillig zur Schlachtbank gegangen. Als es aber soweit war, hatte ihm sein Stolz verboten, einen Beweis der Gunst aus der Hand seiner Henker zu empfangen. Doch es haßte sie keineswegs wegen ihrer Roheit; sie waren ja nur Werkzeuge des Schicksals, und mein armer Freund fühlte, wie unendlich tief sie unter ihm standen.

In diesen Augenblicken gewann das Beste in ihm die Oberhand, all das unvollbrachte Große, alle die wunderbaren Anlagen. Es war, als schaffe und durchlebe er in seiner Seele im Flug die großen Werke, die die Welt hätten erfreuen und bereichern sollen. Dies alles legte einen Schleier erhabener Wehmut über ihn, so daß er nur schwach ahnte, was um ihn herum vorging.

So reich war dieser Augenblick, daß ihm war, als seien Stunden vergangen, seit man ihn auf die Bank geworfen hatte, bis er jetzt den Bauern zur Küchentür herauskommen hörte – und doch handelte es sich nur um ein paar Minuten. Der Bauer wetzte sein Messer an dem Stahl, über den die Großmutter vorher gesprochen hatte, und bei diesem Geräusch erwachten die Sinne des Schweines zu übermenschlicher Klarheit. Es hörte, wie sich mit einem kaum vernehmbaren Ton auf den Pfützen des Hofes feine Kristalle bildeten, und fühlte, wie sich die Holzfasern der Schlachtbank infolge seiner Körperwärme erweiterten und verschoben.

Langsam öffnete es die Augen, um gleichsam das Leben mit einem einzigen großen Blick zu umfangen, schloß sie aber sofort wieder, denn der Bauer neigte sich gerade vor und näherte das Messer seiner Kehle. Das Schwein fuhr zusammen, und die weißen Grützekörner wurden von einem roten Strom gefärbt.

In der Stube tanzten die Kinder um einen Stuhl herum und sangen:

>»Hei dideldum,
Mein Mann fiel um
Am Abend vor Weihnachten!
Ich nahm einen Stock
Und half ihm opp!
Am Abend vor Weihnachten!«

Das Schwein schlug ein paarmal mit den Füßen um sich, hörte auf und schlug abermals ein bißchen. Dann rührte es sich nicht mehr. Es blutete zuwenig, und die Männer verhandelten lange darüber hin und her.

»Hat der Bauer das Messer auch tief genug hineinge- stoßen?« fragte der Kätner vorsichtig.

»Natürlich hab ich das!« antwortete der Bauer abwei- send. »Das Vieh war übrigens von jeher ein räudiges Ding!«

Hierauf gingen sie ins Haus, um sich nach der Anstren- gung mit einem Schnäpschen und einem Stück Brot zu stärken. Draußen in der Küche aber fing das Weib zu schimpfen an. Es hätte doch keinen Sinn – das bißchen Blut von dem großen Schwein; und dabei hätte sie noch andere Leute für den ersten Feiertag zur Schlachtschüssel eingeladen.

»Er hat es gewiß in die Schulter gestochen«, sagte sie laut und spöttisch. Sie fürchtete sich nicht so sehr vor ihrem Mann wie der Kätner. Und nun entstand zwischen Küche und Stube ein rechtes Gezänke.

Da ertönte drüben am Hoftor ein Gerassel. Ein Mann mit einem Stelzfuß, die Soldatenmütze auf dem Kopf und eine Kriegsmedaille auf der Brust, schob ein Fahrzeug vor sich her in den Hof; er schraubte etwas an, das dem Griff eines Schleifsteins glich, und fing zu drehen an. Eine Flut von Tönen ergoß sich über den Hof, mächtig, aufrüttelnd wie Feueralarm – es war die Marseillaise.

Es zuckte in einem Ohr des Schweines, genauso wie

wenn es sonst im Schlaf von einer Fliege gestochen worden war. Noch einmal – es hob den Kopf! Dann fuhr es auf der Bank in die Höhe, stürzte auf den gepflasterten Hof hinunter und sank zu Boden. Aber, wöff!, war es wieder auf den Beinen, und nun ging es im gestreckten Schweinsgalopp durchs Hoftor hinaus und dem Wald zu.

Das Schlachten hatte nur wie ein wohltuender Aderlaß auf unseren Freund gewirkt. Der Bauer hatte ihm tatsächlich in die Schulter gestochen.

Der Drehorgelspieler meinte wohl etwas zu sehen und zu hören, aber alles verlief so schnell, daß er den Zusammenhang nicht begriff und ruhig weiterspielte. Als dann die Männer herauskamen, um das Schwein zu brühen und abzuschaben, war es verschwunden.

»Es kann unmöglich weit gelaufen sein – nach dem Hieb, den ich ihm versetzt habe«, meinte der Bauer kleinlaut. Und sie gingen auf die Suche. Aber bald wurde es dunkel, und in der Nacht fiel eine Menge Schnee.

Erst im nächsten Frühjahr, als der Schnee schmolz, fand man die Leiche am Waldsaum bei der Hütte des Waldhüters.

Es war allen ein Rätsel, was es dorthin, ganz auf die andere Seite des Waldes, gezogen hatte und woher es die Kraft genommen hatte, so weit zu laufen. Wir aber verstehen beides.

Auf dem Hof daheim kochten sie grüne Seife aus ihm, und die Witwe des Waldhüters erhielt ein paar Pfund davon, weil sie seine Leiche gefunden hatte. Die Seife war eigentlich nur zum Reinigen der Wäsche bestimmt, aber die Frau benutzte sie auch für ihren Körper. Sie sei so mild, behauptete sie, viel milder als Sesam. Auf diese Weise kamen die beiden zu guter Letzt doch noch zusammen. So spielte das Schicksal bis zuletzt eigenartig in das Leben meines Freundes hinein und bewies, daß er eine Ausnahme war und blieb.

Hier auf Erden ging es ihm freilich übel; es gelang ihm

nicht, seine vielseitigen Gaben zu entfalten. Aber nun sein Geist – sollte dies alles nicht nur für die Zeit, sondern für alle Ewigkeit unwiderruflich verlorengegangen sein? Starb er als ein Verneiner des Jenseits, oder ist er in letzter Stunde zu einer besseren Erkenntnis gelangt?

Kein Mensch weiß es – auch ich nicht. Und dennoch wage ich im Namen meines Freundes eine zuversichtliche Antwort auf diese wichtige Frage zu geben: Er *muß* sich durchgefunden haben; alles andere ist einfach unmöglich.

Ich schließe also diese Gedächtnisworte in der trostreichen Gewißheit, daß mein Freund sich jetzt dort befindet, wo alles eitel Freude ist und kein einengendes Band die Entfaltung der reichen Gaben der Seele hemmt. Daß er den vollen Gebrauch seiner Stimme erlangt hat und in einem Kreis seliger Geister in den ewigen Lobgesang einstimmt, der die Huldigung der Schweinewelt für den Ursprung aller Dinge, ihr Beitrag zur Harmonie der Sphären ist.

1894   *Übersetzer unbekannt*

Bigum Holzbein

Eigentlich war es eine Anmaßung von ihm, mit einem Holzbein herumzulaufen, da er doch niemals im Krieg gewesen war. Aber allmählich gewöhnten sich die Leute daran und nahmen es ihm nicht länger übel; sie gaben ihm sogar seinen Namen danach. Bigum Holzbein nannten sie ihn; er selber aber nannte sich Folmer Sänger.

Bei der Musterung fragte ihn der barsche Musterungsoffizier, ob er mit dem Bein geboren sei. Bigum lächelte – er wußte einen guten Witz zu schätzen. Der Beamte aber war sich nicht bewußt, etwas Spaßhaftes gesagt zu haben, und fragte bissig: »Zum Teufel, warum lacht Er dann? Kann Er nicht antworten?« Da ging es Bigum auf, daß man über den Ursprung des Holzbeins Bescheid zu haben wünschte, und er erzählte also, daß er auf einer Walfangreise den kalten Brand in den Fuß bekommen habe, so daß er abgenommen werden mußte.

Er wohnte allein draußen auf den windgepeitschten, unfruchtbaren Sanddünen im Norden der Stadt, in einer kleinen Hütte gerade über dem hohen Küstenhang. Er besaß eine Büchse und ein altes Boot, und in frostklaren Frühlingsnächten, wenn das Meer regungslos blank dalag, ließ er sein Boot draußen zwischen den großen Felsen des seichten Wassers treiben. Er selbst lag im Vordersteven, die Büchse im Anschlag, und ahmte den langgezogenen Schrei der Seevögel nach, bis er auf Schußweite an sie herankam. Oder er geriet unversehens an einen Seehund, der auf einem der großen Steine schnarchte, und stieß ihm seine Harpune in den Leib.

Und im weißen Winter, wenn das Meereis alles bedeckte,

so weit das Auge reichte, und die – Wildenten auf der Suche nach offenem Wasser durch die dicke Luft hin und her sausten, dann schlug er ein großes Loch ins Eis und baute sich aus den Eisblöcken ein Häuschen. Dort lag er dann im Hinterhalt und schoß Enten – oft drei, vier auf einen Schuß.

Aber im Laufe der Jahre fuhr ihm die Kälte dieses Lebens selber in den Leib; er wurde von der Gicht geplagt und mußte zu Hause bleiben. Am schlimmsten saß ihm die Gicht in dem Glied, das er gar nicht mehr hatte, und immer wieder war es den Leuten ein Vergnügen zu sehen, wie er ans äußerste Ende seines Holzbeins faßte, Gesichter schnitt und sich beklagte, er habe so sehr das Reißen im großen Zeh.

Deshalb nahm er die Schuhmacherei wieder auf, die sein Handwerk gewesen war, ehe er zur See fuhr. Diese Tätigkeit aber hatte er stets gehaßt, und er rührte die Hand nicht mehr, als zum knappsten Lebensunterhalt eben nötig war.

Die meiste Zeit dichtete, musizierte und philosophierte er.

Als Dichter lag seine Stärke im Sentimental-Gefühlvollen. Er dichtete von ungetreuer Liebe, von den Schrecken des Türkenkrieges und vom Untergang der Bark »Albatros«. In seiner Musik hingegen war er ein Fürsprecher der Lebensfreude – er spielte gern zum Tanz auf.

Auf diesen beiden Gebieten hatte er bedeutende Vorgänger gehabt, nicht jedoch in seiner Art zu philosophieren. Hier war er absolut original. Er hatte ein ganzes philosophisches System entwickelt, aufgebaut auf der Beobachtung der Fußbekleidung des Menschen, und er konnte augenblicklich sagen, ob einer verschlossen war oder weitschweifig, verschwenderisch oder knickerig: all das durch die Betrachtung der Schuhe des Betreffenden.

Mit solcher Beschäftigung vertrieb er sich den langen Winter, und wenn sein Magen vor Hunger knurrte, hielt er ihm eine längere Predigt und versuchte ihn scherzend zu überzeugen, wie unvernünftig es von ihm wäre, ständig randvoll sein zu wollen. »Was, knurrst du schon wieder? Du solltest dir ein bißchen mehr Genügsamkeit angewöhnen, ja, das solltest du – vor allem Genügsamkeit! Weißt du nicht, daß der Mensch nicht vom Fleisch allein lebt? Brot ist auch gut, mein Alter – und ein halber Pahl dazu! Steht vielleicht nicht geschrieben, daß wir alle einen Pfahl im Fleische haben müßten?« Und nicht gar so selten schlug er sich einen Pahl ins Fleisch.

Als echtes Original nahm er nicht die geringste Rücksicht darauf, ob Besuch da war oder nicht, sondern folgte unbeirrt seinen Gewohnheiten, sprach mit sich selbst oder seinem Magen, rülpste oder tat ähnliches – und zog sich manchmal aus und ging ins Bett, ehe die Leute noch gegangen waren.

Wenn aber der erste Star über das Meer geflogen kam und sich vor seinen Fenstern niederließ, wurde er närrisch – ganz und gar närrisch. Es sei, als ob ihm alle Knochen im Leibe eiterten, sagte er, so sehr gäre es ihm im Leibe. Und dann saß er an seinem Fenster, flickte Schuhe und starrte übers Meer hinaus, während der Frühling seinen Einzug hielt. Er sah das Eis brechen und forttreiben; die Schiffe im Hafen takelten auf und stachen eins nach dem anderen in See, der Schnee verschwand vor seinen Augen, und das Gras begann zu sprießen.

Und Frühjahr um Frühjahr geschah dann das gleiche: Mitten im Nähen warf er die Arbeit in hohem Bogen hin, lief in die Stadt und kaufte sich ein Paar blaue Baumwollhosen – jedesmal blaue Baumwollhosen. Und wenn er heimkam, schnitt er, von dem einen Hosenbein – dem für das Holzbein – ein Stück ab, heftete das abgeschnittene Ende an dem einen Rand zusammen, so daß eine bequeme kleine Gardistenmütze daraus wurde, und setzte sie auf. Selig wie ein Kind zog er die neuen Baumwollhosen an, die alten aber nahm er und nähte sie oben am Bund zusammen, so daß sie einen Beutel mit zwei Niedergängen – den Beinen – bildeten. Und dahinein packte er seine Lieder, Violinsaiten, eine Schnapsflasche und was er sonst benötigen mochte. Dann nahm er seinen Ranzen bei den Beinen und warf ihn sich über den Rücken, band die Hosenbeine vorn am Hals in einem Knoten zusammen und wanderte hinaus in den Frühling. Die Tür ließ er hinter sich weit offenstehen; da konnten die Leute selber kommen und sich ihre halbfertigen oder noch nicht angefangenen Schuhe abholen.

Und nun begann Bigum Holzbein eine Tournee, die bis zum nächsten Winter dauerte und ihn durch die ganze Insel führte. Die Bauern, die beim Frühjahrspflügen mit dem Lenkseil um den Leib hinter ihren Pferden herstapften, behielten die Landstraße im Auge, und wenn sie Bigum Holzbein daherkommen und die Geige streichen sahen, sagten sie: »Jetzt wird es bald Sommer!« – wie man sonst sagt, wenn man den ersten Storch sieht.

Und Bigum fiedelte sich durch die ganze Insel, die Länge und die Quere, sang seine Lieder vor Knechten und Mägden, verkaufte sie allen, die sie haben wollten, und spielte willig die Melodie, bis man sie auswendig konnte. Sie standen mitten auf dem Hof im Kreis um ihn herum und sangen mit. Manchmal waren sie schwer von Begriff, manchmal aber auch ganz gewitzt. Dann stellte Bigum den Stock unter die Hüfte, um das Holzbein darauf auszuruhen, quälte die Saiten, daß sie schrien wie verhungerte Katzendärme, und sang wohl zum zwanzigstenmal:

> »Komm her, o Mägdelein, und
> winde den Kranz. Ich weiß, du willst
> es so ge-erne, so ge-erne …«

Das Bargeld steckte er in die Tasche, und was an Eßbarem abfiel, rutschte durch die leeren Hosenbeine hinab in den Ranzen. Und wenn der Holunder in Blüte stand und der Hering eingelegt werden mußte, sang man Bigum

Holzbeins Lieder in jedem abgelegenen Winkel. Es war ein Triumphzug der Poesie, der jeden Freund der Dichtkunst erfreuen mußte.

Wenn aber der Kuckuck längst zum Habicht geworden war und die Ernte von den Feldern eingefahren wurde, ging Bigum auf seine zweite große Tournee. Es war die Zeit der Ernte- und Tanzfeste, und monatelang war Bigums Violine Nacht um Nacht im Gange. Es war eine Zeit, die an den Kräften zehrte; Bigum nannte sie selber seine Zeit der Drangsal. Aber stolz stand er sie durch. Es war im Laufe der Zeit Sitte geworden, daß auf den Festen jeder Mann Bigum Holzbein einzeln zuzutrinken habe; man wollte feststellen, wieviel er aushielte. Aber es gehörten viele Männer dazu, ehe man Bigum etwas anmerkte, und so betrunken machte man ihn nie, daß er unter den Tisch fiel.

Die erste Wirkung des Alkohols war häufig die, daß er gegen den Namen Bigum Holzbein protestierte und sich laut als Folmer Sänger proklamierte. Danach begann er wie rasend zu spielen, besonders wenn er merkte, daß man ihm Schweiß abzapfen wollte. Dann hörte er auch zwischen den Tänzen nicht auf, sondern ging vom einen Tanz in den anderen über, und so begann ein wilder Wettlauf zwischen Spielmann und Tänzern. Die Männer hieben die Absätze auf den Boden und riefen ihm Herausforderungen zu, wenn sie mit ihren Mädchen an ihm vorüberjagten; und Bigum fiedelte den Takt immer rascher, bis sich der Bogen blitzschnell über dem Bruchteil eines Zolls bewegte und die Musik zu einem zitternden, endlosen Kreischen wurde. Dann wirbelten Staub und lärmende Klänge zu einem so wilden Hexentanz empor, daß es gewöhnlichen Sterblichen das Trommelfell gesprengt hätte und sich die Mädchen schließlich halbtot vor Erschöpfung zu Boden warfen.

Nach einer solchen Tour konnten die Männer das Wasser aus ihren Jacken wringen, daß der Fußboden schwamm. Bigum aber saß da und spielte während der Pause ganz langsam weiter – nicht ein einziges Mal ließ er sich herbei aufzuhören.

Ab und zu kam es vor, daß es eine Schlägerei gab, besonders wenn das Gesinde schwedisch war. Dann füllte sich Bigums Gemüt mit heimlicher Erwartung. Er wußte, daß er zu gar nichts taugte, wenn er *stand* – ein Kind vermochte ihn dann umzuwerfen. Dafür besaß er aber in den Armen große Kräfte, das Fehlen des einen Beins hatte sie stark gemacht. Er konnte mit seinem Mann sehr gut fertig werden, wenn er dabei nur sitzen durfte. Deshalb warf er dann die Geige von sich, kroch nach vorn und setzte sich auf die Kante seines Musikpodiums – eines breiten Tisches. Er schnallte eifrig das Holzbein ab, und mit dem Bein in der Hand wartete er voll gieriger Spannung darauf, daß sich die Schlägerei in seine Saalecke zöge und auch er auf seine Kosten käme.

Doch bald fiel das Laub von den Bäumen, die Herbststürme jagten wieder übers Land und trieben die Schaumspritzer des Meeres bis zu Bigums Hütte hinauf. Bigum selbst begann Gesichter zu schneiden und ans Ende seines Stelzfußes zu greifen. Und eines schönen Tages ging er ins Winterlager.

Und so verlief ein Jahr nach dem anderen, ohne Abwechslung.

Aber einmal schickte ihn der Frühling doch in den April!

Hatte er nicht am Fenster gesessen und ihn heransteigen sehen und ihn als Reißen in allen Gliedern gespürt? Und dann – anstatt sich neue Baumwollene zu kaufen und aus dem einen Bein eine Gardistenmütze zu schneidern und die alten Hosen zu einem Ranzen umzunähen – geht er hin und reicht dem öffentlichen Ausrufer und Trommelschläger der Stadt ein Heiratsangebot ein! Will er seiner Freiheit abschwören, den Sklavenrock anlegen und sich wie andere Sterbliche für den Unterhalt von Weib und Kind abrackern – er, der Dichter? Er muß ja irrsinnig geworden sein!

Der Trommelschläger geht durch die Längsstraße der kleinen Stadt und durch die Querstraße und ruft die Leute an Fenster und Türen: »Bommelomme-lom! Bom! Bom! Heiratsangebot! Eine einsame Seele, die auf einem Holzbein geht, sucht eine treue Lebensgefährtin. Auf das Äußere wird nicht gesehen, wohl aber auf ein gutes Herz. Gute Behandlung zugesichert. – Antwort kann unter den großen Stein auf den Seehügeln gelegt werden.«

Die Stadt reckte den Hals nach dem Trommelschläger und war von dieser neuen Art, sich eine Frau zu suchen, so verwirrt, daß sie nicht einmal auf den Gedanken kam, darüber Witze zu machen.

Und Bigum Holzbein ging nicht auf Tournee.

Jeden Morgen eilte er fieberhaft erregt hinaus und stellte den großen Stein auf den Kopf, um nach Briefen zu sehen, aber immer ergebnislos. Es würde sich niemand melden, man würde schon sehen! Natürlich war es das Holzbein, was abschreckte.

Anfangs hatte er daran gedacht, in der Kundmachung sein Gebrechen gar nicht zu erwähnen, aber dann hatte seine Ehrlichkeit gesiegt. In Liebesaffären muß man honett sein; und war er denn nicht selber der Dichter und Zuchtmeister ungetreuer Liebe? Es würde sich schon zeigen, daß man mit Ehrlichkeit am weitesten kam!

Eines Morgens endlich lag ein Papier unter dem Stein:

Ich bin Witwe mit zwei begrabenen Kindern. Ich habe ein liebevolles Gemüt und etwas zum besten.

Deine Ane Peters

bei meiner Mutter in der Sackgasse.

Bigum war glücklich, so glücklich, daß er nach Hause lief und seine Büchse steil in die Luft abschoß. Dreimal schoß er, und nach gar nichts in der Welt. Hurra! Jetzt kam der Lohn für seine Ehrlichkeit. Sie nahm ihn! Trotz Holzbein und allem nahm sie ihn! Und dazu war sie schon früher verheiratet gewesen; das war die beste Garantie, daß sie umgänglich war!

Bigum wanderte mit würdigen langen Schritten zur Stadt – einen gut und zwei gestottert. Er wollte zum Schneider und einen neuen Anzug bestellen – den Hochzeitsanzug. Nicht blaue Baumwolle, nein, echter wollener Düffel! Oder vielleicht war Kammgarn noch feiner, er wollte den Schneider fragen. Und zum Pfarrer wollte er hinauf und gleich das Aufgebot bestellen. Erst aber mußte er noch hin und sich den Taufschein des jungen Mädchens holen, da konnte er sie ja gleich ein wenig betrachten.

Als Bigum eintrat, saß Ane Peters groß und breit am Webstuhl und webte Grobleinen. Was für eine Frau, Donnerwetter! Bigum triumphierte in seinem Herzen, aber nach außen hin war er schwer verlegen, und sobald es sich machen ließ, schlich er wieder hinaus. Erst draußen auf der Straße richtete er eine siegesstolze Rede an sich selbst.

Bigum Holzbein war selber in der Kirche, als sie aufgeboten wurden; er wollte sicher sein, daß es ordentlich erledigt würde. Pfarrer betrogen einen häufig um den vollen Text, wenn sie Gelegenheit dazu hatten, aber nicht ein Wort sollten sie dabei erübrigen! Und zum zweiten Aufgebot wanderte er in die Sackgasse hinaus, um die Liebste mitzunehmen; sie sollte an dem Vergnügen teilhaben.

Die Schwiegermutter traktierte ihn mit Kaffee aus frischgebranntem Roggen, und Bigum trank zwei Tassen mit Branntwein darin. Das schmeckte gut, verteufelt gut sogar, trotzdem schien es ihm, als trete Ane Peters mit dem einen Fuß schwer auf, als sie in ihrem Staat zu ihm hereinkam. Er stutzte gleich ein wenig, vergaß es aber wieder vor Entzücken über ihre prächtige große Gestalt. Sie war wie eine Bark unter vollen Segeln, wie die »Albatros« selbst, ehe sie unterging. Was für ein Weib! Donnerwetter!

Pfeifend hinkte er auf dem guten Bein die Treppe hinab, während Ane Peters hinterherkam. Sie hob nicht den Rock, als sie die Treppe hinunterstieg – sie war ja drauf und dran, darüber zu stolpern! Auf der letzten Stufe war sie allerdings gezwungen, den Rock aufzuheben, weil gerade davor der Rinnstein war. Und da fiel Bigums Blick auf ihren einen Fuß – und es war ein Klumpfuß.

Sprachlos zeigte er mit dem Stock auf den Fuß, und Ane Peters vergaß, den Rock darüber fallen zu lassen, und lächelte verlegen. Bigum aber machte kurz kehrt und trabte heim zu seiner Hütte.

Krach!

Er konnte auf den Tod keine krüppelhaften Menschen vertragen, am allerwenigsten hinkende. Und da mußte gerade ihn das Schicksal treffen! Klumpfüßig war sie, rundheraus klumpfüßig! Geprellt hatte sie ihn, betrogen hatte sie ihn und schändlich an der Nase herumgeführt!

Er lehnte an der Giebelwand seiner Hütte und grübelte und starrte vor sich hin, bis er in sich selber einen betrogenen Liebhaber mit gebrochenem Herzen erkannte. Seine Augen belebten sich, er humpelte in seine Hütte und setzte sich zum Dichten nieder. Und mit heimlicher Befriedigung fühlte er, daß er niemals so groß und schön von ungetreuer Liebe gedichtet hatte wie gerade jetzt. Aber nun war sie ja auch Wirklichkeit geworden.

> Die Tauperle funkelt im Rosenblatt,
> Ein Diamant in blaßrotem See.
> Ein Schmetterling trank von dem duftenden Bad,
>> Gurkemee!
> Berauscht er zappelt und springt in die Höh',
> Sein Herzblut färbt die Tauperle rot.
> Als die Sonne erwacht, war der Schmetterling tot.
>> Gurkemee!

Seine Dichtkunst hatte ihre schönste Blüte getrieben! Und mit diesem Ausbruch war in seinen Zorn ein Loch geschlagen, so daß er abfloß und schließlich nichts als Wohlwollen hinterließ.

Klumpfüßig, na Herrgott! Deshalb konnte sie ja eigentlich doch ein vortrefflicher Mensch sein! Gewiß, sie hatte ihr Gebrechen verheimlicht, aber hatte er nicht selber auch daran gedacht, es zu tun? – Es würde ein Hauptspaß sein, sich eines ihrer Stiefel zu bemächtigen, wenn sie erst verheiratet waren, und nachzusehen, was er enthielt. Hätte er nur ihre Stiefel vorher gesehen, dann hätte er mit Leichtigkeit vorausgesagt, daß sie hinkte. Aber das hatte nun einmal nicht sein sollen.

Und Bigum ging wieder umher und freute sich auf den Tag, der da kommen sollte, und träumte von seiner Liebe.

Aber am Hochzeitstag geschah etwas, wodurch beinahe alles in die Brüche gegangen wäre. Der Schneiderjunge kam mit dem blauen Düffelanzug, und Bigum zog ihn an, um in die Kirche zu gehen. Da – der Donner! – stellte es sich heraus, daß sich der Schneider geirrt und das falsche Hosenbein abgeschnitten hatte.

Aber Bigum war nicht gesonnen, sich um seine Braut bringen zu lassen; resolut drehte er die Hosen um und zog sie mit dem Hinterteil nach vorne an. Besonders schön war es nicht, es sah aus, als wären sie für einen mit Hängebauch geschneidert worden, und hinten sah es womöglich noch schlimmer aus. Sehr praktisch war es auch nicht – aber es würde wohl gehen!

Und es ging auch. Aber lustig muß es gewesen sein, noch lustiger als damals, als Schweden-Anders vor dem Altar stand und auf die feierlichen Fragen des Pfarrers jedesmal geantwortet hatte: »Ja, zum Teufel!«

Und so war denn Bigum Holzbein verheiratet mit Ane Peters, im täglichen Umgang Ane Klumpfuß genannt.

Sie waren noch nicht sehr lange verheiratet – nicht länger, als man braucht, um ein gutes Essen zu verdauen –, als sie aneinandergerieten. Die Sache war die, daß Ane gewöhnt war, viel zu essen, und Bigum sich mit wenigem behelfen konnte. Solange Ane das Essen verdaute, das sie am Hochzeitstag zu Hause bei ihrer Mutter eingenommen hatte, ging es gut. Als es sie aber nach neuer Nahrung gelüstete und in Bigums Speisekammer nichts zu finden war, wurde sie kriegerisch.

Bigum schien es, daß die Frage des Essens bei einem Liebesverhältnis von untergeordneter Bedeutung sei, und er versuchte es mit seinem alten Universalmittel, den Reden und Ansprachen. Aber Ane war nicht so leicht zur Vernunft zu bringen wie sein Magen. Sie schnitt ihm das Wort ab und verlangte zu essen, und als er gar nicht hinhörte und ruhig in seinem Text fortfuhr, wurde sie wild. Zweimal fuhr sie ihm in die Haare, aber glücklicherweise saß er beide Male, so daß sie den kürzeren zog.

Nach der zweiten Niederlage versuchte sie nicht mehr, ihre Kräfte mit ihm zu messen, dafür fing sie an zu zetern und zu kreischen und ihn auszuschimpfen. Bigum gebrauchte nicht die Zunge – das war unter seiner Würde; statt dessen setzte er die Geige unters Kinn und ahmte darauf all ihr Geheul und Gekreisch nach.

Eines Tages ging es besonders heiß her. Ane weinte und machte ihm Vorwürfe, Bigum saß und strich klagend auf seiner Violine. Das erregte sie bis zur Raserei, und sie fing an zu kreischen, in den himmelhöchsten Tönen. Aber sogleich fiel Bigums Geige ein, mit akkurat den gleichen hohen Tönen.

Es war mit ihm kein Auskommen – es war nicht länger auszuhalten ... Ganz außer sich stürzte sie hinaus und die Seehügel hinunter. Bigum folgte ihr langsam mit der Violine unter dem Arm.

Ane Peters lief über den Strand und watete hinaus, um ihren Qualen in den Wellen ein Ende zu machen; wo das Meer sich verläuft, stand Bigum und hatte das Holzbein auf seinen Stock gelegt. Das Wasser war sehr flach, und Ane watete und watete. Endlich reichte es ihr bis zu den Achselhöhlen – zwei Schritte noch, und sie wäre aller Sorge ledig!

Warum aber stand Bigum so gleichmütig am Strand, als gehe ihn die ganze Sache nichts an? Er konnte doch mindestens den Versuch machen, sie zu retten, da sie doch nun für ewig scheiden sollten! Gelingen sollte es ihm gewiß nicht, denn sobald er käme, wollte sie die letzten paar Schritte tun und sich sinken lassen. Ein bißchen Liebe wäre trotzdem ganz schön gewesen, wenn sie ihn jetzt doch für immer verließ!

So stand sie da und überlegte, und das Wasser wurde immer eisiger; aber Bigum kam nicht. Es war das beste, Schluß zu machen! Sie wollte den letzten Schritt tun, verfehlte aber die Richtung und watete dem Land zu.

Nun aber war Bigum dran, er warf die Geige hin und watete hinaus. Ah, Gott sei Dank – da brachte er es also doch nicht übers Herz! ... Ane watete ihm rasch entgegen. Doch Bigum hob seinen Stock, schlug sie damit und zwang sie Schritt für Schritt wieder hinaus, bis ihr das Wasser bis zum Hals stand. Da bat sie um ihr armseliges Leben – und so jämmerlich, daß Bigum Gnade vor Recht ergehen ließ.

Als sie wieder auf dem Trockenen waren, ergriff Bigum die Geige. Er marschierte wie in einer Prozession vor seiner Frau her, strich einen Marsch auf der Violine und dichtete den Text dazu:

> »Meine Frau wollt sich ertränken,
>   ertränken,
>   Nun tat sie sich bedenken,
>   bedenken!«

Bei dieser Wasserpartie hatten sich alle beide erkältet und mußten sich hinlegen, und da lagen sie zwei Nächte und zwei Tage, die Rücken gegeneinander gekehrt, in dem breiten Bett. Mitten auf dem Fußboden lagen das Holzbein und der Klumpstiefel in schöner Eintracht beisammen, zwischen den beiden Ehegatten aber brütete als ein zweischneidiges scharfes Schwert der Geist der Unverträglichkeit.

Am Morgen des dritten Tages indes drehte sie den Kopf

ein wenig und drehte er den Kopf ein wenig, und sie lächelten beide zur gleichen Zeit. Nach und nach drehten sie sich immer weiter zueinander um, drehten sich und lächelten, bis sie schließlich in der höchsten ehelichen Vereinigung zusammenschmolzen.

Und als das Eis einmal gebrochen war, ging es wie von selber.

Sie wollten beide aufstehen und einer dem anderen Fliedertee kochen, und bald saßen sie auf der Bettkante und tratschten, während er ihr den Klumpstiefel zuschnürte und sie ihm das Holzbein anschnallte. Die lieben, lieben kleinen Leibesschäden! Daß sie es ihm jemals hatte vorwerfen können – oder er ihr! Das war es doch gerade, was einen dem andern so wert machte – und weshalb sie nicht waren wie andere Leute.

Es war, als habe der Geist der Eintracht selber seine Wohnung in ihnen aufgeschlagen. Sie brauchten die Dinge gar nicht erst zu bereden – sie waren sich von vornherein darüber einig. Vor dem Frühstück wurden die blauen Baumwollenen gekauft, Ane schnitt die Mütze ab und nähte die alte Hose im Bund zusammen, und Bigum packte den Ranzen. Und als die Sonne am höchsten stand, zog das Ehepaar Bigum auf Tournee – hinaus in den Frühling. Die Bauern hielten den Pflug an, wo sie erschienen. »Jetzt wird es bald Sommer«, sagten sie – wie man sonst sagt, wenn man den ersten Storch sieht.

Und niemals gab es größeren Zank zwischen den beiden Ehegatten – sie waren wie extra füreinander geschaffen. Bigum Holzbein spielte, Ane Klumpfuß sang, und sie zogen durch die Insel die Kreuz und die Quer.

Und wenn Bigum müde wurde, war es Ane, die die Hosen trug.

1898   *Übersetzt von Ellen Schou und Karl Schodder*

Zwei Frauen

Er war klein und rotbackig und zwanzig Jahre alt, gerade vom Lande hereingekommen und nur ein Handwerksgeselle.

Sie hingegen war eine Kopenhagenerin, siebzehn Lenze alt – und die Tochter eines Handwerksmeisters. Allerdings war ihr Vater nur einer von den kleineren Meistern, war selbst einmal Geselle gewesen und stammte auch vom Lande. Aber das war alles schon lange her.

Und dennoch! Als es zum Klappen kam, hielten es die beiden Alten nicht für angebracht, Lärm darüber zu schlagen. Was hätte das auch genützt? Die Sache wurde höchstens nur noch schlimmer, nachdem das Mädel einmal Feuer und Flamme war. Am besten sagte man gleich ja, dann konnte man sie wenigstens etwas unter Aufsicht haben.

Sie hatten sich im Theater kennengelernt – das heißt vom Sehen. Eigentlich war wohl sie diejenige gewesen, die ein Auge auf ihn geworfen hatte, während er in seiner Bescheidenheit dachte, es gelte seinem Nachbarn, und dieser glaubte, seinem Benehmen nach zu urteilen, offenbar dasselbe. Aber er fand es sonderbar, daß ein hübsches Mädchen einen ihr offenbar wildfremden Menschen so ungeniert betrachtete, und starrte sie deshalb verwundert an. Bis er merkte, daß ihre Blicke ihm selbst galten; da wurde er verlegen und schaute weg.

Ein verstohlener Blick überzeugte ihn davon, daß sie ihn auch weiterhin betrachtete, und jetzt, wo es ihn selbst anging, fand er ihr Anschauen plötzlich gar nicht mehr zudringlich. Eine wohltuende Wärme durchrieselte ihn;

irgend etwas zwang ihn unwiderstehlich, den Kopf umzu-
wenden und ihr einen langen Blick zuzuwerfen. Aber jetzt
schlug sie die Augen nieder, und so wechselten sie einander ab, bis sich ihre Blicke schließlich unter einem Lächeln
begegneten.

Als er herauskam, stand sie auf der Treppe und spähte
eifrig in das Theater hinein. Sobald sie ihn erblickte, lief sie
indes zu ihren Eltern auf die Straße und ging mit ihnen
weiter, ohne sich umzudrehen.

Er ging hinterher, holte sie ein und schritt an ihnen vorbei. Sie wanderten langsam dahin; wenn er so rasch weiter-
ging, würde er sicher bald weit voraus sein. Also stellte er
sich vor einen Laden und glotzte in das dunkle Schaufen-
ster hinein. Als die drei an ihm vorüberkamen, stieß ihn
das Mädchen leicht mit dem Ellbogen an – ob das nur Zufall gewesen war? Er folgte ihnen abermals, schämte sich
und fürchtete, die beiden Alten würden auf ihn aufmerksam werden, aber er konnte nicht anders.

Sie hatte den Arm der Eltern losgelassen und machte
allerlei Unsinn, stützte sich auf ihren Regenschirm und
hinkte oder lief summend hinterdrein. Bald war sie neben
den Eltern, bald blieb sie weit zurück. Sie schauten sich
nach ihr um, und sofort war sie wieder bei ihnen und ging
ein Weilchen vor ihnen her.

Dann blieb sie wieder zurück, immer ein bißchen mehr,
bis er sie ganz eingeholt hatte.

Er wurde feuerrot, grüßte und wollte etwas sagen, aber
die Worte blieben ihm im Halse stecken. Da wendete sich
ihr Vater um und rief: »Maggi!«

Sie hüpfte leichtfüßig vor und sang: »Ja-a! Ihr geht so
schnell«, hörte er sie sagen.

Sie bogen in die Mikkel Bryggers Gade ein und verschwanden in einer Einfahrt, er aber begann auf der gegen-
überliegenden Straßenseite auf und ab zu gehen, um zu
sehen, ob Licht angezündet werde, und vielleicht noch ein
Zipfelchen von ihr zu entdecken.

Kein einziges Fenster wurde hell, er glaubte jedoch trotzdem, hinter einer Fensterscheibe des zweiten Stockes so etwas wie ein Gesicht zu erblicken. Vielleicht machte sie das Fenster auf und nickte ihm zu – oder sie warf ihm einen Zettel mit ein paar Worten herunter. Er hätte es ganz natürlich gefunden, wenn sie das getan hätte.

Endlich entdeckte er, daß das Helle dort oben nur ein Blumenstock war, und so beschloß er, nun heimzugehen. Doch sooft er an die Straßenecke kam, machte er wieder kehrt. Wer weiß, vielleicht war sie jetzt da, vielleicht hatte sie nur so lange warten müssen, bis die beiden Alten eingeschlafen waren – vielleicht – vielleicht! Der schüchterne blonde Bauernbursche malte sich die sonderbarsten Dinge aus und wanderte den größten Teil der Nacht unter ihren Fenstern auf und ab.

Am nächsten Tag war er wieder dort, denn es war ein Sonntag, und er mußte nicht zur Arbeit. Er ging mehrere Male auf und ab und schielte sehnsüchtig zum Haus hinauf, aber es war nichts zu sehen; er wußte ja nicht einmal, in welchem Stockwerk er sie suchen sollte.

Schließlich wurde ihm die Sache langweilig, und er wandte sich heimwärts.

Verstimmt und mutlos wanderte er die Fredriksberggasse entlang, mit einem sonderbaren Gefühl der Leere und Verlassenheit, das er bisher nicht gekannt hatte. Da erklangen plötzlich leichte Schritte hinter ihm, und sie – sie eilte mit bloßem Kopf an ihm vorbei, als wolle sie eine Besorgung machen.

Er schaute ihr ein paar Sekunden betroffen nach, folgte dann aber rasch und kam ihr immer näher. Als sie es merkte, wurde ihr schnelles Gehen fast zu einem Laufen. Schließlich hatte er sie aber doch eingeholt; nun blieb sie mit einem Ruck stehen und sah ihn fast feindselig an.

»Ich habe Sie gestern gesehen«, stotterte er außer Atem.

Sie hatte sich halb abgewendet, als wolle sie entfliehen.

»Ich weiß auch, wie Sie heißen«, fuhr er nach einer

kurzen Pause fort. Mehr aber brachte er um keinen Preis heraus und hatte jetzt selbst die größte Lust, auf und davon zu laufen.

Da öffnete sie den Mund und sagte: »Sie sind gewiß nicht von hier?«

»Woran sehen Sie das?« fragte er lebhaft.

»Sie haben so rote Backen.«

»Aber die haben Sie doch auch.«

Sie schüttelte unwillig den Kopf. »Das kommt nur daher, weil mein Vater mich Klößchen nennt«, antwortete sie. »Aber darum brauchen Sie sich nicht zu kümmern, denn Sie dürfen mich nicht so nennen – nicht, ehe wir uns nicht besser kennen«, fügte sie langsam hinzu.

»Aber wir lernen uns doch kennen, nicht wahr?« drängte er.

»Gewiß, leben Sie wohl! Ich muß jetzt heim. Die Mutter denkt, ich sei nur in den Hof hinuntergegangen – ich habe das hier vom Brett genommen.« Bei diesen Worten zeigte sie ihm einen kleinen Schlüssel, an dem ein Stückchen Holz hing.

Er sank fast in den Boden vor Verlegenheit über die Lage, in die er sie gebracht hatte, sie aber hielt ihm gänzlich unbefangen den Schlüssel hin, damit er ihn sehe.

Von da an trafen sie sich oft und wurden die besten Freunde.

Ihre Eltern, ebenso wohlhabende wie praktische Leute, hatten gewünscht, ihre Tochter solle sich irgendwie nützlich machen, und so hatte sie eine Stellung in einer Modewarenhandlung angenommen, wo sie teils nähte, teils die Kunden bediente. Dort holte Karl sie gegen Abend ab, begleitete sie heim und wartete dann in der Nähe, während sie ihren Tee trank.

Nach dem Tee mußte sie bald die eine, bald die andere Freundin besuchen, und die beiden Alten saßen abends allein zu Hause und spielten Sechsundsechzig, während sie bei Karl war. Sie trieben sich an allen möglichen Orten herum, meist vor der Stadt, um nicht erkannt zu werden, oder sie saßen in seiner kleinen Junggesellenbude und plauderten das dümmste, verliebteste Zeug. Maggis Mundwerk ging am häufigsten, während er sie meist nur mit einem einfältigen, verliebten Gesichtsausdruck ansah. Dann rüttelte sie ihn manchmal plötzlich an den Schultern, zupfte ihn am Haar und rief: »Wollen wir Glotzerles spielen?« Bei diesem Spiel handelte es sich darum, wer von beiden den Blick des andern am längsten aushielt, ohne zu blinzeln, und sie ließ ihre feurigen Blicke mit einer solchen Wärme und Energie auf ihm ruhen, daß er seine Augen schließen mußte. Oder sie stieß ihn rücklings auf das alte Sofa, fiel über ihn her und begann ihn zu kitzeln, bis er schließlich vor Lachen halb erstickte.

Allmählich wurden die Alten jedoch mißtrauisch über diese häufigen Besuche bei Freundinnen, und eines Abends traf Maggis Vater die jungen Leute Arm in Arm in Vesterbro. Das gab ein Unwetter mit heftigen Regenschauern, aber dieses Unwetter endete dann doch mit einer Verlobung, auf die der Vater noch dazu selbst am eifrigsten drang, obwohl der Bursche vom Lande und nur ein Geselle war. Was blieb ihm aber anderes übrig, nachdem die Dinge einmal so standen? Hoffentlich war es nicht zu spät – doch wer konnte es wissen? Der Bursche sah allerdings ganz anständig aus, und wenn der Vater seine Ansicht sagen sollte, so hielt er ihn fast für zu dumm – zu dumm für eine Niederträchtigkeit. Dem Mädel hingegen konnte man alles mögliche zutrauen, denn das lag bei ihr im Blut. »Sie schlägt dir nach, Mutter!« sagte er immer. Es war der ständige strittige Punkt in dem sonst so friedlichen Heim, wo Maggi ihre Ausgelassenheit herhabe.

Karl war recht froh über die Wendung, die diese Sache genommen hatte, nur das eine bedrückte ihn, daß er ein wenig über die Schulter angesehen wurde, wie einer, der sich auf schlaue Weise in eine ehrbare Familie hineingedrängt hat.

Aber das gab sich, und mit der Zeit fanden alle in dem kleinen Kopenhagener Familienkreis Gefallen an dem ländlichen Schwiegersohn. Er hörte das Geschwätz des Alten geduldig an, ohne eine Silbe zu erwidern – etwas, was die Frau trotz ihrer langjährigen Ehe noch nicht gelernt hatte –, und er war überhaupt so angenehm nachgiebig. Freilich, das Pulver hatte er nicht erfunden, aber, du meine Güte, er stammte doch vom Lande! Und deshalb konnte so einer trotzdem gut eine Frau ernähren. Wie zum Beispiel der Kutscher Knap! Der stammte auch vom Lande und wußte nicht einmal, wieviel zwei und zwei war. Aber zum Kuckuck! Waren von ihm nicht ständig sieben Fuhrwerke unterwegs, und hatte er je eines verloren?

Karl und Maggi wurden allmählich unzertrennlich, und sie waren eigentlich nur richtige Menschen, wenn sie zusammensein konnten, obgleich beide sehr verschieden veranlagt waren.

Er hatte einen ernsten, schwerfälligen Charakter, konnte sich nur nach und nach an etwas Neues gewöhnen und hielt dann wiederum lange daran fest. Sein Gehirn verdaute langsam und gleichmäßig, und er hatte hier in der Stadt oft das peinliche Gefühl, nicht schnell genug mitkommen zu können, wodurch er wie schwerhörige Leute mißtrauisch geworden war. Vom ersten Tag an, da er in die Werkstatt eingetreten war, hatte er darunter gelitten, daß er nicht so schnell arbeiten konnte wie die andern und im Großen wie im Kleinen zu gründlich war. Genauso ging es ihm im Verkehr mit den Kameraden: Sein Gehirn sprühte keine Funken, die als schlechte Witze hätten zünden können, die oberflächliche Gemütlichkeit der Kameraden war ihm fremd; er nahm sich ihren Spott viel zu sehr zu Herzen. Auch ihren plötzlichen Angriffen war er nicht gewachsen und ahnte deren Spitze nur durch das Gelächter der anderen. Infolgedessen befand er sich ständig in einem Verteidigungszustand und hielt manches für Bosheit, was gar keine war.

Am meisten litt er unter diesem Mißtrauen indes in seinem Verhältnis zu Maggi.

Sie war das leichtlebige Kind der Großstadt und lachte über Dinge, die ihm bitterernst waren. Wenn er gar zu lange stumm und glücklich in ihren Anblick versunken war, schnitt sie ihm eine Grimasse und schüttelte ihn. Sie brauchte hie und da eine kleine Ermunterung vom anderen Geschlecht und begriff nicht, warum Liebende sich immerzu anglotzen sollten wie tote Heringe.

Wenn sie miteinander durch die Straßen gingen, richteten sich die leuchtenden Blicke der Damen auf ihn und die Augengläser der Herren auf sie – denn sie waren beide schöne, blühende Menschen. Er wurde verlegen und schaute weg, sie aber erwiderte jeden Blick glückstrahlend und nahm ihn als Triumph mit heim; oder sie stieß ihn in die Seite, damit er die Blicke der anderen sah und sich über ihre Erfolge freute. Doch während sie auf den Eindruck stolz war, den er auf jene Damen machte, und ihn deshalb nur noch lieber hatte, wurde er still und verschlossen.

Wenn sie abends miteinander durch die Straßen gingen, fand sie zuweilen Spaß daran, einen kleinen Abstand zwischen sich und ihm zu lassen. Wenn dann einer der Herren mit ihr anbändeln wollte, ließ sie sich scheinbar mit ihm ein, bis er keck wurde. Dann flüchtete sie plötzlich zu ihrem Verlobten, schob den Arm in seinen und sagte: »Karl, dieser Herr wünscht deine Bekanntschaft zu machen!« Und sie lachte hellauf, während sich der Betreffende verlegen aus dem Staube machte.

Karl machte dergleichen jedoch keinen Spaß. Er begriff diese jugendliche Ausgelassenheit eines Kopenhagener Kindes nicht und litt unter ihrem Benehmen. Am liebsten hätte er alle an der Kehle gepackt und ihnen das Versprechen abgenommen, ihm keinen solchen Kummer zu bereiten – ja alle, nur sie selbst nicht. Er war zu stolz, sie etwas merken zu lassen, und deshalb schwieg er und stellte sich so unbefangen wie möglich. Aber er hatte Augen im Kopfe und litt alle Qualen der Eifersucht.

Dann kam der Krieg, und die jungen Männer zogen in Scharen hinaus, Arm in Arm sahen Maggi und Karl sie unter lautem Singen und fröhlichen Hurrarufen fortziehen. Sie waren alle begeistert, daß es nun in den Kampf ging. Oder – machten sie sich vielleicht dadurch nur Mut? Beim Anblick der Freiwilligen leuchteten seine Augen auf, aber sie schlang vor all den Leuten beide Arme um seinen Hals, preßte sich an ihn und schaute ihn angstvoll an.

Er verstand ihren Blick und sah auf die andere Seite. Und sooft sie beisammen waren und die Kriegsberichte von den Niederlagen und den vielen Verwundeten und Gefangenen lasen, klammerte sie sich an ihn, als fürchte sie, er werde nun auch fortgehen. Doch sie sagte kein Wort davon, vielleicht, weil sie Angst hatte, ihn daran zu erinnern. Man wußte bei seiner immer größer werdenden Wortkargheit nie recht, woran er dachte.

Eines Tages aber stand er, ohne sie darauf vorbereitet zu haben, in einem festen Anzug mit einem Bündel auf dem Rücken auf der Küchentreppe. Sie öffnete die Tür und schaute ihn verwundert an; doch plötzlich ging ihr ein Licht auf, wohin er ziehen wollte, und sie brach in heftiges Weinen aus. Ihr Schmerz freute ihn aufrichtig; er hätte nicht zu hoffen gewagt, daß sie es sich so zu Herzen nehmen würde, wenn es wirklich Ernst werden sollte.

Schon lange hatte er darüber nachgesonnen, wie er sich Klarheit verschaffen könnte, ob sie ihn wirklich liebhabe oder nur an ihm festhielt, weil er nun einmal da war. Denn bisweilen hatte er gemeint, sie mache sich weniger aus *ihm* als daraus, überhaupt einen Schatz zu haben, und als könne sie ebensogut mit irgendeinem anderen jungen Mann verlobt sein. So hatte er sich gesagt, es bleibe ihm nichts anderes übrig, als von Kopenhagen fortzugehen und zu sehen, ob sie ihm dann trotz der Entfernung treu bleibe, aber er hatte keinen Vorwand gefunden, seinen Plan auszuführen. Hauptsächlich aus diesem Grund hatte er sich nun entschlossen, als Freiwilliger mitzugehen – die Liebe zum Vaterland kam erst in zweiter Linie.

So war er denn fort, und sie verbrachte ein paar Tage in größter Verzweiflung. Was hatte sie dem Krieg getan, daß er ihr den Geliebten raubte? Was hatte *er* dort zu suchen? Wie gerne hätte sie ihn zurückgehalten, wenn das möglich gewesen wäre! Er war doch vom Militärdienst frei, was brauchte er sich dann weiter darum zu kümmern? Es handle sich um die Rettung des Vaterlandes, sagte ihr Vater; doch was hatte Karl mit der Rettung des Vaterlandes zu tun? Er konnte es ja doch nicht retten. Früher ja, da hätte ein einziger Held zehntausend Soldaten erschlagen können, aber jetzt nicht mehr. Dafür konnte er sie unglücklich machen – unglücklich! Und sie begann von neuem zu weinen.

»Es wird schon gut werden, mein Mädel!« tröstete sie der Alte. »Sein Gewissen ließ ihm offenbar keine Ruhe, *das* trieb ihn hinaus. Und dann ist er doch so kräftig, siehst du! Gott gnade den verdammten Feinden, die ihm unter die Hände kommen! Sie können ruhig sofort ihr Testament machen.«

So saßen sie denn daheim, studierten die Kriegsberichte und verfolgten jeden Rückzug und jede Niederlage, bis sie zuletzt alle miteinander ganz traurig wurden.

Eines Tages aber schlug der Vater plötzlich mit der Faust auf den Tisch und rief: »Jaja, so traurig sieht es jetzt bei uns aus! Die Deutschen sind Flegel, die unbedingt den Buckel voll haben wollen; und sie werden ihn voll bekommen, so wahr ich Böttcher Svendsen bin. Der Alte da droben war stets mit uns zu Wasser und zu Lande.« Bei diesen Worten machte er ein äußerst barsches Gesicht, und alle drei fühlten sich gestärkt.

Endlich trafen auch Briefe von Karl ein.

Er schrieb voll Freudigkeit und Selbstvertrauen, sie sollten keine Angst haben, die Kugel, die ihn treffen solle, müsse erst gegossen werden. Gestern habe eine Kugel seinen Nebenmann zur Linken getötet, heute habe der zu seiner Rechten ins Gras beißen müssen, die Geschosse flögen nur so um ihn herum. – Er schilderte in seinen Briefen das Lager und den Kriegsschauplatz in so grellen Bildern, wie sie nur einer entwerfen kann, der selbst mitten drinsteht.

Maggi ließ sich von Karls Sicherheit rasch trösten und beruhigen. Wenn sie aber wieder einmal traurig wurde, ohne daß sie recht wußte, warum, machte sie einen kleinen Spaziergang und ließ sich von den Herren bewundern. Das tat ihr wohl. Und als ein Herr, dem sie schon so oft begegnet war, daß sie fast meinte, sie kenne ihn, sie eines Abends vor dem Geschäft ansprach und fragte, ob er sie heimbegleiten dürfe, sagte sie nicht nein.

Von da an wartete er jeden Abend auf sie und ging mit ihr bis an ihre Haustür. Dann erzählte sie ihm von Karl und las ihm dessen Briefe vor, und der fremde Herr tröstete sie und küßte sie beim Abschied väterlich auf die Stirn. Nach einiger Zeit blieb er jedoch aus, und Maggi vermißte ihn wirklich.

Der fröhliche Ton in Karls Briefen sollte etwas vertuschen, und zwar etwas, das in ihm selbst begründet lag: Er war in Maggi verliebt, dachte nur an sie, so fest hatte die Liebe zu ihr nach und nach in seiner schwerblütigen Natur Wurzel gefaßt – und dabei traute er ihr doch nicht über den Weg. Ihre feurigen Briefe kamen ihm erkünstelt und verlogen vor, und gar oft, wenn ihn Zweifel und Mißtrauen quälten, packte ihn das Verlangen des Eifersüchtigen, heimzufahren und sie zu überraschen. Dann wünschte er, den Schießprügel weit wegwerfen und nach Kopenhagen rennen zu können.

Aber daran war nicht zu denken, denn Karl lag hinter den Düppeler Schanzen.

Das waren saure Tage in dem nun folgenden Monat der Untätigkeit und des beständigen Wartens auf den Tod, der jeden Augenblick ein neues Opfer forderte. Und hier, wo Karl der Vernichtung von Angesicht zu Angesicht gegenüberstand, ohne daß irgend etwas seine Aufmerksamkeit abgelenkt hätte, wo er dieser Vernichtung Tag für Tag ins Auge schaute, hier sank ihm der Mut. Jeder Tag brachte neue Haufen zerfetzter Körper; unaufhörlich zerplatzten die Granaten über den Köpfen der Kämpfer, prasselten in tausend Stücken nieder, zerrissen den einen Soldaten bei seiner Mahlzeit, den Partner beim Kartenspiel und den Vorgesetzten, während er gerade die Löhnung auszahlte. Karl sah Kameraden, denen die Todesangst aus den Augen funkelte, ihren gefallenen Nebenmännern Uhr und Geld wegnehmen – und im nächsten Augenblick lagen sie vielleicht selbst zerfetzt da.

Zertrümmerte Hirnschalen, losgerissene Glieder, zusammengeballte Massen aus Erde, Fleisch und Blut! Bald war kein Fleckchen Erde mehr da, das nicht von einer Granate aufgewühlt gewesen wäre. Und dieser Krieg schien nicht eher ein Ende nehmen zu wollen, als bis sie alle tot waren.

Die Wirkung dieses Lebens machte sich in Karls Briefen deutlich bemerkbar. Sie wurden jetzt seltener, denn er konnte sie nur schwer befördern, und die Lust, auf dem flachgeschossenen bloßen Erdboden liegend, mitten im Hagel der Granaten zu schreiben, war auch nicht groß. Die wenigen Briefe, die Karl abschickte, strömten Müdigkeit, Mißtrauen und Abgestumpftheit aus. Er hielt sich nicht länger für kugelfest, sondern dachte, jetzt werde wohl eines Tages die Reihe an ihn kommen. Doch dieser Gedanke machte keinen besonderen Eindruck mehr auf ihn.

Auch die wortkarge, schüchterne Verliebtheit war aus seinen Briefen verschwunden, und alles atmete Zurückhaltung darin – es schien, als sei er zu müde, um zu lieben oder eifersüchtig zu sein.

Und schließlich blieben seine Briefe ganz aus.

Karl lag in Kopenhagen im Lazarett; beide Arme waren ihm abgenommen, sein Leben hing nur noch an einem Faden. Er hatte hohes Fieber und phantasierte, er sei ein betrogener, verlassener Mann.

Während er so dalag, weinte und tobte und in jedem Menschen, der sich über sein Bett beugte, einen Nebenbuhler sah, war Maggi im Lazarett und half. Sie zupfte Scharpie, nähte Binden und ging den Krankenpflegerinnen bei allem möglichen zur Hand; auf diese Weise konnte sie immer in Karls Nähe sein. Sie hatte ihre frischen Farben verloren und statt dessen dunkle Ringe unter den Augen bekommen. Keinem »Herrn« kam es mehr in den Sinn, sie durch seinen Kneifer zu fixieren, aber sie schien das auch nicht zu entbehren.

Als die jetzige Sachlage den beiden Alten klargeworden war, hatten sie verlangt, Maggi solle ihre Verlobung lösen. Das Mädchen war von dem Unglück viel zu sehr mitgenommen, sie sagte weder ja noch nein. Und schließlich gab sie nach. Die Eltern hielten die ganze Angelegenheit damit für erledigt.

Eines Tages aber lief Maggi auf und davon.

»Sie hat doch noch etwas von der einstigen Widerspenstigkeit an sich«, meinte ihr Vater. »Aber sie wird die Schritte schon wieder heimwärts lenken, wenn sie hungrig ist.«

Und die beiden Alten warteten.

Doch ein ganzer Monat verging, ohne daß sie gekommen wäre.

Auf ihre Erkundigungen hin erfuhren die Eltern, daß Maggi im Spital eine Stelle angenommen hatte. Nun, das war ihre Sache. Der Handwerksbursche war schon eine harte Nuß für sie gewesen, aber ein Schwiegersohn ohne Arme – danke!

Es dauerte lange, bis Karl das Spital verlassen konnte. Die Verstümmelung war ihm bis auf den Lebensnerv gegangen, außerdem hatte er viel Blut verloren, ehe er in richtige ärztliche Behandlung gekommen war.

Dann kam die seelische Niedergeschlagenheit. Als seine zerrüttete geistige Auffassungskraft nach und nach wieder ins Gleichgewicht kam, zehrte der Kummer, gelähmt und dadurch seiner ganzen Arbeitskraft beraubt zu sein, heftig an ihm, und das verzögerte die Heilung. Doch zuletzt siegte seine kräftige Natur, aber dieser Sieg war teuer erkauft. Aus dem blühenden jungen Menschen war ein magerer, schwächlicher Mann geworden, dessen Gesicht von tiefen Leidensfurchen durchzogen war und einen gequälten Ausdruck trug. Und wie hilflos er war! Auch nicht ein Kleidungsstück konnte er allein anziehen, er mußte wie ein kleines Kind gewaschen und gefüttert werden, brauchte zu allem Hilfe. Ja, er konnte sich nicht einmal im Bett aufsetzen, ohne daß ihm jemand half.

An dem Tag, an dem er entlassen wurde, läutete Maggi an der Tür ihrer Eltern.

»Soso, du kommst? Wir haben schon gedacht, du seiest zu vornehm geworden, deinen Fuß über unsere Schwelle zu setzen«, erklärte ihr Vater in strengem Ton. Doch seine Stimme zitterte, und seine Augen füllten sich mit Tränen, sichtlich sehr gegen seinen Willen. Er hatte sein Kind schmerzlich vermißt, und als die Eltern vor ihr her in die Stube gingen, fand Maggi sowohl ihn als auch die Mutter sehr gealtert. Sie hatten in ihrem Gang etwas hilflos Tappelndes bekommen. Als der Vater jedoch erfuhr, daß Maggi Karl heiraten wollte, übermannte ihn der Zorn. Er hatte etwas ganz anderes erwartet. Blaß vor Wut, packte er die Tochter am Arm und warf sie zur Tür hinaus.

Dies war das letztemal, daß sie das Heim ihrer Eltern aufsuchte. Mit der Zeit beruhigten sich wohl die Gemüter, und die Alten hätten nichts dagegen gehabt, ihre einzige Tochter bei sich zu sehen, selbst wenn sie in Begleitung des Schwiegersohnes ohne Arme gekommen wäre; aber Maggi war ein Starrkopf, und keiner von ihnen wollte den ersten Schritt tun. Wenn die Verhältnisse je einmal eine Annäherung in die Wege leiten wollten, wurde sie durch die beiderseitige Dickköpfigkeit vereitelt. Es war gleichsam ein Wettkampf des Trotzes, und beide Teile beharrten auf ihrem Standpunkt, bis sich ihre Augen für immer schlossen.

Von einer Sammlung für Invaliden entfielen hundert Reichstaler auf Karl, dafür kaufte sich das Brautpaar die nötigsten Möbel und mietete sich in einem Hinterhaus ein. Sie vergaßen, sich vom Pfarrer kirchlich trauen zu lassen – vielleicht unterließen sie es auch nur, um die fünf Taler zu sparen, die es gekostet hätte. Aber weder sie noch er entbehrten etwas dabei. Sein Herz war während der zehn Jahre, die sie zusammen lebten, voller Dankbarkeit wie das ihrige voller Fürsorge. In dieser ganzen Zeit wechselten beide auch nicht ein einziges unfreundliches Wort miteinander.

Einmal hätten sie die kirchliche Trauung aber doch fast vermißt, als nämlich ein paar Bewohner des Vorderhauses an ihrem Zusammenleben Anstoß nahmen und sie anzeigten. Die Polizei erschien und stellte fest, daß ihr Verhältnis tatsächlich als anstößig betrachtet werden müsse, da sie nur ein Zimmer hatten, in dem noch dazu nur ein Bett stand. In Anbetracht seiner Krüppelhaftigkeit, die den eigentlich anstößigen Punkt zwar nicht ausschloß, aber doch ungeheuer erschwerte, und mit Rücksicht darauf, daß sie ihn ernährte und damit der Gemeinde jährlich größere Kosten ersparte, ließ man jedoch Gnade für Recht ergehen und erlaubte ihnen, zusammenzubleiben – unter dem ausdrücklichen Vorbehalt, daß sie sich so bald wie möglich noch ein Bett anschafften.

Maggi wurde Krankenpflegerin, da sie diese Arbeit am meisten gewohnt war. Und sie bekam genug zu tun.

Durch diesen Beruf mußte sie allerdings oft ganze Tage

von Hause abwesend sein. Karl klagte nie darüber, litt aber in seiner Hilflosigkeit sehr darunter.

Und auch sie konnte nicht so lange hintereinander von ihm fern sein. Ihre Liebe zu ihm hatte nichts mit der Liebe des Weibes zum Manne zu tun – dies war vollständig in ihr erloschen –, aber sie dachte ständig an ihn, wie man an ein kleines Kind denkt, seine gänzliche Hilflosigkeit hatte mütterliche Gefühle in ihr erweckt, und sie empfand dasselbe für ihn, was eine Mutter für ihr neugeborenes Kind empfindet.

Dieses Gefühl brauchte er auch mehr als alles andere.

Sie grübelte über einen Ausweg nach, um mehr bei ihm sein und ihn besser pflegen zu können. Eine Rückkehr zu ihrer früheren Arbeit war ausgeschlossen, da das Nähen zu schlecht bezahlt wurde. So wurde sie schließlich Putzfrau, obgleich diese Arbeit weniger eintrug als die Krankenpflege und viel anstrengender war. Aber auf diese Weise konnte sie doch immer nachts und am Sonntag bei Karl daheim sein.

Wenn sie morgens zur Arbeit ging, begleitete er sie bis ans Haus und trieb sich dann in den Straßen und am Meer herum, oder er setzte sich auf eine Bank in den öffentlichen Anlagen. Die Vorübergehenden schauten den armen, mageren Invaliden neugierig an, und manchmal wollte ihm jemand ein Scherflein in die Tasche stecken, doch er lehnte es lächelnd ab. Maggi hatte ihn darum gebeten, als er eines Tages voller Stolz, auch etwas zum Haushalt beitragen zu können, mit einer Silbermünze heimgekommen war. Sie setzte ihre Ehre darein, selbst für ihn zu sorgen.

Gegen Mittag, wenn er müde wurde, wanderte er heim, wartete einen günstigen Augenblick ab, wo kein Mensch zugegen war, und sperrte die Tür auf; er konnte den Schlüssel mit den Zähnen umdrehen, mochte es aber nicht tun, wenn ihm jemand dabei zusah. Seine Mahlzeit war so auf dem Tisch hergerichtet, daß er sich nur vorzubeugen brauchte, um essen zu können.

Dann legte er sich auf das alte Sofa und las billige Romane, die Maggi für ihn auslieh – und er erreichte allmählich eine große Geschicklichkeit darin, die Blätter umzublasen. Wenn Maggi dann abends heimkam und sie beide im Bett lagen, erzählte er ihr den Inhalt der Romane.

Bisweilen gelang es ihr kaum, das Notwendigste zu verdienen, zurücklegen konnte sie nie etwas. Aber sie hatten ihr Auskommen – bis sich Maggi nach Verlauf von zehn Jahren wegen Überanstrengung zu Bett legen mußte.

Das waren bittere Stunden für Karl, als er sie so daliegen sah, ohne ihr helfen zu können. Er konnte ja nicht einmal für sich selbst sorgen, sondern mußte Tag und Nacht in den Kleidern bleiben. Und sie hatten nichts zu essen, geschweige denn Geld, um eine Pflegerin zu bezahlen.

Maggi lag schwitzend in ihrem Bett und klagte über Müdigkeit und Kreuzschmerzen; Karl aber saß ratlos auf dem Bettrand und suchte sie damit zu trösten, daß sie sicher bald wieder gesund sein werde – sie müsse sich nur einmal tüchtig ausruhen. Außer einer kleinen Medaille, die Karl für seinen Heldenmut im Krieg bekommen hatte, war nichts da, was sie hätten zu Geld machen können. Er verkaufte sie für ein paar Groschen an einen Kostümverleiher und kaufte für das Geld gekochte Kartoffeln. Etwas anderes bekamen sie mehrere Tage lang nicht zu essen.

Und Maggi wurde schwächer und schwächer.

Eines Tages sagte Karl, er wolle spazierengehen, und sie wusch ihn, während sie im Bett lag, kämmte ihm das verwirrte Haar und den Bart mit ihren Fingern. Dann humpelte er in die Anlagen, setzte sich auf eine Bank, und wenn jemand vorüberkam, bat er ganz leise um ein kleines Almosen. Ein älterer Herr steckte ihm einen Taler in die Tasche und sagte freundlich ermahnend: »Sie werden es doch nicht vertrinken?«

Im Kellergeschoß des Vorderhauses wohnte eine große, behäbige Gemüsehändlerin. Karl mochte sie gern, sie hatte etwas so Anständiges, Zuverlässiges an sich. Wenn sie herausgeben mußte, griff sie mit der Hand immer in einen großen grauen Leinwandbeutel, der auf ihrem dicken Bauch hing, und brachte eine ganze Handvoll Münzen zum Vorschein. Karl war schon oft stehengeblieben und hatte ihr dabei zugesehen, es machte einen so wohlhabenden Eindruck – und sie hatte ihm jedesmal zugenickt. Einmal aber hatte sie ihn in ihren Gemüsekeller heruntergeholt und ein Stückchen Bindfaden an seinen Hosenträger gebunden, als er auf der Gasse droben gestanden und sich nicht zu rühren gewagt hatte, weil seine Hosen jeden Augenblick herunterzurutschen drohten.

Diese Frau war in Karls Augen ein Übermensch – schon die Unbefangenheit, mit der sie ihren Kunden den Kopf wusch, wenn sie unberechtigte Ansprüche erhoben, erfüllte ihn mit größter Bewunderung. Höchst verlegen schlich er jetzt in ihren Keller hinunter und bat sie, ihnen ihr Laufmädchen ein wenig zu überlassen, damit diese ein paar Einkäufe für sie mache und ihr Zimmer aufräume.

Nachdem das Mädchen wieder fort war, setzte sich Maggi im Bett auf und buk Eierkuchen, und Karl trippelte, in der stillen Angst, die Eierkuchen könnten beim Umdrehen auf den Fußboden fallen, um sie herum. Zum erstenmal seit mehreren Tagen bekamen sie etwas zu essen, und sie aßen sich beide tüchtig satt. Kurz darauf sank Maggi vollständig erschöpft in die Kissen zurück. Karl saß auf dem Bettrand, beobachtete ihren Schlaf und hielt ihn für ein gutes Zeichen, dann legte er sich leise neben sie.

Als er am nächsten Morgen erwachte, war sie tot.

Er lag an ihrer Seite und betrachtete sie eine Weile, ehe er sich klar darüber wurde. Ohne sich zu rühren oder auch nur einen Ton von sich zu geben, blieb er dann liegen und schaute Maggi unverwandt an, den ganzen Tag, bis das Tageslicht entschwand und die Dunkelheit sich zwischen sie und ihn legte. Und der Morgen des nächsten Tages fand ihn in derselben Stellung.

Er lag da, ohne etwas zu denken, etwas zu wünschen,

stumm, betäubt, bis ihr Körper in Verwesung überzugehen begann; dann raffte er sich auf und ging zur Polizei. Und als Maggi aus dem Hause und begraben war, legte er sich wieder hin und stierte auf den Fleck, wo sie gelegen hatte. Der Hunger und die Betäubung bemächtigten sich seiner immer mehr, er verfiel in einen Halbschlaf und spürte mit einem leisen Behagen, wie sich ihm der Tod näherte. Ganz still lag er da, um ihn nicht zu verscheuchen, er sollte wie ein Schlaf kommen – geradeso wie bei Maggi.

Dann wurde er plötzlich schmerzlich dadurch geweckt, daß die Gemüsehändlerin sich über ihn beugte und ihm kaltes Wasser über den Kopf schüttete. Ein starkes Gefühl der Abneigung, noch einmal zum Leben zurückzukehren, bemächtigte sich seiner, und er versuchte, wieder in Halbschlaf zu verfallen. Aber die Gemüsehändlerin ließ ihm keine Ruhe.

»So, das ist recht! Wach Er nur auf! Man liegt noch bald genug mit der Nase nach oben unter der Erde!« Mit diesen Worten richtete sie Karl im Bett auf.

»Du lieber Himmel, wie verwahrlost Er ist!« rief sie, als sie ihn ein wenig zu reinigen versuchte. »Aber wenn Er jetzt zu mir hinüberziehen will, soll Er alles haben, was Er sich wünscht, ja sogar noch etwas mehr. Aber dann soll Er sich weiß Gott auch richtig mit mir trauen lassen, denn so eine wilde Ehe können wir in unserem ordentlichen Geschäft nicht brauchen! Also komm Er nur mit!«

Und Karl ging gutwillig mit; er hing im entscheidenden Augenblick trotz allem am Leben.

So wurde Karl der Mann der stattlichen, zuverlässigen Gemüsehändlerin, und der hilflose Krüppel wurde zum zweiten Male von einer warmherzigen Frau auf Händen getragen. Er bekam einen guten Anzug, reichliches Essen, eine sorgfältige Pflege und etwas Taschengeld, um ins Wirtshaus zu gehen. Hier traf er alte Kriegskameraden, oder er schloß neue Bekanntschaften, und die Zeit verging ihm höchst angenehm.

Die Geschichte von der glücklichen Wendung, die sein Schicksal genommen hatte, wurde bald bekannt, und sie verschaffte ihm sogar ein gewisses Ansehen, das ihm zu Kopfe stieg und ihm diesen ein wenig verdrehte. Er begriff sein großes Glück selbst nicht und nahm schließlich seine Zuflucht zu der Erklärung, er müsse wohl ein kleiner Don Juan sein. In dieser Auffassung wurde er noch dadurch bestärkt, daß manche Damen ihm freundlich zunickten, und er prahlte im Wirtshaus mit dem Eindruck, den er auf die Frauen mache. Als diese Prahlereien jedoch der Gemüsehändlerin zu Ohren kamen, wurde sie bitterböse und prügelte ihn tüchtig durch.

Mit dem Don-Juan-Spielen war es nun unwiderruflich vorbei, aber dafür verlegte er sich jetzt auf Kriegsgeschichten, die mit den Jahren immer schauerlicher wurden. Und in diesem Punkt legte ihm die Gemüsehändlerin nicht das geringste in den Weg. »Du meine Güte, er muß doch auch ein Vergnügen haben, der Ärmste!« sagte sie, während sie ihm mit ihrer groben Schürze die Nase putzte, als wäre er ein kleines Kind.

Er wurde immer hinfälliger, und zuletzt konnte er nicht mehr ins Wirtshaus gehen, sondern mußte im Keller bleiben. Die Gemüsehändlerin sorgte mütterlich für ihn, damit es ihm nicht an kleinen Herzstärkungen fehlte; und nun saß er vom Morgen bis zum Abend da und wiederholte seine Erlebnisse aus den Kriegsjahren. Seine Frau ging ihrer Arbeit nach und hörte kein Wort von dem, was er sagte; sie ließ nur hie und da ein »Ei!« oder »Soso!« einfließen, um ihn zu ermuntern und in Gang zu halten.

Aber eines Tages schwieg er plötzlich. Als sie es bemerkte und zu ihm trat, war er tot.

1899   *Übersetzt von Pauline Klaiber-Gottschau*

Der Tod

Die wunderbare Bewegung, die erhebend durch die Volks-
massen des Erdenrundes geht und die große Umwertung
in Gang bringt, hat auch ihren Weg hierher in die Bornholmer Gegend genommen und den kleinen Mann veranlaßt,
seinen Kopf empor in die Tageshelle zu stecken. Das zeigt
sich an vielen alltäglichen Kleinigkeiten; besonders tief ist
es aber in dem Verhältnis des Armen zum Tod zu spüren.
Dieser ist nicht mehr der Allbeherrscher, die Vorzeichen
können auch etwas Helleres ankündigen; das Interesse des
armen Hans hat sich vom Tod auf das Leben verlagert.

Die Götter mögen übrigens wissen, woher er den Mut
dazu genommen hat, Forderungen an das Dasein anzu-
melden! Von oben her hat man ihn gewiß nicht dazu er-
muntert – sein bloßer Appetit gilt immer noch als eine
freche Anmaßung! Dem Äußeren nach ist er das gleiche
schwerfällige, steife, schlechtgekleidete Arbeitstier wie
früher – mit der gleichen zahllosen, unersättlichen Kinderschar. Aber es ist etwas Starkes in sein Dasein gekommen,
das die Branntweinflasche überflüssig gemacht hat. Der
kleine Mann hat Interesse am Leben bekommen, als be-
säße er selbst Aktien darauf; er spricht über Politik und
operiert wahrhaftigen Gottes mit Plänen, das Dasein zu
verbessern. Nun, das tut auch not! Aber daß gerade er dar-
aufkommt – der elendste von allen, der durch Jahrhun-
derte mit Schmalzschnitten, Branntwein und Erzählungen
vom Tod Großgefütterte! Ist es nicht wie eine freche Anmaßung, ein Größenwahn sondergleichen, dies mit dem
armen Hans, der das Dunkel abstreift und die Welt um-
modeln will?

Ich muß mich darüber wundern, wie leicht sich das Neue mit seiner unerbittlichen Forderung nach einem helleren Dasein die Leute erobert hat. Die Losung liegt diesen von der Welt abgesonderten Erd- und Steinarbeitern anscheinend schon auf den Lippen; haben sie sie einmal gehört, kennen sie sie zur Genüge. Und woher haben sie ihr Wissen vom Licht? Über unserer Kindheit brütete noch das Dunkel; der Tod war immer noch so ziemlich der einzige Nothelfer. »Des grauen Mannes« Schatten lag weiterhin über der Erde, er war der starke Hintergrund aller Dinge; zu ihm mußte man seine Zuflucht nehmen, wenn man ein bißchen über den Alltag hinauswollte. Des Lebens vier nackte Wände konnten es damals nicht mit den schwarzen Brettern eines Sarges aufnehmen.

Man sollte meinen, der Tod gäbe eine magere, zu selbstverständliche Antwort auf alles; immer aber mußte er herhalten. Belehrt durch die Erfahrung, hatte der arme Hans allmählich alle seine Chancen auf den Friedhof herübergerettet, wo sie ihm niemand mehr streitig machen mochte. Hier war das Abenteuerliche zu Hause; ein merkwürdiger Tod blieb länger im Gedächtnis haften als irgend etwas sonst; unzählig sind die Geschichten, deren ich mich aus meiner Kindheit entsinne, wie der und jener ums Leben kam.

Auf dem Grund fast jeden Gesprächsstoffes lag der Tod; und bei den Festgelagen, wo man aufgeräumt und des Alltags überdrüssig war, sprang die Unterhaltung ungestüm auf dieses unerschöpfliche Thema los und pflanzte sich rittlings darauf. Da war der Tod mit Saft und Kraft, der die Leute – am liebsten die allerstärksten – hinterrücks überfiel und zu Boden warf, mitten in ihrer herrlichsten Jugendkraft! Und der sanfte Tod, den man sich spielend holte, während man auf der Wiese Blumen pflückte! Vor allem aber der launische Tod, in stets neuer, ungeahnter Gestalt!

So hatte einer in seiner Jugend auf einem Hof gedient,

wo die Kinder einander während des Spiels in eine Kiste einsperrten; bei einem der Kinder wurde der Schlüssel umgedreht, und schau da, das Kind erstickte! – Ein Bauer geht auf die Wiese und macht Heu, er erhitzt sich und trinkt aus einem Bach; es sticht ihn etwas in die Nase – vielleicht die Kraft des Wassers –, und er stirbt daran. – Dem nächsten Burschen kann es passieren, daß er seine Zunge verschluckt, und weg ist er; und dabei kann ein anderer volle vierzig Jahre daliegen, bis der Tod ihn fortnimmt! Es fängt in der großen Zehe an, und der Mann verfault langsam; erst wenn das Herz erreicht ist, wird er erlöst. – Weit drüben in Amerika sitzt einer und schreibt an seine Herzallerliebste, sie müsse doch kommen; und gerade als sie anlangt, stirbt er. Andere wieder laufen weit, weit über die Zeit hinaus herum; der Tod liegt da mit geschlossenen Augen und wedelt leise mit dem Schwanz. Wieder und immer wieder müssen sie an seinem Rachen vorbei; er sieht sie nicht – will sie nicht sehen!

Eine eigene Vertraulichkeit verband sie mit dem Tod – und nicht wenig Humor; bisweilen trieben sie geradezu Allotria mit ihm. Irgendwo muß es ja heraus! Und der alte mürrische Pförtner, der in grauer Unbestechlichkeit Hoch und Niedrig aus dem Dasein hinausläßt, ging zur Abwechslung einmal auf den Spaß ein. Sie hatten ja sonst niemand, und da kamen sie und wälzten sich vor seinen Füßen wie kleine Hündlein, die gern spielen möchten. Und er tatzte nach ihnen, ein klein wenig hartfäustig, wie er nun einmal ist, hatte sie zwischen den Zähnen und – ließ sie mit halber Gesundheit wieder laufen. Sie winselten vor Schmerz, waren aber im nächsten Augenblick wieder da. Ein herrlicher Spaß ist es wohl trotz alledem gewesen.

Jetzt entsinnt sich hier am Strand niemand mehr, wie Gedion und der Tod miteinander spielten; und vor nur dreißig Jahren war es doch die beste Geschichte von allen. So ganz und gar hat das Neue alle in Anspruch genommen.

Gedion gehörte zu denen, die keine bestimmte Todesart zugewiesen bekommen haben; so etwas gibt seinem Mann sofort eine schiefe Stellung zu den Dingen. Seit er das Licht der Welt erblickt hatte, wußte jeder, daß er ein Außenseiter war.

Etwas Handgreifliches, an das man sich hätte halten können, war allerdings nicht vorhanden. Er war der Sohn einer barfüßigen Fischerdirne und eines jungen Seemannes, der ertrank, noch bevor der Junge zur Welt kam, und ihm eine Teerjacke und eine Schiffskiste hinterließ. Die Mutter gab ihm die Brust und Salzhering, und seinen Namen bekam er nach einer Galionsfigur mit daran angebrachtem Namensschild, die gerade in jenen Tagen an Land gespült wurde. Zum Überfluß war sein Großvater ebenfalls auf dem Meer geblieben, sein Vater, wie gesagt, auch – und die meisten seiner Onkel. Besser als er hatte niemand im Dorf seine Papiere in Ordnung.

Es wurde ihm aber nicht gestattet, in der Menge zu verschwinden. Er schrie wie jedes andere Würmchen – sogar so, daß sein Nabel um einen Zoll heraustrat –, er fraß und machte unverdrossen in die Windeln, die Leute nahmen ihn dennoch aufs Korn und sahen allerhand, wo es anscheinend gar nichts zu sehen gab. Die Mutter war verzweifelt und wehrte sich tapfer für ihren Jungen; sie zeigte ihn nackend vor, hielt ihn an einem Fuß fest und ließ ihn in der Luft zappeln, tauchte ihn dann in kaltes Wasser: Schaut hin! Ob er denn nicht drall und rot war – und hautlos von der eigenen Flüssigkeit! Und schrumpfte nicht sein »Kennzeichen« im kalten Wasser ein? Rechtschaffenere Arbeit sei im Fischerdorf nie geliefert worden! Aber die Leute ließen sich nicht überzeugen. »Er ist nicht dazu geschaffen, eines natürlichen Todes zu sterben«, meinten sie bloß und nickten vielsagend.

Das Meer selbst widersprach ihnen. Schon von seinem vierten Jahr an schwamm er. Wenn das Meer zur Sommerzeit wie ein faulenzendes Muttertier dalag und die Jungen am Strand wie Kätzchen hin und her rollte, hätte niemand behaupten können, Gedion gehöre nicht in den Schwarm hinein; so klein er war, er schnurrte vor Wohlbehagen unter der liebkosenden Berührung der Wellen.

Aber die Alten blieben störrisch bei ihrer Meinung. Und als sich die Kinderkrankheiten einstellten, sagten sie zu dem Mädchen, sie solle sich Rat holen. »Sonst verreckt er dir, bei Gott!« meinten sie.

Das arme Ding wollte vor Scham in die Erde sinken. Da kamen sie und wollten ihren prächtigen Jungen außerhalb der Gesellschaft stellen! Es sollten ihm Pflaster aufgelegt werden wie einer beliebigen Landratte, während die anderen im Schutz des Meeres standen und nichts zu fürchten hatten!

Gedion verreckte nicht an den Kinderkrankheiten, wurde aber härter von ihnen mitgenommen als die übrigen Kinder des Fischerdorfes, obwohl an ihm herumgedoktert wurde. Etwas dabei schien die allgemeine *Auffassung* zu bestätigen, und das wirkte auf das ganze Dasein des Buben zurück. Die Fischer nahmen ihn nicht gern mit auf See; es war für ihn nicht gebürgt worden, sein Schicksal ruhte im Ungewissen. Wie es sich wirklich verhielt, konnte niemand sagen; aber es mochte sein, wie es wollte – dem Meer gehörte er nicht an.

Ob es nun daher kam – auf alle Fälle blieb er im Wachstum zurück. Der Überschuß war bei ihm zu früh dahin; er bekam eine Neigung, jeder Krankheit seinen Tribut zu entrichten. Bis zu seinem zwölften Jahr war er in den Krallen von Typhus, Diphtherie und Scharlach gewesen; und jede Krankheit hatte ihm etwas genommen und dafür ein Stück von sich in ihm zurückgelassen. Bis er mager und fahl dastand, die Haut dürftig über die Knochen gespannt. Übermut hatte er keinen, statt dessen legte er sich eine zähe Halsstarrigkeit zu, die das Rätselhafte an ihm noch mehr verstärkte. Mit dem Meer bekam er nichts zu tun, war auch nicht mehr behende genug dazu; aber er konnte gut mit, wo es auf gleichmäßiges Schuften ankam, und diente sommers bei den Bauern.

Während eines Sommers, wo er zum Pfarrer in den Unterricht ging, diente er in einem Gehöft hinterm Moor. Da wurde er von einem Pferd an der Schläfe getroffen, und man brachte ihn in leblosem Zustand heim ins Dorf.

»Also ist es doch so gekommen«, sagten die Leute und atmeten befreit auf. Im gleichen Augenblick aber schlug der Junge die Augen auf und starrte sie verloren, wie aus einer anderen Welt kommend, an. Es war deutlich, daß seine Augen von jenseits herüberschauten, und von dem Tag an mochte niemand mehr seinem Blick begegnen.

Lange Zeit spielte der Tod mit ihm wie die Katze mit der Maus. Dann stand er endlich wieder auf seinen Beinen da – mit einer Narbe und einem bißchen Gehirnverblödung als einzigen Folgen der Begebenheit.

Die Leute schüttelten den Kopf und wichen ihm aus. Ihm war mit keiner Erklärung beizukommen; aber so, wie er nun einmal war, befestigte er in jedermann die Scheu vor dem Unsichtbaren. Mit ihm zu rechten wäre nicht ratsam – man könnte mit höheren Mächten zusammenprallen! Wollte er immer noch zur See, so mochte er sich in Gottes Namen Bettzeug leisten; seine Bestimmung würde ihn schon zu erreichen wissen!

Und Gedion *wollte* nun einmal zur See gehen, er war dazu geboren; der Gesang des Meeres war der erste Laut, den sein zartes Ohr aufgefangen und wiedererkannt hatte. Da draußen lagen die meisten seiner Vorfahren; war es ein Wunder, daß sein Blut im Rhythmus der großen Meereswogen pulsierte und sein erstes zartes Weinen schon im Takt der Matrosengesänge klang! Er war ein Kind des Strandes, dunkel und tief kehrten in dem Kleinen die Töne des Liedes wieder, das sich um die Erde schwingt; und wenn die Mutter, ihre Lieder singend, seine Fußsohlen tätschelte, hatte es sich angefühlt wie das liebkosende Wiegen von sonnenwarmen Schiffsplanken. Aber nun war

Gedion geschlachtet und sein Blut auf den Opfersteinen verspritzt; der Aberglaube hatte sich ihn auserkoren, und das lähmte ihn. Er wollte zwar zur See gehen, wagte es aber dennoch nicht. Er ging dann zu einem Schiffszimmermann in die Lehre, um wenigstens in der Nähe zu bleiben.

Das Handwerk gefiel ihm. Während er arbeitete, konnte er auf das Meer hinausschauen; und einmal – einmal würde er sich schon hinauswagen! Die Stimme, die allen Kindern der Küste so vertraut ist, rief ja unentwegt von da draußen; aber jetzt hatte Gedion Zeit. Er wollte erst das Handwerk richtig erlernen – und dann als Zimmermann fahren. Besonders gewitzt war er nicht, er schuftete aber mit einem guten Willen drauflos – bis er eines Tages von einem Balken herabstürzte und auf den Felsboden der Helling schlug.

»Diesmal wird es sein Tod«, sagte der Doktor. Aber die Leute im Fischerdorf sahen einander an und dachten sich ihr Teil. »Zwei Krücken werden es auf jeden Fall«, meinte der Doktor einen Monat später.

Es wurde aber weder das eine noch das andere, sondern vielmehr eine lahme Hüfte, ein krummes Bein, eine schiefe Schulter – eine Gestalt, an der alles bis zur vollkommenen Verkrüpplung verdreht und verrenkt war.

Von jetzt an verkörperte Gedion das Unheimlichste und Spannendste von allem auf Erden: den Menschen, der nicht sterben kann. Die märchenhafte Geschichte seines endlosen Haschspieles mit dem Tod konnte einem wohl einen kalten Schauder über den Rücken jagen; sie ließ sich immer wieder von neuem erzählen. Daß Gedion darunter litt, aus dem Kreise der anderen ausgeschlossen zu sein, darüber machte sich niemand Gewissensbisse. Er war zum Apis erkoren und mußte es entbehren, mit den anderen Gras zu fressen; sooft er sich der Herde zu nähern versuchte, wurde er zu seinem einsamen Stand zurückgetrieben.

Mit der Schiffszimmerei war es nun aus. Aber er konnte auf seinen schiefen, krummen Beinen ganz flink vorwärts tappeln, und die Obrigkeit gab ihm das bescheidene Amt eines Strandwächters.

Auch mit der Aussicht, zur See zu gehen, war es unwiderruflich vorbei; und jetzt, wo er selber keinen Einfluß mehr auf die Frage hatte, wurde sie das tragische Element seines Lebens. Die Leute wichen ihm aus und beschäftigten sich doch andauernd mit ihm; und schließlich konnte er diesen Zustand nicht mehr aushalten und verlegte sich auf die Flasche.

Niemand verübelte es ihm übrigens, daß er trank. Mit Gedion ging man ja nicht ins Gericht – er hatte all das Seine durch Gottes unerforschliche Ratschlüsse! Dem Meer gehörte er nicht an – und dem festen Land wohl auch nicht! Wer aber klug war, ließ das alles auf sich beruhen und benutzte ihn statt dessen als Orakel; es brachte Glück, die Netze auf den Untiefen auszuwerfen, die er in seinem Rausch bezeichnete. Alles in allem war er ein unheimliches Zeugnis für das Walten des Unsichtbaren. Er flößte Grauen ein, und in all seiner Armseligkeit war er doch ein Beweis für die reichen Möglichkeiten des Daseins.

Für Gedion selbst verstrich eine Reihe von Jahren, gleichförmig und ohne Höhepunkte, der eine Tag wie der andere – so, wie sich das Dasein für den gestalten muß, der dazu verurteilt ist, ewig zu leben. Generation auf Generation sah ihn einen milden, niemals erlöschenden Branntweinrausch an dem Stück Strand herumschleppen, das seiner Aufsicht unterstand. Mit der Zeit wurde für den Tag ein ganzes Liter notwendig, um den Rausch in Gang zu halten, und jeder gewöhnliche Mensch wäre auf diese Art schon längst dem Trunk erlegen. Aber Gedion konnte ja nicht sterben. Mehr als eine Nacht schlief er seinen Rausch bei fünfzehn Grad Kälte am Strand aus, ohne daß er den geringsten Schaden erlitt.

Wie lange er so hätte weitermachen können, weiß niemand – vielleicht bis zum Jüngsten Gericht, wenn er nicht eines Tages mit einem Ruck abgebremst und sich rückhaltlos von dem Fluch befreit hätte. Eines natürlichen Todes konnte er ja nun einmal nicht sterben, da er nicht zur See fuhr, aber er kam dem Ziel verblüffend nahe. An dem erwähnten Tag trug er einen Generalrausch zur Stadt und legte sich unterwegs am Strand nieder, um zu schlafen, das Gesicht in seinen Südwester gedrückt. Eine lange Welle spülte heran, sie füllte den Südwester, und Gedion ertrank.

So erschlich er sich trotz allem den Tod!

1901   *Übersetzer unbekannt*

Das Glück vom Müllabladeplatz
Ein Märchen für Rotznasen

Es ist eine alte Geschichte, die Geschichte vom Glück, das dem Armen so gern die Hand gereicht hätte, ihn aber nicht finden konnte. Da fiel es ihm denn ein, den Umweg über einen Müllabladeplatz zu machen, und wer nun hübsch still sitzt, während ich erzähle, darf nachher in den Hof hinunter und riechen, was in der Kellerküche des Restaurants gebraten wird. Die kleinen Mägen müssen doch auch zu ihrem Recht kommen!

Weit draußen in der großen Stadt – noch weiter draußen als wir hier – liegt eine enge Straße, die einem Spalt in schwarzer Erde gleicht. Stets ist sie feucht und glitschig, soviel die Sonne auch anderswo scheinen mag. Wenn man vom hellen flachen Land hereinkommt, steht sie plötzlich mit zwei gewaltigen Giebeln da, daß es einem kalt über den Rücken läuft; es ist, als beträte man den Eingang zur Unterwelt. Mit jedem Schritt, den man geht, wird sie dunkler und feuchter, und weit unten mündet sie in einen großen Friedhof. Von jedem Fenster der Straße aus hat man den Friedhof vor Augen; er liegt da und versperrt einem die Aussicht und scheint eine ganz neue Welt zu sein, wo es die Menschen endlich so eingerichtet haben, daß sie alle gleich viel besitzen; aber angenehm ist er trotzdem nicht. Deshalb ist es ein größeres Vergnügen, den Kopf nach der anderen Seite hin zu drehen. Dort leuchten in dem Spalt Luft und Land wie ein Strich von Feuer, und man könnte sich sehr wohl einbilden, da draußen sei die enge Pforte zur himmlischen Glückseligkeit. Es ist aber nur das Leben selbst, das dort beginnt! Unterhalb der beiden gewaltigen Giebel bricht die Straße jäh ab, so daß

Bürgersteig und Rinnstein frei in die Luft ragen; und springt man zwei Ellen tief hinunter, ist man auf dem offenen Land.

Seht, das ist eine feine Sache! Da gehen Sonne und Wind jeden Tag spazieren, und die Erde streckt – in Form eines gelben Lehmbuckels – ihren nackten Hintern in die Luft, ohne sich auch nur mit einem Grashalm zuzudecken. Es gibt da nichts anderes als Lehm, aus dem man zahllose Herrlichkeiten hervorbringen kann: Festungen und Parkanlagen – und richtige kleine Menschen, denen bloß das eine fehlt, daß ihnen der liebe Gott ein bißchen in die Nase pustet!

Dahinter kommt dann das Grüne: große Büsche von schwankenden Nesseln und Schierling. Wermut zum Schnapsansetzen und Kamillentee, den man bei Erkältung trinkt. Hier wird wahrhaftig an nichts gespart! Blühende grüne Kränze wachsen um große blaurote Schlackenhaufen, und Berge von Bauschutt breiten sich üppig über den giftigsten Stellen aus und setzen die schädlichen Stoffe in bittere Arzneien um. Es gibt da eine Baugrube, die halb voll Wasser ist: Man kann auf Gerüstbrettern darauf herumsegeln und sich ganze Seeschlachten liefern.

Und ein geheimnisvoller eingezäunter Platz ist da, der aufregend nach dem Pechpfuhl der Hölle riecht. Leider steht »Zutritt verboten« über der Einfahrt.

Als ob das alles gewesen wäre! Nein, um dies Ganze herum dehnen sich die herrlichen großen Müllplätze aus, wo sich alles versammelt. Jeden Tag fahren Hunderte von mächtigen Wagen das hierher, was nicht mehr zu gebrauchen ist – ohne Ansehen der Person. Vieles davon erkennen wir wieder und wissen, wem es gehört hat.

Der Haufen Schmutz dort sind Sauf-Waldes abgelegte Hosen; sie sind beinahe ganz genauso schön, wie sie immer gewesen sind, wir können richtig daran abzählen, wie oft ihn die Wachhunde an den Beinen hatten. Aber worin haben sie sich denn so verwickelt – ist es ein gelblicher langer Darm? Das ist ein Schleier, Kinderchen, mit Pailletten dran; das war wohl einst ein Gefunkel – bei einem Hoffest vielleicht! Jetzt dient er nicht einmal Sauf-Waldes alten Hosenbeinen zur Zier.

Nun, das soll uns egal sein – jedenfalls kann man hier alle Herrlichkeiten der Welt miterleben. Denn wenn der Inhalt verspeist ist, landen die Konservendosen hier; an den Bildern darauf kann man noch erkennen, was drin gewesen ist; die Bilder von den seltenen Früchten und Tieren sind wie eine Reise um die Welt bei Nacht. Hier fehlt gar nichts! Der Orden vom letzten Kotillon ragt aus dem Aschenhaufen hervor – hier und da sitzt auf der Pappe noch ein wenig von der Vergoldung –, und zuoberst auf einem Kehrichtberg liegt das zerbrochene Türschild irgendeines großen Mannes.

Bestimmt ist es auch euer Spielplatz, und ihr dürft euch ruhig darüber freuen. Das Türschild des Staatsrats kann Mutter als Teller benutzen, wenn es umgedreht wird, die Sektflaschen aber will niemand kaufen. Gleich nach dem Paradies ist dies der großartigste Garten der Welt, und der liebe Gott geht selber darin herum und wühlt mit einem Haken im Kehrichthaufen, um nachzusehen, ob mit dem Dreck nicht auch etwas Wertvolles hier herausgekommen ist. Dann schickt er es wieder in die Welt zurück und läßt es diesmal von unten herauf Dienste tun – denn so ist er. Ihr lacht, ihr kleinen Schafsköpfe? Ihr habt selber mit dem Haken gearbeitet und ihn dabei nie gesehen? Aber Peter und seine Schwester haben in einer hochherrschaftlichen Wiege ohne Kufen gelegen, die ihr Vater da draußen gefunden hat – deshalb sind sie doch so wohlerzogen! Und woher hat denn die Mutter des kleinen Karl voriges Jahr die eiserne Bettstelle und die Matratze bekommen? – Ihr dürft die Sachen ruhig nach Hause schleppen, denn der liebe Gott hat der Polizei vorhin einen kleinen Schubs gegeben und gesagt:

»Seht, da sind so ein paar rotznäsige Gören. Laßt sie mir

zuliebe doch den Schiet behalten, den sie da gefunden haben!«

Auch Gold und Silber wandern nach dort hinaus. Aber darüber schweigen wir lieber still, damit nicht die Wohlhabenden herauskommen und danach zu graben anfangen. Denn so sind sie, und deshalb werden sie auch wohlhabend genannt. Doch zu unserem Trost hat das Glück die Hand darauf: Es liegt unten im Dreck und vermehrt sich. Und eines schönen Tages kommt es ans Licht – wie damals, als der Beifuß aus der Erde schoß und einen goldenen Fingerring um seinen rostroten Kopf hatte.

Und Geld – das gibt es massenhaft! Hätte man all das Geld, das Jahr für Jahr mit dem Kehricht hier herauswandert, man wäre bestimmt ein gemachter Mann. Aber Geld läßt sich so schwer von Dreck unterscheiden!

Die ganze lange Straße gehörte bis vor kurzem einem einzigen Menschen. Sie hatte die schlechtesten Wohnungen in der Stadt und warf trotzdem die höchsten Mieteinnahmen ab. Hier zogen nur die Allerärmsten her – jene, die sich das Allerschlechteste einfach leisten müssen. Trotzdem waren alle Wohnungen stets besetzt. Die trostlosen Häuserreihen neigten sich über dem engen Spalt wie zwei Vogelfelsen, wo merkwürdig zerzauste Wesen Loch an Loch in ihren Nestern brüten, in sieben Reihen übereinander. Die Straße hatte ihre eigene Luft, die euch gut bekannt ist, und nachts wälzte sich in ihr die Finsternis dahin wie in einer Kloake. Aber es wohnten über tausend Kinder in der Straße, die sprengten das jämmerliche Dasein da unten und schoben die grauen Mauern beiseite. Es gab Zeiten, da die Kluft ein summender Bienenkorb von lärmenden Kindern war, von Müttern, die trösteten, und Müttern, die schalten. Solange der Tag währte, war die Luft von den Freuden und Leiden der Kinder, von den Kümmernissen der Eltern brausend erfüllt.

Das war alles ganz gut, aber da fiel es eines schönen Tages dem Hauswirt ein, daß die Straße von jetzt an eine feine Straße sein müßte. Und das sollte dadurch erreicht werden, daß man allen Mietern, die Kinder hatten, kündigte – als ob es nicht gerade ihr Gören gewesen wäret, die allem den Glanz gaben! Es sollten dann neue Mieter kommen, die keine Kinder hatten, aber man kann ebensogut nach reichen Leuten ohne Geld suchen wie nach armen Menschen ohne Kinder; deshalb fiel er schwer damit herein.

Nun – das ist seine Sache, denn dies ist eine Geschichte vom Glück, und hier fängt sie an.

Jeden Monat fraßen sich die Kündigungen in der Straße zwei Häuser weiter, und nun waren sie bei Nummer zehn angelangt. Hier wohnten sie oben auf dem Boden. Es war Winter und noch ganz früh am Morgen. Draußen in der Dunkelheit heulte eine Fabriksirene.

Die Finsternis drückte wie ein Alp auf die kleine Stube, und in sie hinein stießen verschiedene Atemzüge, als stünden kleine Maschinen rings in den Ecken und arbeiteten jede nach ihrer eigenen Melodie. Da waren die flötensanften Atemzüge von Kindern, die an junge Vögel beim Singenlernen erinnerten, und die eines Erwachsenen, der in langen, kräftigen Stößen die Müdigkeit vertrieb. Ein kurzes, rasches Atmen wie ein zorniges Knurren mischte sich hinein. Und aus dem Winkel unter dem schrägen Dach drang etwas hervor, was nicht nur ein Atemzug war, sondern das Leiden selbst, das geduldig die Stunden der Nacht zählte.

Plötzlich hörten die kräftigen Atemzüge auf, eine Hand tappte nach Streichhölzern und zündete eines an. Es beleuchtete ein schräges Kämmerchen mit schmutziger Tapete und eine kräftig gebaute Frau, die aufrecht im Bett saß und nach dem Fleck an der Wand hinleuchtete, wo die billige Schweizer Uhr zu hängen pflegte. In dem Bett neben ihr lag ein Mann mit eingefallenen melancholischen Wangen und starrte zu ihr hin.

»Es hat noch nicht sechs gepfiffen«, flüsterte er.

Sie warf das Streichholz fluchend weg und begann sich im Dunkeln anzuziehen.

»Willst du schon gehen?« fragte er ein wenig später. »Du hast doch noch Zeit.«

Sie antwortete immer noch nicht. »Wieviel habt ihr für die Uhr gekriegt?« fragte sie plötzlich.

»Fünfzig Öre.«

Sie lachte hart auf. »Damit läßt sich wahrhaftig keine Wohnung mieten. Na ja, das Armenhaus steht uns ja immer offen, warum also sich Sorgen machen? – Will? Ob ich gehen will? Als ob man der Bewegung wegen den Leuten ihren Dreck wegbrächte. Es fragt bestimmt keiner danach, ob man will.«

Sie brummte noch eine ganze Weile vor sich hin. Der Mann erwiderte nichts, er wußte, daß sie es gut mit ihnen meinte; es war nichts weiter als der letzte Rest Müdigkeit von gestern, was heraus mußte. Sie war die Versorgerin der Familie, und es war nur recht und billig, daß sie ab und zu das Bedürfnis hatte, sich Luft zu machen! Sie mußte von selber wieder aufhören.

Sie ging in die Küche und polterte dort herum und bereitete alles für den Tag vor. Durch den Türspalt fiel Licht in die Kammer und zog durch die beklemmende Dunkelheit eine dünne Haut feurigen Dampfes. Dann kam sie im Mantel wieder herein und trat zu dem Mann.

»Sei jetzt vernünftig und bleib liegen, bis es hier richtig warm ist!« sagte sie und stopfte mit ihren kräftigen Händen die Decke um ihn fest. »Und mach dir bloß keine Sorgen. Madam Petersen ist Manns genug, uns das Essen zu besorgen – und ein Dach über den Kopf dazu.«

»Mutter, in der Borgergade ist im Hinterhaus eine großartige Wohnung mit Glaserker, da könnte Vater immer drin sitzen, wenn die Sonne scheint«, warf ein Junge vom Fußboden her ein. »Sie kostet fünfzehn Kronen, und sie wollen für einen Monat im voraus haben.«

»Ja, so einem ulkigen!« bekräftigte eine Kinderstimme. »Das ist bestimmt wahr!«

Die Mutter antwortete nicht, sondern ging zu dem alten Sofa hinüber und rüttelte an einem schnarchenden kleinen Knäuel. Das war die erwachsene Tochter Trine; sie tat bloß so, als ob sie schliefe.

»Jetzt sorgst du dafür, daß es hier schön warm ist, wenn dein Vater aufsteht! Koks haben wir doch noch? Sonst müssen die Jungen los, sobald es hell wird, und welchen sammeln. Ein paar Späne zum Feueranmachen kannst du aus der Wand zur Bodenkammer herauspuhlen – wenn du vorsichtig bist und keinen Lärm machst. Zehn Öre für Milch zu heut mittag liegen im Tellerbord; du kannst das alte Brot hineinbrocken, das ich gestern mit nach Hause gebracht habe. Und gnade dir Gott, wenn du ungezogen bist gegen deinen Vater oder deine kleinen Geschwister schlägst! Seid also alle drei brav, dann bringe ich euch heute abend auch etwas Gutes mit – Bratwurst vielleicht!«

Kaum war die Tür hinter der Mutter zugeschlagen, da streckte Trine den Kopf aus dem Bettzeug hervor und knurrte zornig vor sich hin. Dann kroch sie wieder unter die Decke, und während der nächsten zwei Stunden brütete der Schlaf von neuem über der kleinen Wohnung.

Es begann zu dämmern. Peter, der acht, neun Jahre alt war, lag vor dem Kachelofen auf den Knien und war dabei, Feuer anzumachen, und der kleine Rasmus saß auf dem Fußboden und zog sich an. Auf dem Sofa lag Trine auf allen vieren und schimpfte mit Peter, weil er den Koks nicht zum Brennen brachte. Vor lauter Ärger war sie bis ganz an den Rand gekrochen, ihr verwachsener Rücken stand steil in die Höhe, und ihre Augen funkelten unter dem filzigen Stirnhaar. Sie glich einer wütenden Katze.

Drüben in seinem Bett lag Petersen, das hagere Gesicht nach oben gewandt und die Arme auf der Decke ausgestreckt; er hatte Pulswärmer an und um den Hals ein Tuch geschlungen. Hin und wieder flüsterte er ein beruhigendes Wort ins Zimmer hinein, ohne jedoch den Kopf zu drehen.

Als es warm genug war, stellte er sich mühsam auf die Beine und setzte sich an seinen Arbeitstisch in der Fensternische. In seinen gesunden Tagen war er Klempner gewesen, jetzt hatte er nichts weiter zu tun als ein bißchen Püttjerarbeit: Blechringe für Kaffeebeutel zuschneiden und löten. Das wurde sonst mit der Maschine gemacht, aber ein Meister gab ihm die Arbeit aus purer Gnade und Barmherzigkeit. Die Arbeit war leicht, warf aber auch nichts ab; zwanzig Öre am Tag war das Höchste, was er erzielen konnte. Die Lötdämpfe legten sich ihm auf die Brust, so daß er alle Augenblicke innehalten mußte, um zu husten.

Als sie Kaffee getrunken hatten, wurde für die beiden Jungen der Tagesplan aufgestellt. Für heute war genug Koks da, auf Anweisung der Mutter aber sollten sie sammeln, soviel sie konnten, und ihn an andere Leute in der Straße verkaufen; wenn sie fleißig waren, konnten sie jederzeit fünfundzwanzig Öre dabei verdienen. Trine hatte indes einen anderen Plan, der mehr abwarf und auch den beiden Burschen besser gefiel: Sie gab ihnen einen Korb und sagte, sie sollten von Haus zu Haus gehen und »um eine Kleinigkeit bitten«. Sie müßten aber den Korb an der Haustür stehenlassen, wenn sie hinaufgingen, und die Mützen sollten sie unter der Jacke verstecken, ehe sie klingelten – Kindern mit bloßem Kopf schenkten die Menschen eher etwas. Was sie an der einen Tür zu essen bekämen, müßten sie natürlich ebenfalls wegstecken, ehe sie an der nächsten klingelten – vor allem aber sollten sie versuchen, Geld zu ergattern. Und zuerst und zuletzt müßten sie sich in acht nehmen, daß Mutter nichts davon erführe, denn dann wäre der Teufel los.

Petersen sagte nichts dazu. Er glaubte, er hätte kein Recht, sich stolze Gedanken zu machen – ein so unnützer Mensch, wie er war –, und er wollte es auch gern seiner fleißigen großen Frau etwas leichter machen. Wenn sie es nur nicht herauskriegte, denn dann …

Die beiden kleinen Burschen waren strahlender Laune. Es war das erste Mal, daß sie selber an die Türen klopfen durften, aber sie wußten von anderen Jungen, was man alles bei solchen Unternehmungen erleben konnte – wenn man Glück hatte. Peter warf sich mit dem Bauch über das Treppengeländer und rutschte bis zur Haustür hinunter, während sich Rasmus mit dem Korb hinterhertrollte. Er hatte kurze Beine und mußte jede Stufe mit beiden Füßen nehmen.

Es war noch nicht viel Betrieb auf der Straße. Drüben in Nummer dreizehn waren der Leierkastenmann und seine Tochter gerade im Begriff, die Drehorgel aus dem Haus zu schaffen; dabei bewegte er sein Holzbein in höchst komischen Schwüngen. Und oben im dritten Stock beugte sich eine nackte Frau weit aus dem Fenster und schimpfte ihrem Faulpelz von Mann hinterher, daß es laut schallte.

Gesenkten Kopfes schlichen die Jungen die Häuserreihe entlang; sie waren äußerst gespannt. Als sie beim Friedhof glücklich um die Ecke gekommen waren, empfanden sie das als eine richtige Leistung, und Hand in Hand trabten sie der Stadt zu.

Auf dem Boulevard erblickten sie Onkel Peter. Sie hatten ihn nicht mehr gesehen, seit ihn die Mutter vor etwa einem Jahr hinausgeworfen hatte, erkannten ihn aber sofort. Er ging schaudernd in der Morgenkühle umher und war ganz blaugefroren.

Sie wollten gerade hinüberlaufen und ihm guten Tag sagen, als er in ein Haustor schlüpfte. Auf dem Bürgersteig drüben kam ein Herr in Pelzmantel und Zylinder daher, etwas hinter ihm lief ein schöner langhaariger Hund mit einem silberbeschlagenen Halsband. Onkel Peter hatte sich hingehockt und lockte den Hund zu sich heran; der machte auch halt, um ihn zu beschnuppern, und plötzlich hatte ihn der Onkel am Genick, zog ihn zum Tor herein und schnitt ihm das Halsband ab. Die Jungen machten sich erschrocken aus dem Staub.

Sie kamen in eine stille Straße, wo sie noch niemals gewesen waren. Die Häuser waren alt, standen jedes für sich, und Gärten mit Treibhäusern gehörten dazu und mächtige Bäume. In einem der Gärten saß ein kleiner Affe auf einem Pfahl; er zitterte vor Kälte und machte ein Gesicht, als ob er weinte. Als die Jungen stehenblieben und über ihn lachten, schlich er durch ein Loch in der Mauer beschämt ins Haus, zog die Kette hinter sich herein und machte die Tür zu.

Sie hatten ihr Glück noch nirgends versucht, aber dies hier war endlich eine ganz neue Welt, und sie kamen überein, es nun zu probieren.

Sie gingen in eines der Häuser, versteckten Korb und Mützen sorgfältig hinter der Haustür und klingelten. Die massive Mahagonitür öffnete sich ein ganz klein wenig, und vorsichtig lugte eine junge Frau heraus. Als sie die beiden kleinen Jungen sah, machte sie die Sicherheitskette los und öffnete ganz.

»Was wollt ihr beiden Bürschlein denn?« fragte sie und nickte so freundlich, daß es Peter ganz flau wurde und er es nicht übers Herz brachte zu betteln. Ihm fiel aber auch nichts anderes zu sagen ein, und so stand er da und trat von einem Fuß auf den anderen.

Die feine Dame sah sie ein Weilchen verwundert an. Plötzlich kam ihr ein Gedanke. »Seid ihr vielleicht hungrig?« fragte sie.

Rasmus nickte eifrig.

»Aber dann kommt doch herein!« rief sie und machte ihnen Platz.

Sie kamen in ein herrlich warmes Zimmer mit prächtigen Möbeln und Teppichen auf dem Fußboden. An einem Tischchen saß ein kleines Mädchen und spielte; das herrlichste Spielzeug lag haufenweise um das Kind herum, aber es war böse und fegte es jedesmal vom Tisch auf die Erde, wenn das Kindermädchen etwas Neues hinlegte. Es waren Straßenbahnwagen und eine Eisenbahn und Puppen – viel mehr, als die beiden Jungen je bei einem einzelnen Kind für möglich gehalten hätten. Aber es war gar nicht entzückt davon – nur immer runter damit auf den Fußboden! Die Mutter mußte dem kleinen Mädchen ihr Portemonnaie geben, damit es endlich ruhig wurde.

Der kleine »As« trat vorsichtig näher und starrte auf das Spielzeug mit Augen so groß wie Buletten. Aber dann erwachte in ihm die Lust, damit zu wetteifern, und er begann seine Taschen auszukramen: die Reste einer Ohrenspritze, den Schlüssel zu einer Hummerdose, ein Endchen Gummiband – lauter Dinge, die er auf dem Müllplatz gefunden hatte. Es war nur ein kleiner Teil seines Spielzeugs, und das schönste von allem war eine große rote Garnrolle! Er und sein Bruder sammelten Garnrollen, und wenn sie genug hatten, sollten sie auf Bindfaden gezogen und als Pferdeleine benutzt werden. Die große rote sollte vorn am Zaum sitzen, zusammen mit einer anderen großen roten Rolle, die sie bestimmt auch noch auftreiben würden.

Er legte beim Essen alles neben sich auf den Tisch. Es wurde ihnen ein herrliches Mahl vorgesetzt, und sie fühlten sich hier in jeder Hinsicht angenehm wohl; er hätte gern gewußt, ob dies nicht das Pfefferkuchenhaus war. Dann war es am besten, beim Fortgehen etwas auf den Weg zu streuen, damit man es ein andermal wiederfinden konnte! Das kleine Engelskind kam ihm reichlich unartig vor! Es hatte das Geld der Mutter über den ganzen Spieltisch verstreut, und jetzt streckte es die drallen Hände nach seinen Sachen aus und wurde ganz wütend, weil es sie nicht bekam. Schließlich mußten die Erwachsenen nachgeben; das Kindermädchen wusch die rote Spule ab und überließ sie dem kleinen Mädchen; das machte sich sofort eifrig daran, Papier hineinzustopfen. Rasmus fühlte sich aber deswegen nicht benachteiligt; er bekam einen kleinen Omnibus mit Pferden und Kutscher dafür.

Peter hatte schon früher solch schönes Spielzeug gesehen – in Schaufenstern – und war ja überhaupt weltgewandter. Was ihn aber mehr als aller Glanz wunderte, war, daß das Kind mit Geld spielen durfte – sie konnte es ja zufällig verschlucken, so daß es nie wieder ans Tageslicht kam. Die mußten Geld haben! Es waren ein Zehnkronenschein, einige Einkronen- und Fünfzigörestücke – mehr Geld, soviel er sehen konnte, als sie brauchten, um die lächerliche Wohnung in der Borgergade zu mieten. Ob er sich wohl das Geld erbitten sollte? Sie waren doch sicherlich Millionäre.

Er überlegte, wie er es am besten vorbringen könnte – und war all des guten Essens ein bißchen überdrüssig. Jetzt, wo er satt zu werden begann, hätte er viel lieber einiges davon im Korb mit nach Hause genommen; und so lauerte er auf eine Gelegenheit, das eine oder andere in seine Bluse zu stecken.

Aber da kam ein großer, ernster Mann aus einem anderen Zimmer herein und fing an, sich mit den beiden Jungen zu unterhalten. »Na, wo wohnt ihr denn?« fragte er.

»In der Lergade.«

»Das ist weit weg von hier. Und was ist euer Vater?«

»Er ist krank«, beeilte sich Rasmus zu antworten, um auch dabeizusein.

»Nein, er ist Klempnergeselle – aber jetzt ist er brustkrank«, verbesserte ihn Peter.

»Und da hat euch wohl die Mutter aus dem Haus geschickt, damit ihr – hm – ein wenig bettelt?«

»Nein, das kann Mutter nicht leiden. Aber sie ist auf Arbeit, drinnen am Kongens Nytorv.«

»Da hat sie einen langen Weg, die Ärmste!« meinte die Frau.

»Ja, aber jetzt sind wir gekündigt, weil wir keine Kinder haben dürfen. Der Hauswirt mag Kinder nicht leiden. Und dann ziehen wir wohl in die Borgergade, wo so eine Art Treibhaus von Holz und Glas nach dem Hof zu ist;

da kann Vater sitzen, wenn die Sonne scheint, da ist es dann warm. Wir brauchen nur noch die fünfzehn Kronen Anzahlung, aber damit wird uns schon jemand aushelfen, meint Vater!« – So, jetzt war es heraus! Peter atmete erleichtert auf.

»Hast du's gehört, kleine Gisse? Es gibt einen bösen Mann, der Kinder nicht leiden mag«, sagte der Herr und beugte sich über das Kind. »Aber was ist denn das – ich glaube, Gisse spielt mit Geld! Das geht nun wirklich nicht.«

Die Frau begann das Geld aufzusammeln.

»Seid ihr viele Kinder?« fragte der Mann weiter.

»Ja, Trine ist noch da, aber die ist schon zwanzig Jahre alt.«

»Und dabei ist sie so wütend, so wütend«, fügte Rasmus hinzu.

Der Mann lachte. »Aber warum ist sie denn so wütend?«

»Mutter sagt, weil sie keinen Mann kriegen kann«, antwortete Peter ernst.

»Nein, sie hat doch einen Buckel«, fiel As eifrig ein und machte den Rücken krumm, so daß alle über ihn lachten.

»Kann sie gar nicht arbeiten, diese Schwester?« fragte der Mann weiter.

»Doch, sie hat Stühle geflochten, aber das lohnte sich nicht, sie knickte zu viel Rohr dabei. Deshalb sagte Vater, sie sollte aufhören damit, bei jedem Sitz setzten wir glatte fünfzehn Öre zu.«

»Wie arm sie sein müssen, Henrik!« flüsterte die junge Frau ergriffen.

Mit vollem Mund und mit Augen, die ihm vor lauter Eifer fast aus dem Kopf quollen, fiel Rasmus ein: »Ja, aber Vater sagt, wir kriegen es besser, wenn er tot ist. Denn dann kriegen wir viel Geld, Begräbnishilfe.«

Die beiden Jungen starrten verblüfft der Frau nach, die mit dem Taschentuch vor den Augen aus dem Zimmer lief; sie hörten sie im Zimmer nebenan schluchzen. Da krabbelten sie von ihren Stühlen herunter, wischten Nase und Mund mit dem Ärmel ab und gingen zur Tür. Als Peter sie aufmachen wollte, fiel aus seiner Bluse ein Brötchen auf die Erde.

»Ist das für die zu Hause?« fragte der Mann.

Peter nickte erschrocken.

Der ernste Mann wickelte den Rest der Mahlzeit in Papier ein und gab es ihm. »Nimm das für Vater und Schwester mit nach Hause – und kommt ein andermal wieder!« sagte er und ließ sie hinaus.

Die Frau, die wieder hereingekommen war, stand da und durchsuchte sämtliche Spielsachen ihres Kindes.

»Die kleinen Kerle«, sagte der Mann vom Fenster her, wo er den beiden Jungen nachschaute. »Sieh bloß, Anna – jetzt haben sie einen Korb bei sich und Mützen auf. Das hatten sie wohl irgendwo versteckt.«

»Ja, und weißt du, was schlimmer ist, Henrik? Ich glaube, sie haben zehn Kronen mitgenommen. Es waren ganz bestimmt vierzehn Kronen im Portemonnaie, als ich es Gisse gab, und jetzt sind es nur vier – der Zehnkronenschein ist weg.«

»Aber das ist einfach unmöglich! Sie haben sich ja gar nicht vom Fleck gerührt.«

»Ich verstehe es auch nicht, aber weg ist er!«

Nun begann der Mann unter den Spielsachen des Kindes zu suchen. »Was ist denn das für Zeug?« fragte er und hielt die rote Rolle hoch.

»Ach, die hat Gisse von den Jungen bekommen. Wir haben sie natürlich erst abgewaschen.«

Der Mann zuckte ergeben die Achseln. »Herrgott – abgewaschen! Glaubst du wirklich, die Ansteckungsgefahr läßt sich abwaschen? Womit kann so ein Ding nicht alles in Berührung gekommen sein! Ich muß sagen, es war sehr gedankenlos von dir.«

»Ja, Liebster, es war auch verkehrt von mir – aber im Augenblick dachte ich wirklich nicht daran. Und Gisse war so unvernünftig.«

»Die rote Farbe allein würde genügen, sie krank zu machen, wenn sie das Ding in den Mund steckte; rote Farbe ist sehr giftig, will ich dir nur sagen. – Nehmen Sie das Ding und werfen Sie es in den Mülleimer!« wandte er sich an das Kindermädchen.

Die beiden Burschen trabten unterdessen der Stadt zu und besprachen dabei eifrig, was sie erlebt hatten. Sie befanden sich weit draußen in Frederiksberg, aber was tat das? Jetzt wollten sie einen Abstecher in die Borgergade machen und nachsehen, ob die Wohnung noch frei war, und dann wollten sie mit dem guten Essen nach Hause, damit es der Vater zu Mittag hätte. Außerdem mußte Peter um eins in der Schule sein. Es fiel ihnen nicht ein, noch in andere Häuser zu gehen – sie hatten etwas Gewaltiges erlebt, und das wiederholt sich nicht am selben Tag. An einem anderen Tag aber würden sie zum Pfefferkuchenhaus zurückfinden, darüber waren sie sich einig.

»Und dann kriegen wir vielleicht das Geld für die Wohnung«, meinte Peter.

Auf dem Gamle Kongevej begegneten sie Jungen, die auf dem Weg zur Schule waren, und Peter bekam einen heißen Kopf. Im selben Augenblick aber jagte die Feuerwehr im gestreckten Galopp an ihnen vorüber und zog sie unwiderstehlich in ihr Kielwasser. In sausendem Tempo bimmelte sie dahin, einen Schwanz von Hunderten von Jungen hinter sich, die im Laufen sangen:

>»Deck, deck, Broager deck!
Noch eins drauf, die Granate ist weg!«

Die Fahrt endete draußen auf dem Lampevej, wo ein Fach Gardinen in Brand geraten war. Und nun hätten sie eigentlich von vorn anfangen müssen. Peter hatte nämlich bei der Rennerei den ganzen Inhalt seines Korbes verloren, aber daran war nun nichts zu ändern.

Rasmus taten jetzt die kleinen Stummelbeine weh, er kam nur langsam voran, aber die Jungen halfen sich dadurch, daß sie sich hinten an Fleischerwagen anhängten und auf die Trittbretter von Omnibussen sprangen, wenn der Schaffner im Wagen war. Auf diese Weise gelangten sie allmählich zum Kongens Nytorv und standen kurz darauf vor dem spannenden Haus in der Borgergade. Ja, die Wohnung war noch zu haben! Sie schlichen durch den dunklen Hausflur in den Hof, um nur eben einmal einen Blick auf den lustigen Glasbauer zu werfen – und rannten der Mutter geradeswegs in die Arme.

Sie war für einen Augenblick von der Arbeit fortgelaufen, um sich die Wohnung anzusehen, und da bereitete sie den beiden Landstreichern einen schönen Empfang! Es war ein großes Glück, daß sie nicht auch noch etwas im Korb hatten!

Sie wurden nachdrücklich nach Hause geschickt, und das war keineswegs zu zeitig, denn als sie in die Lergade kamen, war es dunkel, und die Laternen brannten bereits. Vater war schon im Bett; er war allein zu Hause. Trine war ausgegangen, trieb sich irgendwo an einer Straßenecke herum und wurde wütend und noch weniger umgänglich, wenn sie alle die jungen Leute sah.

Rasmus kroch zum Vater aufs Bett und zeigte ihm seinen Omnibus; der war in der Tasche entzweigebrochen, aber das ließ sich wohl leicht wieder löten. Peter schämte sich, daß sie dem Vater nichts mitgebracht hatten. Der lag da und sah einsam und verlassen vor sich hin, und Trine hatte versäumt, ihm für seine kalten Füße den Ziegelstein zu wärmen.

Peter tat das schnell und richtete dann stumm allerlei für die Nacht her; er fühlte nicht das Bedürfnis, seinen Senf dazuzugeben, sondern ärgerte sich über die Quasselstrippe von As. Gehörte es sich denn, lang und breit von all dem guten Essen zu erzählen, wenn sie nichts davon mit nach Hause gebracht hatten? Er wünschte, es wäre auch ein bißchen für den Vater dagewesen, und als Rasmus von dem Kind und dem vielen Geld erzählte, rief er dazwischen:

»Weißt du, was ich glaube, Vater? Ich glaube, sie bringen uns morgen die Miete.«

»Ja, gewiß«, sagte der Vater zögernd. Doch nun war Peter seiner Sache sicher; er hatte deutlich gesehen, wie der Mann der Frau zugeblinzelt hatte, als er ihnen von der Wohnung erzählte. Und als As ihm das bestätigen sollte, wurde dieser noch lebhafter, er hatte mit seinen Ohren gehört, daß sie es einander zugeflüstert hatten.

Peter hatte die Seegrasmatratze unter dem Bett hervorgezogen und für den Bruder und sich zurechtgemacht. Sie schmiegten sich eng aneinander, die Decke ganz über den Kopf gezogen, und hatten sich eine richtige Hütte gebaut, worin es rasch warm wurde. In dieser lauen Finsternis erzählten sie einander seltsame Geschichten, die dem Nichts entsprangen. Sie drückten bloß auf die geschlossenen Lider und öffneten die Augen wieder; dann traten strahlende Farbringe hervor, glitten ineinander und verschwanden wieder, und wo sie gewesen waren, stand eine ganze Geschichte von dem, was man sich am meisten wünschte. »Was siehst du jetzt?« fragte alle Augenblicke einer den anderen. Und sogleich war die Geschichte von den feinen Leuten da, die sie mit der Miete und einem Korb voll leckeren Essens besuchten – und mit einer Flasche Wein für den Vater dazu. Die Geschichte wurde jedesmal, wenn sie sie hervorlockten, schöner.

Dann kam Trine nach Hause, und das Flüstern mußte aufhören. Kurz danach schliefen sie alle. Es war nicht später als sieben Uhr, aber auf diese Art sparte man Licht und Feuerung.

Es war Samstagabend, und die Mutter kam spät heim, müde und abgerackert. Sie hatte Bratwurst eingekauft, wie sie es versprochen hatte, da aber alle schliefen, mochte sie sie nicht wecken. Außerdem betrog man auch noch die Mägen um eine Mahlzeit, ohne daß sie es merkten.

Am nächsten Morgen wachten die beiden Jungen davon auf, daß die Mutter zwischen Stube und Küche hin- und herging. Sie war in Unterrock und Nachtjacke und ließ sich viel Zeit. In der Stube roch es nach Kaffee, und jetzt wärmte sie auf der Kochmaschine altbackene Semmeln auf. Den beiden Jungen war es richtig gemütlich zumute, und sie legten sich bequem zurecht, um den Sonntagmorgen zu genießen. As, der noch ein wenig mütterliche Wärme brauchte, drängte sich in Peters Arm.

Die Eltern sprachen wieder von Wohnungen und gerade von der in der Borgergade.

»Wir können den Gedanken an sie ebensogut aufgeben wie an jede andere Wohnung auch!« erklärte die Mutter.

»Es wird schon werden«, meinte der Vater leise. »In vierzehn Tagen kann vieles geschehen.«

»Ja, auf alle Fälle geschieht das, daß wir auf die Straße gesetzt werden«, antwortete sie von der Küche her, wo sie ihre Groschen zählte. »Eigentlich ist es lächerlich, daß eine ganze Familie bloß deshalb in die Obdachlosenabteilung muß, weil ihr acht, neun Kronen an der Anzahlung fehlen.«

Die Jungen dachten an das Wunder, das sich heute ereignen würde, wagten aber nicht, davon zu sprechen. Mit dem hoffnungslos kranken Vater zusammen konnten sie an das Glück glauben, in der Nähe der handfesten Mutter aber wurden solche Vorstellungen merkwürdig blaß. Um so fühlbarer machte sich die Wirklichkeit geltend.

Lärmend schickte die Mutter sich an, die Asche aus dem Kachelofen zu nehmen; ihre kräftigen Schläge mit dem Feuerhaken verdarben Peter im Nu die Sonntagsstimmung. Noch ehe sie ein Wort gesagt hatte, wußte er: es war kein Koks da. »Dann müßt ihr los – und das gleich!« ordnete sie an. »Euer Vater darf nicht frieren.«

Peter war kein Langschläfer und war im Nu auf den Beinen, aber als er halb in den Hosen war, fing er an zu heulen.

»Na, was ist los?« fragte die Mutter ungeduldig.

»Dürfen – dürfen As und ich heute nicht im Bett Kaffee trinken?« schluchzte er.

»Was soll der Unsinn, willst du Herrschaft spielen?«

»Nein, aber dann ist es mehr Sonntag.«

»Na, dann leg dich wieder hin, du Schöps«, meinte sie lachend und warf ihm das Deckbett über den Kopf, aber der Junge zog die Hosen und Strümpfe fix wieder aus und kroch richtig ins Bett. Es sollte so aussehen, als wache er erst dadurch auf, daß Mutter mit dem Kaffee kam.

So schnell hatten die beiden Burschen noch nie einen Sack Koks zusammengeklaubt. Peter scharrte mit den Füßen in den neuen Abfallhaufen herum und arbeitete mit seinem Kratzer, daß der Staub nur so flog, und Rasmus füllte den Sack. Sie arbeiteten wie die Hühner, und weil Sonntag war, befanden sie sich allein auf dem Platz.

Nach einer Stunde war der Sack voll, und sie hatten sogar noch Zeit übrig, verschiedene andere Dinge mitzunehmen: ein paar Kessel, denen der Vater neue Böden einlöten und die er dann verkaufen konnte, einen zertretenen Löffel, der sich noch richten ließ, und einiges Spielzeug – vor allem Garnrollen. Jetzt hatten sie für ihre Pferdeleine Rollen genug, und Bindfadenreste gab es auch genügend hier draußen. Das schönste von allem aber war eine rote Garnrolle, genau wie die vorige.

»Wenn du doch bloß die andere nicht weggegeben hättest«, bemerkte Peter vorwurfsvoll.

Aber das war nicht mehr zu ändern, und so zogen sie mit ihrer Beute heimwärts.

Zu Hause war es warm und aufgeräumt; es war so gemütlich, wie es nur am Sonntag sein kann, wenn die Mutter sich selber um alles kümmerte. Der Vater saß aufrecht im Bett und hatte reine Wäsche an; vom heftigen Waschen war er noch ganz rot im Gesicht. Trine war schon ausgegangen.

Sobald der Vater angezogen war, gingen alle drei daran, die Leine zu bauen. Rasmus machte die Rollen sauber, Peter knotete die Bindfäden aneinander und zog die Rollen auf, und der Vater verfertigte aus Stahldraht ein richtiges Stangengebiß.

Sooft jemand die Treppe heraufkam, lauschten die Jungen und nickten dem Vater triumphierend zu, sagten aber nichts, denn die Mutter war ja da und hatte schlechte Laune. Aber bei ihnen klingelte niemand, und sie machten sich wieder an die Arbeit – von Mal zu Mal niedergeschlagener.

»As kriegt den Dreck nicht heraus«, sagte Rasmus plötzlich und reichte dem Vater die große Garnrolle hin. Der Vater drückte einen Stahlstift hindurch, und da kam ein zusammengerolltes graues Stück Papier zum Vorschein; er faltete es erschrocken auseinander – es war ein Zehnkronenschein. Er wollte etwas sagen, brachte aber nichts heraus, sondern saß bloß da und schwenkte den Schein in der Luft herum und wurde vor Aufregung ganz dunkelrot im Gesicht.

»I du meine Güte!« rief die Frau aus und wiederholte es immer wieder – vor lauter Bestürzung.

Zu einem Hustenanfall des Vaters kam es diesmal nicht, vielleicht half ihm die Freude darüber hinweg. Er holte tief Atem und sagte: »Siehst du, da ist doch was eingetreten!«

»Ja, das tut es immer!« erwiderte Peter altklug.

»Hat Vater den Dreck herausgekriegt?« fragte Rasmus, der nicht recht begriffen hatte.

Die Frau zog sich auf der Stelle an, ging in die Stadt und mietete die Wohnung mit dem Glaserker. Und da wohnen sie noch. Der Mann hat dort viel in der Sonne gesessen, denn als ich ihn das letztemal sah, war er so gesund, daß er für einen Verein Botengänge machen konnte.

Und dies war die Geschichte vom Glück auf dem Müllabladeplatz. Ihr könnt selber hingehen und mit ihm sprechen.

1902   *Übersetzt von Ellen Schou und Karl Schodder*

Die Zugvögel

Peter Nikolaj Balthasar Rasmussen Kjöng – dessen Name nach unumstößlichen Lautgesetzen, die hier nicht erklärt werden sollen, im Laufe der Zeit die Form König Nebukaneser angenommen hatte – war ein Mann, der die Welt und die Menschen kannte.

Von Beruf war er Schuhmacher, von Geblüt fahrender Gesell. Er gehörte zu jenen, in denen die Umdrehung der Erde lebendig geworden ist, so daß sie partout auf eigene Rechnung rund um sie herum müssen; zu wandern und ins Unbestimmte vorzustoßen saß ihm als Drang in den Fußsohlen. Er kannte nichts Herrlicheres als aufzubrechen – einerlei, wovon. Auf diese Weise ließ er mehrere Male das Glück hinter sich und fühlte sich glücklicher dabei.

Zu Fuß hatte er den größten Teil der zivilisierten Welt durchwandert – insofern er klar und deutlich als Zivilisation die Sitte bezeichnete, auf ledernem Schuhwerk zu gehen. Er kannte die deutschen Herbergen und die französischen Landstraßen in- und auswendig, hatte Alpen und Pyrenäen mehrmals überschritten und mit dem einen Bein in der Schweiz und dem andern in Frankreich gestanden und weit über die italienischen Hänge hinuntergespuckt. Auf Sizilien war er gewesen, auf Gibraltar und drüben in Kleinasien.

Auf seinen Fahrten hatte er alle Geheimnisse des modernen Transportwesens kennengelernt; er wußte, wo man zwischen den Rädern eines Güterwagens hängen konnte und wo es zweckmäßiger war, angeblich seine Fahrkarte verloren zu haben oder an die Gutmütigkeit der Bahnbeamten zu appellieren. Von Gibraltar schlüpfte er nach

Sizilien hinüber, indem er sich im Kabelraum eines großen Dampfers verbarg; der Hunger trieb ihn schließlich an
Deck, und die Reise kostete ihn eine tüchtige Tracht Prügel und ständige Bedrohungen, über Bord und den Haien
vorgeworfen zu werden; aber hinüber kam er.

Von Sizilien wollte er mit einem anderen Dampfer gratis
nach Griechenland und dafür als Heizer arbeiten. Aber es
zeigte sich bald, daß er von dem Handwerk nichts verstand, und so wurde er in Brindisi an Land gesetzt. Da
schmierte er sich die Füße mit Talg ein und wanderte das
Adriatische Meer hinauf und auf der anderen Seite wieder
hinunter. Es dauerte zwar Monate, aber an sein Ziel kam er
auch diesmal – und die Zeit spielte ja keine Rolle. König
Nebukaneser hatte etwas von der Geduld der wandernden
Himmelskörper an sich, er wanderte, um zu wandern,
suchte an und für sich nichts Bestimmtes – das Wandern
selbst war ihm genug. Auf der Balkanhalbinsel erlebte er
das Gaudium, von Räubern gefangen und mit größter Verachtung wieder weggeschickt zu werden, nachdem sie die
Beschaffenheit seiner Kleidung untersucht hatten. »Eine
Maus rettete den König der Tiere, eine Laus rettete König
Nebukaneser«, pflegte er mit einer großartigen Handbe-
wegung zu sagen.

Er machte eine Spritztour nach Amerika – um am Gold
zu riechen. Aber unten in Kalifornien gelangte er rasch
zu der Erkenntnis, daß Gold für einen reisenden Gesellen
eine viel zu schwere Ware sei, und ließ sich zwischen den
Achsen eines Kohlenwagens schleunigst nach New York
zurücktransportieren. Hierbei machte er zugleich die Erfahrung, daß die Amerikaner wirklich praktische Leute
sind. In Deutschland pflegte das Bahnpersonal mit einer
Laterne unter den Zug nach Vagabunden zu leuchten, und
dann wurde man hervorgezogen und vor die Obrigkeit ge-
schleppt, wo man Verhör und Urteil und feierliche Aus-
weisung wegen Mißbrauchs von Staatseigentum über sich
ergehen lassen mußte. Aber hier lief nur ein einziger Mann

mit einem Schlauch den Zug auf und ab und spritzte kaltes Wasser unter den Zug. Sobald dann der Zug mit seiner Höllengeschwindigkeit losfuhr, froren einem die Kleider auf dem Leib zu Eis, und sein Lebtag lief man mit Gicht in der linken Schulter herum.

Von New York aus versuchte er, sich als Meisterkoch oder Leichtmatrose nach Kopenhagen anheuern zu lassen, und als keines von beiden gelang, fiel er eines Tages mit einem Schlaganfall auf der Straße um. Alles, was er sonst zu tun hatte, war nur, im rechten Augenblick ein wenig die Augen zu öffnen und das Wort »Däne« zu flüstern. Daraufhin wurde er auf das dänische Konsulat gebracht, das ihn dann nach Hause beförderte.

Ja, er hatte das Leben und die Menschen kennengelernt! Sein Handwerk hatte ihn um die halbe Erde geführt, in allen Großstädten hatte er gearbeitet – in jeder so wenig wie möglich, um auch alles Sonstige mitzunehmen – und sozusagen im Vorbeigehen seinem Fach ein neues Geheimnis abgelauscht. Er brachte nicht viel fertig, aber was er fertigbrachte, war schlechthin Kunst; seine Arbeit war unter tausend anderen herauszukennen, solange noch ein Faden davon übrig war; er konnte kein Stück Leder anrühren, ohne daß eine Ausstellungsarbeit daraus wurde.

Mit einem Lächeln gedachte er der heimatlichen Pfuscherbuden; jetzt aber sollte Schwung in die Stiefel kommen, denn jetzt war es seine Absicht, sich zu Hause niederzulassen und seine Welterfahrung fruchtbringend zu verwerten, in Übereinstimmung mit dem Wort, daß man dem Vaterland sein Bestes schuldig sei. Und das erste, was er tat, nachdem er einen Monat lang gebummelt hatte, um den Magen an die heimischen Nahrungsmittel zu gewöhnen, war, daß er in einer Werkstatt Arbeit annahm.

Aber König Nebukaneser war gewöhnt, sich in großen Räumen und nach großen, einfachen Gesetzen zu bewegen. Auf seinen Wanderungen hatte er gelernt, alles Überflüssige aus seinem Gepäck auszuscheiden; das Leben hatte ihn gelehrt, daß das meiste von dem, womit sich die Heimat herumschlug, überflüssiger Ballast war – und nun stand er da mit seiner einzigartigen Begabung, alles zu vereinfachen. Der Apparat, den ein dänischer Schuhmacher in Bewegung setzt, wenn er eine Arbeit beginnen soll, mußte einem Mann komisch erscheinen, der mehr als einmal im Straßengraben gesessen und erstklassige Arbeit geleistet hatte – nur mit einem Pfriem, einem Messer, ein wenig Pechdraht und einem abgebrochenen Stuhlbein zum Nachputzen ausgestattet.

Deshalb verkaufte er überall, wo er arbeitete, frischweg von dem Überfluß der Werkstätten; aber obwohl *ihm* die Arbeit ebensogut von der Hand ging, paßte es den Meistern nicht, sondern sie zogen es ihm von seinem Tagelohn ab. Und er wurde vor die Tür gejagt und obendrein mit der Polizei bedroht.

Da fing er an, zu Hause zu arbeiten, und hier dehnte er seine Vereinfachung des Werkzeugs auch auf das Material aus. König Nebukaneser wußte aus dem Ausland, was Pappe wert ist, und von dem genau zugemessenen Leder, das ihm die Meister für eine Arbeit lieferten, verstand er eine unfaßbare Menge übrigzubehalten. Die verkaufte er und verlängerte dadurch seinen blauen Montag bis Mittwochabend.

Unter seinen Kameraden galt er für ein Genie, und das sollte etwa heißen, daß er einer war, der in Blitzesschnelle ein hervorragend schönes Stück Arbeit fertig hat – und das sozusagen aus nichts –, im übrigen aber Müßiggang und Hunger und kleine Klare über alles in der Welt liebt.

König Nebukaneser war sicherlich ein Genie. Wenn er arbeitete, arbeitete er; er hatte nicht mehr Finger an der Hand, als dahin gehörten. Ein Geheul und eine blaue Flamme – wuppdich! – zwei Paar Damenstiefel und Schlag fünf Feierabend! Hinterher brachte er den doppelten Tagelohn durch, schlief auf einem Haufen Pflastersteine oder hinter einem Bretterzaun seinen Rausch aus – und konnte am nächsten Morgen frisch an die Arbeit gehen, wenn es durchaus nötig war.

Aber das tat er höchst ungern; er haute lieber an einem Tag drei Paar hin, als daß er zwei Tage hintereinander arbeitete.

Bei der Arbeit hatte er für nichts anderes Sinn, aber wenn er den Rücken gerademachte, um saufen zu gehen, mußte er oftmals entdecken, daß er allein war. Ein ums andere Mal tauchte das lächerlichste aller Phänomene vor ihm auf: daß die Leute keine Zeit hatten – Herrgott noch mal! Keine Zeit zum Bummeln! Er begriff es nicht, aber es war so.

Es war außerordentlich komisch, und es dauerte eine Weile, bis er sich ausgelacht hatte und feststellte, daß er ein einsamer Mann war. Die Kameraden hatten ihn und seine Unermüdlichkeit ganz einfach im Stich gelassen und sich – ein wenig schamhaft vielleicht – entfernt, um nicht über die Zeit zu bleiben. Sie waren Nutzgeschöpfe geworden, kleine Spießbürger mit Bäuchlein und einer gewaltigen politischen Verantwortung. Morgens Schlag sieben Uhr trabten sie zur Arbeit und gingen Schlag sechs Uhr abends wieder nach Hause – er hätte die Uhr nach ihnen stellen können, wenn er eine gehabt hätte. Den Abend benutzten sie zu politischen Versammlungen. Heiraten taten sie auch, und Sonntag nachmittags zogen sie mit Frau und Kind in den Zirkus. Und das nannten sie »der Tretmühle eins versetzen« – pfui!

Die jetzt noch über die Stränge schlugen, waren nicht mehr Leute seines Schlages, die es nötig hatten, die ihnen von der Arbeit beigebrachten Beulen auszuglätten; die großzügige Sauftour glitt mehr und mehr in die Hände professioneller Bummler hinüber. Und König Nebukaneser war kein Bummler; er war bloß ein freier Mann, der zufälligerweise in der großen Welt gewesen war und sich umgesehen hatte, während die Kameraden das Sklavenjoch trugen.

Nun, das mußten sie selber wissen – wollten sie sich mit dem Glockenschlag in Fabriken und Großwerkstätten zusammentrommeln lassen, dann bitte sehr! König Nebukaneser arbeitete nach wie vor auf seinem Logis, da halfen keine Vorhaltungen – er war sein eigener Herr. Er wollte nichts von einem Werkmeister wissen, der herumging und ihm auf die Finger sah. Und Mitglied der Gewerkschaft sein, sich in allem dirigieren lassen, bis auf die Luft, die man einatmete – nein, pfui Kuckuck!

König Nebukaneser war Manns genug, seine Angelegenheiten selber zu ordnen; er wollte es sich gestatten dürfen, die Arbeit von drei Tagen an einem Tag zu erledigen – und an den beiden folgenden blauzumachen. Seinen Tarif würde er schon selber bestimmen. Eines Tages erfuhr er, was er mit unsäglichem Hohn aufnahm, daß die Gewerkschaft die Heimarbeit hatte verbieten lassen. »Mich fressen sie nicht«, erklärte er und fuhr auf seine Weise fort. Und dank seiner Tüchtigkeit wußten die Meister ihn zu finden, wenn es um ein besonderes Stück Arbeit ging.

Aber sie durften ihn nur heimlich beschäftigen, und für den täglichen Gebrauch zogen sie die geordneten Verhältnisse vor. Bei König Nebukaneser wußte man nie, ob man nicht verraten und verkauft war; es kam vor, daß mitten in einem eiligen Stück Arbeit für die eine oder andere Hoheit der Teufel in ihn fuhr. Aber schließlich konnte König Nebukaneser auch nicht von Luft leben und darauf warten, daß die paar Nobilitäten, die Dänemark auf die Beine zu stellen vermochte, ihre Stiefelsohlen verschlissen.

Wie alle Genies kam er eines Tages zu der Erkenntnis, daß die Verhältnisse hier zu Hause zu klein seien! Es blieb nichts anderes übrig, als dem schäbigen Vaterland noch einmal den Rücken zu kehren. Er hatte die große Welt in sich bewahrt und gedachte ihrer stets mit dankbarer Freude. Und er warf die Taue los.

Aber er kam nicht so in Schwung wie in alten Tagen, wo

er gleich den Vögeln Luftkanäle in den Knochen gehabt hatte und es ihm Mühe bereitete, sich auf der Stelle zu halten. Die Schleuderkraft hatte ihn verlassen, jetzt wirkte nur die Schwerkraft und fesselte ihn an die Erde. Er begriff es nicht, aber es verhielt sich so; jetzt kostete es Anstrengung, in Gang zu kommen, wie es früher Anstrengung gekostet hatte, zu verweilen.

Man flog nicht mehr aufs Geratewohl hinaus – man setzte sich hübsch hin und dachte über die Sache nach und überlegte. Die Erdumdrehung wirbelte nicht mehr Berge und Flüsse und endlose weiße Landstraßen durch das Gehirn; ob man die Fahrt aushalten würde – das war nun die Frage. Denn es wurden gewisse Anforderungen gestellt – namentlich an die Kraft der Beine, und der Magen wäre am besten so etwas wie ein Steinbrecher gewesen. Aber mit beiden Teilen war allmählich nicht mehr viel los. Und dann dieses allgemeine Gefühl der Schwere – als ob einen die Erde an sich sauge. Nein, die große Welt mit ihrer ewigen Unruhe und Spannung lockte ihn nicht mehr, er hatte Angst, sich in sie hinauszubegeben. Er war müde und ruhebedürftig. Ein kleines Heim mit weichgekochtem sanftem Essen und Stuben und warmer Kleidung und einem sauberen Bett – das war es, zu seiner Schande sei's gesagt, wonach ihm der Sinn stand.

Er versuchte es zu verwirklichen und schlug sich ein Jahr oder zwei durch, indem er sich von einem geistesschwachen Weibsbild versorgen ließ, die von Gelegenheitsarbeiten lebte. Sie zankten sich dauernd, ausgenommen, wenn sie beide betrunken waren.

Aber dann war er auch gründlich von allem kuriert, was da häusliches Behagen und Familienschoß hieß; das mochten die anderen von ihm aus dreist für sich behalten – nun wußte er, was dahintersteckte!

Er bemühte sich, seinen Beruf wieder aufzunehmen, aber der war jetzt für einen Außenseiter wie ihn unwiderruflich gesperrt. Da endlich faßte er den Entschluß, sich gleich den Großen des Altertums auf Kosten der Öffentlichkeit ernähren zu lassen, und klopfte an das Tor des Pryta-neions, das zwischen Oerstedsvej und Svineryggen auf dem Aaboulevard liegt.

Hier sperrte man ihn sogleich ein und gab ihm Pfriem und Pechdraht in die Hand. Aber König Nebukaneser war nicht hierhergekommen, um der Gesellschaft unlautere Konkurrenz zu machen; ebensowenig hatte er sich gegen geordnete Arbeitszeit und festes Werkstattreglement auf-gelehnt, um als geschorener Sklave in der Arbeitsstube der Armenhäusler zu sitzen und seine Stunde Spaziergang an der frischen Luft im Hof zu erledigen – in abgemessenem Tempo und in Gefangenentracht. Er liebte die Freiheit noch mehr als seine Kunst, und die Gicht in seiner Schul-ter im Verein mit einem häßlichen Händezittern, das es ihm platterdings unmöglich machte, die Messerspitze vom Oberleder fernzuhalten, bewirkte, daß er als Fachmann für unmöglich erklärt wurde.

Es kam so weit, daß er der leichten Truppe zugeteilt wurde, die, mit Besen und Schaufel bewaffnet, jeden Tag über die Brücken und Plätze der Stadt ausschwärmt. Hier ging er nun und ließ den Besen gemächlich über die Pfla-stersteine gleiten, während sich die Spatzen wild im Keh-richt tummelten und um ihn herum das Leben in rastlo-sem, fieberhaftem Gehetz pulsierte. Er beobachtete die wilde Jagd mit dem mild gleichmütigen Lächeln dessen, der weiß, was es gilt, aber das Seinige im trockenen hat. Er hatte gelebt und war dabeigewesen wie nur einer von denen da, deshalb lockte es ihn nicht mehr. Nur wenn er einen Straßenarbeiter über Stein- und Erdhaufen zu seiner Jacke hinsteigen und eine kleine helle Flasche hervorholen und küssen sah, durchfuhr ihn ein kleiner Stich und die Sehnsucht nach einer ähnlichen Liebkosung. Sonst aber ging es ihm gut, wirklich gut, und er beneidete niemand – nicht einen Menschen!

Als König Nebukaneser eines Nachmittags, in stilles, glückliches Wohlbehagen versunken, auf dem Höjbroplads kehrte, sah er etwas, das sein philosophisches Herz aus der Ruhe riß und es hämmern und beben machte:

Von der Köbmagergade her kam ein Frauenzimmer den Platz entlang und schlurfte weiter nach der Börse zu. Sie hatte einen schwarzlackierten Strohhut auf, dessen Rand den Kopf des Hutes verlassen hatte und wippend auf ihrem Nasenrücken ritt, so daß sie über ihn hinweglugte wie durch ein Visier; im übrigen prahlte sie mit den Resten eines alten französischen Schals, mit einem schlottrigen dünnen Rock und braunen Schuhen. Wangen und Nase ragten rund aus dem Gesicht heraus wie drei halbe rote Zwiebeln. Sie neigte sich stark vornüber und wackelte kokett mit den Hüften. Die Schuhe hob sie nicht von der Erde, sondern schleifte sie über das Pflaster hin. Sein fachmännischer Blick sagte ihm sogleich, daß dies geschah, um sie nicht zu verlieren – an beiden war das Oberleder geplatzt.

Und sein wild hämmerndes Herz sagte ihm, daß dies Malvina sei – die Dame! –, seine letzte und einzige große, aber auch unglückliche Liebe. Sie, die ihr Lager und ihren Schnaps mit ihm geteilt hatte; sie, die er geprügelt und die ihn wieder geprügelt hatte – je nachdem, wie betrunken sie waren; sie, von der er so schmerzlichen Abschied genommen hatte, als sie an jenem Tag nach reiflicher Überlegung anklopften – sie bei der Frauen-, er bei der Männerabteilung!

Heute hatte sie also Ausgang und ging aufs Leben los – Malvina, die von ihrer Konfirmation bis zu ihrem achtzehnten Jahr die Geliebte eines abgelebten Grafen gewesen war! Malvina, die mit ihrer Heiserkeit so gebildet sein konnte und ein wenig nach allem schmeckte, vom Hof bis zum Rinnstein! Das einzige Wesen, dem er begegnet war, das gleich ihm einiges von der großen Weltumdrehung im Blut hatte!

Und nun ging sie aufs Leben los!

In ihm erwachte der unbändige Drang, noch einmal mit dabeizusein – ein einziges Mal bloß über die Stränge zu schlagen! Und er war drauf und dran, den Besen hinzuschmeißen und ihr zuzurufen, sie solle warten und ihn mitnehmen. Aber dann schoß ein Schimmer seiner alten Geistesgegenwart in ihm auf; er ließ den Besen aus der Hand fallen und wurde ganz blaß, taumelte zum Aufseher Petersen hin und fragte, ob er nicht still nach Hause gehen dürfte, er hätte solche Schmerzen in der Herzgrube.

Aufseher Petersen, der wußte, daß König Nebukaneser keinen größeren Wunsch hatte, als zeitlebens im Armenhaus zu bleiben, sah erst unschlüssig auf seine Uhr, dann auf den Polizisten, der »unter der Uhr« den Wagenverkehr regelte, und schließlich auf den Kranken. Er sah wirklich beunruhigend schlecht aus.

»Glaubst du, daß du allein nach Hause gehen kannst?« fragte er.

»Ja doch! Aber wenn ich zehn Öre hätte, könnte ich bis ganz ans Tor fahren.«

»Dann nimm den Omnibus dort!«

Aber König Nebukaneser erwischte den Omnibus nicht, er war zu matt, um sich zu beeilen. So wankte er zum Thorwaldsenmuseum hinüber, wo die Straßenbahn hielt. Die setzte sich inzwischen in Bewegung, und er lief ihr in mühsamem Trab nach, dem Schaffner heftig zuwinkend.

Aufseher Petersen schüttelte bedenklich den Kopf. Es mußte um Nebukaneser schlecht bestellt sein, wenn er glaubte, die Elektrische einholen zu können. Nun, dann kam wohl eine andere Straßenbahn, es gab genug.

Als König Nebukanesers Berechnung ihm sagte, daß er zwischen sich und dem Aufseher Häuser habe, verlangsamte er die Geschwindigkeit und bog von der Stormbrücke nach dem Schloßhof ein. Es kam wegen der Armenhausmontur darauf an, keinen Verdacht zu erwecken und nicht angehalten zu werden, und deshalb kaufte er hinter der Börse für drei Öre einen mächtigen gelben Briefumschlag und für zwei Öre eine Zeitung. Der Rest des Geldes ging für Kautabak drauf; er selbst kaute zwar nicht, konnte es aber nun einmal nicht ertragen, Geld in der Tasche zu haben. Hinterher fiel ihm ein, daß er den Tabak den Kameraden schenken könnte, und wieder ein wenig später kam ihm der Gedanke, daß er für das Geld auch einen Milchtoddy bekommen hätte. Doch er war nicht der Mann, Geschehenes zu beweinen. Die Zeitung wurde in den Briefumschlag getan, um ihn zu füllen, und mit diesem behutsam unter dem Arm wanderte er weiter stramm wie eine Ordonnanz, die dienstlich unterwegs ist. Die Polizisten auf der Knippelsbro schielten ihm nach, aber er ging seines Weges mit jener Sicherheit, die Frucht eines guten Gewissens ist.

In den Nebenstraßen hinter Kristianshavns Torv irrte er ein Weilchen umher, ehe er Malvina entdeckte, die weit unten in der Dronningensgade in einem Haus mit einer Unmenge Fenster verschwand. Er war sogleich im Bilde und ging stracks in das zweite Stockwerk hinauf und durch einen stockfinsteren langen Gang, von dem zu beiden Seiten Türen in die Einzimmerwohnungen führten.

»Guten Tag, Dame«, sagte er feierlich, als er in der Dunkelheit das Geräusch ihrer Kleider hörte. Er faßte sie an beiden Ohren und gab ihr einen breiten Kuß.

»I, wie hast du mich erschreckt, Neserchen! Bei dieser Beleuchtung hätte es doch ebensogut ein fremdes Mannsbild sein können«, sagte sie kokett.

»Sucht man den Erbprinzen, meine Dame? Du kannst versichert sein, daß sie ihn rausgesetzt haben.«

»Nein, ich hörte ihn eben noch weinen. Aber es ist kein Schlüssel in der Tür.«

König Nebukaneser untersuchte das Schloß mit kundigen Fingern und lugte durch das Schlüsselloch. »Einfache Sache«, meinte er gedämpft, »hätte man bloß ein Ende

Draht.« Er überlegte einen Augenblick, dann schlich er einige Schritte den Gang hinunter an eine Tür, hinter der eine Frau schalt und einige Kinder schrien, zog den Schlüssel heraus und kam zurück. Er paßte großartig.

»Du bist ein Kerl, Neser«, erklärte Malvina zärtlich.

»Nein, aber der Hauswirt ist eine gefräßige Laus, wenn er sich für die ganze Kaserne nur eine Sorte Schlüssel leisten kann«, antwortete er bescheiden und brachte den Schlüssel ebenso lautlos zurück. »Das ist er, weiter nichts.«

»Ach du«, sagte Malvina und schlug ihn – es lag noch ein ferner Duft von Gräfin darin – gebildet auf die Finger, »du mußt doch immer an dem Ekelhaften deinen Spaß haben. Wir auf unserer Abteilung wechseln jede Woche, will ich dir nur sagen.«

König Nebukaneser verstand sie nicht; wenn sie so richtig vornehm war, wurde sie ihm mitunter rätselhaft. Aber er wußte, daß der Ursprung ihrer Bildung echt genug war. »Meine Dame!« sagte er und öffnete vor ihr feierlich die Tür.

Sie kamen in eine kleine Stube von anderthalb Fach Fenstern; das fehlende halbe Fach gehörte zur Küche; die maß in jeder Richtung zwei Ellen und war durch eine Trennwand von der einen Zimmerecke abgeteilt. In dem hierdurch entstandenen Alkoven hatte ein altes Holzbett gerade noch Platz; das Bett lag voller Lumpen, und der Raum unter ihm war voll von Flaschen. An die gegenüberliegende Wand lehnte sich die nur mit zwei Beinen versehene Hälfte eines Tisches an, und unter dem Fenster stand eine schmutzige Korbwiege mit einem halbjährigen Kind darin, das auf der Seite lag und schlief, einen Lutschbeutel aus Gardinenstoff im Mund. Der Lutschbeutel setzte sich in einem langen Gardinenschlauch fort, der in feuchten Klumpen – beiseite getanen Lutschbeuteln – bis auf den Boden hinabhing. Im Schlaf sog das Kind beim Atmen langsam an dem Lutschbeutel; dabei hob und senkte sich die ganze schwere Reihe – sie glich einem Quastenbehang.

Das ungebrauchte Ende der Gardine war über einen Nagel gehängt.

Ein Junge von zwei bis drei Jahren war auf dem einzigen Stuhl des Zimmers am Fenster so untergebracht, daß er auf die Straße hinabsehen konnte; er war an dem Stuhl festgebunden, auf dem Fensterbrett vor ihm lagen einige abgenagte Schmalzbrotrinden. Als sie eintraten, schlief er; der schwere Kopf hing kraftlos auf der Seite, sein schwaches Atmen klang wie sanftes Flöten. Dann schlug er ein Paar große Augen auf und sah sie starr an.

»Junge, ach du Herrgott, Junge!« rief König Nebukaneser mit hochentzückter Fistelstimme und streckte theatralisch die Hände aus. »Erkennst deinen leiblichen Vater, was?«

Gemeinsam banden sie ihn los, und Malvina nahm ihn auf den Schoß, um ihn ein wenig zu säubern. Währenddessen trabte der glückliche Vater um sie herum und machte seinem Entzücken in kleinen Ausbrüchen Luft: »Das kleidet dich, Mädchen! Das kleidet dich ganz mörderlich, ihn zu bemuttern! Du solltest nur selber sehen, wie sehr es dich kleidet!«

Ohne nennenswerte Gemütsbewegung, in einer eigentümlich starren Ruhe ließ sich der Kleine behandeln; er atmete schwer und hörbar und ließ sich nicht im geringsten anmerken, daß irgend etwas Eindruck auf ihn machte. Es schien, als hätte er ein für allemal beschlossen, für nichts und niemand auf dieser Welt Partei zu ergreifen. Er hatte etwas Verschlafenes an sich, war mit keiner Bewegung behilflich, sondern atmete nur mit einem schweren, schnarchenden Laut, der sich ganz gut so deuten ließ, als ob er vor Behagen schnurre.

»Er macht sich schwer«, sagte Malvina, »das ist die reine Zärtlichkeit. Und sieh mal, wie gut instand er ist, Neser!«

»Es wäre eine Lüge, zu behaupten, daß er sehr redselig ist«, meinte König Nebukaneser nachdenklich. »Gott mag wissen, ob er überhaupt einen Ton sagen kann? – Wie alt ist er denn jetzt?«

»Drei Jahre, Neser – drei Jahre durch! Gott, daß du das vergessen konntest!«

»Ja, was denn – Männer haben doch viel wichtigere Dinge im Kopf.« – Drei Jahre – na, da hatte er noch Zeit genug zu sagen, was zu sagen war, selbst wenn er Reichstagsabgeordneter werden sollte. »Da kann er immer noch dem Teufel ein Ohr abschnacken. – Hast du einmal darüber nachgedacht, was er werden soll, wenn er groß ist?«

»Gott, nein«, rief Malvina erschrocken.

»Das ist doch wohl ebenso wichtig wie sonstwas! Denn siehst du, es steckt doch Material in so einem kleinen Klumpen – Menschenmaterial, wie es so schön heißt. Wer weiß, vielleicht setzt er sich mitten rein in den Kuchen! Das wäre ein Vergnügen, den Tag zu erleben.«

»Ja, ich meine, er wird Konditor«, erwiderte Malvina in Anknüpfung an das Wort Kuchen; von Süßigkeiten hielt sie etwas.

König Nebukaneser schnitt eine verzweifelte Grimasse. »Ich sage es nicht, um dich zu beleidigen, Dame, aber ihr Frauenzimmer habt keine Phantasie. Nein, mit der Handarbeit ist es vorbei! Oder hast du einen tüchtigeren Handwerker als König Nebukaneser gekannt? Und was hatte er davon? Jetzt kommt es auf den Kopf an – heutzutage gibt der Verstand den Ausschlag, weißt du! Und Kopf hat es wahrhaftig genug, das Balg!«

König Nebukaneser hielt mit seinen großen Händen den Kopf des Kindes umfaßt. »Es will nach oben im Hefeteig – was, Junge?« sagte er und lachte unter Tränen. Der Gedanke an die große Zukunft des Kindes hatte ihn so ergriffen, daß ihm die Hände bebten. »Keinen Mucks sagt er, blinzelt nicht einmal mit den Augen – er hat Charakter, der Bursche; und weißt du, Malvina, ich fühle, wie es in seinem gesegneten kleinen Hirnkasten hier oben arbeitet. Das ist der Verstand, der es schon

eilig hat – er wird gut, sage ich dir! Und sieh, wie unerschütterlich er ist! Grad wie ein kleiner Herrgott, der
alles auswendig weiß. Für den hängt sicher nichts zu
hoch!«

König Nebukaneser schwieg und stand da und pfiff
leise vor sich hin, den Blick ins Unbekannte gerichtet. In
die Ferne entrückt, wie er war, hörte er nicht, daß ihn
Malvina um sein Taschentuch bat – er hatte auch gar
keins. Dort draußen in der Zukunft wiederholte sich sein
eigenes Leben noch einmal, aber großartiger und erfolg-
reicher. König Nebukaneser hatte selber den Rekord geschlagen, aber auf einem Gebiet, das schon dem Tod verfallen war; er hatte Hunderte von Malen gesiegt, und doch
fühlte er sich nicht als Sieger. Aber wenn der Junge soweit
war, würde die Sache interessant werden. Er ahnte das Sie-
den und die Unruhe und hatte selber oft genug in der
Schußlinie gestanden, um des Jungen wegen schwindlig zu
werden.

Dann gab ihn die Ferne sachte wieder frei, mit einem
Seufzer landete er auf der Erde und entdeckte, daß er eine
trockene Kehle hatte. Er ging einige Male unruhig hin und
her und sah forschend in alle Ecken. »Gott weiß, wie es
mit dem Weinkeller bestellt ist?« sagte er, zog die Flaschen
unter dem Bett hervor und hielt sie gegen das Licht.
»Leer – leer auf der ganzen Linie; das ist wahrhaftig mager!
Du, glaubst du nicht, daß deine Schwester hier in der
Nachbarschaft Kredit hat?«

Malvina schüttelte bloß den Kopf; sie war damit beschäftigt, dem Jungen mit einem Taschentuchzipfel die
Nasenlöcher zu reinigen.

»Herrgott, die sind doch fein heraus! Sie rennt herum
und verdient das Essen, und er hat seine sechzehn Kronen
die Woche und kann sie bis zur letzten Öre für sich ver-
brauchen! Und dann sollten sie nicht für einen belämmer-
ten Tropfen Spiritus Kredit haben?« So eine Albernheit
war nicht zu begreifen. – »Junge, kannst du wohl jetzt mal

Vater sagen? Jetzt bist du ja hübsch vorn im Gesicht! – Ich glaube, Gott steh mir bei, er sieht uns allen beiden ähnlich, Dame – das kommt davon, wenn man sich in allen Dingen einig ist.« Er machte einen Abstecher in die Küche, die nicht größer war als ein gewöhnlicher Tisch. »Wasser leisten sie sich immerhin, diese Schlemmer – ah!« Dann war er wieder in der Stube. »Junge, sagst du jetzt Vater? – Na, gib mir einen Kuß, Mädchen! Es steht dir gut, ein Kind auf dem Schoß zu halten – du solltest es nur selber sehen!«

Aber Malvina maulte: »Du mußt immer meine Familie herunterreißen, und dabei sind sie so anständig gegen den Jungen gewesen und behalten ihn für rein gar nichts bei sich.«

»Na ja – an und für sich sind sie ja auch ganz ordentlich«, meinte König Nebukaneser versöhnlich. »Bloß keine großen Töne, Malle! – Jungchen!« Er wühlte in der Westentasche, um für den Jungen etwas zu finden, und erwischte den Kautabak. Zum Kuckuck auch! Da hätte er für den verteufelten Sechser doch dem Jungen etwas kaufen können – Sahne zum Beispiel! Sahne wäre nicht zu gut für solch einen Prinzen! Er schlenderte wieder in die Küche und suchte in irgendeiner wahnwitzigen Hoffnung auf dem Tellerbord herum.

Plötzlich erscholl ein überraschter leiser Pfiff; unter einer der Tassen lag ein Zehnörestück versteckt. König Nebukaneser kam mit feierlichen Gebärden hereingetanzt. »Ach, hör jetzt, Malvina – Himmelsmädchen! Spring hinunter und kauf für fünf Öre Sahne für den Erbprinzen und für den Rest des Geldes Fusel. Sag, es wäre für einen Kranken, dann geben sie besseres Maß.«

Niemand auf der Welt konnte dafür, daß Malvina für das ganze Geld Branntwein brachte – sie selbst am allerwenigsten. Teils war nämlich die Sahne sauer um diese Tageszeit, teils hatten sie keine mehr, und schließlich gab es für weniger als zehn Öre keinen Branntwein zu kaufen! König Nebukaneser war auch nicht derjenige, der ihr nach dem

115

Anhören dieser alles in allem hinreichenden Gründe Vorwürfe gemacht hätte; und der Junge war bereits so viel Mann, daß er sich durch einige kleine Tropfen auf eine Brotrinde genügend entschädigt fühlte.

Aber als König Nebukaneser den Trank genossen hatte, geschah es ihm, daß die Gemütlichkeit des Heims verduftete; das ruhige Genügen am Verweilen im Schoß der versammelten Familie war dahin; alle Augenblicke lief er zum Fenster und sah hinaus. Ein wenig von dem alten Schwung war über ihn gekommen, er fühlte noch Leben in sich und spürte das Bedürfnis, es auf eigene Rechnung ein bißchen aufzufrischen – das Dasein am gestreckten Arm zu halten, um es auf anständige Weise auszudrücken.

Es war ein selten schöner Tag, einer der wenigen Tage, wo die Sonne siegreich den Rauchdunst zersprengt, der über der Stadt ruht, und Ströme von Licht über die Straßen gießt. Zwischen den Bäumen des Walles sah man des Himmels wunderbares Blau; der Weltenraum lag in heiterster Ruhe, ohne Materie oder Grenzen; es war, als sähe man in die zartfarbigste Unendlichkeit hinein.

König Nebukaneser schüttelte sich. »Einen solchen Tag sollte man feiern«, erklärte er, »und nicht hier zu Hause hocken; der Junge ist auch schläfrig, du. Ich meine, ich gehe ein bißchen aus und vertrete mir die Beine. – Wenn man bloß ein bißchen Geld auftreiben könnte.« Er sagte es mit einem Seufzer und sah sich forschend in dem leeren Zimmer um.

»Du kannst dich doch nicht in dieser Montur öffentlich sehen lassen«, gab Malvina zu bedenken.

»Nein, Zivil wäre besser, aber in der Garderobe ist ja genug zum Anziehen – ein Gottessegen an Kleidung.«

Sie untersuchten den Inhalt des Bettes und wählten einstimmig das am wenigsten zerlumpte Paar Hosen und die Überreste eines braunen Überziehers. König Nebukaneser zog den Staat an und warf seine Armenhaustracht verächtlich auf das Bett.

»Wenn du jetzt noch ein bißchen herausgeputzt wirst, bist du richtig elegant«, meinte Malvina und strich liebkosend an ihm herunter.

»Ja, es ist gar nicht so schlecht«, sagte er begeistert. »Aber um die Strümpfe sind wir betrogen.«

»Du mußt die Hose weiter runterlassen, Neser.«

»Das hilft bloß nicht. Und wennschon – an Sommertagen darf man dreist mit nackten Füßen in Holzschuhen gehen.«

»Dann gehe ich bestimmt nicht mit dir. Ich kann genug andere zur Begleitung kriegen.«

»Glaubst du etwa, das wäre mein Ernst?« unterbrach er sie rasch. »Soweit ist es wohl mit uns noch nicht gekommen.« Er sagte es großspurig genug, war aber doch ratlos.

»Du solltest es mal in den Rumpelkammern versuchen«, schlug Malvina vor.

»Das habe ich auch gerade gedacht«, antwortete er ruhig, um bei der Dame nicht ganz die Oberhand zu verlieren. Im Nu war er aus der Tür und kam kurz darauf mit einem schäbigen Zylinder und einem Paar abgetragenen Zugstiefeln zurück.

»Das sind ein Paar Trittlinge!« verkündete er und hielt sie ihr triumphierend hin. »Das heißt, genäht sind sie schweinemäßig – aber sie sind immerhin anständiger als Holzschuhe. Wenn ich etwas hasse, dann sind es Holzschuhe. Sie ruinieren das Handwerk, und Klumpfüße machen sie einem auch.«

Die Kleider hingen ihm auf dem Leib wie zerknittertes Papier, das wieder geglättet worden ist. Aber die beiden hatten nur für die Risse Augen, und Malvina suchte vergeblich nach Nadel und Zwirn.

Unterdes begann das Kind in der Wiege sich zu rühren und zu schreien; es mußte bald die Zeit sein, zu der die Schwester heimzukehren pflegte. Unter vielen Kosenamen setzten sie den Jungen wieder ans Fenster und banden ihn am Stuhl fest, damit er nicht hinunterfiele. »Ja, da darf der

Junge sitzen und den Himmel ansehen und es sich gemütlich machen«, sagte König Nebukaneser und streichelte dem Kleinen vorsichtig den dünnbehaarten Kopf. Aber der Bengel zog es vor zu schlafen; er ließ den Kopf schwer auf die Seite fallen und begann von neuem sein sanftes Pfeifen.

Die Kleine war zornig; sie hatte den Lutschbeutel ausgespuckt, stemmte wütend den nackten Bauch in die Höhe und schrie dabei. Ihr kleiner Leib bildete eine richtige Brücke.

»Sie ist hungrig, das arme Wurm«, meinte König Nebukaneser und sah sich hilflos um. »Sieh nur, wie sie mit dem Bauch herumficht. – Du möchtest wohl was in das kleine Bäuchelchen hier haben, was?« Er klopfte ihr ein wenig scheu auf die gespannte kleine Trommel. Dann nahm er die leere Flasche und hielt sie prüfend gegen das Licht, aber nicht ein Tropfen war übriggeblieben, der allerletzte war auf die Brotrinde des Jungen geflossen.

»Ja, es *ist* schade«, erklärte Malvina, »wenn es auch nicht das eigene ist, schade ist es.« Sie sammelte einige Brotreste zusammen und hielt sie unter den Wasserhahn, um sie ein bißchen aufzuweichen, ehe sie sie ihrem Gaumen anzubieten wagte. Dann kaute sie die Rinden mit viel Speichel zu einem glatten Teig und knotete ihn über den anderen in den Gardinenschlauch. Die Kleine schwieg, schloß die Augen und machte sich halb im Schlaf daran, mit ihrem kleinen Saugwerkzeug den ganzen Apparat auf und nieder zu hieven, ohne zu beachten, daß sie jetzt eine Quaste mehr in Bewegung zu setzen hatte.

König Nebukaneser stand dabei und betrachtete ihren unverdrossenen Fleiß. »Sie kann schon gewaltig zupacken«, sagte er nachdenklich, »die wird mal gut, du! – Nein, ich möchte nicht das Mannsbild sein, das ihr mal in die Quere kommt. – Aber sag, sollten wir nicht den ganzen alten Kram abschneiden? Es tut einem ja weh anzusehen, wie sie sich mit der ganzen Menage abrackern muß.«

»Nein, laß es lieber sein, du; vielleicht will meine Schwester die Gardine noch mal verwenden«, erwiderte Malvina.

Sie schlenderten aufs Geratewohl die Straße hinab.

Malvina hatte ihren Neser untergefaßt und trat leichtfüßig auf das Trottoir. »Du führst uns doch in ein anständiges Lokal – nicht in eine Spelunke, was? – Es gibt genug Lokale, wo du uns hinführen kannst.« Sie sprach so überzeugt, daß König Nebukaneser sich ganz klein vorkam.

Im übrigen überließ sie ihm ganz und gar die Führung, warf nur ab und zu verliebte Blicke zu ihm empor und ging ansonsten mit sittsam niedergeschlagenen Augen neben ihm her – weil es so lange her war, daß sie zuletzt mit einem Mann gegangen, daß es sehr wohl das erstemal sein konnte. Sie war schüchtern wie ein junges Mädchen, und das war schön! Trotzdem schielte sie heimlich nach den Läden hin, wo die Leute standen und den Hals nach ihnen reckten. König Nebukaneser sah prächtig aus mit seinem Zylinderhut, und sie wußte, daß sie ein schönes Paar waren.

»Ich weiß, wo du uns hinführst«, sagte sie heiter und hängte sich schwer an seinen Arm. Aber sie wußte es gar nicht und legte auch keinen Wert darauf, es zu wissen; sie sagte es bloß, um ihrem blinden Vertrauen zu ihm in Worten Ausdruck zu geben. Am allerliebsten ginge sie an seinem Arm mit geschlossenen Augen stracks ins Licht hinein und schlüge sie erst auf, wenn sie mittendrin wären; dann flutete einem das jähe Lichtmeer so schmerzhaft in die Augen, daß man schreien mußte – manchmal war das Leben doch schön.

König Nebukaneser selber benahm sich ein bißchen merkwürdig. Als sie an die Brücke kamen, die in die Stadt hineinführt, bog er ab, und einen Augenblick später bog er wiederum ab. Klar, es gab Lokale genug, die ganze Stadt lag ja voll von Herrlichkeiten vor ihnen und bot sich ihnen dar! Es kam nur darauf an, das richtige zu wählen, ehe man loszog, damit man hinterher nicht dasaß und bereute. Er hatte die größte Lust, vorn anzufangen und kreuz und quer durch die ganze Stadt auf Tour zu gehen; leider ließ sich das in Damenbegleitung nicht machen. Vorläufig wartete er bloß auf den Gedankenblitz, auf jenes kleine Biest von einem Einfall, das den Abend retten würde – wie es doch Hunderte von Malen vorher geschehen war. Es galt also, bis dahin in Bewegung zu bleiben, und König Nebukaneser wechselte die Richtung wie ein Schiffer, der zum Vergnügen herumkreuzt, während er vor dem Hafen auf den Lotsen wartet.

Aber Malvina witterte etwas. »Mir scheint, wir gehen im Kreis herum«, meinte sie verwundert.

»Man muß doch wohl vor allem erst einmal zu Nadel und Zwirn gelangen«, murmelte König Nebukaneser gekränkt. »Ein Gentleman …«

Malvina drückte seinen Arm und sah treuherzig zu ihm auf – erstaunt über seinen gereizten Ton. Und Nebukaneser empfand seine ganze Verantwortung für dieses Wesen, das hier neben ihm ging und sich auf einen vergnügten Abend freute, wie eine Anklage. Sie wußte sehr wohl, daß er nicht einen roten Heller besaß, aber sie glaubte einfach an ihn. Und das war nicht das Schlimmste, was sie unter normalen Verhältnissen tun konnte; König Nebukaneser war nicht derjenige, der um Auswege verlegen zu sein pflegte, wenn es einen vergnügten Abend galt. Es gab nur das eine Hindernis, daß sein Genie nicht zu Hause war; er merkte keine Spur von dem Spiel der Kräfte, das sein Leben lang auf so vielfältige Weise den Mangel an Kleingeld aufgewogen hatte.

»Wir könnten schließlich in die ›Karaffe‹ gehen und tanzen«, schlug er verlegen vor, »wir kommen bloß nicht hinein.« Er hatte das triste Gefühl, daß es ihm am Wesentlichsten gebrach. Es gab wahrhaftig genug Gelegenheiten zu feiern, aber was nützte es, daß das Leben übervoll von Vergnügungen war, wenn man nicht mehr verstand, daran teilzuhaben. Er hatte den Wert des Geldes nie richtig zu begreifen vermocht, doch jetzt war er einigermaßen im Bilde; Geld war immerhin ein guter Rückhalt, wenn man nichts mehr verdienen konnte.

Ein wenig mißmutig schlenderten sie den Wall hinauf und setzten sich auf eine Bank. Die Sonne war im Untergehen, sie ließ bereits den Tag in Purpurdämpfen über der Stadt verhauchen; unter die Bäume des Walles ergossen sich die satten Ausdünstungen einer glücksgesättigten warmen Welt. Etwas weiter weg sangen Kinder unter den Bäumen und tanzten Ringelreihen, und unten in der Straße strahlte das Gold vom Turm der Erlöserkirche. Es war unmöglich, schlechter Laune zu sein; nach und nach vergaßen sie ihren Zorn auf das Dasein und verfielen in harmloses Geplauder – von diesem und jenem und nichts. Der Abend schenkte auch ihnen etwas von seiner Sattheit, sie waren mild gestimmt; mit einem ganz leisen Hauch von Wehmut starrten sie in die Sonne, die unangefochten hinabsank – als sei sie viel zu erhaben, um mit sich rechten zu lassen. Und ehe sie verschwand, strahlte sie rotglühend über die Dächer, küßte ihre leeren Gesichter und ließ sie noch einmal in seliger Erwartung aufflammen. So schön hatten ihre Augen vielleicht noch nie geleuchtet; fern über der Stadt lag ein festlicher Schimmer, der einen Widerschein in ihnen entzündete.

Von daher floß für eine Weile das Unsägliche in sie ein – das Glück, von dem niemand was weiß – und füllte ihre verdorrten Herzen mit Spannung.

Malvina hatte ein kleines Mädchen überredet, von zu Hause Nadel und Zwirn zu holen. Sie heftete ihren großen schönen Mannskerl eifrig überall zusammen, während eine Schar Kinder sie gaffend umstanden. König Nebukaneser mußte sich auf die Bank legen, damit es schneller ging – und sich immer so herumdrehen, daß die Risse nach oben kamen. Und da lag er und wälzte sich wie ein übermütiger junger Hund, übertrieb die Situation und sagte ungeheure Albernheiten, um die Kinder zu amüsieren. Trotz des schwindenden Lichts war Malvina mit der Nadel flink bei der Sache, im Handumdrehen war alles erledigt.

»So, Neser«, sagte sie und sah ihm siegesstolz in die Augen. Das letzte Hindernis war aus dem Wege geräumt!

Und er sah sie wieder an, elendig und unvermögend. Ach, nun war es also soweit – dahinter konnte man sich nicht mehr verstecken. Hinter dieser sorgfältigen Flickerei hatte auch für ihn eine heimliche Hoffnung geschlummert – denn wozu machte man sich wohl schön? Es mußte seinen Grund haben! Und nun platzte die Hoffnung – unmittelbar vor ihren Augen, und offenbarte die erbärmliche Armut des Mannes, wenn ihn seine Fähigkeiten verlassen.

König Nebukaneser hatte den Glauben an sich selbst lange bewahrt – er steckte als ein gigantischer Trümmerblock noch in seinem Traum vom heutigen Tag, der auf nichts Geringeres hinauslief, als für einen einzigen Abend seine Jugend wieder aufleben zu lassen, im kleinen eine Reise um die Erde zu machen! Für jemand, der ohne einen roten Heller in der Tasche verwegen durch drei Weltteile getrampt war und an allem, was das Leben zu bieten pflegt, Anteil gehabt hatte, mußte es doch eine Kleinigkeit sein. Und dann endete es damit, daß er hier, an der ihm natürlichsten Stelle von der Welt, wegen fünfzig Öre für die Eintrittskarte zu einer Tanzkneipe schmählich festsaß.

Selbstverständlich ließ sich jederzeit auch ohne Geld einiges unternehmen – selbst der ärmste Schlucker hatte doch immer so viele Bekannte, daß er ohne Kosten einen Abend verfeiern konnte. Malvina spielte ein wenig darauf an – es war ja auch eigentlich Weibersache, sich wem anzuhängen und freihalten zu lassen. Aber König Nebukaneser war nicht von der Sorte, die bei alten Bekanntschaften nassauert; es machte ihm mehr Vergnügen, den heimgekehrten Mann aus Amerika zu spielen. Er war auch heute nicht unterwegs, um zu schmarotzen, sondern um noch einmal die großen Jagdgründe seiner Jugend zu besuchen; wollte man sich da nicht zu ihm bekennen, konnte er immer noch »Schluß« sagen und in die *Versorgung* zurückkehren. Aber dabeisitzen und nach dem Fest die Teller ablecken – das vermochte er nicht, das sollten die tun, die niemals selber etwas erlebt hatten. »Man hat ja auch den Kameraden in der Anstalt gegenüber Verpflichtungen«, brachte er laut hervor als etwas, was schließlich auch ein Frauenzimmer verstehen mußte. »Man repräsentiert sozusagen. Geh allein, Dame! Du findest immer noch Anschluß – mit dem Gesicht!«

Aber Malvina klammerte sich nur noch fester an ihn und erklärte, daß niemand sonst auf der Welt sie interessiere und daß sie bei ihm bleiben wolle. Zu dem andern fände sie immer noch Gelegenheit, wenn er einmal nicht dabei wäre.

»Ich erwartete nichts anderes von dir«, erwiderte König Nebukaneser bewegt. »Du hast geantwortet, wie ich an deiner Stelle auch geantwortet haben würde.«

Malvina empfing das Lob mit einem tapferen Lächeln – und brach plötzlich in Tränen aus. Ganz mädchenhaft überließ sie sich ihnen, als sei es das erstemal, daß die Welt vor ihr zusammenbrach; und König Nebukaneser bemühte sich gar nicht, ihr Trost zuzusprechen, sondern legte nur still den Arm um ihren Hals. Mit dem Kopf an seiner Schulter schluchzte sie sich in Schlaf.

Es war Abend geworden, die Schatten der Nacht lagen dicht unter den Bäumen des Walls, und in den Straßen unter ihnen wurde ein Licht nach dem anderen angezündet, als habe die Dämmerung Risse bekommen. König Nebukanesers Augen hatten einen sonderbar abwesenden Ausdruck angenommen – er saß da und starrte viel weiter hinaus, als irgend jemand zu sehen vermag. Er brachte es nicht übers Herz, sich zu rühren, um Malvina nicht zu stören, und fühlte sich schrecklich allein mit sich selbst – so allein, daß er alles fallen lassen mußte, wie es wollte, und sich eingestand, daß es vorbei sei; er taugte zu nichts mehr, sondern war ein alter Mann! Es lag ein Trost darin, dies zuzugeben; man hatte es nicht mehr nötig, aufrecht zu stehen und sich mit müder Schulter dem Fallenden entgegenzustemmen. Ja, nun war es also zu Ende, das Leben ließ sich nicht mehr im Vorbeigehen erhaschen; stampfend jagte es vorüber, und wollte man aufspringen, zerschmetterte man sich bloß den Schädel auf dem Pflaster.

Aber es *hatte* mal etwas gegeben, er war kein gewöhnlicher Hefeteig gewesen! Ja, Tod und Teufel, wie hatte er seinerzeit die Dinge auf den Kopf gestellt! Es gab die köstlichsten Erinnerungen, bei denen er verweilen konnte; er hielt es nicht länger aus, er mußte einen Mitwisser haben. Doch als Malvina erwachte und den Blick auf ihn heftete, verblaßte das alles vor der Enttäuschung in ihren Augen. Vielleicht hatte sie geträumt, daß sie sich mitten in all der Herrlichkeit befände.

Sie saßen da und schmiegten sich dicht aneinander, keiner von ihnen fühlte das Bedürfnis, etwas zu sagen. König Nebukaneser wunderte sich, daß Malvina ihm keine Vorwürfe machte. Früher hatte er sich immer Vorwürfe gewünscht; denn wenn sie miteinander zankten, konnte er aus der ganzen Geschichte hervorgehen als ein Mann, der alles eingehalten haben würde, wenn sie es sich nicht auf Weiberart mit ihrem losen Maul selber verscherzt hätte. Jetzt aber hatte er sich der Altersschwäche anheimgegeben und war dankbar, daß sie es ihm nicht unter die Nase rieb.

Die Böschung des Walles war mit Gestrüpp bewachsen, durch das Kinder und Obdachlose schmale Pfade getreten hatten. Die Dunkelheit ruhte weich unter dem Laub, hier und da glitzerte das Wasser des Wallgrabens hell durch das Gebüsch, und leise raschelte das Schilf.

Es war etwas daran, was König Nebukaneser sanft ans Herz griff – etwas wie ein Gruß aus den großen guten Zeiten; hier vermochte er noch nach Kräften die Süße der großen Erde zu schmecken. Eine Nacht unter freiem Himmel war etwas, das er sich leisten konnte, und zugleich die Summe des Ganzen; alles, was er in seinem Leben erreicht hatte, sein ganzes Dasein wurzelte in der heimlichen Freude, die es ihm bedeutet hatte, unter den Sternen einzuschlafen und vom Morgentau durchschauert aufzuwachen – mit gleich weitem Ausblick nach allen Seiten! Und dazu war er wohl noch Manns genug!

Malvina aber brauste gekränkt auf; sie wollte nichts davon wissen, sich wie eine Landstreicherin unter freiem Himmel das Bett zu richten – das waren sie auf ihrer Abteilung nicht gewohnt. »Da haben wir anständige Betten, und jedes einzelne mit emaillierter Einrichtung darunter! Ich kann meinen Weg allein finden, wenn du gemein sein willst!«

König Nebukaneser sah sie mit ersterbendem Blick an, während sie sich ereiferte. Seinetwegen konnte sie es sich getrost ersparen, die Gräfin zu spielen; er war sich seiner Greiseneinsamkeit bewußt geworden und stellte sich niemand mehr zum Kampf.

»Heute bist du den ganzen Abend hochnäsig«, sagte er mit einem vergrämten Lächeln. »Man könnte glauben, einer der Vorgesetzten hätte ein Auge auf dich geworfen.«

»Pfui, Neser«, rief sie gekränkt. »Du weißt genau, daß ich kein Streikbrecher bin.«

Na ja, was denn – wenn das eine oder andere dabei abfiel! Er fing ja selber an, die Bedeutung von kleinen Begünstigungen zu ermessen, und war schon so langsam im Begriff, sich seiner ärmlicheren neuen Wirklichkeit anzupassen. Gerade das ließ ihn an den Heuboden des Fuhrmanns Jensen denken. Er war jetzt müde und sehnte sich nach Ruhe, und so ein Heuboden konnte eine großartige Sache sein – kam gleich nach einem Heuschober unter freiem Himmel.

Mutlos kam er mit seinem Vorschlag heraus, und zu seiner Verwunderung sperrte sich Malvina gar nicht, sondern stand stillschweigend auf. Sie folgten dem Wall ein Ende weit nach Süden, stiegen hinunter und gingen über einen Platz, der ein ganzes Lager von alten Dampfkesseln, rostigen Eisenplatten und halbzerfressenen dicken Ketten war. Durch eine Öffnung im Bretterzaun gelangten sie in einen Hof, dessen eine Seite ein schwarzes, fabrikähnliches Gebäude einnahm. An den anderen Seiten standen kleinere Bauten und Holzschuppen. König Nebukaneser hatte Malvina an der Hand gefaßt und zog sie hinter sich her; sie hielten sich im Schatten von Wagen und Gerümpel und strebten einem niedrigen Gebäude zu, aus dem man das gleichmäßige Geräusch von kauenden Pferden hörte.

König Nebukaneser steckte den Kopf durch die offene Halbtür und pfiff leise. Seine Bewegungen waren nun jugendlich gespannt, er witterte mit allen Sinnen, bereit, beim geringsten Laut davonzulaufen oder seine Taktik zu ändern. Dies hier hatte trotz allem einen herrlichen Geschmack nach früher und nach der Welt draußen; er drehte sich um und winkte mit dem Kopf, während er vorsichtig den Haken abhob. Dann ging er leichtfüßig in den Stall, und Malvina trottete hinterdrein.

»Hier ist das Hotel«, flüsterte er und betrachtete entzückt die Umgebung. »Ha, Pferde, du, und prächtiges Heu! Herrschaftspferde obendrein – sieh nur mal den Dung an; man riecht es sofort. Der Knecht ist in die Stadt gegangen – eine herrliche Pflanze! Los, rauf ins Heu, Dame!« Er kletterte die Leiter zum Heuboden hinauf, und Malvina folgte ihm. Es war etwas unbequem, denn sie raffte den Rock unnötig straff zusammen, gekränkt über den Zuruf Nesers.

Diese Nacht träumte König Nebukaneser von den großen Steppen und dem Sternenhimmel. Er hatte sich für die nächste Tageswanderung gerüstet, indem er die Füße mit Talg einrieb und den Leib gut zusammenschnürte; jetzt lag er da und ruhte sich in dem herrlichsten Heuschober aus, starrte nach den fernen Bergen und freute sich still auf das, was seiner auf der anderen Seite harrte. Über seinem Haupt wanderte mit seiner ewigen Musik der Weltenraum dahin. Er vernahm den unendlichen Klang der großen

Nacht, und daher wußte er, daß er allein war. Aber es machte ihm nichts aus.

Malvina war in der »Karaffe« und tanzte Haubenhenne. Sie hob während des Tanzes mit zierlichen Fingern die eine Seite des Rockes hoch in die Höhe – denn darunter war gelbe Seide bis weit hinauf übers Knie.

Aufseher Petersen war mit seiner leichten Truppe heimgekehrt und erfuhr zu seiner Überraschung, daß König Nebukaneser noch nicht eingetroffen war. Es kam ja vor, daß sich der eine oder andere für einen Tag oder zwei unsichtbar machte, aber in der Regel kamen sie von selber zurück. Und in jedem Fall waren sie immer leicht aufzuspüren gewesen, so daß das Ereignis keine sonderliche Unruhe hervorrief.

Dennoch setzte man sich unlustig in Bewegung, ihn zu suchen, und an einem gewissen Punkt liefen die Spuren mit denen Malvinas zusammen. Sie wurde gleichfalls vermißt, und da man der beiden früheres Verhältnis kannte, wurde die Sache sogleich etwas ernster. Ihre Verbindung mit der Familie in Kristianshavn war auch bekannt, deshalb wandte man sich zuerst an sie.

Dort war der Mann nach Hause gekommen und hatte die Armenhauskleider im Bett gefunden. Er begriff sofort, wie die Dinge zusammenhingen, und da es nun doch mit der Polizei Schererei geben würde, zog er es vor, selbst aufs Revier zu gehen. Dieser Doppelalarm brachte die Polizei auf die Beine; es wurden sofort Nachforschungen eingeleitet, und alle Spuren wiesen auf den Wall von Kristianshavn. Sie von da aus weiter zu verfolgen erwies sich als unmöglich.

Wie es auch zuging: Der Ausflug der beiden Gescheiterten schlug allmählich vom Komischen ins Märchenhafte um, die schöne Sommernacht verwob sie in ihre Mystik. Vielleicht lag an diesem Abend zuviel Liebe in der Luft. Ihr Verschwinden nahm sachte den Charakter einer Liebestragödie an. Die Zeitungen wurden unterrichtet, die

127

Wallgräben noch im Laufe der Nacht so weit wie möglich abgesucht.

Als es zu tagen begann, machte sich ein Polizist, der alle Schlupfwinkel Kristianshavns in- und auswendig kannte, auf, sie der Reihe nach abzusuchen. Als der Morgen eben angebrochen war, stieg die Sonne über die fernen Berge empor und kitzelte König Nebukaneser in die Nase; er rieb sich die Augen und erwachte zu dem widerlichsten aller Anblicke – dem eines rotbackigen Polizeibullen! Aber er hatte es nach und nach gelernt, mit dem Erbfeind aufs herzlichste zu verkehren, und indem er sich aus Malvinas Armen herauswand, sagte er gähnend: »Na, ist es jetzt soweit?«

Der Polizist nickte.

»Ja, wir wären übrigens von selber gekommen, aber es ist ja immer anständiger, abgeholt zu werden. Sie haben doch einen Wagen?«

»Ja, es hält einer drüben auf dem Platz«, antwortete der Polizist lachend.

Das war auch der Fall, und die drei setzten sich hinein. Malvina und König Nebukaneser waren gleichermaßen entzückt davon; sie brauchten das Verdeck nicht hochzuschlagen und saßen elegant zurückgelehnt auf dem Rücksitz. Nun fuhren sie vom Fest nach Hause – ein wenig schwindlig von all dem Erlebten; das Licht und die Klänge steckten noch in ihnen und machten sie übermütig. König Nebukaneser grüßte die Vorübergehenden herablassend mit der Hand, und Malvina warf ihnen Kußhändchen zu. Dann lachten sie beide, und der Polizist tat, als merke er nichts.

»Das war wirklich ein würdiger Abschluß«, meinte König Nebukaneser, als sie vor dem Anstaltstor hielten.

Malvina antwortete nicht mit Worten, sondern legte nur reizend den Zeigefinger auf den Mund und neigte langsam das Haupt. Und König Nebukaneser nahm es hin als das, was es war: Die Art und Weise der hochvornehmen Kreise, sich für Kuchen und Schokolade zu bedanken; und er respektierte ihr Schweigen. Er zog vor der Dame tief den alten Zylinder und betrat den Zwinger wie ein höchst angesehener Gast aus der Bredgade, der sich herabläßt, das Essen der Armen zu kosten.

Das war ihre letzte Ausschweifung. Malvina hatte sich in der Nacht erkältet und starb bald darauf; König Nebukaneser hatte nicht den Mut, sich auf eigene Faust mit dem Gewaltigen da draußen einzulassen. Er hatte ganz gut bestanden – ahnte aber künftige Niederlagen und zog es vor, in Erinnerungen zu leben.

1904   *Übersetzt von Ellen Schou und Karl Schodder*

Schicksal

Ole Dues Hand zitterte heute noch mehr als sonst. Von der gemeinsamen Schüssel, die mitten auf dem Tisch stand, führte eine Milchstraße zur Tischkante und über Oles schöne Weste bis hinauf zum Mund. Auf jedem Hinweg ließ der Löffel ein paar Tropfen hinter sich zurück, als wolle er sich den Rückweg zur Schüssel sichern. Sooft die Weste ihren Teil abbekam, sandte Gjarta ihrem Mann einen zornigen Blick zu, und Ole beeilte sich, mit dem Handballen nachzutrocknen.

Milch mit Klößen war übrigens Oles Leibgericht, nur kam es ihn schwer an, die Klöße zu bewältigen. Gjartas Klöße waren hart und hatten einen schleimigen Überzug, und Oles Gaumen konnte auf ihnen keinen rechten Halt finden; sie rutschten in die Backe hinein und in den Mund zurück, und er saß da und knaupelte.

Keiner sprach, aber die Kauwerkzeuge brachten genügend Lärm hervor, es klang wie eine ganze Werkstatt. Und wenn Ole sich rechte Mühe gab, dann verdrehte er die Augen im Kopf wie ein Hund, der in Eingeweiden wühlt.

Plötzlich fiel ihm ein Kloß aus dem Mund und in die Schüssel zurück, wo er wie eine Bombe einschlug. Ole sah verdutzt drein, der Knecht aber brach in Gelächter aus und Gjarta mit ihm; und nun wälzte sich auch Ole vor Lachen. »Der ist wahrhaftig in seiner Mutter Schoß zurückgekehrt«, erklärte er mit langem Schielen. »Wo zum Kuckuck bist du denn geblieben?« Er rührte mit seinem Löffel in komischem Suchen in der Schüssel herum.

Der Knecht krümmte sich vor Lachen.

»Hättest ein Zeichen hineinbeißen sollen«, bemerkte Gjarta. Das war ein Hieb auf seine Zahnlosigkeit.

»Wollt ich auch, er hat mir aber keine Zeit gelassen. Ich beiße nämlich am besten mit dem anderen Ende, daß du's weißt – und du würdest nie in Zweifel geraten wegen der Ware. Aber, wie gesagt, jedes Ding muß seine Weile haben.«

»Pfui, schämen solltest du dich – bei Tisch solche Reden zu führen«, schimpfte Gjarta kopfschüttelnd. Aber lachen mußte sie doch.

Ole führte noch ein paarmal unentschlossen die Hand hin und her, dann steckte er den leeren Hornlöffel resolut in den Mund, drehte ihn ein paarmal darin herum, trocknete ihn mit dem Daumen ab und warf ihn in die Tischlade. »Eßt ihr nur weiter«, sagte er und stand auf. »Ich muß sehen, daß ich fortkomme.«

Der Knecht löffelte weiter, doch Gjarta legte den Löffel hin, um ihrem Mann an die Hand zu gehen.

Ole war klein und welk, aber rasch in seinen Bewegungen. Der Kopf war kahl, Gesicht und Kinn glatt rasiert, aber ganz unten am Hals trug er einen langen Bartkranz, der von Ohr zu Ohr ging und die Körperwärme unter den Kleidern zurückhalten sollte. Er trug Latzhosen mit weißen Beinknöpfen und eine hochgeknöpfte Weste, und nun half ihm Gjarta in den Staatsrock. Der war aus blauem Soldatentuch und ging im Nacken hoch hinauf, als hätte er längere Zeit am Haken gehangen.

»Steh doch still!« herrschte Gjarta ihn an, während sie ihm den Bart unter die Weste stopfte.

Aber Ole konnte nicht ruhig stehen, er fieberte. Gjarta feuchtete einen Zipfel ihrer Schürze im Mund an und rieb ihm an einigen Stellen das Gesicht ab.

»So«, sagte sie und gab ihm einen letzten Strich, »jetzt glänzt du wie eine Kröte auf einem Torfhaufen in der Schummerstunde.«

»Na, und ihr kommt wohl miteinander aus?« fragte Ole

und schaute schelmisch von ihm zu ihr. »Für Gjarta steh ich ein, wenn sie am rechten Zipfel genommen wird; die muß man mit dem Haarstrich streicheln wie die Katzen.« Er zwickte sie ausgelassen in die Seite.

»Ach was, halt deinen Mund, du altes Schnattermaul, und schau, daß du fortkommst«, gab Gjarta ärgerlich zurück.

»Das kann sie halt nicht leiden«, meinte Ole lachend und schnipste mit den Fingern in die Luft. »Nein, auf die Art komm ihr nicht, sonst gibt's eins über den Rüssel. – Na, Peter«, fügte er ernst hinzu, »du gehst ihr doch zur Hand – mit Wasser oder was sie sonst braucht.«

»Tu ich schon«, erwiderte der Knecht still und ging hinaus, um die Pferde aus dem Stall zu holen.

Ole Due stand da und schaute ihm nach, während Gjarta sich mit dem Gürtel seines Wettermantels abplagte. »Ein Prachtkerl ist er schon, der Peter«, sagte er. »Wenn wir eine Tochter hätten, dann würde er sie bei Gott kriegen. Und sie könnten meinethalben morgen den Hof übernehmen.«

Gjarta brummte störrisch, sie hätte nicht ein bißchen Lust, aufs Altenteil zu kommen.

Nun küßte er sie und trippelte hinaus. Die Spannung der Stadtreise leuchtete ihm aus den Augen, die Arme spreizten sich nach den Seiten, er ging lullend – wie ein gutgelauntes Kind. Seine ganze Erscheinung erinnerte an die eines großen Kindes, das etwas Außergewöhnlichem entgegengeht.

Ein Gedanke dieser Art streifte Gjarta. »Er wird kindisch, der alte Tropf!« murmelte sie vor sich hin, während sie den Tisch abzuräumen begann.

Der Knecht spannte die mittelgroßen bornholmschen Pferde vor. Ole lief neben dem Wagen auf und ab und sah verantwortungsvoll aus. Unaufhörlich wanderte die Zungenspitze zwischen den erdfleckigen Lippen hin und her. »Sollen wir noch ein paar Säcke darauflegen?« fragte er und rüttelte an dem Wagen. »Glaubst du, es geht?«

Der Knecht meinte schon. »Der Bauer ist ja ein vorsichtiger Kutscher«, erklärte er.

Dann gingen sie auf den Tennenboden. Ole half dem Knecht, die Kartoffelsäcke über den Nacken zu schmeißen, und ging jedesmal mit ihm hin und zurück, um aufzupassen, daß er die Säcke nicht zu heftig auf den alten Wagen warf. Es zuckte in Oles welkem Gesicht, sooft Peter richtig zupackte – der Bursche kannte eben seine Kraft nicht!

Während Peter den Eimer mit Wagenschmiere zwischen die Hinterräder hängte, zerrte Ole prüfend an den Wagensträngen und ging dann noch einmal hinein, um einen letzten Schluck zu nehmen und einen letzten Schimmer von Gjarta zu erhaschen, ehe er sich der Landstraße anvertraute. Gjarta war nicht da, und er wollte ihr nicht ins Waschhaus nachlaufen; ein Kuß wäre zwar nicht übel gewesen, aber man durfte von den Weibsbildern nicht zuviel Wesens machen. Er öffnete den Wandschrank, leerte die Kandisschale in die Manteltasche, steckte ein Stück in den zahnlosen Mund und schlug dann das große ockergelbe Halstuch über das Gesicht hinauf. Draußen stand der Knecht und hielt wartend die Zügel, das sah ganz herrschaftlich aus, wirklich ganz herrschaftlich. O ja!

Gjarta hantierte unterdessen im Waschhaus herum, guckte aber jeden Augenblick hinaus. Er kam doch niemals fort, er trödelte und nörgelte! Nach einiger Zeit kam sie wieder in die Stube gestürzt. Dort stand Ole, beide Hände auf die Tischplatte gestützt, zusammengesunken wie ein alter Gaul und starrte blind hinaus. Sein Kopf zitterte.

»Da steht er noch!« rief sie barsch. »Weißt du was, Ole, du bist ein rechter Trödler!« Nun stapfte Ole davon, und der alte Leiterwagen knirschte auf seinen Holzachsen zum Hof hinaus.

Der Knecht stand an der Giebelwand und sah dem Fuhrwerk nach. Tief schnitten die Räder in den Sand, der

Schmiereimer schwankte unter dem Wagen, der Wagen selbst schwankte und Ole auch. Das Ganze wackelte stumpf und regelmäßig hin und her wie der Kopf eines Schwachsinnigen. Endlich verschwanden sie in der Kiefernschonung.

Peter stand immer noch da und strich sich mit dem Daumen über das fleischige Kinn. Sein dünnbehaarter Kopf war ungewöhnlich groß, aber der größte Teil davon stand leer; da war vorsorglich gebaut, in Erwartung eines großen Zuwachses. Doch das bißchen Verstand, das er hatte, schaute ihm jederzeit neugierig aus den Augen und gab dem Ganzen ein bewohnteres Aussehen; seine wohlgenährte Gestalt strahlte Gutmütigkeit aus und das Bedürfnis, sich's bequem zu machen.

Mit klappernden Holzschuhen schlenderte er schließlich über den Hof und in die Stube hinein, trank einen Schluck aus dem gelben Tonkrug und setzte sich dann hin, um seine Strümpfe am Kachelofen zu trocknen. Der Ofen spuckte, sooft die nasse Sohle ihn berührte, und ein Geruch von verbrannter Wolle verbreitete sich in der Stube. Draußen sah er Gjarta über den Hof gehen und in der Häckseltenne verschwinden; sie suchte ihn wohl. Er aber saß so gut, daß er nicht aufstehen mochte; sie fand schon noch den Weg herein. Dann kam sie zurück und machte sich im Waschhaus zu schaffen. Die Holzschuhe klapperten andauernd, Wasserplätschern scholl herüber und dann und wann das Hämmern einer Feuerzange an Eisen. Nach einer Weile kam sie endlich in die Stube.

»Hier sitzt du, Peter!« sagte sie und stellte sich an den Ofen; ihre aufgeschürzten Röcke troffen von Wasser. »Du versengst ja deine Socken.«

»Mich fror so an den Knöcheln – sie sind naß.«

»Du kannst ein Paar trockene Socken von Ole haben, aber laß es ihn nicht merken, er hat Augen wie ein Teufel.« Sie zog die Lade unter dem Kachelofen auf, wo das Wollzeug verwahrt wurde, nahm ein Paar dicke Socken heraus und warf sie ihm in den Schoß. Dann blieb sie neben ihm stehen und sah zu, wie er die Strümpfe wechselte. »Ein paar ordentliche Zaunpfähle hast du, weiß Gott«, bemerkte sie.

»Ja, die Beine, die halten wohl, wenn's weiter nichts ist, was dich abhält!«

Gjarta lachte verschämt und trat zum Tisch. »Hat Ole wahrhaftigen Gottes doch wieder was verschüttet«, erklärte sie ärgerlich und strich das Bier über die Tischkante wieder in den Krug zurück. »Er ist doch schon ein wenig zittrig.«

»Ist ja auch bald ein alter Tropf«, bemerkte Peter mitleidig.

»Fünfundfünfzig, das ist doch nicht so schrecklich alt, der kann neunzig werden. Wenn Leute einmal in dem Alter sind, dann ist kein Ende abzusehen mit ihnen.«

Peter antwortete nicht, sondern saß da, in ein Rechenexempel vertieft. »Bis dahin bist du ein altes Weib, Gjarta«, sagte er endlich.

»Ja, und du hast dann auch das Beste hinter dir.«

Eine Weile schwiegen sie beide.

»Na, jetzt wollen wir Kaffee trinken«, meinte Gjarta schließlich und ging den Kessel holen.

Der Kaffee bestand im wesentlichen aus gebranntem Roggen. Er hatte wie üblich ausgiebig gekocht und wurde gleich aus dem Kupferkessel eingeschenkt. Gjarta holte von dem Gestell im Alkoven eine Schüssel Milch, löste mit dem Finger den Rahm von den Seiten und tat reichlich in die Tassen. Als sie Zucker nehmen wollte, war die Kandisschale leer. »Das ist Ole gewesen!« rief sie ärgerlich aus.

»Ja, der wird eben auf seine alten Tage wieder zum Säugling – kann einen schier nicht wundern«, meinte Peter.

Gjarta erwiderte nichts, sondern ging wieder zum Alkoven und kam mit einer Tüte Kandis zurück. Sie schüttete ein paar große Stücke auf den Tisch vor den Knecht hin, der sie eins nach dem anderen in den Mund steckte, sie zerbiß und aus dem offenen Mund in die Zuckerschale hinabfallen ließ.

»Schönen Dank für den Kaffee«, sagte Peter und stand auf. »Und jetzt hätt ich wohl noch gern einen Schlecker unter der Nase.« Er beugte sich über seine Hausmutter und wischte sich begehrlich den Mund ab.

Aber Gjarta setzte ihm die geballte Faust vor die Brust. »Wenn du aufs Schlecken aus bist, schleck die gefleckte Kuh an einer gewissen Stelle«, erklärte sie hart. »Solange Ole und ich zusammengehen, will ich ihm auch grade in die Augen schauen können. Ich bin eine ordentliche Person, daß du's weißt.« Sie sah ihn unbeugsam an.

Peter aber senkte den Blick wie ein Hund. »Wir könnten's so fein haben«, murmelte er.

Gjarta antwortete nicht, sondern ging an ihre Wäsche.

Er schlenderte wieder hinaus und nach der Südseite, wo er sich daranmachte, die Kartoffelgrube zuzuschippen. Die Mißstimmung lag über ihm wie ein dumpfer Druck, aber er legte sich keine Rechenschaft darüber ab; auch über ihre Ursache nicht. Das Ganze setzte sich bloß wie ein Refrain in ihm fest, der den Kernpunkt festhielt; seine Natur verlangte nach ihr! Damit war eigentlich alles gesagt; denn was geschehen mußte, das würde geschehen. Deswegen hatte er auch gar nicht das Bedürfnis, Ole etwas Böses zu wünschen.

Es war schneedicke Luft; bleischwer und fast zum Greifen dicht hing sie um jeden Gegenstand. Über allem, was das Festland trug, lag ein stilles, sicheres Beharren, und seewärts ruhten Luft und Wasser fest ineinander. Einen Büchsenschuß weiter unten erstreckte sich das weiße Ufer, wo Saatkrähen und blaue Dohlen zänkisch schreiend über etwas kreisten – vielleicht der aufgedunsenen Leiche eines Ertrunkenen.

Es durchschauerte Peter ein wenig, während er hinunterging, um nachzusehen, was es sei. Es war ein Schwein mit einer klaffenden Wunde in der Seite, das vermutlich über

Bord irgendeiner Schute gespült worden war. Ihm wurde leichter ums Herz; mehr als einmal waren hier Leichen gefunden worden, häßlich verzerrte Leichen, die aussahen, als könnten sie nie mehr in ihren Gräbern Ruhe finden. Die Raubvögel flogen nun längs des weißen Küstensaumes dahin, mit schweren Schlägen in der schweren Luft, und das Meer lag da, rollte bedächtig über den Sand herauf und glitt wieder zurück wie ein großes Tier, das sich im Halbschlaf leckt. Dies alles zusammen wirkte beruhigend wie das Streicheln einer Hand, die stärker ist als man selbst. Seine Natur verlangte nach ihr, und was geschehen mußte, das würde geschehen.

Er warf das Schwein über den Nacken und wandte sich heimwärts – man konnte es zu Wagenschmiere und grüner Seife verwenden.

Die Äcker waren nichts als lockerer Sand, aber Ole verstand sich darauf, etwas aus ihnen herauszuziehen, wenn es auch nichts weiter war als Kartoffeln. Von solch einem Kartoffelanbau in großen Massen war wohl kein Aufhebens zu machen; die Leute schauten einen an, als habe man seine Mutter im Armenhaus. Ole aber scherte sich den Teufel um das Ansehen und steckte die Taler in die Tasche. Neunzig Tonnen Kartoffeln hatte er dieses Jahr von jeder Tonne Feld geerntet – den Anteil der Leserinnen nicht gerechnet, die jeden siebenten Korb bekamen. Es war ein recht nettes kleines Anwesen, schuldenfrei, und Ole war alt. Das heißt, er konnte ja noch lange Jahre leben, und Gjarta war ein Weib, das wußte, was es wollte. Bis hierher und nicht weiter! Wäre sie ein leichtes Frauenzimmer gewesen, dann hätten sie sich nichts anmerken lassen, bis Ole einmal abschob. Aber Gjarta war eben eine ordentliche Person!

Peter warf das tote Schwein auf den Tennenboden und rief Gjarta, sie solle kommen und es sich ansehen.

Dann setzte er sich ins Waschhaus, den Rücken an den heißen eingemauerten Kessel gelehnt, und schaute zu, wie sie arbeitete. Seine Natur verlangte nach ihr!

Es saß ihm so etwas wie ein Teufelsspuk in den Händen und drängte ihn, sie zu packen, daß sie schrie, aber sein Zwerchfell zitterte wie bei einem nassen Hund, und immer schwerer wurde es ihm ums Herz. Strophen aus todtraurigen Liedern glitten ihm durch den Sinn und brachten sein Gemüt zum Steigen, höher und höher stieg es in ihm wie in einem Brunnen, der sich füllt. Da öffnete er ein wenig den Mund, und heraus quoll schleppend einförmig eine jener Weisen von unglücklicher Liebe:

»Mein süßes Mädel, du hast betrogen mich,
Obwohl so inniglich ich liebte dich.
Weit weg zu fahren, rietest kalt du mir,
Damit ich fände nie zurück zu dir.«

Als das Lied zu Ende war, sah er an Gjartas Rücken, daß sie weinte. Er hätte am liebsten mit eingestimmt, wär's nicht eine Schande gewesen – er war ja schließlich ein Mann.

Der Dampf trieb unter der Decke dahin und tropfte herunter; in der Esche draußen saß eine Krähe und verkündete Unheil. Eine neue Weise kam Peter in den Kopf, noch herzerweichender in ihrer Klage als die vorige, weil hier der Unglückliche selbst die Waffe in seinem Herzen umdrehte und so die Wunde vergrößerte.

»Glaub nur nicht, daß ich Trauer tragen
Will um dein ungetreues Herz!
Und wenn dir auch die Leute sagen,
Ich trüge Leid um dich und Schmerz:
's ist Lüge, bloß und bar.
Glaub nicht ein Wort: fürwahr,
Ich traure um den Schnee vom vor'gen Jahr!«

Gjarta kam heran, um Wäsche aus dem Kessel zu holen. Sie lehnte sich an ihn, während sie die Wäsche in den Eimer hob, es war eine richtige Liebkosung, so verstohlen sie es auch tat, und Peter knickte zusammen. Er ergriff sie am Rockbund und lehnte den Kopf an ihren Schoß.

138

»Na, na, Peter, sei nun ruhig«, meinte sie sanft und tätschelte ihm den Rücken. »Du zitterst ja wie ein neugeborenes Kalb. Unsere Zeit kommt auch noch, wirst schon sehen.«

Er richtete sich auf und sah sie an. »Wann soll es denn sein?« fragte er kurzatmig.

Nie zuvor, weder gemeinsam noch jeder für sich, hatten sie die Sache in Erwägung gezogen, aber Gjarta wußte, was er meinte.

»Wenn gewisse Leute von der Stadt heimkommen, haben sie immer ein bißchen viel im Kopf«, sagte sie bedeutungsvoll.

»Was also dann?« fragte er, denn er konnte ihrem Gedankengang nicht folgen.

»Wir können ja darüber reden, komm jetzt herein und iß dein Vesperbrot.« Sie ging voran.

Auf dem Tisch stand ein Teller mit belegten Broten, und Peter setzte sich zum Essen, während sie sich zu schaffen machte, Salz und Branntwein auf den Tisch stellte und dergleichen. Es begann zu dämmern. Auf dem Flaschenhals saß statt des Pfropfens ein umgestülptes zerbrochenes Schnapsglas; es war ganz verkleistert von Speiseresten aus verschiedenen Mündern. Peter goß es randvoll und führte es zum Mund.

»Deine Hand zittert nicht«, sagte Gjarta bewundernd.

»Nein, das überlassen wir dem Alter!« erwiderte Peter rasch und leerte das Glas. »Ah – ein Kuß tut einem doch wohl.«

»Du mit deinen Küssen«, entgegnete Gjarta grinsend. »Nimm dir noch einen Schnaps, bitte!«

»Wann soll's also sein, meinst du?« fragte er kauend.

»Ich hab heut nacht das Käuzchen draußen in der großen Esche dreimal schreien hören, es war wie ein Vorzeichen. Wer weiß, ob wir nicht eine Leiche hier ins Haus kriegen.« Sie seufzte schwer.

Der Schnaps hatte Peter in heitere Stimmung versetzt.

»Es ist wohl besser, ich esse nicht zu viel Käse«, bemerkte er und blinzelte ihr schelmisch zu.

»Ach du!« Sie drohte ihm mit ihrem hölzernen Teller und schenkte ihm noch einen Schnaps ein.

»Also«, sagte der Knecht, sich streckend, »also komm ich um Mitternacht hier herein – mit der Axt wohl?« Der Schnaps hatte alle Tore in ihm sperrangelweit aufgestoßen, und er sah sie dreist an.

»Hier, in die Stube?« Gjarta begann fast zu zittern. »Bei seinem eigenen Tisch und Bett? Nimm dich in acht, Peter, mit dem, was du tust, und auch mit dem, was du sagst. Man kann leicht zu geschwätzig werden.«

»Ach, was weiß ich«, entgegnete er und sank verzweifelt wieder zusammen. »Ich glaube, ich gehe an den Strand und ertränke mich.«

»Wir können ja darüber reden, mein ich doch«, erklärte sie beruhigend, während sie Licht anzündete. »Aber hüte deinen Mund, Peter, es könnte zum Schwören kommen. Sprich mit dem Kachelofen da, dann haben wir zwei nicht gemeinsame Pläne geschmiedet!«

Der Knecht blickte zum Ofen hin und warf ihr dann einen bewundernden Blick zu. Aber sein Verstand stand still.

»Wir könnten es ganz heimlich so gut zusammen haben, bis Ole einmal mit der Nase in der Luft daliegt; es kann ja gar nicht mehr so lange dauern«, sagte er endlich. Es kam langsam heraus wie etwas, was zwar gesagt werden *muß*, mit dem es aber sonst nicht viel auf sich hat.

»So, das glaubst du! Ja, wenn du nur *deinen* Weg rein halten kannst, dann bist du's zufrieden – du hast auch kein Gelöbnis getan. Ich aber bin eine verheiratete Frau, und mir soll keiner nachsagen können, ich hätt Ole mit einem anderen Mannsbild das Laken wechseln lassen. Daß du's weißt!«

»So zieh mit mir von dannen – über die Wogen, die blauen«, schlug er großartig vor, in Erinnerung an irgendein Lied.

»Ja, auf und davon mit einem fremden Mann, und der eigene sitzt daheim und kann für sich selber sorgen! Das machen ja wohl die Komödiantenspieler so, hab ich gehört. Aber Gjarta ist nicht die Frau, die Ehebruch treibt. Zu dem Zweck wirst du dich besser nach einer anderen umschauen müssen.« Sie war jetzt zornig geworden.

»Ich kann ohne dich nicht leben«, erwiderte Peter kleinlaut.

»Ja, das sagte die Katz auch zur Maus.« Sie stand auf und ging zum Fenster. »Mir scheint, wir kriegen böses Wetter zur Nacht. Die See hört sich so garstig an, und stockfinster ist es auch schon.«

»Aber ich bin ihm ja gar nicht böse, wie soll ich also dazu kommen?« fragte Peter.

»Sieh zu, daß du mit gewissen Leuten heut abend übers Kreuz kommst – das lockert die Hand.«

»Aber wie bring ich ihn nur auf den Hof hinaus?«

»Du reitest uns ins Unglück, Peter, mit deinem Geschwätz!« sagte Gjarta eindringlich. Sie schwiegen eine Weile, dann wandte sie sich um und fing an, den Ofen anzureden: »Wenn die Gäule in der Stadt waren, sind sie, wie jeder weiß, nachts immer unruhig. Da muß der Bauer aufstehen und nach ihnen sehen – und dann! Ja, was weiß ich davon? Ein Gaul kann ausschlagen und ihn am Kopf treffen – es geschieht ja soviel!« Sie seufzte tief.

Peter nickte bedächtig, während er aufstand und die Laterne anzündete; dann ging er hinaus in die Werkstatt und setzte sich hin, um Holzschuhe zu schnitzen. Oles Tage waren gezählt, das wußte er nun. Aber es war eine Tatsache, die von seiner Seite nicht die geringste Färbung erhielt. Der Beschluß, daß Ole sterben müsse, stand so fern und doch unabwendbar vor ihm, als sei er aus Gottes höchstem Ratschluß hervorgegangen; er selbst war daran nur ein klein wenig beteiligt, war bloß einer, der unversehens hinter den Schleier der Zukunft geguckt hat und nichts abzuwenden vermag.

Er war voll Bewunderung für Gjarta; sie war klüger als Priester und Behörde zusammen. Ob nun all diese Klugheit vom Guten stammte oder ob sie sich etwa dem Bösen verschrieben hatte, wußte er nicht so recht. Aber das konnte ja auch nichts helfen: Seine Natur verlangte nach ihr!

Wie freilich jemand ohne Zorn nach einem anderen schlagen könne, ohne etwas gegen ihn zu haben, das begriff er nicht; er wußte nur, daß *er* es nicht konnte. Und daß einer gegen Ole, den guten alten Tropf, Groll hegen könne, begriff er noch weniger.

Gegen Abend kam Ole Due heim. Es war Schneesturm, und er sah bös zugerichtet aus; aber seine Stimmung war gut. Draußen im Flur klopfte Gjarta ihm die ärgste Eisdecke ab, dann kam er herein zum Ofen und stand da und stampfte und ließ die Zunge laufen, während sie ihm aus dem Oberzeug half. »Puh, ha, ja! Schönes Wetter das, um sein Weib durchzuprügeln!« Und er nahm sie vergnügt um die Mitte und schüttelte sie, während sie ihm den Kragen abband. Gjarta lachte und klapste ihn, damit er still stehe; er war doch ein rechtes Kind!

»Und jetzt, Herrgott noch mal, haben sie überall auf den Straßen da drinnen Petroleumlaternen, die bis elf Uhr abends brennen – sie sehen sonst wohl nichts beim Schlafen«, erzählte er spitz. »Da müssen wir bei Gott auch schleunigst zwischen den Kartoffelreihen Laternen anbringen – sonst sehen sie am Ende nichts beim Wachsen. – Jaja, sie können es sich ja leisten. Woher sie nur das Geld haben? Es muß zwischen den Pflastersteinen wohl doch was wachsen – ein anderer bemerkt es halt nur nicht!«

Der Knecht hatte ausgespannt und kam mit den Sachen vom Wagen herein. Gjarta warf sich eifrig über die Pakken – es waren Weihnachtseinkäufe.

»Was hast du als Draufgabe bekommen?« fragte sie.

»Den neuen Almanach und eine Flasche süßen Wein«, erwiderte Ole stöhnend. Er war dabei, die Stiefel auszuziehen. »Peter, hilf mir ein bißchen!«

Peter kniete vor ihn hin und packte den Stiefel, und Ole stützte sich auf seinen weichen Rücken, während er den Fuß an sich zog.

»Du hast hier bei uns tüchtig zugenommen«, bemerkte er.

»Ich hab ja auch nichts zu essen bekommen, bevor ich hierherkam«, entgegnete Peter mit einem Versuch, sich mausig zu machen.

»Das habe ich nun nicht gemeint«, antwortete Ole besänftigend. »Zu essen haben sie wohl anderwärts auch, vielleicht reichlicher als hier, aber Essen und Essen sind zweierlei. Gjarta ist eine gute Hausmutter, und die fehlt heutzutage auf den meisten Höfen.«

Dann begann Ole in den Taschen zu kramen und sah höchst geheimnisvoll drein. Und nun kamen die kleinen Geschenke hervor! Außer glänzend rotem Kaufmannsgarn zu einem Sonntagsunterrock für Gjarta gab es Riechwasser für ihr Riechfläschchen und eine feine Rolle Kautabak für Peter. Sie freuten sich sehr über die Geschenke. Gjarta küßte Ole, und Peter gab ihm zum Dank die Hand. Ole sah sich mit einem glücklichen Ausdruck um; er konnte so seelenvergnügt dreinsehen, wenn er andern eine Freude bereitet hatte.

»Hast du was, das man sich ins Gesicht stecken kann?« fragte er mit der Miene eines Mannes, der von sich selber weiß, daß er unbedingt auf der Höhe ist. Er hatte den Witz soeben in der Stadt gehört.

»Sagt man jetzt so?« fragte Gjarta und umfaßte ihn mit einem vollen Blick; er hatte heute etwas Flottes, Jugendliches an sich, das ihr gefiel. »Ja, auf was die da drinnen in der Stadt nicht alles kommen!« Sie ging in die Küche.

»Jetzt haben sie bei Gott schon angefangen, Flöhe zu dressieren«, erzählte Ole. »Gerade zuvor war ein Flohzirkus dagewesen. Jaja, so ist's!«

»Das ist doch wohl eine Lüge?« fragte Peter und glotzte

ihn groß an. Er sah aus, als fasse er sich heimlich an die Ohren.

»Lüge! Der Kaufmann ist selber dabeigewesen, erzählte er mir. Da waren Flöhe, die vor ein kleines Wägelchen gespannt waren, und ein anderer Floh war der Kutscher. Einen nahmen sie und setzten ihn in die Taschenuhr, da kroch er auf den Sekundenzeiger und fing hübsch an, darauf Karussell zu fahren. Es ist einfach nicht zu glauben, worauf die Menschen alles kommen.«

Der Knecht lachte, daß er fast von der Bank fiel, und Ole brüstete sich mit jeder Bewegung. »Es fehlt nicht viel, und sie werden auf einem dressierten Floh zum Mond reiten«, schloß er höhnisch. Er konnte die Städter nicht ausstehen. Peter wand sich vor Lachen.

»Bei euch geht's lustig zu!« meinte Gjarta, die mit einer brutzelnden Bratpfanne aus der Küche kam. Sie legte drei Holzklötzchen für die Füße der Pfanne zurecht und stellte diese mitten auf den Tisch. Es war ein Gericht von Bratkartoffeln mit Speckwürfeln; die Männer zogen den Duft tief durch die Nase ein.

»Ja, ich war gerade dabei, Peter zu erzählen …«, und Ole gab wieder die ganze Geschichte zum besten, mit Witzen untermischt.

Gjarta nahm die Sache ernster. »Wie sie ihnen nur die Manieren beibringen können«, sagte sie nachdenklich, »oder wie sie sie auch nur wieder erwischen, wenn sie einmal durchgebrannt sind. Ein anderer hat Mühe, auch nur einen einzigen zu fangen. Und sollte man nicht meinen, sie müßten so einem Tierchen die Beine brechen, klein wie es ja doch ist gegen eine Hand.«

»Dann machen sie ihm aber wohl ein Holzbein.« Peter versuchte vorsichtig, einen Witz zu machen. Er pflegte es sonst nicht zu tun und schielte deshalb unsicher zu Ole hinüber.

»Ja, wahrhaftigen Gottes, dann machen sie ihm eins«, rief Ole aus. »Dann machen sie ihm, meiner Seel, ein Holzbein, haha!« Er schlug auf den Tisch, warf den Kopf herum und lachte.

Sie aßen die duftende Speise mit Löffeln; diesen Brauch hatte der Knecht vom Nordende der Insel, woher er stammte, mitgebracht. Lange aßen sie schweigend; nur von Zeit zu Zeit kamen von den Männern kleine Gluckser – verspäteter Rest des Lachens.

»Ja, ja, Mutter«, begann Ole endlich wieder, »jetzt kannst du also Abnehmer kriegen: Morgen wollen wir gleich mit einer ganzen Fuhre zur Stadt. Die deinigen sind gut zur Zucht, das weiß ich.« Es kam wie ein später Nachhall und sollte auch nicht als mehr aufgefaßt werden.

Aber Gjarta wurde tiefernst. »Sie haben Gott sei Dank bisher nichts dagegen gehabt, bei mir anzubeißen«, sagte sie. »Man hat doch noch seine Gesundheit – unberufen!« Und sie klopfte dreimal feierlich unter den Tisch.

Ole stand während der Mahlzeit auf und suchte mit zitternden Händen im Wandschrank herum. Nachdenklich ging die Zungenspitze zwischen den welken Lippen hin und her. Mehrmals hatte er die Branntweinflasche in der Hand und ließ sie wieder los, dann aber stellte er sie mit einer energischen Bewegung auf den Tisch.

»Man muß etwas zum Widerstehen haben bei einem solchen Wetter«, erklärte er und schenkte Peter einen Schnaps ein.

»Ja, unser Herrgott sei mit den Armen, die heute nacht auf dem Meere sind«, meinte Gjarta. »So ein fürchterliches Wetter!«

Sie legte das Gesicht an die Scheibe und versuchte hinauszusehen, aber der Schnee peitschte in Massen gegen das Fenster und fror an. Hie und da lockerte sich ein Klumpen durch die Zimmerwärme und rutschte lärmend herab.

»Da werden heute nacht wohl verschiedene Leute unten herum heimkehren müssen«, ergänzte Ole und schüttelte sich. »Die müssen viel Böses ausstehen, die um diese Jahreszeit das Meer pflügen.«

Das Unwetter tobte in Stößen um die Giebel, peitschte los, fiel hier zusammen und erhob sich dort wieder. Es knackte im Fachwerk, rüttelte am Dach, donnerte an den Türen – es waren hundert Laute, die einander ablösten. Und unter dem Ganzen ging unaufhörlich die Brandung, in einem ruhelosen Donnern, das den Boden zittern machte und in den Ohren hängenblieb – als der Urquell aller Dinge.

Ein kurzes, jähes Dröhnen machte die Scheiben singen. Gjarta zog sich erschrocken in die Stube zurück. »Was war das?« fragte sie, vom einen zum andern blickend.

»Das war ein Notsignal«, erklärte Ole. »Da ist irgendwo eine Schute auf Grund gestoßen, wahrscheinlich auf Due Odde. Die brauchen kein Brot mehr, die armen Teufel! – Na, aber jetzt ist es wohl Zeit, ins Nest zu kriechen.«

Er begann sich am Kachelofen auszukleiden, während Gjarta das Haus für die Nacht in Ordnung brachte.

Der Knecht bot gute Nacht und ging hinaus.

»Du gibst doch den Gäulen noch einmal, Peter!« rief ihm Ole nach.

Peter ging in die Werkstatt und nahm die Axt, tauschte sie aber sogleich gegen einen kleinen Hammer aus – er konnte die scharfe Schneide nicht leiden. Dann ging er hinüber zum Stall, fütterte die Pferde und legte sich ins Häcksel schlafen. Er war ganz sicher, daß er es niemals über sich bringen könnte, Ole ein Leid anzutun, blieb aber dennoch liegen und schlief sofort ein.

Ole lag im Alkoven und schlug spielerisch an die Bettkante; als Gjarta hereinkam, plauderte er mit ihr: »Ah, wie gut das tut, zu liegen! Das Bett ist doch der beste Ort um diese Tageszeit, vornehmlich für die, die was Gutes zu erwarten haben … Möcht nur wissen, was sie auf der anderen Seite der Erde tun, wo sie den Kopf nach unten haben.« Er lachte vor sich hin. »Als ich klein war, meinte ich wahrhaftig, sie bänden sich am Bett fest. – Was ich sagen wollte, Kaas von Klemmensker habe ich drin in der Stadt getroffen; er meinte, daß Ane Sidsele etwas erwartet. Da müssen wir nächstens hin, könntest ja dann auch das Erbteil zur Sprache bringen, versteckt natürlich! Vielleicht geben sie gutwillig nach! Und Mikkel Jörgen hat sich verlobt; sie soll Geld haben wie Heu, nach dem, was man sagt. – Na, kommst du nicht bald, Mädel?«

»Komme schon, kann aber nicht überall sein«, brummte Gjarta. Aber recht war es ihr doch, daß er Sehnsucht hatte.

Er war in gehobener Stimmung, fuhr fort zu schwatzen, während sie sich auszog, sprang sorglos von Gegenstand zu Gegenstand und liebkoste sie mit seinen alten verblaßten Augen.

Gjarta ließ ihn schwatzen. Da lag er und war zu Narrenpossen aufgelegt, der alte Kindskopf – und hielt kaum noch zusammen; und morgen war er ganz schlapp und mußte bis zum Mittag liegenbleiben. Aber es war nicht Gjartas Sache, sich kostbar zu machen. Er war ihr rechter Ehemann vor Gott und der Obrigkeit. Und heute abend tat er ihr noch dazu leid, er sah so hilflos aus! So löschte sie das Talglicht und schob ihren schweren Körper zu ihm ins Bett.

Als die Uhr mit einem kurzen Räuspern zum Zwölferschlag ausholte, fuhr Gjarta im Bett empor. Einen Augenblick wußte sie nichts von sich, dann aber begann sie, ihren Mann zu rütteln. »Ole, Ole, steh doch auf! Die Gäule machen einen schrecklichen Lärm, sie müssen sich losgerissen haben.«

Ole wandte sich brummend um und schlief weiter; er war todmüde.

»So hör doch, Ole, was ich dir sage! Das geht ja nicht, sie können sich leicht etwas antun!«

Ole setzte sich auf. »Was hast du denn?« fragte er brummig, denn ihn fror.

»Die Gäule sind los, sag ich dir ja. Sie machen einen unheimlichen Lärm.«

»Ich höre nichts«, entgegnete Ole, »du wirst geträumt haben.«

»Na, auch recht! Ist ja deine Sache!« Sie legte sich wieder hin.

Ole saß eine Weile und schmatzte im Finstern vor sich hin. Er hatte einen sauren, ranzigen Geschmack im Mund, und in seinem Hinterkopf schnurrte es von dem plötzlichen Gewecktwerden. Dann stieg er über sie hinweg, schlüpfte in ein paar Kleidungsstücke und zündete die Laterne an.

Das Unwetter hatte sich gelegt. Zwischen Wohnhaus und Wirtschaftsgebäude lag der Schnee in großen Wehen; Ole hatte Mühe durchzukommen. Er ließ den Lichtschein über die Pferde fallen, es war alles in Ordnung. Der eine Gaul lag, der andere, der zu alt war, um sich zu legen, schlief im Stehen.

»Unsinn!« murmelte er und wollte gerade wieder gehen, als Peter aus dem Futtergang heraustrat, einen Hammer in der Hand.

Ole wurde grau im Gesicht. »Was, Peter, was?« stammelte er und trat unsicher von einem Fuß auf den anderen.

»Ja, jetzt hat deine Stunde wohl geschlagen, Ole«, sagte Peter und hob den Hammer.

Ole raffte sich in einem Nu zusammen und hängte blitzschnell die Laterne fort. »Wirf den Hammer weg«, rief er gebieterisch, »oder ich bringe dich ins Zuchthaus! Du Hund!« Er sah Peter fest in die Augen. Drüben im Winkel hatte er eine Mistgabel entdeckt und bewegte sich seitwärts auf sie zu, während er die Augen des Knechtes festzuhalten suchte. »Wirf den Hammer weg!« rief er wieder.

Aber Peter schüttelte sanft den Kopf und tat einen Schritt vorwärts. Er schlug leicht zu und traf Ole an die Schläfe; und Ole setzte sich mit einem verwunderten Ausdruck hinter den Gäulen platt auf den Boden. Da saß er und schlug mit den flachen Händen in den Mist, wiegte den Oberkörper, führte sich wunderlich auf wie einer, der etwas zu besänftigen hat, und fiel dann auf die Seite.

Peter warf den Hammer fort und beugte sich über ihn. »Ole!« rief er und rüttelte ihn. »Ole, bist du krank? Antworte mir doch, Ole!« Es klang wie eine Klage. Dann schob er ihn zärtlich zur Wand hinüber und legte ihm etwas unter den Kopf. »Ich hab ja gar nicht zugeschlagen«, sagte er, während er sich mit ihm zu schaffen machte. »Herrgott, war das denn was – ich hab doch gar nicht zugeschlagen!« Er ließ den Laternenschein nochmals über den Toten gleiten und ging dann hinein.

Gjarta saß aufrecht im Bett. »Ist's ihm leicht geworden?« fragte sie.

Peter nickte und stellte die Laterne weg. Er zog sich aus und legte die Kleider auf den Korbsessel am Kachelofen, wo Ole die seinigen hinzulegen pflegte. Dann schlug Gjarta das Oberbett beiseite, und er kroch zu ihr hinein. Sie war keine verheiratete Frau mehr und hatte also ihr freies Recht, in Liebessachen zu tun, was sie wollte.

Gjarta kam sieben Jahre ins Gefängnis, der Knecht fünfzehn.

Während Gjarta fort war, übernahm es einer ihrer Verwandten, das Anwesen zu führen. Aber sobald sie zurückkam, schickte sie ihn fort und nahm einen älteren Häusler in Dienst. Er verrichtete die Knechtarbeit, sie selbst aber hatte die Leitung.

Vieles hatte sich im Dorf verändert, während sie fort gewesen war. Draußen auf Due Odde hatten sie aus Feldsteinen einen großen Leuchtturm gebaut, der auch in der schwärzesten Nacht viele Meilen weit sichtbar war. Da stand er wie ein Finger Gottes und warnte die Schiffe, und nun gab's am Strand auch nicht ein Stück Schiffsholz mehr. Viel Übles war geschehen: Dort hatte ein Bauer sich zu Tode getrunken, ein anderer war um seinen Hof gekommen; einige waren gestorben, und neue waren da; und der Besitzer des Nachbarhofes war Witwer geworden und hatte sich wieder beweibt. Und alle, die noch da waren, schienen ihr soviel älter geworden zu sein! Die Erde selbst hatte nicht einmal ihr Aussehen von früher bewahrt! Gjarta konnte sich nicht klarmachen, worin die Veränderung bestand, aber die Landschaft machte einen fremden Eindruck auf sie. Die ist eben auch älter geworden, dachte sie bei sich selbst.

Ja, im Dorf war vieles anders!

Und auch ihr eigenes Anwesen hatte in der verstrichenen Zeit recht merklich gelitten; es war leicht zu sehen, daß Ole fehlte. Wenn Gjarta jetzt mit dem alten Knecht nicht darüber einig werden konnte, wie etwas am besten zu machen sei, schnitt sie die Auseinandersetzung ab mit einem: »So und so soll es sein, denn so hat's Ole immer gemacht.«

Sie dachte oft an Ole, aber sie tat es ohne Groll und Verdrießlichkeit, so wie man an einen teuren Toten denkt. Und sie sprach oft von ihm, ruhig wie jemand, der zwischen sich und seinen Verlust Jahre gelegt hat.

Die Leute der Umgebung behielten sie neugierig im Auge – sie mußte doch so und so sein! Einige hatten sich vorgestellt, sie würde mit einem Brandmal auf der Stirn aus dem Gefängnis heimkehren, andere dachten sich die Veränderung unklarer – etwa, daß sie eine grobe Sprache bekommen hätte und Tabak kaute, vielleicht gar Hiebe austeilte und stahl. Der eine wurde nicht mehr und nicht weniger enttäuscht als der andere, denn es war ihr keine Veränderung anzumerken.

Man guckte sie einige Zeit an, dann begannen die armen Weiber des Sprengels auch zu ihrem Hof um ein Töpfchen Milch zu kommen. Sie hielten es wohl halbwegs für eine Ehre, die sie ihr erwiesen, und rechneten auf etwas reichlichere Gaben. Aber Gjarta gab ihnen, was sie ehedem gegeben hatte, nicht ein Tröpfchen mehr, und behandelte sie als das, was sie waren. Am Sonnabend kam die eine oder

andere von ihnen und bettelte um den Kaffeesatz der Woche – ganz wie zuvor.

Gjarta war dieselbe!

Mit den Leuten der Gegend hatte sie niemals viel verkehrt; sie machte auch jetzt keinen Versuch in der Richtung, so daß diese Frage sich von selbst löste. Aber jeden
zweiten Sonntag – zum Nachmittagsgottesdienst – ging
sie in die Kirche und machte während der Predigt ihr
Schläfchen, im selben Stuhl und zu demselben Text wie in
alten Tagen.

Sie war in jeder Hinsicht dieselbe!

Der alte Häusler, der auf dem Hof arbeitete, machte sich
auch seine eigenen Gedanken über allerlei, und eines Tages
wurde er zudringlich. Aber Gjarta ließ ihn auf der Stelle
seine Kiste packen. Zwei andere waren da, die freiten um
sie und meinten es aufrichtig; der eine war ein hergelaufe-
ner Geselle, an dem nichts war, aber der andere konnte
ganz gut passieren, wiewohl er nichts hatte. Sie sagte zu
dem einen wie zu dem andern nein, es war nicht aus ihr
klug zu werden.

Es verstrichen sieben lange und breite Jahre, und Gjarta
war im Bewußtsein der Leute längst zur Ruhe gekommen.

Im achten Jahr begann sie um einen Heiratsschein zu
den Behörden zu laufen, und eines Tages spannte sie an
und fuhr zur Stadt. Sie kutschierte selbst, und es hieß, sie
fahre hinein, um Peter zu holen. Es waren auch richtig
zwei im Wagen, als der zurückkehrte.

So war nun Peter Bauer auf dem Sandhof. Er hatte
Fleisch und Jugend im Gefängnis zugesetzt, war lang und
sehnig geworden. Er ging etwas gebückt, und die Nacken-
muskeln waren dicker als natürlich. Aber tüchtiger in
allem war er geworden da drüben – ja sogar ganz schriftge-
lehrt. Und Böses war so wenig in ihm wie zuvor.

Er und Gjarta achteten auf das Ihrige, gingen miteinander in die Kirche und waren immer sanft und freundlich gegeneinander. Die lange Zwischenzeit hatte an ihrem

Verhältnis und ihren gegenseitigen Gefühlen nichts geändert. Und die Tat legte keinen Schatten zwischen sie. Die war gekommen, wie sie kommen mußte, und die beiden genossen nun ihre Früchte. Sie schien nicht mehr Spuren hinterlassen zu haben als das jährliche Weihnachtsschlachten.

Sie sprachen miteinander von Ole als von einem, der traurig ums Leben gekommen war, verweilten bloß nicht bei dem Wie. Und sie halfen einander sein Grab pflegen, bis die Ruhezeit erlosch.

Jetzt sind sie alt, ein altes, glückliches Ehepaar, das umeinander herumtrippelt und von dem keiner den anderen lange entbehren kann. Wer als Fremder in die Gegend kommt, wird aus ihren milden runzligen Gesichtern nichts herauslesen können.

Und die Bewohner der Gegend werden ihm nichts erzählen. Fremden gegenüber war das Dorf all die Zeit her eine Mauer von Schweigen darüber, worauf die beiden ihr Glück gebaut hatten. Nur Leute, die die Kultur gepackt hat, schwatzen mit Gruseln von der Geschichte und fühlen nach ihren Nerven.

Das Schicksal selbst kennt keine Nerven. Es geht über einen Menschen hinweg wie ein Eisenbahnzug, und man spürt nur ein weiches Wiegen.

1905   *Übersetzt von Emilie Stein*

Die Fee der Freiheit I

Sie hieß Vera nach der Fürstin in einem deutschen Kolportageroman. Das war ein Name, der ebenso gut war wie irgendein anderes Wiegengeschenk; die Eltern hatten allen Überfluß ihrer Herzen hineingelegt. Er würde ihr nicht im Wege stehen, wenn sie je Aussicht bekäme, es im Leben zu etwas zu bringen.

Die Verpflichtung, einen Fürsten zu heiraten, war jedoch keineswegs mit dem Namen verbunden. Sie war nur so reizend gewesen, diese Fürstin, und dann hatte sie auf der einen Seite des Halses einen Schönheitsfleck gehabt, genau wie Vera hier. Das war alles, sofern man nicht den heimlichen Traum mitrechnen will, den niemand kennt und der doch das Ganze aufrechterhält.

Etwas anderes konnte man sich vernünftigerweise nicht vorstellen, denn Vera war dazu geboren, die Mühsal anderer auf sich zu nehmen; das war eine Bestimmung, die bis auf die weisen Überlegungen Gottes vor Erschaffung der Welt zurückzugehen schien. Ihre Kindheit war eine einzige beschwerliche Erziehung zu dem Beruf, denen auf der anderen Seite dienstbar zu sein; durch tagtägliche unermüdliche Übung konnte man sich vielleicht der Auszeichnung würdig erweisen, den richtigen Müttern einmal Kindergeschrei und schlaflose Nächte abzunehmen. Vielleicht – denn man kann nicht so mir nichts, dir nichts den Schmutz verlassen und geradewegs in die vornehme Welt eintreten! Das war eine Frage, die einer armen Familie wohl den Schlaf zu rauben vermochte. Schon als Vera noch in der Wiege lag, erfuhr sie Lob und Tadel gemäß der Meinung ferner Herrschaften. Zu allem, was sie als Kind tat, klang es ständig: »Auf diese Weise, Kind, wirst du nie eine Stellung behalten!« Oder: »Ja, so ist's recht, es wird noch mal ein tüchtiges Dienstmädchen aus dir werden!« Mit jener der Armut eigenen großen, einfachen Erkenntnis der eigentlichen Wahrheit wurde sie geboren, und willig opferte sie von ihrem Selbst. Sogar über ihr widriges Geschick zu weinen, versagte sie sich, als ihr bedeutet wurde, daß die gnädigen Frauen Flennen in der Küche nicht liebten.

Durch diese ewigen Hinweise auf die »Herrschaft« nahm ihre künftige Bestimmung beinahe die Gestalt eines schweren Schicksals an; das, worauf sie sich vorbereitete, wurde eine Aufgabe so groß und verantwortungsvoll wie das Hüten eines Heiligtums. Es schauderte sie ein wenig bei der Vorstellung, was von ihr verlangt wurde, aber willig setzte sie alle ihre kindlichen Kräfte dafür ein. Veras Mutter hatte selber gedient, deren Mutter gleichfalls – und so wahrscheinlich in gerader Linie weiter zurück, solange die Welt besteht. Und noch ehe sie selber eine »Herrschaft« gesehen hatte, war sie mit allen Launen und Eigenschaften dieses göttlichen Wesens vollauf vertraut. Sie wußte auch, daß alles dies gar nicht so entsetzlich zu sein brauchte, wenn man nur schwieg und sein Bestes tat.

So ausgerüstet, vollendete sie ihr vierzehntes Lebensjahr und trat in die Welt: Geläutert und fest in der Erkenntnis, daß gegenüber den Pflichten, die innerhalb ihres Horizonts auftraten, ihre eigenen Ansprüche alle gleich Null seien. Um jene Zeit sind ihr viele begegnet, und sofern sie nicht mehr von ihr wissen, werden sie zugeben, daß sie trotz allem unvergleichlich war – ein herzensgutes, pflichttreues kleines Wesen, dessen Grundzug die stete Bereitschaft war, andere zu schonen und sich selbst zu belasten; ein unentwickeltes Kind, das mit der entsagenden Weisheit des Greises seine Sorgen so gründlich für sich zu behalten wußte, daß man fast den Eindruck erhielt, sie sei gefühllos. Sie sah doch stets froh und zufrieden aus – ja, und vor allem war sie so gut zu den Kindern.

Wo sie zur Welt kam, ist ohne Bedeutung; sie trug, wie alle Armen, den Drang zum Licht in sich, und wenn sie nicht in der Hauptstadt geboren wurde, so fand sie jedenfalls bald den Weg dahin. Und hier entdeckte sie, daß das Leben gar nicht so hart zugriff, wie sie erwartet hatte. Wenn es keiner der Nächsten sah, kniff die Freude das armselige Dienstmädchen in die jungen Wangen und flüsterte ihr törichte Dinge ins Ohr; die jungen Götter des Lichts ließen die für sie Bestimmten sitzen, um sich den Träumen der Einsamen zuzugesellen und das Dunkel um sie herum der Familie zum Trotz mit heiligen Eheschwüren zu erfüllen.

So anstößig und so sehr im Dunkel verborgen ging es zu, daß Vera, die vom Morgen aller Zeiten an dazu ausersehen war, der andern Sklavin zu sein, schließlich das Kind der Freiheit unterm Herzen trug. Kein Wunder, daß es die Erzeuger vorzogen, sie im Stich zu lassen. Mit der Ausrede, daß sie eine freche Dirne sei, die sie verführt habe, machten sie sich unsichtbar und ließen sie selber zusehen, wie sie weiterkam.

Kindlich, wie sie war, begriff sie vorläufig nichts davon, sondern freute sich nur ihres Lebens. Sie stellte nach keiner Seite hin Ansprüche, sondern nahm dankbar an, was ihr zuteil wurde, benommen wie ein Kind von dem Lohn, der sie ein goldener Regen in leere Hände dünkte.

Ohne eine besondere Absicht damit zu verfolgen, schaffte sie sich Stück für Stück die Dinge an, die man braucht, um sich in den Strom festlich gekleideter Paare zu mischen, die nebeneinander zum Zirkus und Scalavarieté hinauswandern. Und eines Tages hatte sie alles beisammen, was dazu nötig war – nur nicht die Zeit.

Ihre ganze Kindheit hindurch hatte es unaufhörlich geklungen: Wenn du ein gutes Mädchen bist und ohne zu räsonieren alles tust, was man dir sagt, dann bekommst du vielleicht die Erlaubnis, nachmittags das Haus zu hüten und deine Wäsche nachzusehen, und die Gnädige

verrichtet dann selber deine Arbeit, wenn du am Sonntagvormittag in die Kirche gehst. Wir haben uns immer so
aufgeführt, daß wir wie ein Familienmitglied behandelt
wurden und die abgelegten Kleider der Herrschaft tragen
durften.

Alles dies wußte Vera, auch ohne daß es ausdrücklich
gesagt wurde; kreuz und quer war es durch Hunderte von
Traditionen in ihr armseliges Daheim eingewebt. Als sie
noch zu Hause gewesen war, kam manchmal eine alte
Dame zur Großmutter zu Besuch und redete dann per *Sie*
mit ihr; und Großmutter knickste, so hinfällig sie auch
war, und sagte *gnädige Frau*. Das übergoß die Armut des
Haushalts mit einem besonderen Schimmer, einem Widerschein des reichen Sonnenglanzes der Gnade. Und sie für
ihr Teil hatte getreulich dazu beigetragen; es war ja auch
nicht anders möglich, so, wie ihr Los sich nun einmal von
Grund auf gestaltet hatte.

Und dann geschah eines Tages das Unfaßliche, daß sie
alle überkommenen Begriffe über den Haufen warf und
Erbteil wie Kindheitslehre von sich abstreifte. Ein Son-
nenstäubchen hatte sie befruchtend getroffen, und sie trug
ihre armselige Hoffnung auf eigene Rechnung unter dem
Herzen, ohne Stütze von irgendeiner Seite – und trotzdem
fröhlich. Es hatte etwas Halsstarriges an sich, das sich jeder Erklärung entzog. Da ging ein armseliges Kind, das
sich stets gut aufgeführt hatte und das volle Wohlwollen
der Herrschaft genoß, plötzlich hin und verdarb sich alles
selber – einer fixen Idee zuliebe. Sie wollte sich selber ihr
Gut und Böse zumessen; und verlieren mußte sie ja dabei,
wenn man die Angelegenheit nach Gesindeordnung und
Abmachungen erwog.

Es ließ sich nur als ein wunderlicher, vielleicht durch die
allzu große Armut ihres Zuhauses verursachter Anfall von
Größenwahn erklären, daß sie die selbstgekaufte dünne
Jacke der von der gnädigen Frau abgelegten vorzog und
sich in ihrem bescheidenen Kämmerchen lieber nach ihrem

eigenen Kopf einrichtete, anstatt sich der Familie als deren Aschenbrödel anzuschließen. Aber es war ja für sie selbst am schlimmsten. Auf andere wirkte es schließlich nur drollig, wie sie die armseligen Reste ihres eigenen Ichs so pietätvoll bewahrte, als habe sie plötzlich entdeckt, daß sie von altem Adel sei.

Mit der halbkameradschaftlichen Umgangsweise, die das wahre Verhältnis so schön verdeckte, war es vorbei; Vera wünschte es selber und war die erste, die Wirklichkeit deutlich zu machen. Etwas Unfaßbares hatte sich ihrer bemächtigt; es schien, als finde sie Befriedigung darin, daß man ihre Stellung als Dienstbote besonders betonte. Bisher hatte sie alle Güte ihrer Herrschaft hingenommen und an vielem teilgehabt, was ihr nicht zukam. Sie konnte sich für jede Zeit des Tages eine freie Stunde erbitten und durfte der Bewilligung sicher sein, wenn es nur entfernt möglich war, sie zu entbehren. Undankbarerweise verzichtete sie nun darauf – und erreichte dafür einen freien Abend in der Woche, der ganz und gar ihr gehörte, so daß kein anderer auf der Welt als sie darüber zu bestimmen hatte. Und dies war es vor allem, worauf es ihr ankam; sie gönnte ihrer Herrschaft diesen Abend durchaus, aber man sollte sie darum bitten als um eine Gefälligkeit. Vera, der es vorausbestimmt gewesen war, anderen zu dienen, war zum erstenmal in der Lage, Gefälligkeiten zu erweisen; sie hatte sich das Recht erkämpft, aus eigener Machtvollkommenheit nein zu sagen. Sie war zu hilfsbereit, als daß sie es für mehr als ein Recht angesehen hätte, aber es war herrlich zu wissen, daß die Gnädige selbst dann, wenn sie an diesem Abend ein Kind bekäme, nicht ohne weiteres sagen dürfte: »Vera, bleib zu Hause!«, sondern daß sie es sich als eine Gefälligkeit erbitten müßte. Das unantastbare eigene Recht war in Veras Dasein getreten; sie opferte ihm freudig alles und meinte bei dem Tausch zu gewinnen.

An ihrem freien Abend schwirrte sie dahin, wo das Licht am hellsten war, am liebsten zu den Eingängen der großen Vergnügungslokale. Dort stellte sie sich geduldig auf, starrte ins Licht und wartete, ob sie das Glück hätte, ihren weichen Arm unter den des jungen Mannes zu stecken, ohne den einem Dienstmädchen die Freude ein verschlossenes Buch ist. Im Winter ist der Eingang zum Zirkus ein günstiger Ort für jemand, der ohne lange Vorbereitung ausgeht; im Sommer ist der Alleenberg am besten. Dort stellt man sich in einer Reihe auf und lauscht der Musik, während Soldaten und junge Burschen unter den Laternen auf und ab gehen und ihre Wahl treffen.

Es ist ein unsicheres Dasein; mehrere Male hatte Vera das Glück erwischt und wieder fahrenlassen müssen. Mit nur einem einzigen freien Abend in der Woche war es beinahe unmöglich, einen Jüngling festzuhalten, der jeden Abend zu seiner Verfügung hatte; er wurde es häufig müde und schenkte Zirkusbillett wie ritterlichen Schutz einer andern, die besser dran war. Gerade an solchen Tagen zog sich oft auch das Essen länger hin, und wenn sie endlich fortkam, war keine Zeit mehr, nach ihm zu suchen. Dann mußte sie sich einem anderen Junggesellen mit Zirkusbillett anschließen, um doch ein bißchen ins Leben hinauszukommen.

Wenn sie kurz vor Tisch hinunterlief, um die letzten Zutaten zur Hauptmahlzeit einzukaufen, flatterte es vor ihren neidischen Augen von Bürodamen und Verkäuferinnen, die auf dem Weg nach Hause waren. Sie sind frei, von sechs Uhr an gehört der Abend ihnen, ihrer ist das Leben, alle vornehmen Herren sehen ihnen lange nach – für eine Weile beherrschen sie den Strög ganz und gar. Eine soll sogar dabeisein, die mit einem jungen Grafen »geht« – und sie ist nicht die Spur hübscher! Er holt sie vom Geschäft ab und begleitet sie durch die Stadt – am hellichten Tag!

Vera sah in den Spiegel und stellte Vergleiche an – sie wollte Verkäuferin werden. Ja, sie war der Stellung gewachsen: Wenn sie nicht mehr überm Gas zu stehen brauchte, wenn das Haar nach der einen Seite gekämmt wurde und sie vom Herdwischen keine schwarzen Hände mehr hatte.

Und mit ihrem neuen Jackett! – Damit wagte sie den Strög hinauf- und hinunterzugehen, ohne die Augen niederzuschlagen. Sie kündigte auf der Stelle, und die restliche Zeit hantierte sie zum Ärger der gnädigen Frau mit Handschuhen in der Küche. Dann bat sie um Ausgang, um sich eine neue Stellung zu suchen, machte sich fein und suchte ein altes Stickmustertuch aus ihrer Schulzeit hervor. Es waren Hexenstich, Kreuzstich, Plattstich, gotische Buchstaben und vieles andere darauf – ein ganzes schmuddliges kleines Abc der Handarbeit. Das sollte ihr helfen, in Schwung zu kommen.

Vera wollte in die Handstickerei, da sie nun einmal das Mustertuch bei sich trug; sie hatte es zwar nie richtig gelernt, aber hatte sie die Zacken ihres Konfirmationshemdes denn nicht selber genäht, sie nicht mit eigener Hand über einem Zweiörestück vorgezeichnet und jeden Stich selbst gemacht?

Sie ging in eines der großen Geschäfte, zum Chef. Er betrachtete das Tuch, besah sich auch ein Taschentuch, das sie gerade mit Monogramm und Hohlsaum versehen hatte, und kämpfte mit einem Lächeln. Doch er war ein gebildeter Mensch – ein bißchen zu gebildet für Veras Welt. »Aber das ist ja ganz hervorragend!« rief er aus. »Können Sie denn auch zeichnen?«

Vera hauchte in heiserer Freude ihr Ja – sie dachte an das Zweiörestück und an die Zacken. Zum Schein ließ er sie sich an einigen Efeublättern versuchen. Sie kritzelte etwas hin, das einem zerbrochenen Staubkamm glich, und lächelte ihn mit bezauberndem Selbstvertrauen an.

»Ja, das sieht ganz gut aus«, meinte der Chef zögernd. »Aber weshalb wollen Sie eigentlich Ihren Beruf wechseln?« Er kannte sie sehr gut, diese gebrechlichen Nachtschmetterlinge, die irgendwoher aus dem Dunkel auftauchten und hartnäckig blind gegen die Lampenkuppel stießen, bis sie tot herabfielen. Alles Gutzureden war in einem solchen Fall hoffnungslos, und seine Worte klangen auch eher wie ein Seufzer darüber, wie verzweifelt schwierig es allmählich geworden war, ein Dienstmädchen in seiner Stellung zu halten. »Man verdient doch viel mehr in Ihrer jetzigen Stellung; aber – hm – Sie haben vielleicht eine Neigung zu Handarbeiten?«

»Ja«, antwortete Vera harmlos, »man ist doch so gebunden, wenn man dient!«

Nun, im Augenblick war zwar gerade kein Bedarf, aber man werde an sie denken, erklärte der Chef abschließend und notierte ihre Adresse.

Von diesem Tage an ging Vera mit Fieber und Herzklopfen umher. Sie zählte die Tage, obwohl sie nicht wußte, wie viele noch im ungewissen lagen. Jedesmal wenn der Briefträger klingelte, glaubte sie, es gälte ihr, und wenn der Zweifel sich meldete, wiederholte sie sich bloß, was der Chef so freundlich versprochen hatte. Sie stand mit einem Bein schon außerhalb ihrer Arbeit, jeden Augenblick bereit aufzubrechen; sie wurde der Arbeit immer überdrüssiger und unzuverlässig dabei. Man kündigte ihr, sie schickte dem Chef ihre neue Adresse, tat die Arbeit wie im Schlaf – und wartete. Wurde zum nächsten Monat wieder gekündigt, sandte wieder die Adresse ein und wartete ab – in einem Zustand merkwürdiger Starrheit.

Und eines Tages hielt sie es nicht mehr aus – es war Frühling draußen. Sie lief aus dem Dienst, mietete ein kleines Zimmer und stürzte sich in das Gewimmel der gefeierten kleinen Jackenmädchen.

Einen Monat lang schaffte sie es, trat das Pflaster zur Zeit und Unzeit, sprach vergebens in den Läden vor und war jeden Abend im Zirkus. Als der Monat um war, hatte sie sich den größten Teil ihrer Ehre bewahrt – zuviel jedenfalls, als daß sie davon hätte leben können. Ihr Erspartes aber war aufgebraucht und ein Teil der Garderobe ins Leihhaus gewandert.

Da gab sie es schließlich auf, sich mit den Verkäuferinnen zu messen, und wurde sich niedergeschlagen bewußt, daß auch ein geringeres Glück möglich sei. Eine Zeitlang dachte sie daran, Stellung als Wirtschafterin eines älteren Herrn anzunehmen, und da sie gut aussah, bot sich ihr auch bald etwas an. Im letzten Augenblick aber kriegte sie Angst, alle mit dieser Stellung verbundenen Konsequenzen auf sich zu nehmen.

Vera hätte in die Vergangenheit und zu den Herrschaften zurückkehren können, aber auf ihre Freiheit wollte sie nicht verzichten. Diese Freiheit bedeutete ihr das teuer erkaufte Kind ihres armseligen Daseins, und Vera hütete sie wie eine verlassene Mutter, die für ihr Kind zu jedem Opfer bereit ist. Und eines Tages schloß sich das Fabriktor wie von selber hinter ihr.

In der Innenstadt zeigte sie sich nun niemals mehr; das Jackett war zu abgewetzt und zerknittert, es konnte den Anschein erwecken, als ob es nachts als Bettjacke getragen würde. Das Haar war dünn und wollte nicht recht sitzen, das Gesicht war hager – in dieser Beziehung fehlte es ihr nicht an Selbstkritik. Ihren Traum von der Freiheit von sechs Uhr abends an hatte sie jedoch verwirklicht, und von sechs bis acht Uhr abends genoß sie das lebhafte Gewimmel froher Menschen auf dem Arbeiterbummel von der Dronning-Louises-Bro bis zum Kapelvej.

Nach acht Uhr verlegte die Jugend im Sommer ihren Bummel weiter nach draußen, vom Kapelvej die Friedhofsmauer entlang zum Rundteil und ein Stück den Jagtvej hinauf. Auch hier gibt es feingekleidete Herren mit frischgebügelten Zylinderhüten, und einer von ihnen wurde der Auserwählte. Er war zwar kein Grafensohn, hatte aber auf einer Liebhabervorstellung im Volkshaus den Grafen gespielt. Damals wohnte Vera im Frederikssundvej in einem eigenen Zimmer unter dem Dach. Als sie dann später das Kind bekam, mußte sie jedoch ins Hinterhaus zu einer armen Familie ziehen, die sowieso kleine Kinder zu pflegen hatte.

Der Graf entglitt ihrem Leben sehr rasch, und später

brachte sie ihre Abende damit zu, dort, wo die Stadt jäh in Äcker übergeht, an den zugigen Ecken zu stehen und auf »Fredrik« zu warten – meist vergebens. Das letzte Mal, daß ich sie dort stehen sah, war eine Nacht vor Weihnachten. Mehrere Stunden lang stand sie gegenüber einer Kellerkneipe auf dem äußersten Nörrebro – zitternd vor Kälte und Kummer –, in der Hoffnung, einen Schimmer von ihm zu erhaschen und ihn mit nach Hause zu schleppen in ihr armseliges Nest. Das Jackett existierte noch, ließ sich aber nicht mehr zuknöpfen, denn sie war hochschwanger. Und Fredrik war ihrer überdrüssig geworden und zog den Keller vor; ab und zu schickte er einen Späher nach oben, der feststellen sollte, ob sie denn nicht bald abzuhauen gedächte.

Das sind ihre freien Abende, und doch würde Vera sie nicht um alles in der Welt aufgeben und wieder in Stellung gehen; in all ihrem Elend sieht sie voller Verachtung auf die Vergangenheit zurück. Viele haben sie bedauert und sich bemüht, sie zur Vernunft zu bringen, aber es ist schlecht an sie heranzukommen. Irgendein besseres Leben hat ihr die Freiheit nicht geschenkt; als ein vaterloses Kind der Liebe hat sie Vera um alles gebracht. Trotzdem liebt sie die Freiheit wie wahnsinnig, mit Augen, die vor Selbstverzehrung glühen; wie eine verhungerte Wölfin steht sie über ihrem winzigen Kind und knurrt nach allen Seiten. Selbst Fredrik wagt es nicht, dieses fremdartige Wesen aus dem Bau zu schleudern.

Ihre Nachkommenschaft wird nicht mit schweren Traditionen belastet sein; die soll einmal nicht Dienstbote spielen – das ist das einzige, was ihr bekannt ist. Sie wächst auf unter Verhältnissen, wie sie nun einmal unehelichen Kindern zugemessen sind. Und eines Tages erwachen ihre Sprößlinge vielleicht zu der bitteren Erkenntnis, daß sie ohne Vater auf die Welt gekommen sind und die eigene Mutter ausbeuten mußten, um selber voranzukommen.

1905   *Übersetzt von Ellen Schou und Karl Schodder*

Nächtliche Wanderung

Draußen auf dem Lande herrscht noch tiefe Nacht, in den einsamen Höfen schlafen Menschen und Tiere, jede Kraftbetätigung ruht. Wohltuend ist es, durch das Land zu wandern, wenn sich die Dunkelheit wie eine beruhigende, etwas schwere Hand auf das regsame Leben gelegt hat, und die Stille ist so totenähnlich tief, daß der einzige Laut, der einen begleitet, das geheimnisvolle Dröhnen der Maschinerie in einem selbst ist.

Hier in der Großstadt widerfährt einem das nie! Stille und Einsamkeit haben hier kein Heimatrecht. Aber der Lärm kann sich doch so weit legen, daß man unterscheiden kann, worin er besteht.

Es ist Nacht – ja, einigermaßen. Der ewig rieselnde Laut, den Kopenhagen sich zugelegt hat, seit es zur Großstadt wurde, ist in die Ferne gerückt, er gleitet um die Stadt herum wie eine unzerbrechliche Kette, ein Gesang ohne Anfang und Ende. Aber leg die Wange an die Mauern – sie zittern nicht mehr. Das haarfeine Vibrieren der Tätigkeit von Hunderttausenden, das, ohne das Bewußtsein zu berühren, geradeswegs in die Nerven geht, hat der Nacht weichen müssen. Jetzt kann man durch die Straßen wandern, ohne von der verborgenen Hast, die niemand feststellen kann, der aber alle unterworfen sind, erregt zu werden – ja wenn man will, kann man auch dahinschlendern. Der Boden jagt keine Unsicherheit mehr in die Gemüter. Man merkt es den Menschen an, daß sie für eine Weile festen Grund unter den Füßen haben – sie haben Zeit und Geld für alles mögliche. Die Nacht hilft ihnen, sich hinzugeben.

Denn es ist ja Nacht! Laut schwirrend wie eine verspätete Hummel ist die letzte Straßenbahn ins Depot gefahren. Die eine Laternenreihe ist gelöscht, die Stadt schlummert mit einem Auge. Der Tanzsalon ist geschlossen, und drüben in den Seitengassen rührt sich das Kopenhagen, das schon Carl Bagger so besungen hat:

> Sören, ach hörst du die Wagen rollen?
> Pfui – das ist doch ein Satansgestank!

Ab und zu kommt ein Automobil lautlos daher und jagt durch Vesterbro wie ein lichtscheues Insekt: ein weiches Streifen über den Asphalt – und verschwunden ist's! Das ist die Hast des Tages auf leisen Sohlen!

Eine Droschke kommt angefahren. Des Pferdes Klipp-klapp, Klipp-klapp steigt trübselig vom Asphalt auf. Die alte steife Mähre gleicht einem Gespenst – einem vorweltlichen Wesen, das vom Himmel herabgesunken ist, um in der alten Hölle etwas umherzuspuken. Sonderbar schlaff stolpert es auf den pflastermüden Beinen von dannen.

Aus den Cafés werden die Stammgäste vorsichtig durch die Hintertüren hinausgelassen und wenden sich nun mit hoch aufgeschlagenen Kragen den Villenstraßen zu. Drüben im Laternenschein bewegt sich der Schutzmann wie ein schlafender Ball; er dehnt jeden Schritt so weit wie möglich aus, um sich selbst die Zeit kürzer erscheinen zu lassen, und dort im Schatten steht ein junger Mann vor einem Auslagekasten und macht sich an dem Schloß zu schaffen. Während ich vorübergehe, tut er, als sei er betrunken und müsse sich an den Kasten lehnen; nachdem ich ein paar Schritte weitergegangen bin, vernimmt mein Ohr jedoch wieder die regelmäßigen Stöße, mit denen Eisen losgemacht wird.

Da und dort flammt es vom Asphalt auf; Arbeiter werfen bei Fackelschein gewaltige Schatten auf die Häuser. Die Nacht flickt die Wunden, die der Tag geschlagen hat. Um die Baustelle kreisen Arbeitslose; dünngekleidete

Gestalten ohne Erwerb und Obdach stehen zusammengekauert da und sehen zu.

Der Rauchnebel, der den ganzen Tag wie eine schwere Decke über der Stadt gelegen und Licht und Luft und Kälte abgehalten hat, ist jetzt zurückgewichen. Der Atem des Weltraums kommt mit beißender Kälte dahergezogen; Sternenschein glänzt über der Stadt, und auf den Straßen glitzern Eiskristalle. Von weit unten, aus einer Seitengasse, dringt unaufhörlich das Schelten einer heiseren weiblichen Stimme herauf; der Frost trägt ihr zorniges Weinen weit hinaus. Das ist wohl wieder eine Frau, die ihre Nacht im Hemd auf der Treppe zubringen muß, weil sie den Mund nicht halten konnte bei dem dröhnenden Schelten ihres Mannes – das doch nun schon seit zwanzig Jahren ihre tägliche Speise gewesen ist. Er schläft wie ein Stein in dem gemeinsamen Bett – und sie schimpft unzusammenhängend und sinnlos auf der Treppe. Die bittere Klage ergießt sich aufs Geratewohl über alle und alles – er ist wohl der einzige, der nichts davon hört. Aber sie macht trotzdem immer weiter. Nein, sie schweigt nie, sie, die unterdrückte und unzähmbare Frau der Hintergasse.

Fröhliche Scharen ziehen singend von einem Ball nach Hause, unter den Mänteln leuchtet es festlich weiß hervor. Den Mädchen sitzt noch der Tango in den Beinen; ihr Blut ist so warm, daß sie aufkreischen müssen, wenn die Kavaliere sie nur ansehen. Herrlich ist's, jung zu sein!

Sie verschwinden, und auf der Straße ist es wieder still. In einer Seitengasse leuchtet eine rote Laterne. »Hühneraugenoperateur« steht da angeschrieben – daß Gott erbarm –, mitten in der Nacht!

Mitten in der Nacht – mitten in der Nacht!

Rasches Klappern über die Pflastersteine hin – es klingt, als würde in schneller Reihenfolge aus allen Fenstern der ganzen Gasse Wasser hinausgeschüttet. Ja, die ganze Gasse entlang. Dann mischt sich ein fauchender Atem dazwischen, und ein barhäuptiger Mann jagt vorüber, das

Gesicht über die Schulter zurückgedreht und den Schrek-
ken des Flüchtlings in allen Gliedern. In großen Sätzen
springt er gerade zur Seitengasse hinüber, als – blitzschnell
wie ein Raubfisch – ein Schutzmann aus der Dunkelheit
auftaucht und ihn festnimmt. Sie kehren miteinander dahin zurück, wo zwei bis drei Männer mit lautem Geschrei
angestiegen kommen. Wie bleich ist jetzt sein Gesicht, un-
beweglich und fahl – wie die Nacht der Hauptstadt.

Die Hauptstadt hat keine Nacht, da ist es nur »etwas spät
am Abend«. Aus vielen Fenstern dringt Licht heraus, und
ständig eilen Menschen durch die Allee ihren Wohnstätten
zu. Eine Spielhölle entledigt sich ihres Inhalts. »Übrigens
ein reizender Abend«, sagt einer aus der Gesellschaft. »Wo
wollen wir jetzt hin?« Sie bleiben stehen und streiten sich
darum, wo sie den Rest des »Abends« verbringen sollen.

Oder ist es schon Morgen? Im »Lichtkeller« werden die
Läden aufgemacht; die letzten Droschken halten in einer
Reihe davor an, und die Kutscher gehen hinunter, um ihren
Morgenkaffee zu trinken. Von der Frederiksberger Seite
dringt lauter Lärm herüber und erfüllt die Luft, nimmt sie
gleichsam in Besitz. Das sind die Milchwagen, die nach der
Bahn fahren, um die Morgenmilch zu holen. Und in den
Bäckereien hat man's jetzt eilig; sobald die Stadt erwacht,
verlangt sie Essen und Trinken.

Der Tag hat sich erhoben, es wird nicht wieder still
ringsum. In den Seitenstraßen schleppen sich vornüber-
gebeugte Weiber mit einer Korbwiege beladen dahin; das
sind Arbeiterinnen, die ihre kleinen Kinder in der Krippe
unterbringen, ehe sie ins Feld rücken.

Erst zwei gute Stunden ist es her, seit der letzte verspätete Straßenbahnwagen eingefahren ist, aber das Depot ist
trotzdem hell erleuchtet. Frauen sind eifrig dabei, die Wagen zu reinigen, und dick vermummte Wagenführer tau-
chen aus der Dunkelheit auf wie große Bären; sie untersu-
chen das Thermometer und sehen auf die Uhr. Dann steigt
der erste auf seinen Wagen und stellt das Steuer für den

nächsten Tag; es ist vier Uhr vierzig Minuten. Er schiebt den Hebel zurück, und der erste elektrische Wagen stimmt brummend den unerbittlichen Ton des Tages an, während er mit einer Schar frühzeitig aufgestandener, schwatzender Zeitungsausträgerinnen nach der Stadt fährt.

Ein Hoch – und zwar das erste des Tages – dieser Versorgerin, die aufsteht, wenn der Journalist seine Feder niederlegt, um zur Ruhe zu gehen, die früh vier Uhr ausrückt, um der Hauptstadt ihre erste Nahrung zu bringen. Sie ist der Pionier des Tages! Und den Hut dreimal vor ihrem kleinen acht- bis zehnjährigen Mädchen gelüftet, das inzwischen daheim die Hausmutter ist. Um fünf Uhr ist diese Kleine auf und bringt die Wohnung in Ordnung, hilft dann den kleinen Geschwistern beim Anziehen, begleitet sie in die Schule oder in den Kindergarten – und trifft um acht Uhr mit der Mutter an der Ecke beim Kramladen zusammen, um dieser beim Zeitungsaustragen die schlimmsten Treppen abzunehmen.

In viertelstündigen Abständen sausen die Straßenbahnwagen mit zwei Anhängern hinter sich in die Stadt hinein. Diese bekommt allmählich ihren gewöhnlichen Ton wieder, aber bis jetzt ist er noch ein wenig eingerostet und schläfrig. Die Wagenräder knirschen auf den Schienen, und die kleinen Wagenzüge sind voll von Arbeitern, die ihre Maschinerie noch nicht richtig in Gang gebracht haben. Aus den verschiedenen Vorstädten kommen die Wagenzüge dahergebrummt, draußen und drinnen dicht besetzt mit Arbeitern, die bis auf dem untersten Trittbrett stehen und sich aneinanderklammern. Am Morgen werden keine Fahrregeln beachtet, es gilt nur, vorwärts zu kommen und den neuen Tag anzupacken. Auf allen Bürgersteigen zieht sich der Strom der Fußgänger hin. Von den Gebäuden des Ärztevereins an bis zur Brauerei von Tuborg ist der Strandvej ein breiter hinaustreibender Strom von Männern, Frauen und Kindern.

Lausche einmal diesen endlosen Fußtritten in der ganzen

Stadt – die Kraft selber ist es, die dahinströmt, auf allen Seiten, von einem Ende zum andern. Einige Arbeiter wohnen weit draußen und müssen herein, andere streben von der Stadtmitte hinaus in die Vorstädte – die ganze Stadt scheint unterwegs zu sein. Hoch droben über dem trampelnden Gewimmel kräht ein Riesenhahn – und noch einer! Hunderte von Fabriksirenen rufen ihren Hahnenschrei über die Hauptstadt hin – als einen Gruß an die Pioniere des Tages.

Dann fällt das Ganze zusammen: Die Tore verschlingen den Arbeiterstrom, nur die fieberhaften Schritte des einen und anderen Zuspätkommenden sind noch zu hören. Tausende von Maschinen schicken mit zitternden Bewegungen ihre Energie in die Tiefe, die elektrischen Bahnen fahren auf ihren Gleisen, die Lastwagen dröhnen, die Stadt arbeitet. In ihr ist wieder jenes haarfeine Vibrieren, das nicht bis ins Bewußtsein dringt, sondern direkt in die Nerven geht.

Um neun Uhr, wenn die andere Hälfte der Stadt aufsteht, da schnurrt diese ganze Maschinerie längst und hat schon die Arbeit eines Vierteltages getan.

Man muß früh aufstehen, um die Stadt erwachen zu sehen – oder spät zu Bett gehen. Wer weder das eine noch das andere zu tun vermag und doch gern den Eindruck dieser strömenden Macht haben möchte, sollte nachmittags zwischen fünf und sechs Uhr nach dem Triangel hinausgehen und dort zusehen, wie die Arbeiter von Tuborg die Straßenbahn stürmen. Da ist die Sehnsucht nach ihrem Heim stark in ihnen, und die Stadt hat kein lebendigeres Bild aufzuweisen als dieses.

1906   *Übersetzt von Pauline Klaiber-Gottschau*

Das Kind der Liebe

Dies ist die Geschichte von Boline, die ein Kind der Liebe war und trotzdem zum erstenmal auf dieser Erde einen Beweis der Liebe empfing, als sie bereits über sechzehn Jahre alt war, überdies in einem finsteren Treppenhaus und von einem wildfremden Menschen, der es nicht weiter ernst damit meinte.

Indes, die Geschichte muß mit dem Anfang anfangen, und der liegt weit zurück – ganz weit draußen in dem großen Nichts. Von da nahm Boline ihren Ausgang, und von dorther wurde sie reichlich mit allen Eigenschaften ausgestattet, die auch fernerhin die einzigen sein werden, die ihresgleichen heil durchs Leben zu führen vermögen.

Selbst die Schöpferstimme, die sie so schicksalsschwer aus der grauen Öde hereinrief, damit sie ganz zur Unzeit auf eigene Faust ein kümmerliches Dasein begönne, hatte nichts von Lebenswärme an sich. Auch sie durchschritt das große Symbol am Eingang zum Leben, aber das Herz, worunter *sie* ruhte, um sich an die liebevolle Menschheit zu gewöhnen, war kalt vor Entsetzen über die Folgen.

Boline hatte ihre Entstehung einem Waldfest, einer vom Tanz glühenden Hofbesitzerstochter und einem nach oben strebenden Bauernknecht zu verdanken; sie sollte der nüchternen Absicht dienen, den Knecht in den Hofbesitzerstand zu erheben. Das mißlang, und damit war alles für sie entschieden, obgleich sie noch gar nicht das Licht der Welt erblickt hatte. Das Standesgefühl war stärker als die Furcht vor der Schande, der Knecht wurde fortgejagt. Die Tochter wurde einer ergebnislosen Schwitzkur unterworfen und danach in die Hauptstadt geschickt, um den Haushalt zu erlernen. Von dort ging nun einmal alle Verderbnis aus – auf diese oder eine andere Weise; es war also nichts weiter als gerecht, daß man es ihr heimzahlte.

Auf dem Lande nahm das Leben so gleichmäßig seinen Gang, wie das Korn wächst – Boline hatte keinen Einfluß darauf. Die Ernte war weiterhin die natürliche Folge der Aussaat; man machte ein Kreuz in den Kalender, sooft der Grund zu einem neuen Lebewesen gelegt wurde. Die Verhältnisse wurden vom Alltäglichen bestimmt und erhielten nicht die Erlaubnis, den Menschen über den Kopf zu wachsen. Und sollte sich etwas Unerwartetes zusammenbrauen, dann setzte man jetzt wie früher den Pastor auf eine Leiter und trug ihn hinaus, damit er den Storch verjage. Der gute Mann hatte immer noch zu große Füße.

Von Boline drohte keine Gefahr. Sie hatte genug zu tun, die Stellung zu halten, und als sie sich ein wenig vor der Zeit den Eintritt ins Dasein erzwang, war alles so geordnet, daß ihr Leben von Anfang an auf das eines Schattens reduziert wurde. Gegen eine einmalige Abfindung wurde sie von einer versoffenen Schneiderfamilie adoptiert, die davon lebte, daß sie Pflegekinder aufnahm; für das übrige mochte Boline selbst sorgen.

Die Mutter eilte schleunigst nach Hause zurück, rot und frisch und unbefangen wie nie zuvor. Nichts war ihr anzumerken, ausgenommen vielleicht, daß ihr Busen voller geworden war. Wenn wirklich etwas vorgekommen war, hatte sie jedenfalls reinen Tisch gemacht. Da gab es keine heimlichen Verbindungen nach der Hauptstadt hin, keine verdächtige Spur, wo sie gewandelt war; nirgends reckte sich eine kleine Kinderhand aus der Erde und zeugte wider sie. Es war also doch wohl Lüge gewesen, wie so vieles andere; der Knecht war ein Prahlhans, und man hatte auch schon früher erlebt, daß junge Mädchen in die Hauptstadt gingen, um etwas zu lernen. Im übrigen – jeder muß selber wissen, was er tut; und was das Ohr nicht hört und das Auge nicht sieht, auch kein Herz mit Kummer bezieht – und so weiter und so fort! Und Alleinerbin eines guten Hofes war sie nun einmal.

Ein kleiner Verdacht blieb aber doch an ihr hängen; sie sank im Preise kraft jenes Unfaßbaren, das den Wert des schönsten Anzugs auf die Hälfte herabsetzt, wenn er nur ein einziges Mal – bloß eben für die Fahrt zur Kirche und zurück – an einen Bräutigam ausgeliehen worden war. Sie bekam einen Witwer ohne Geld! Aber er war aus dem gleichen Stande, und deshalb behielt sie ihre roten Wangen und ihre stattliche Fülle. Züchtig und in Ehren bekam sie Kinder mit ihm und erzog sie liebevoll zu Fleiß und Gottesfurcht. Kein fernes Kinderweinen störte ihre gerechten Tage oder raubte ihren Nächten den Schlaf. Sie hatte ein so gutes Gewissen, wie es einem nur ein Griff in den Geldbeutel verschaffen kann; wo sich manch eine mit der Tongrube begnügt, hatte man in Bargeld der Gerechtigkeit Genüge getan.

Nun, Boline schrie auch gar nicht sehr laut. Zwischen ihr und dem Leben, dem sie eigentlich angehörte, breitete sich der leere Weltenraum; es war, als hätte es das Kind schon bei der Geburt gewußt und deshalb von vornherein darauf verzichtet, sich geltend zu machen. Im Grunde hatte sie überhaupt kein Recht, auf der Welt zu sein, denn das einmalige Abfindungsgeld war schon nach dem ersten Jahr durchgebracht. Es war ein kleines Mißverständnis von ihr, länger aushalten zu wollen als das Geld. Die Pflegeeltern faßten es schlechthin als Schikane auf und behandelten sie dementsprechend.

Sie lebte von wenig Nahrung oder gar keiner; dann und wann wurde sie auch überfüttert, und das bedeutete beinahe die größte Gefahr für ihre Existenz. Aber sie überstand es gleichfalls.

Und als sie heranwuchs – mehr eine Verkörperung des Elends denn ein lebendes Wesen –, wartete sie die Pflegegeschwister, deren Geschichte der ihrigen aufs Haar glich. Einige von ihnen sah sie aus dem Leben gleiten, still, fast unmerklich, während sich andere mit unbegreiflicher Hartnäckigkeit ans Dasein klammerten. Der Tod hatte für sie keine Schrecken; vor oder nach dem Augenblick, den die Pflegeeltern für so entscheidend ansahen – an den kleinen Pflegegeschwistern war kaum ein Unterschied festzustellen. Die Farbe war dieselbe; eine schwache Bewegung, ein leises Wimmern hie und da – das war alles.

Boline selbst aber wurde mit Mühe und Not vierzehn Jahre alt und in Dienst geschickt.

Niemand interessierte sich für ihre Eltern und deren Trauschein, auch nicht der Pfarrer, dessen Kinder sie während des ersten Halbjahrs ihres Dienstes zu warten übernahm. Um so mehr wurde nach ihren Körperkräften und namentlich nach ihrer Aufgewecktheit gefragt.

Boline war weder stark noch aufgeweckt. Sie hatte eine schmutziggraue Haut über marklosen dünnen Knochen, und das Blut, das sich durch ihre Adern schlich, war bläulich und dünn wie die abgerahmte Milch in der Hauptstadt – von genau jener herben Lebenswärme, die die Milch annimmt, wenn man sie mit billigstem Fusel versetzt. In dieser Flüssigkeit war nicht Kraft genug, einen selbständigen Gedanken hervorzubringen, kaum genug, eine Anweisung auszuführen; die Folge davon war, daß Boline häufig die Stellung wechselte.

Nach und nach bekam sie doch ein bißchen Fleisch auf den Leib; sie war so dankbar und nahm sogar in solchen Stellungen an Gewicht zu, wo andere hungerten. Aber es war keine richtige Festigkeit und Kraft darin, und in Gehirn wollte es sich nicht verwandeln. Das blaugefrorene Aussehen verlor sie nie, sie war steif und ängstlich und hatte ungeschickte Hände – es ging ihr viel entzwei. Deswegen mußte sie viele grobe Worte einstecken, und darüber und über ihre eigene Unfähigkeit weinte sie sehr. Und das Weinen machte sie noch unbrauchbarer.

Auf diese Weise wurde das Kind der Liebe sechzehn Jahre alt, erhielt zwölf Kronen Lohn im Monat und empfing, wie gesagt, zum erstenmal auf dieser Erde einen Beweis der Liebe. Es überfiel sie in einem halbdunklen Treppenhaus – ein junger Herr mit blondem Schnurrbart, in einem Ulster –, und hinterher grübelte sie viel darüber nach, ohne aber recht damit fertig zu werden. Was Schläge waren, wußte sie, auf solche Art aber hatte sie niemals jemand angerührt! Immer wieder fühlte sie nach der Wange, wo sie noch die sanfte, warme Berührung verspürte, und ließ sich dann verwundert zu ihren Scheltworten und ihren Tränen in die Wohnung ein.

Aber etwas war in ihr entzündet worden; an einem Abend in der Woche und jeden zweiten Sonntag von vier Uhr an schien die Sonne auf ihrem Weg – ob das Wetter so war oder anders. Menschen, denen sie niemals den geringsten Gefallen getan hatte, alte Männer und ganz junge Schlakse, sprachen sie auf der Straße an und nannten sie Fräulein, wie sie da ging und stand in ihren schlechten Kleidern. Der Kolonialwarengehilfe mit den vielen Pickeln stand in der Ladentür, wenn sie abends ausging, und sagte Dinge, daß es in ihr kribbelte vor Lachlust; feine Herren mit Angströhren auf dem Kopf traten auf der Straße an sie heran und baten, sie begleiten zu dürfen – und das gerade an dunklen Orten, wo sie sich ein wenig fürchtete, allein zu gehen.

So gut waren die Männer. Selbst ihr Dienstherr zu Hause erwies ihr ein bißchen Freundlichkeit, wenn die Gnädige nicht dabei war.

War es der Sonnenschein der Freude einen Abend in der Woche und jeden zweiten Sonntag, der so befruchtend wirkte, oder der tägliche Regen – oder etwa beides zusammen? Wie dem auch sei, Boline blühte auf und wurde rundlich.

Die Waschfrau riet ihr, grüne Seife zu essen und Petroleum zu trinken; die Herrschaften sahen es eine Weile mit an und kündigten ihr dann. Sie hatten nicht das Herz, einen Menschen in diesem Zustand sich abrackern zu lassen.

Nun suchte sie eine neue Stellung und suchte und suchte; überall musterte man sie aufmerksam und schüttelte den Kopf. Herrgott, selbst noch ein halbes Kind und schon auf dem Wege – sie war ja nicht einmal richtig entwickelt! Eine alte Dame holte sie in die Wohnung, und Boline mußte erzählen, wie sie zu dem Unglück gekommen war. Hier werde ich sicher bleiben können, dachte sie. Aber als sie die Neugier der alten Dame befriedigt hatte, durfte sie wieder gehen.

Die Waschfrau war die einzige, die es gut mit ihr meinte. Eigentlich hatte sie selber das Haus voll, denn ihre ganze Wohnung bestand aus einem einzigen Zimmer, und die einzige Schlafgelegenheit, über die sie verfügte, war ein einschläfriges Bett – und dazu hatte sie noch abvermietet, um die Miete bezahlen zu können! Trotzdem rückte sie das Bett des Logisherrn ein wenig von der Wand ab, so daß zur Not zwei darin liegen konnten, wenn man die Betten ein bißchen breit auflegte und sich selber dünn machte. Boline kriegte die Matratze auf dem Fußboden, wo sonst die Frau selber zu liegen pflegte, und das ging! Jeden Abend ging sie hinter Madam Rasmussens dünnem französischem Schal, der als Wandschirm über zwei Stühlen hing, zu Bett, und Hansen mußte sich verpflichten, im Schlaf nicht auf den Fußboden zu spucken, weil die Stube so klein war.

Aber dadurch bekam sie noch keine Stellung. Und Hansen wurde allmählich knotig, obwohl er doch nur für sich selber bezahlte; und Madam Rasmussen war auch wie gerädert von der Wand und der Bettkante, wenn sie morgens aufstand. Obwohl sie weiß Gott mit sich selbst genug zu tun hatte, machte sie kurzen Prozeß und opferte einen Arbeitstag, um Boline in einer Familie unterzubringen, wo die Frau in ihrer Jugend selber allerlei ausprobiert hatte und deshalb ein weites Herz besaß! Die Verhältnisse hier glichen aufs Haar denen in Bolines eigener Pflegestelle, und sie erlebte ihre ganze Kindheit aufs neue – ohne doch deswegen gefühlvoll zu werden.

Hier war Boline ein paar Monate und verrichtete alle Reinemachearbeit, die die gute Frau ergattern konnte. Dafür bekam sie die Kost und die Erlaubnis, jede Nacht die beiden Pflegekinder bei sich zu behalten.

Und in einer beschwerlichen Nacht leistete sie selber ihre erste Abschlagszahlung ans Leben, in Gestalt eines blutarmen kleinen Wurms von elenden vier Pfund Gewicht.

Als sie den Vater angeben sollte, stellte sich heraus, daß sie es nicht konnte. Die gute Frau, die doch selbst allerhand mitgemacht hatte, war nahe daran, aus der Haut zu fahren – ein solches Schaf war ihr wahrhaftig noch nie begegnet. Aber die Göre mußte ja natürlich selber wissen, was sie tat!

Wie man es auch drehen und wenden mag, acht Kronen monatlich von zwölf ergibt nur vier als Rest. Aber Boline war schlank und leicht zumute; sie überließ das Kind der liebevollen Pflege und nahm selber wieder eine Stellung an. Wie eine Festbeleuchtung kehrte sie ins Leben zurück, strahlend und erleichtert und reicher bei all ihrer Armut, herzlich froh über ihr blutarmes kleines Kind und die vier Kronen. Und die drehte und wendete sie so, daß sie nicht allein für ihre eigenen Bedürfnisse reichten, sondern auch zu Staat für das Kind – und für kleine Geschenke an die Pflegeeltern, damit sie es gut behandelten. – Und das Leben wiederholte sich mit untrüglich sicherem Gedächtnis.

Die täglichen Widerwärtigkeiten stellten sich ebenso ein wie die vereinzelten kleinen Lichtblicke, und gut ein Jahr nach der ersten Begebenheit erschien Boline von neuem bei der Familie und erlegte – pünktlich wie ein Kleinhändler – ihre zweite Rate, vom gleichen Gewicht und Geschlecht wie die vorige. Sie stellte sich ein mit strahlendem Lächeln, leuchtend vor Stolz auf ihre Leistung, denn diesmal hatte sie sich den Vater gemerkt – ein junger Ladengehilfe. Es klang gar nicht übel, selbst die gute Frau mußte zugeben, daß das etwas sei, womit man sich überall sehen lassen könnte. Als es aber ernst wurde, war er nirgends aufzufinden.

Eine Art Fortschritt war es immerhin, und da die Frau nun einmal Boline unter ihre Fittiche genommen hatte, erbot sie sich, mit den vier Kronen in bar vorliebzunehmen – der Rest sollte als Naturalsteuer entrichtet werden, die den künftigen Herrschaften aufzuerlegen sei. Überdies müßte Boline in Anbetracht ihrer reicheren Erfahrung nunmehr vierzehn Kronen im Monat fordern können, und die dann noch übrigbleibenden zwei Kronen sollte sie für sich behalten.

Boline kam auch mit den zwei Kronen zu Rande, das heißt, dafür kaufte sie Kleidung für die Kinder; für sie selbst blieb nichts. Ihre Kleider waren dünn, und sie fror mehr denn je – besonders, wenn sie geweint hatte. Aber deswegen war sie noch lange nicht bitter, gegen nichts und niemand; es wäre ihr niemals eingefallen, vom Leben mehr zu fordern, als es nun einmal zu bieten hatte.

Hingegen war sie grenzenlos stolz auf ihre zwei bläulichen Kinderchen, die die unglaublichsten Fortschritte machten – namentlich in der Beziehung, daß sie alles zu ertragen vermochten. Und stolz war sie auf die Pflege, die sie ihnen verschafft hatte; kostspieliger sind Kinder wohl niemals aufgezogen worden: Sie kosteten sie alles, was sie heranschaffen konnte! Ihr großer Kummer war, daß weder für Kinderstaat noch für kleine Geschenke an die Pflegeeltern etwas übrigblieb. So gut die Pflegestelle auch war, es war doch nur natürlich, daß die Kinder darunter zu leiden hatten: Es wurde weniger von ihnen hergemacht, wenn sie zu Besuch kam.

Um den Kontrakt zu erfüllen, tat sie nun kleine Griffe in die Kaffee- und die Zuckerdose; ein Ei ging mit weg, ein halbes Weißbrot, ein Stück Fleisch. Das meiste aber sparte sie zusammen, indem sie selber hungerte, und deshalb konnte die gnädige Frau, die mit Genugtuung festgestellt hatte, wie wenig sie aß, nicht begreifen, daß der Verbrauch trotzdem nicht kleiner war. Und eines Tages kam sie dahinter, daß das Mädchen stahl.

Es schauderte Boline, als das Wort gesagt wurde. Mehr als tausend Jahre lang hat das Bürgertum die Aussprache dieses Wörtchens immer wieder geübt; die unschuldigste kleine gnädige Frau kann es heute schon so aussprechen, daß es einem durch Mark und Bein geht.

Boline besaß nicht die Fähigkeit ihrer Schicht, auf einen groben Klotz unerschrocken einen groben Keil zu setzen; auf dem Grunde ihrer Seele ruhte nicht das aufrührerische Gefühl, Unrecht zu erleiden, wie andere es empfanden, deren blinder Mut sich daran entfachte. Sie hatte nichts, worauf sich ein bißchen Selbstbehauptung gründen konnte – ihr Blut war zu verwässert. Sie zuckte bloß zusammen und wurde feucht vor Angst – wie immer, wenn ihr jemand zu nahe kam; sie hatte keine Kraft in den Muskeln. Nun, ihre Verzagtheit war so entwaffnend, daß sie vor den schlimmsten Folgen bewahrt blieb; man begnügte sich damit, ihr zu kündigen. Und daran war sie ja gewöhnt.

In den folgenden Stellungen erging es ihr nicht anders, und dann kam sie in einem großen Herrschaftshaus vier Treppen hoch zu einem Buchhalter, der gleichzeitig der Verwalter war.

Sie bekam sechzehn Kronen im Monat, dafür aber war es mit der Steuererhebung vorbei. Sie war in einen jener Kopenhagener Haushalte geraten, die wohl Badezimmer und Wasserklosett haben, aber keine Speisekammer. Kinder waren nicht da, und im Herd brannte niemals Feuer. Das Frühstück – eine Portion – wurde aus einem Restaurant geholt; was das Ehepaar übrigließ, wurde dem Mädchen hinausgestellt. Die Mittagsmahlzeit nahm die Herrschaft – mit Freunden – in dem oder jenem Vergnügungslokal ein; ehe die gnädige Frau fortging, stellte sie Boline einen geräucherten Hering und zwei Scheiben Butterbrot hin. Jeden Tag war es geräucherter Hering und Butterbrot, und jeden Tag stand es an derselben Stelle – hinten auf dem

Küchentisch, in der Ecke beim Abflußrohr – auf einer blaugeblümten Untertasse. Dieses ewig gleiche Gericht ließ jährlich zwölf Dienstmädchen aus der Haut fahren.

Boline fuhr nicht aus der Haut. Sie hätte den Hering und die beiden Scheiben Brot recht gern selber essen mögen, da es aber nichts anderes zu brandschatzen gab, packte sie es in ein Stück Papier und trug es den Pflegeeltern hin, ohne sehr viel über die Sache nachzudenken. Und als die entrüstet fragten, ob sie sie für Armenhäusler hielte, und sie baten, mitsamt ihren Essenresten zu verschwinden, zog sie verwundert ab. An der Haustür unten setzte sie sich hin und aß Brot und Hering selber, und erst danach weinte sie ein bißchen. Das war ihre Art, eine Reihe von Begebenheiten zusammenzufassen.

Hier war also nichts zu machen, und unverdrossen, wie sie im Grunde war, steuerte sie auf einen anderen Punkt los. An allen Küchentüren das ganze Haus hinunter war sie die Demütige; und die Mädchen, die wußten, daß sie in einem Haushalt ohne Speisekammer diente, steckten ihr allerlei zu. Alles wanderte zu den Pflegeeltern und stimmte sie sanfter, und Boline selber stand auch wieder im Licht; sie brauchte nicht viel zu essen.

Gebranntes Kind scheut das Feuer, sagt das Sprichwort, aber das gilt nicht von jenen, die die Kälte gebrannt hat. Boline wäre mit Vergnügen nackten Fußes mitten in die glühende Sonne hineingetanzt, so verfroren war sie. Sie verbrannte sich durchaus nicht an den vagabundierenden Strahlen, die sie dann und wann trafen – sie suchte nur zum drittenmal die gute Familie auf.

Es bedeutete weiter nichts als noch vier Kronen zu den zwölf bisherigen – und sechzehn verdiente sie doch! Überdies stand ihr ihre alte Stellung offen, weil kein anderer es dort aushielt; das gab immerhin einen Rückhalt. Und wenn sie nachts den Koks aus der Asche klaubte, die die Herrschaftsmädchen wegwarfen, und ihn dem Holzhändler verkaufte, brachte das auch einige Kronen im Monat. Die

Naturalsteuer war gleichfalls heraufgesetzt worden, aber Boline suchte nun die Küchen aller Aufgänge nach Essenresten ab; dafür half sie hier und da, wenn sie mit ihrer eigenen Arbeit fertig war. Die Pflegeeltern verloren nichts von ihrem Gewicht.

Mit der Kleiderbeschaffung für die drei kleinen Weltwunder haperte es ein bißchen. Kaufen konnte sie nichts; deshalb begann sie bei sich selber und nähte Stück für Stück ihrer ärmlichen Garderobe um, bis sie alles, was sie besaß, auf dem Leibe trug und trotzdem allen anderen außer sich selbst wie unbekleidet vorkam.

Durch das dünne Zeug erreichten sie die Sonnenstrahlen um so leichter. Sorglos und unbekümmert, vertrauensselig und unerfahren wie am ersten Tag flatterte sie hier und dort umher und nahm die Freundlichkeit der Männer in sich auf. Sie waren alle gut, alle zärtlich; sie vermochte keinen Unterschied festzustellen – überhaupt keinen. Aber nachts, wenn sie sich den Schlaf abknapste und aus zusammengesuchten Lumpen etwas nähte, was ein Kinderkleid vorstellen sollte, dachte sie zuweilen an die gnädigen Frauen und wie streng sie waren. Oder sie weinte nur.

Die Fee, die an Bolines Wiege gestanden, hatte ihr die Leere geschenkt, daß sie ihren Lobgesang aufs Leben daraus schöpfe; und insofern war Boline wie Gott, als sie sich ihre Welt aus nichts erschuf und sie dennoch für sehr gut befand. Nur deshalb berührte sie nie den Grund! Ihr Leben war ein tagtägliches Zaubermärchen, in dem sich ein Lappen Kattun von Handflächengröße, den andere in den Müllkasten warfen, zum prächtigsten Kinderkleidchen auswuchs.

Eines Tages wurde Boline festgenommen. Bei der großen Abendgesellschaft der Herrschaft einen Stock tiefer war ein silberner Löffel verschwunden, und Boline hatte doch den Aufwasch dort besorgt – dafür, daß sie von den Resten des Festmahls etwas abbekäme. Wer anders sollte es denn gewesen sein? Alle wußten doch, wie schlecht es ihr ging.

Der silberne Löffel kam von selber wieder zum Vorschein, die Festnahme erwies sich als ein Irrtum – aber als einer jener glücklichen, denen man getrost einen Haftbefehl folgen lassen kann. Bei der Durchsuchung von Bolines Habseligkeiten wurde ein Haufen gestohlener Sachen entdeckt. Vier Frauen aus dem Haus wurden aufs Gericht geladen, damit sie ihr Eigentum identifizierten.

Auf einem Tisch lag das ganze Diebesgut. Da waren winzige Lappen Kattun, Keile und Streifen Baumwollstoff, Bandreste und löchriges altes Leinen. Der Untersuchungsrichter warf zärtliche Blicke auf den Haufen; die Sachen hatten durchaus keinen Wert, aber gerade in ihrer Wertlosigkeit drückte sich die höhere Gerechtigkeit aus, die nicht kleinlich nach dem Wem oder Wieviel fragt, sondern eifersüchtig über die Prinzipien wacht. Hier endlich galt kein Ansehen der Person; Boline hätte keine sorgfältigere Behandlung ihrer Angelegenheiten erwarten können, wenn sie der König aller Spitzbuben gewesen wäre.

Der Haufen da war durchaus nicht alles! Ihre ganze Diebeslaufbahn lag ebenso offen zutage wie ihre liederliche Vergangenheit! Jedes Ei, jede Kaffeebohne, jedes Stück Zucker war von der Herrschaftsspeisekammer bis zu den Dunggruben auf Amager in allen Stadien der Verwandlung eingehend verfolgt worden. Diese Zeiten waren längst überholt, da Bolines jetzige Herrschaft keine Speisekammer hatte – sie waren sozusagen Geschichte geworden. Es ging bloß darum: festzustellen, daß sie ihren Charakter in keiner Weise geändert hatte, sondern nur durch den Zwang rein äußerer Verhältnisse zu einem anderen Tätigkeitszweig übergewechselt war.

»Erkennen Sie dieses hier?« fragte der Untersuchungsrichter in leichtem Plauderton und reichte Bolines Herrschaft irgend etwas hin.

Es war eine löcherige Damastserviette, die in Bolines

Welt als Windel wieder zu Ansehen und Ehren gelangt war. Die Frau kannte sie sehr gut, sie war just in dem Augenblick verschwunden, als sie ausrangiert werden sollte. Sie wollte gerade damit heraus, aber da schlug ihr aus dem rein gewaschenen Lumpen ein eigentümlich säuerlicher Kleinkindergeruch entgegen und setzte sie in Verwirrung: denn hier stand ein Mädchen, an dem sie Monate hindurch mehrmals am Tage vorübergegangen war und dem sie Anweisungen gegeben hatte, so kalt und gleichgültig wie einer Maschine. Und da war es mit einemmal ein armseliger, gedrückter Mensch, der sich draußen in der Finsternis mit einer Welt des Elends abzuplagen hatte. Ein Wesen wie sie selbst, mit verbotenen kleinen Freuden – und mit Muttersorgen, besonders Muttersorgen!

»Das Monogramm ist meins«, erwiderte sie leise und gab die Serviette zurück, »aber ich hatte sie gerade ausrangiert und weggeworfen.«

Der Untersuchungsrichter lächelte anerkennend über so viel – allerdings schlecht angebrachte – Humanität.

»Und dies hier?« fragte er und zog aus dem Bündel ein Kinderkleidchen hervor, ursprünglich aus feinem Stoff, jetzt aber dünn vom vielen Waschen und mit vielen verschiedenen Lappen geflickt. »Kennen gnädige Frau das?«

Das gab der Frau einen Stich, der Zorn wallte in ihr auf. Dies war Klaras Taufkleid: viele Jahre hatte sie es aufbewahrt, zur Erinnerung an ihr einziges Kind, das ihr der Tod genommen hatte. Sie war nicht gesonnen, weiterhin gut zu sein und Boline zu schonen, denn hier war ihr Mutterherz mit Füßen getreten worden.

»Ja«, antwortete sie und richtete sich entrüstet auf, hielt aber mit einem Blick auf Boline inne.

Boline stand mit ausgestreckten zitternden Händen da, ihr gehetzter Blick sah nichts anderes mehr. Er hing beschützend an diesem Kinderkleidchen, das man ihr nehmen wollte, folgte jeder Bewegung, die es in den Händen der anderen machte.

»Das ist Ediths Kleidchen«, wimmerte sie, »es ist doch Ediths Sonntagskleid.«

Es war ein entsetzlicher Anblick für den, der es begriff, und schmerzerfüllt opferte die Frau ihr eigenes totes Kind Bolines lebender kleiner Edith. »Ja«, erklärte sie mit belegter Stimme, »ich habe es ihr ja selber geschenkt. Und das meiste andere übrigens auch.«

Der Untersuchungsrichter sah ärgerlich drein. Boline aber brach in Tränen aus. Ganz steif stand sie da und ließ ihren Tränen freien Lauf; sie flossen ungehindert über ihre schlaffen Wangen und die eingefallene Brust und fielen in ihren allzu fruchtbaren Schoß.

Der Richter folgte ihrem Weg, und sein Blick blieb haften.

Einen Augenblick fühlte er sich schwach vor diesem unfaßbaren Heroismus; er hatte die schwindelerregende Empfindung, ins Grenzenlose hinauszustarren. Danach aber siegte die Gerechtigkeit; er wandte sich an den Protokollführer und sagte: »Fügen Sie der Bemerkung über die drei Kinder hinzu, daß sich die Angeklagte abermals in gesegneten Umständen befindet!«

Boline wurde trotz der Bemühungen ihrer gnädigen Frau nicht freigesprochen – und das war ein Glück Gottes. Es ging ihr wie immer den Aschenbrödeln im Märchen; sie mußte erst ganz tief auf den Grund hinab, ehe ihr Königssohn kam und sie aus aller Drangsal erlöste.

Sie war eben aus der Haft entlassen worden und wollte in jene Nebenstraße Nörrebros, um nach den Kindern zu sehen. Die Strafe hatte sie nicht mehr zerrüttet, als sie es schon gewesen war, sondern bloß ihre Welt in Richtung auf das Unbegreifliche hin erweitert.

Wegen ihres einzigen bewußten Wertes – wegen der Liebe zu ihren Kindern – hatte man sie gestraft!

Sie liebte sie trotzdem mit der gleichen Innigkeit und trug auch keinem anderen etwas nach. Getrieben von einem dumpfen Schauder, was wohl in den Monaten ihrer Haft aus den Kleinen geworden war, eilte sie dahin.

Drinnen im Gäßchen stand wie gewöhnlich Idioten-Karl, die Stirn an die Mauer gedrückt und umgeben von einem Schwarm johlender Kinder. Die Pflegeeltern aber wohnten nicht mehr dort; wohin sie gezogen waren, konnte keiner sagen. Immerhin wußten die Nachbarn zu erzählen, daß eines von Bolines Kindern vor dem Umzug gestorben war – das übrige wußte der liebe Gott.

»Geh zur Polizei«, rieten sie ihr.

Aber Boline wollte nicht auf die Polizei und sich noch einmal bestrafen lassen, weil sie ihre Kinder liebte. Und weitergehende Nachforschungen anzustellen fiel ihr nicht ein. Sie wußte zu genau, was aus Pflegekindern wird, wenn die Unterstützung aufhört.

Schweren und toten Herzens, elender, als es sich sagen läßt, schleppte sie sich durch den Fælledpark wieder zum Blegdam hinunter. Sie hatte keinen Ort, wo sie hingehörte, und wankte aufs Geratewohl weiter. Verwöhnt würde sie niemand genannt haben, aber jetzt begriff nicht einmal sie mehr, wozu sie dieses Leben weiterleben sollte.

Und da geschah es, daß das Schicksalsrad sich drehte und sie ihrem Königssohn begegnete: Peter Frandsen, auch Öf-Öf genannt.

Er ging herum und schüttelte sich und erwog die Möglichkeiten eines Logis unter freiem Himmel. Es lag Gewitter in der Luft, und Öf-Öf war melancholisch; er hatte einen seiner Anfälle, wo sich ihm die Einsamkeit erdrückkend aufs Herz legte und ihm dauernd etwas von einem Schoß der Familie vorschwebte.

»Es ist verdammt schwül heute abend«, meinte er im Vorbeigehen.

Und Boline sah ihn an und fand, daß er sehr anständig wäre, und erwiderte – ja, es sei sehr schwül. Und damit war eigentlich alles gesagt.

So ging es zu, daß Boline einen Mannsmenschen zu

versorgen bekam und in einer Einzimmerwohnung auf
Nörrebro Hausfrau wurde. Sie war doch nicht ganz im
Schlaf durchs Leben gegangen und wollte sich gern nützlich machen; und so warf sie sich auf das einzige, was sie
verstand – Pflegekinder! Aber hier ist die Geschichte aus,
und eine neue beginnt – die Geschichte vom Glück, das
wie ein Vogel Phönix aus der Asche steigt.

Boline hatte ziemlich gut erkannt, daß die Welt aus
nichts weiter besteht als aus verkommenen Pflegekindern
und feisten Pflegeeltern, und da brauchte es wohl keine
Überlegung; Öf-Öfs Faulheit half ihr über die Schwelle.
Heute ist sie eine solide Frau, die selber alles mögliche
durchgemacht hat – sie kennt alle Mittel, die Aufsichts-
behörde zu täuschen. Die armseligen kleinen Kinder der
Liebe werden in ihrer Obhut ebensogut wie in jeder anderen zu Engeln verklärt, die jeden Augenblick bereit sind,
sich in den Weltenraum zu schwingen, sobald die *einmalige
Abfindung* gezahlt ist. Ihre beginnende Fülle verrät, daß
sie das eigentliche Geheimnis begriffen hat: das Leben zu
leben und die Waagschale nach bestem Vermögen zu be-
schweren.

1907   *Übersetzt von Ellen Schou und Karl Schodder*

Fliegender Sommer

Peter und Karl waren zwei kleine Wesen, die jenen Tiefen angehörten, wohin die Sonne nicht so selbstverständlich hinabreicht. Die Welt dort unten hat sich aufs Selbstleuchten eingestellt und trägt allen Glanz in sich selber; und daher kam es, daß sich die beiden für Schoßkinder des Glücks halten und dennoch ständig das Gefühl haben konnten, sie hätten noch alles gut. Im übrigen hausten sie mit der Mutter zusammen in einem finsteren Loch der Siedlung des Ärztevereins und waren der allgemeinen Zeitrechnung nach neun und acht Jahre alt. Dies bedeutete kurz und bündig, daß so viel Zeit verflossen war, seit sie in den leeren Raum eingetreten waren und ihre Verantwortung zugeteilt bekommen hatten. Es lagen keine Zinnsoldaten in Schachteln bereit und warteten auf die beiden, aber das Glück ließ sich auch in Form von Brotrinden erhaschen, wenn man es günstig traf; sie brauchten nicht sehr lange, sich zu orientieren. Sie hatten von vornherein erkannt, daß es zwecklos wäre, mit Geschrei etwas einfordern zu wollen, und gingen sogleich daran, sich selbst zu versorgen.

Mit der Orientierung war es sehr leicht, sie bestand aus nichts weiter als der Erkenntnis, daß es an allem mangelte, und mit dieser Erkenntnis waren sie zum Teil geboren. Um so stärkeren Nachdruck konnten sie auf die Versorgung legen.

Was ihren Erzeuger betrifft, so hatte er sie völlig im Stich gelassen und sich ins Rätselhafte zurückgezogen – wie ein Gott, der nur zu Besuch auf der Erde geweilt. Seine Existenz war allerdings über jeden Zweifel erhaben, er hatte sie auf Straßenjungenart durch das Erscheinen der beiden Burschen bewiesen – und sich dann wieder in die Wolken verdrückt. Andere Spuren hatte er nicht hinterlassen – nicht einmal einen Namen. Wer er auch war, mit göttlicher Großzügigkeit hatte er die Süße der Schöpferstunde genossen und sich der Aufrechterhaltung seiner Schöpfung entzogen; nun thronte er irgendwo außerhalb in unsichtbarer Majestät und vergnügte sich damit, ihnen das Dasein unsicher zu machen. Nicht einmal, daß sich die Mutter als Witwe bezeichnete, bot Sicherheit; die Nachbarinnen lächelten bloß, und es schien, als zweifelte sie im Innern selber daran. Sie brauchte Freude wie Furcht von schicksalsschwererer Art, als die tägliche Plackerei ihr zu bieten vermochte, und deshalb war es der Kraft, die die Wasser ihrer kleinen Welt voneinander geschieden hatte, erlaubt, als dunkle Verheißung über dem Ganzen zu schweben. Bald hing sie dumpf über ihnen als eine Macht, die jeden Augenblick daherkommen und ihre armseligen Brocken aufs Leihhaus schleppen konnte, bald wieder war sie das Glück selber, das übers Meer zu ihnen allen dreien heimkehren würde.

Im Gegensatz dazu war die Mutter den beiden Jungen die Gegenständlichkeit selbst, die einzige, auf die sie sich unter allen Umständen verlassen konnten; sie war gut und sicher wie die Erde, auf die sie traten. Das übrige war einstweilen Leere, die sie nach ihren Fähigkeiten ausfüllen durften.

Von Geburt an waren sie mit einem unerschöpflichen Vorrat an Geduld ausgestattet, und während die Mutter zur Arbeit war, saßen sie abgestützt jeder in seiner Ecke des alten Sofas und glotzten einander mit jenem Ausdruck abgrundtiefer Erfahrung an, die die Armut als Wiegengabe spendet. Sie sagten ba-ba mit einer ganzen Welt von Betonungen, pulten mit den kleinen Fingern die Polsterung aus der Sofalehne und pochten sich mit dem alten Holzlöffel, an dem sie ihre Milchzähne hervorbeißen sollten, gegen die Stirn – und alles das, um den leeren Raum auszufüllen. Und wenn sie nicht mehr konnten, weinten sie sich in Schlaf. Dann und wann kam die Mutter auf einen Sprung von der Arbeit nach Hause gelaufen, um nach ihnen zu sehen, und jedesmal hatten sie diesen oder jenen neuen Schritt ins Wunderbarliche getan.

Eines Tages hatte der älteste das Dasitzen und Vor-sich-hin-Gucken satt; er ließ sich über das Sofaende auf den Kopf hinunterfallen und richtete sich mit Hilfe des Tischbeines wieder auf. Als die Mutter heimkam, war sein kleiner Schädel dick wie ein Kissen – aber er konnte gehen! Und als die Zeit ein bißchen weiter fortgeschritten war, konnte er anfangen, Zeitungen auszutragen.

Jetzt waren sie, wie gesagt, acht und neun Jahre alt und hatten schon lange ihren Anteil an der Versorgung übernommen.

Anscheinend war es ein ganz gewöhnlicher Tag. Die Sonne schien mit einer gewissen ausgelassenen Freude, die in der Spatzenschar der Siedlung ihren unbezähmbaren Widerhall fand; sonst war alles wie immer. Um fünf Uhr früh war die Mutter wie gewöhnlich zur Arbeit gegangen; um sechs Uhr klopfte die Nachbarsfrau, Madam Hygum, an die Wand, und die beiden Jungen standen auf und begannen ihren Tag mit gutem Humor. Peter brachte das Zimmer in Ordnung und holte dem Gemüsehändler seinen Tageseinkauf nach Hause, während Karl in die Ryesgade ging und der Zeitungsfrau die schlimmsten Treppen abnahm.

Jetzt waren die Morgenpflichten überstanden, und sie saßen in der engen Küche und aßen ihr Schmalzbrot. Mit der Frische war es vorbei, sie schwatzten nicht mehr sorglos drauflos und traten nicht in müßigem Drang nach Beschäftigung mit den Beinen, sondern hockten träge über ihren Schmalzbroten – als hätten sie plötzlich die Sinnlosigkeit des Draufgängertums erkannt. Das Tempo war abgeflaut. Auch das war nichts Ungewöhnliches, es wiederholte sich jeden Tag um diese Zeit; es kam wie eine plötzliche allgemeine Erschlaffung über sie.

Müdigkeit war es nicht. Sie waren bereits sehr abgehärtet, die Anstrengungen des Morgens wirkten bloß wie ein munterer Auftakt zum Tage. Jede Stunde des Tages ließ sich auf hunderterlei verschiedene Weise herrlich anwenden, die alle zusammen sie selbst und ihr armseliges kleines Heim zum Mittelpunkt hatten. Eine ganze kleine Welt hatten sie und die Mutter sich inmitten der Leere aufgebaut, mühselig zusammengetragen aus Abfällen des großen Sonnensystems; diese Welt war nicht dem großen Ganzen angeschlossen, sondern ging ihren eigenen Weg im Weltenraum – kraft ihrer eigenen ärmlichen Mittel; es kostete nie erlahmende Bemühungen, sie aufrechtzuerhalten und vor Zusammenstößen zu bewahren. In ihren emporgestreckten kleinen Händen trugen die Jungen bereits den Hauptanteil und fühlten sich glücklich dabei.

Aber nun hatte sich kürzlich eine große Hand von außen her nach ihnen ausgestreckt; sie dürften nicht mehr frei umherstreifen, sondern sollten dem System eingefügt werden. Zum ersten Mal merkten sie, daß irgend jemand für sie und ihresgleichen einen Gedanken übrig hatte; vorläufig äußerte sich diese Anteilnahme jedoch ausschließlich in der widerwärtigen Folter, daß sie jeden Vormittag einige Stunden lang auf einer Bank still sitzen und den Staub all dessen einatmen mußten, was andere im Verlauf der Zeiten geleistet hatten, während ihre eigenen Angelegenheiten sämtlich ruhten. Obendrein erhob dieser Eingriff darauf Anspruch, als Wohltat aufgefaßt zu werden. Wenn sie am Nachmittag herauskamen, hatte sich die Arbeit tüchtig angehäuft, und sie stürzten sich kopfüber in sie hinein, um den Staub von sich abzuspülen.

Die beiden Jungen wußten sehr wohl, daß es etwas gab, was Gesellschaft hieß. Das hatte etwas mit all denen zu tun, die ihre Mittagsmahlzeiten für eine ganze Woche im voraus festsetzen konnten. Sie waren sich von Anfang an darüber im klaren, daß sie selber nicht dazu gehörten – und hatten sich dementsprechend eingerichtet; ein dunkler Begriff von Gerechtigkeit sagte ihnen auch, daß man der Gesellschaft unmöglich etwas schulden könne, wenn man sich, von Geburt an auf sich selbst gestellt, mit seinem Hunger und seinen Entbehrungen hatte abfinden müssen.

Doch hinter diesem unklaren Wissen stand noch ein anderes, nicht selbst erworben, sondern tiefer wurzelnd – und für zwei kleine Bürschlein eigentlich viel zu groß und unhandlich. Es war ebensowenig zu greifen wie die Furcht vor der Dunkelheit und stand wie eine Warnung vor den unsichtbaren Gefahren, die auf allen Seiten lauerten; es war dasselbe, was die Mutter und die beiden Jungen in weitem Bogen um alle Wohltätigkeitsveranstaltungen herumgehen und lieber zur Selbsthilfe greifen ließ, wenn ihnen das Messer an der Kehle saß. Zahllose Dinge hatten dazu beigetragen, diese nebelhafte Erkenntnis zu schaffen, die sich nicht auf die Erfahrung des einzelnen stützte, sondern gleichsam über ihrer Welt schwebte und selbst das Kind befähigte, die Menschenliebe in ihrer ganzen Tiefe zu durchschauen, bis auf den Grund des Netzes, wo die Spinne lauert. Seit sie kriechen konnten, waren sie ständig auf der Hut gewesen und hatten Streicheln wie Knüffe von außen her mit genau demselben eingewurzelten Mißtrauen hingenommen; und sie hatten sich lange durchzuhelfen gewußt – waren todkrank gewesen und hatten ohne Dach über dem Kopf im Fælledpark geschlafen –, ohne daß das große Ungeheuer sie gewittert hätte. Jetzt aber riß es plötzlich seinen Rachen über ihnen auf: unter dem armseligen Vorwand, daß sie über sieben Jahre alt seien!

Karl und Peter ließen sich nicht so ohne weiteres verschlucken. Sie besaßen ihre göttliche Einsicht, die ihnen sagte, daß es nicht zu ihrem Besten geschähe, wenn man es plötzlich so eilig hatte, sie an den Segnungen der Gesellschaft riechen zu lassen. Beim ersten Lockruf rissen sie aus, scheu wie zwei Füllen, die außerhalb der Hürde geboren sind; die Mutter mußte eingespannt werden, um sie hineinzuführen. Für die Jungen wurde es ein fortgesetztes Schuleschwänzen mit darauffolgenden Prügeln, für die Mutter eine endlose Schererei; lange Zeit mußte sie ihre Arbeit versäumen und sie zur Schule begleiten, ehe sie sich endlich fügten – in der Hauptsache aus Rücksicht auf sie.

Sie ergaben sich jedoch nur scheinbar; sie konnten auf die Verteidigungsmethode des Schwächeren zurückgreifen und begannen sofort, sich tot zu stellen. Alles prallte an ihrer undurchdringlich dicken Dummheit ab. Es war eine heilige Pflicht, die an den beiden Proletarierkindern zu erfüllen war, und so wurde in keiner Hinsicht gespart; die ganze moderne Unterrichtskunst wurde aufgeboten, damit zwei elende Würmchen dem wunderbaren Weg des Lebens durch Zeit und Raum folgen könnten. Und nicht einmal da brauchten sie haltzumachen. Sie – die von allem, was auf Erden wuchs, nicht einmal auf ein Roggenkörnchen einen rechtmäßigen Anspruch hatten – konnten, wenn sie wollten, ihre kleinen Seelen über alle Grenzen hinausgeleiten und in ein Verhältnis zur Alliebe und zu Gott selbst bringen lassen. Und es war eine günstige Gelegenheit, sich die Begriffe vom wahren Menschentum anzueignen.

Aber sie legten keinen besonderen Wert darauf. Es gab dadurch immer weniger, um den Kropf zu füllen, und einen späteren Feierabend, wenn nicht alles der Mutter aufgebürdet werden sollte; und dies beschäftigte sie ernsthaft, während sie gelangweilt die Großtaten der Menschheit mitmachten und zusammen mit der Spitze des Zeigestocks auf der Landkarte um die Erde reisten. Die beiden hatten überdies ganz andere abenteuerliche Reisen gemacht – über hohe Bretterzäune hinweg auf Kohlenplätze, an finsteren Abenden, wenn die Platzhunde los waren und in dem leeren Kachelofen zu Hause jämmerlich die Kälte heulte. Und noch schwierigere Fahrten, ganz hinein ins dunkelste Festland: um Eßwaren aufzutreiben, als die Mutter krank war! Das war *ihr* Geheimnis, selbst Mutter kannte es nicht. Das verwies sie ein für allemal auf sich selbst und bestimmte ihr Verhältnis zu dieser neuen Autorität, die mit ernster Miene über die Selbstbehauptung zweier unbeugsamer Jungen den Stab brach und Hungers zu sterben als die höchste Rechtschaffenheit armer Leute hinstellte.

Sie hatten ihre teuer erkauften Auffassungen vom Glück wie vom Leben; von ihnen gingen sie aus und waren dabei bisher ganz gut gefahren. Kraft irgendeines wunderbaren Prozesses sogen sie Honig aus all der Unfruchtbarkeit rings um sie her und setzten ihre bitteren Erfahrungen in einen etwas hartfäustigen Lebensmut um, der zwar nicht mit den Geboten übereinstimmte, dafür aber den Vorteil hatte, daß er ihr eigener war – und daß sich damit leben ließ.

Alles dies verbargen sie tief in ihrem Innern und setzten den anderen ihre harte Stirn entgegen. Wenn Gott der Herr den Menschen das Gesetz überreichte oder der Engel die Geburt des Heilands verkündete, glotzten sie dumm zum Fenster hinaus, als sei das etwas, was zugunsten der anderen geschehen sei und sie nichts anginge. Aber während sie wie erloschen dasaßen, arbeitete es in ihrem Innern an Plänen für neue Einnahmequellen und zur Verbesserung der alten. Man mußte über die Bauvorhaben der Stadt ziemlich gut orientiert sein, wenn man jederzeit Bescheid wissen wollte, welcher Zimmerplatz im Augenblick die beste Gelegenheit bot, die Säcke mit Spänen zu füllen; und es erforderte wiederum eine ganze Wissenschaft, die Späne mit größtmöglichem Nutzen und ohne unnötiges Gerenne abzusetzen. Es gab genug zu tun.

Der wunderbare große Apparat funktionierte sinnlos über ihre Köpfe hinweg; sie zogen mit einem unerschütterlich tiefen Ernst, der wie Stumpfsinn wirkte, ihr eigenes trockenes Brot dem Geruch sämtlicher Leckereien des

Lebens vor. Es war nichts mit ihnen anzufangen, sie waren zwei geistig defekte Individuen! Zwei bemitleidenswerte Hinterhofidioten, die man vergebens mit dem Abglanz aller Herrlichkeiten vollstopfte, der das Denken des armen Mannes von dem großen Leeregefühl ablenken soll.

In dieser Erkenntnis gaben die Quälgeister endlich Ruhe, und so ungefähr stand die Sache jetzt. Es gab keinen Grund anzunehmen, daß die Lage sich ändern würde, und insoweit waren die beiden Jungen dankbar deswegen. Es machte ihnen nichts aus, für weniger zu gelten, als sie waren, da es die einzige Möglichkeit darstellte, sich und das Seinige zu bewahren, und sie betrachteten das Leben auch weiterhin mit vortrefflichem Humor. Nur unmittelbar vor den Schulstunden stellte sich ein kleiner Überdruß ein – bis sie den vormittäglichen Schlafzustand erreicht hatten.

Es war auch heute nicht anders. Die Morgenmahlzeit bedeutete die Schwelle zwischen den beiden Existenzformen; sie kauten sich still in das Joch hinein und glitten dann vom Küchenstuhl herunter. Ohne ein Wort über das Unabänderliche zu verlieren, schlossen sie die Tür ab und legten den Schlüssel unter die Matte, setzten ihr blödes Gesicht auf und machten sich widerwillig auf den Weg ins Unvermeidliche.

Als sie aus der düsteren Arbeitersiedlung auf den Strandvej hinaustraten, geschah es dem Kleineren, daß er nach der falschen Seite einbog und im Galopp dem offenen Lande zulief. Peter kriegte Angst und rannte ihm energisch nach, um ihn auf den richtigen Weg zurückzuführen; als er den Kleinen aber schließlich einholte, hatte sich auch in ihm diese Richtung festgesetzt, so daß er vergaß, was er eigentlich wollte. Die Sonne stand am Himmel, versprühte ihren Glanz wie irr nach allen Seiten und warf alle festen Vorsätze über den Haufen. Alte Prügelerinnerungen versuchten das Haupt zu erheben, fielen aber matt in sich zusammen; der morgige Tag war so weit weg, daß er keinen Anspruch auf Wirklichkeit erheben konnte. Hier aber blinkte der Strandvej in weißem Staub und heißem Sonnenschein und zeigte geradeswegs ins Abenteuer hinein.

Dort war das Leben von einer anderen, üppigeren Art – die Sonntage wiesen den Weg! Da wohnten die Leute in Zauberhäusern, die ganz von grünen Gärten umgeben waren, und immer saßen Menschen in den Gärten, aßen von glänzend weißen Tischtüchern – und tranken Wein dazu, so daß es jedermann von der Straße aus sehen konnte. Vielleicht riefen sie sogar einen barfüßigen Jungen zu sich herein und stopften ihn mit feinen Sachen so voll, daß er sie nachher wieder erbrechen mußte – solch Wunder war schon vorgekommen. Im übrigen aber gab es Zäune mit losen Latten, durch die sich ein flinker Junge wohl hindurchzuzwängen vermochte, um selbst für seinen Anteil an den Dingen zu sorgen. Und sehr weit draußen, dort, wo das Ungeformte begann, lag die Welt selber da als ein großer Wald voll von Tieren. Die Leute, die von dorther kamen, brachten schreiend rote Ballons mit nach Hause und waren immer lustig.

Das alles malten sich die beiden Bürschchen gegenseitig aus, während sie dahintrabten. Der Polizist am Vibenshus merkte sich instinktiv ihr Signalement, und ein großer Wachhund kam herausgeschossen und versperrte ihnen unverschämterweise den Weg, während er sich ihren Geruch ins Gedächtnis schrieb. Mit einer etwas unwilligen Grimasse stieß er die Schnauze erst gegen ihre nackten Beine, dann gegen ihre Kleider, als wollte er damit kundtun, daß Lumpen immer verdächtig seien, selbst wenn sie von zwei blauäugigen Jünglein getragen würden, die, ohne zu blinzeln, in Gottes lichten Himmel hineinsehen können. Und damit durften sie für diesmal passieren.

Nun, mit den bloßen Beinen war das auch so eine eigene Sache; von dem losen Wegschotter hatten die Zehen Löcher bekommen, und die Schenkel hinauf liefen verschiedene Schrammen. Die beiden Piraten setzten den

Fuß mit eigentümlichem Mißtrauen auf die Erde – als habe sie sich noch nicht recht abgekühlt. Es handelte sich aber bloß darum, daß manchmal gerade dort, wo man hintrat, Glasscherben lagen.

Im übrigen trugen sie ihre Kluft in heiterer Unkenntnis der Konsequenzen; es sah beinahe so aus, als seien sie bis auf weiteres stolz darauf. Sie war auch einzig in ihrer Art, zusammengeflickt aus allem, was die Mutter beim scharfen Auslugen aus den Waschkellern der Herrschaften vor dem Verschwinden im Müllkasten gerettet hatte, und aus dem, was die beiden selbst im Märchengarten der Allerärmsten, auf dem Schuttabladeplatz draußen am Lersö, zutage gefördert hatten.

Den Kopf als das Wichtigste hatte der liebe Gott selber versorgt und ihn mit einem sonnengebleichten dichten Haarschopf bedeckt, der einen mitten im finstersten Hinterhof noch an korngelbe Äcker erinnerte. Es waren, wie gesagt, schon recht ernsthafte Erfahrungen in ihm gesammelt, einstweilen aber speisten sie nur eine spitzbübische kleine Flamme, die den Jungen alle Augenblicke aus den Augen züngelte. Die Gesichter waren noch jungfräuliche Erde – aber Erde, die ganz reizend lachen konnte; und mitten aus all diesem Ungeklärten leuchteten als überflüssige Verheißung zwei Stückchen blauen Himmels heraus.

Wie sie so im Sonnenschein dahinschlenderten und mit ihren kleinen Füßen mutwillig den Staub aufwirbelten, mochten sie – bevor man sie vor dem Hintergrund der bestehenden Gesellschaft sah – für zwei blutjunge Götter gelten, die sich sorglos aus nichts selber erschaffen hatten. Und da sie einmal auf der Welt waren und alles Notwendige beschlagnahmt fanden, hatten sie das Elend selber geplündert und sich mit der ganzen Beute behängt. Es war kein Wunder, daß sie sich wohlhabend vorkamen. Dies war wohl ihre erste Leistung gewesen, und nun waren sie in ihren wertlosen Trophäen auf dem Weg, sich das Heute zu erobern; hier und da durchbrachen ihre nackten Leiber die

Lumpen wie junge Sonnen und erweckten die Vorstellung von einer weiten Bahn. Zwei selbstleuchtende Proletarierkinder, die anderen nicht einen Deut schuldig waren, aber selbst alles guthatten; zwei von den Wesen, die niemand wirklich kennt, weil sie in großen Tiefen leben! Für eine Weile waren sie an die Oberfläche emporgetaucht, um im Glanz mitzuspielen, und strahlten selbst von all den seltsamen Farben, die das Dunkel entwickelt.

Alles in allem waren sie reich ausgestattet; das wußten sie, und dieses Bewußtsein fand in den kleinen Körpern seinen plastischen Ausdruck. Das Leben hatte reichlich an sie vergeudet und sie in einem letzten Anfall von Verschwendungssucht auf dem Grund angebracht, vielleicht, damit sie an dem Tage, da das Unterste zuoberst gekehrt wird, an die Spitze gelangten.

Sie stapften unverdrossen geradeaus, hielten sich soweit wie möglich im Straßenstaub, der den wunden Füßen wie ein weicher Umschlag erschien, und waren himmelhoch entzückt von allem, was sie sahen. Es gab reichlich Platz in ihrem Gemüt, jedes kleine Ding ging als ein großes Erlebnis darin ein.

Vor Hellerup entdeckten sie, daß sie hungrig waren. »Das macht die Landluft«, sagte Peter großartig, und ausnahmsweise war das einmal eine treffende Erklärung dieser recht alltäglichen Erscheinung. Sie hatten doch wie gewöhnlich ihre morgendlichen zwei Schmalzbrote gegessen und erhielten auch sonst nichts weiter, bevor sie aus der Schule nach Hause kamen.

Mit Hilfe eines Endchens Stahldraht beraubten sie einen altersschwachen Automaten zweier Tafeln Schokolade und trabten kauend weiter. Der Staub stieg in kleinen Wirbeln zwischen ihren Zehen auf. Den letzten Bissen schmierten sie sich ins Gesicht – das war genausogut wie ein Skalp, falls man Kameraden begegnete, und im übrigen wirkte es wie eine Kriegsbemalung, wie eine strotzende Herausforderung an alle Welt. Die beschmierten Fratzen kühn vorgestreckt, marschierten sie unter leichtem Geheul drauflos, die Augen begierig auf der Suche nach weiteren Erlebnissen.

Ein gewaltiger Brauereiwagen kam dahergerollt und hüllte die beiden Krieger in seinen Staubschwanz ein; unter dem Wagen tauchten sie wieder auf, ritten auf den Biertonnen, die an Eisenketten zwischen den schweren Rädern schaukelten. Da hingen sie, schaukelten halsbrecherisch wie zwei tollgewordene Waldteufel und stießen ein wildes Geheul aus, das vom Gepolter des Wagens überdröhnt wurde. Oder sie ließen übermütig die Füße im Staub schleppen, um auszuprobieren, ob sie die mächtigen Pferde anhalten könnten. Auf diese Weise gelangten sie nach Skovshoved; dort entdeckte sie der Kutscher und verjagte sie mit der Peitsche.

Auf irgendeine Art schlüpften sie, ohne zerquetscht zu werden, zwischen den Rädern durch in den Straßengraben hinab, und das war ein großer Glücksfall. Denn dort fanden sie ein Paket Butterbrote, das irgend jemand – wahrscheinlich ein Schulkind – weggeworfen hatte. Es waren welche mit Käse wie auch mit Wurst dabei – hier war deutlich genug der Eingang ins Schlaraffenland! Sie ließen sich auf der Stelle nieder und genossen das Dasein. Das Butterbrot teilten sie gleich zu gleich, aber Peter, als der Erstgeborene, behielt sich vor, das Papier abzulecken.

Es wäre unsinnig zu behaupten, daß sie satt waren, denn das waren sie in diesem Leben noch nie gewesen. Aber sie waren näher daran als gewöhnlich, während sie etwas gemächlicher weiterschlenderten.

Wie zwei richtige Vagabunden in Kleinformat sahen sie aus, als sie mit hochgezogenen Schultern dahintrotteten, Peter mit den Händen in den Hosentaschen und Karl, der noch keine Taschen hatte, mit den kleinen Tatzen in zwei passenden Rissen in der Hosennaht. Es waren ein paar seltsame Risse; jeden Abend heftete die Mutter sie zusammen, und am nächsten Morgen waren sie von neuem da – als wüßten die Hosen, daß an dieser Stelle Taschen sein sollten. Das einzige, was an den beiden Landstreichern auszusetzen gewesen wäre, war die Größe; noch ließ sich keine Dame durch ihr bloßes Auftauchen auf die andere Straßenseite scheuchen – aber das konnte ja noch kommen! Im übrigen aber waren sie ganz in ihrem Element und ließen sich von der leichten Sommerbrise treiben, wohin der Zufall es wollte.

Auf die Weise waren sie durch diese oder jene unbegreifliche Fügung hinter den Villengärten an den Strand geraten. Da stand »Privat« auf einer Tafel geschrieben, und Peter machte den ehrlichen Versuch, sich hindurchzubuchstabieren, gab es aber lustigeren Dingen zuliebe wieder auf. Die einzigen Tafeln, denen die beiden ein wirkliches Interesse abgewinnen konnten, waren solche, die vor losgelassenen Hunden warnten, und die hier war nicht von der Sorte.

Im Nu hatten sie die Lumpen abgeworfen und nahmen lärmend den blauen Sund in Besitz. Auf der Veranda oben hatten die Damen der Villa ihr Vergnügen daran, die beiden Weltentdecker ausgelassen auf dem Sandgrund umhertollen zu sehen, wild und ungepflegt wie die Spatzen auf der Straße in einer Pfütze. Dann aber kam der Herr des Hauses dazu. Er war Stammgast in »Über dem Stall« und erkannte sogleich, daß hier die Sittlichkeit in Gefahr war; die beiden Knirpse wurden weggejagt, während die Damen des Hauses sich eiligst unsichtbar machten.

Nun, die Erde hatte sich nach und nach als über alles Erwarten groß erwiesen, und die beiden hatten nichts dagegen, einen anderen Teil in Augenschein zu nehmen. Im Flüchten zogen sie ihre Lumpen an und machten sich wieder auf den Weg. Weit draußen traten die Wälder hervor, da wollten sie hin; gerade nur so weit, daß sie die Tiere darin sehen und einen Schimmer vom Ende der Welt erhaschen konnten.

Aber mitten im besten Traben hielt Karl plötzlich an. »Nein, sieh bloß, Pedder!«

Auf dem Rasenstück eines Villengartens stand ein großer Kirschbaum, zum Brechen voll von Kirschen, und zu Hunderten lärmten und randalierten die Spatzen darin. Sie flogen auf und fielen in ganzen Wolken wieder darauf nieder, zankten sich und plünderten drauflos, daß Früchte und Blätter in großen Büscheln zur Erde fielen. Es war die reine Verschwendung; man konnte deutlich erkennen, daß sie sich ihr Essen nicht selber verdienen mußten.

»Die schlingen ordentlich was rein«, meinte Peter und leckte sich erinnerungsvoll den Mund. Er hatte dieses Jahr selber schon Kirschen gekostet. Der Obstwagenmann zu Hause in der Siedlung kaufte auf dem Gemüsemarkt die halbfaulen – einen ganzen Handwagen voll für ein paar Kronen – und verkaufte sie auf der Straße weiter. Für eine Besorgung hatte Peter von denen, die auch auf der Straße nicht mehr abzusetzen waren, eine Mütze voll bekommen – und die hatten geschmeckt, na aber! Da war was dran! Man mußte mit der Zunge schnalzen, um es richtig auszudrücken.

Karl war bei jener Gelegenheit nicht dabeigewesen und deshalb nicht fähig, die Dinge hier so großzügig zu beurteilen – er beneidete die Spatzen ganz einfach!

»Es sind richtige Schweine«, sagte er gekränkt, »die fressen nicht, sie machen nur alles kaputt; die ganze Krone haben sie schon geplündert. – Ob da wohl jemand wohnt, du?«

»Das mußt du doch sehen, daß da keiner wohnt, du Dussel! Die Läden sind doch vor.«

Sie fanden ein kleines Loch in der Hecke und krochen hinein. Zuerst sammelten sie hübsch die Kirschen auf, die die Vögel herabgerissen hatten; sie waren gewohnt, nichts umkommen zu lassen. Dann kletterten sie auf den Baum und setzten sich bequem zurecht. Ihr behagliches Geplauder hörte rasch auf; stumm, fast feierlich gaben sie sich dem Genuß hin. Die eine Hand sammelte ein, während die andere in den Mund stopfte – ganze Fäuste voll auf einmal. Die Kerne auszuspucken, nahmen sie sich nicht die Zeit, dazu war später Gelegenheit.

Karl hielt plötzlich inne und holte tief Luft; er war noch in dem Alter, wo die Dinge in Worte gefaßt werden müssen, um wirklich vorhanden zu sein. »Das sind Kirschen«, rief er, und seine blauen Augen hatten einen verzückten Ausdruck, »den Teufel auch! – Du, wenn uns jetzt der Magen aufgeschnitten würde! Da wäre es wie mit dem Wolf – lauter Steine drin!«

Dann legte er von neuem los; Peter grunzte bloß.

Ein Schlüssel wurde umgedreht, die Gartentür knarrte, sie aber sahen und hörten nichts, sie waren zu sehr beim Schmausen.

Der Großkaufmann, dessen Familie in diesem Jahr irgendwo in einem Badeort weilte, wollte nur einmal nach dem Landhaus und seinen geliebten Morellen sehen. Er fluchte erbost, als er den Spatzenfrevel erblickte, erinnerte sich aber schnell, daß er dem Tierschutzverein angehörte, und beherrschte sich. Es war nur ein unbedachter Ausbruch gewesen, seine Miene glättete sich sofort. Du lieber Gott – die freien Vögel des Himmels, die mußten doch auch leben! Er brummte gutmütig, während er um den Baum herumging, um den Umfang des Schadens festzustellen.

Da fiel sein Auge auf die beiden Bürschchen, die dort oben saßen und sich in der wahnsinnigen Hoffnung, unsichtbar zu sein, flach an den Stamm drückten. Er zog die Augenbrauen hoch und war drauf und dran, einen Schlaganfall zu kriegen.

»Ei, ei, das sind ein paar Verbrecherpflänzchen!« schrie er überlaut. »Da ist man ja gerade im rechten Augenblick gekommen! – Herunter mit euch, und zwar sofort, ihr Diebsgesindel!« Seine Stimme klang wie eine Entladung im großen Stil.

Die Jungen rutschten vom Baum herab und machten

einen mißglückten Versuch fortzulaufen. Im Handumdrehen hatte der wütende Mensch sie beim Kragen; er legte keinen Wert darauf, mehr als unbedingt notwendig mit ihren Kleidern in Berührung zu kommen; deshalb nahm er ihre Handgelenke in seine Linke wie in eine Eisenklammer und schwang drohend über ihnen den Stock.

Es war nicht seine Absicht, selber Gericht abzuhalten. Er war ein gesetzestreuer Mann und wollte der Gerechtigkeit die Strafe überlassen. Gerade weil er diese kleinen Diebspflanzen haßte, die Gott weiß wohin gehörten und niemals ihre Bestimmung erfüllen würden, wollte er die Strafe nicht selber vollziehen, sondern ihnen bloß auf ihrem Weg zur Obrigkeit ein menschliches Wort mitgeben und sich sozusagen der Verantwortung entledigen. Es konnte nicht schaden, wenn sie in Zukunft einmal durch alle Verstocktheit hindurch die Erinnerung an diesen Augenblick wie einen wärmenden Strahl empfanden und spürten, daß es die Gerechtigkeit eigentlich nur *ihres* Wohlergehens wegen gäbe – daß sie nur züchtigte, um zu erlösen, wie es so schön hieß.

Die beiden Jungen aber wünschten brennend, daß er die Schokoladenschnauze halten und zuschlagen möge – wenn er sie doch bloß ordentlich verdreschen und nicht die Polizei rufen wollte! Die Tragweite von Prügeln kannten sie einigermaßen, aber vor der Gerechtigkeit hegten sie ein unüberwindliches Grauen; deshalb krochen sie unter seinem Griff zitternd zusammen.

Und das trat denn auch wirklich ein. Das Glück hatte sich nun einmal an den beiden Bengeln versehen und ließ den Großhändler sich derart ereifern, daß er alle schönen Theorien vergaß und sich auf der Stelle Luft machen mußte. Und als sie sich erst hinlänglich unter seinem Stock gewunden hatten, sah er ein, daß es unvernünftig wäre, noch mehr aus der Sache zu machen, und ließ sie laufen. Er hätte sie natürlich sehr wohl trotzdem der Obrigkeit übergeben können, aber im Grunde war er ja die Gutmütigkeit selbst.

Daß er sich hinterher über seine unangebrachte Nachsicht ärgerte und meinte, sie würde die beiden einmal geradeswegs ins Zuchthaus führen, konnte ihnen völlig gleichgültig sein. Nun waren sie frei, und es sollte schon seine Zeit dauern, bis sie sich von neuem erwischen ließen.

Zu den geheimnisvollen Wäldern mit den Tieren kamen sie diesmal nicht – auch nicht ans Ende der Welt; das mußte auf eine bessere Gelegenheit verschoben werden, sie hatten ja Zeit. Vorläufig gab es des Großen und Schicksalsschwangeren genug, die Wirklichkeit damit zu würzen; sie hatten ins Bodenlose gestarrt und wären beinahe in seine Tiefen hinabgezogen worden; die Gerechtigkeit hatte ihren ungeheuren Rachen nach ihnen aufgesperrt.

Und im Schlaraffenland waren sie gewesen!

Jetzt aber wollten sie heim.

Der Schreck hatte ihnen Beine gemacht, sie trabten flink nebeneinanderher wie ein Paar gut eingefahrene Pferde. Die Kirschkerne spürten sie wie eine kleine Last im Magen – eine Bestätigung dafür, daß alles Wirklichkeit gewesen war. Und irgendwo in ihnen saß die Befriedigung und ergoß sich in den ganzen Leib. Es war keine Veranlassung, die Sache in Zweifel zu ziehen – es war ein prächtiger Tag gewesen.

1908   *Übersetzt von Ellen Schou und Karl Schodder*

Die Küste der Kindheit

Es kommt immer noch recht selten vor, daß sich im Laufe des Sommers einer der unzähligen Touristen des Bornholmer Nordlands in die Gegend von Neksö verirrt, um einen Eindruck vom weißen Sand der Balkabucht und von Bornholms schönster und eigenartigster Felsenlandschaft, den Höllen- und Paradieshügeln, einzufangen. Das einladende Städtchen Neksö, das, eingebettet in unermeßliche Fruchtbarkeit und darin fast verschwindend, einer heraufgespülten Koralle gleich rot und weiß auf dem flachen Strand liegt, hat sich zwar lange dem holden Traum hingegeben, den Strom der Besucher herbeilocken zu können, aber die Gegend scheint für ewige Zeiten dem Frieden geweiht zu sein. Und vielleicht ist das auch kein so großes Unglück.

Kommt man von der See her und schaut auf das Städtchen mit seiner hübschen Silhouette von holländischen Mühlen, so gleitet der Blick gemächlich weiter über fruchtbare Felder – Ackerland, das mit tausend bis vierzehnhundert Kronen für ein Tagwerk Land bewertet wird – und hält plötzlich eine halbe Meile landeinwärts vor einem wuchtigen Felssaum inne, dem steilen Osthang des Heidehochlandes.

Der Granit, das verhärtete Rückgrat des Erdballs, läßt hier auf einmal Buckel Buckel sein und verschwindet mit einem gewaltigen Knick, um Platz zu schaffen für den geschmeidigsten, fruchtbarsten Schoß der Welt. An der Küste, eine Viertelmeile nördlich des Städtchens, taucht er dann wieder auf und stößt in einem scharfen, offen zutage tretenden Grat auf den Sandstein. Zwei grundverschiedene Welten sind es beim näheren Hinsehen; wenn man will, kann man mit jedem Fuß in einer anderen stehen und so eine halbe Million Jahre überbrücken.

Von so warmer Farbe und so gesättigt im Kern wie der Sandstein von Neksö ist kaum der Marmor. Gibt es wohl überhaupt ein herrlicheres Material für die Bearbeitung durch Menschen und Wetter als diesen Stein, der an der Oberfläche bläulich schillert und im Bruch tiefglühend ist? Außerhalb ist dieser Sandstein nur wenig bekannt, aber hierzulande ist alles daraus gemacht, bis hin zum Brunnenzuber und Schweinetrog. Das gibt dem Städtchen ein ganz eigentümlich heimisches Gepräge; es ist der natürliche Sproß dieses Bodens.

Bei Landwind weicht das Meer zurück und legt diese Bodenschicht weithin bloß. Dort draußen an den Untiefen hab ich voller Spannung meine ersten Versuche als Fischer gemacht, die Hosen bis hoch über die Knie aufgestreift, mit einer rostigen Gabel aus Mutters Besteckkorb als Fanggerät. Es war eine große Kunst, den Aal unter den flachen Steinen hervorzuwricken und ihm die Gabel in den Nacken zu setzen – natürlich so, daß das Eisen sang, denn gewaltig mußte es sein. Welch herrliche Tage verlebte ich dort, wenn die Sonne auf der Wasserfläche glitzerte und das eigene verkehrte Bild sich darin wiegte! Weich und fest lagen die großen Sandsteinfliesen des Bodens unter den Fußsohlen, warm von der Sonne, so daß es wie eine lebendige Liebkosung wirkte. Die Steinfläche war vom Wellenschlag gerieft wie gewöhnlicher Sandboden, und hier und da fühlte der Fuß das undeutliche Relief eines versteinerten Meerestiers. Mit Leichtigkeit konnte man so weit hinauswaten, daß man es unmöglich zu hören vermochte, wenn vom Land her gerufen wurde; und dann und wann mußte man unbedingt bis dahin, wo der Boden unter den Tangbänken abfiel und jäh die Tiefe begann. Welch ein Gaudium für einen Jungen, herausfordernd in den Abgrund zu spucken und dann, über die eigene Kühnheit erschreckend, Hals über Kopf zum Land zurückzueilen!

Eine Viertelmeile nach Süden zu muß auch der Sandstein wieder in die Erde hinunter und dem lebendigen Sand Platz machen. Granit, Sandstein und Sand – es ist die Geschichte des ganzen Erdballs, tripp, trapp, Treppe! Der Sand läuft um die Südspitze der Insel herum und schafft eine der schönsten Dünenlandschaften Dänemarks; auf Photographien, die bei starker Sommersonne aufgenommen werden, wird sie zu einem blendendweißen Schneeland mit phantastisch geformten Wehen.

Unzählige Schiffe haben hier im Laufe der Jahre ihren Kurs beendet, Ladung und Mannschaft preisgegeben und sich dann in den Sand hineingebohrt, um zur Ruhe zu gehen. Ladung und Leute kommen ja meistens heil davon, und dann war es auch eine kleine Entschädigung Gottes für den mageren Boden hier im Südland – des einen Tod, des anderen Brot. In einer harten Weihnacht strandete hier in der Balkabucht eine russische Bark mit Honig; die ganze Besatzung von sieben Mann ertrank, aber wir Hunderte von armen Kindern bekamen in jenem Winter Honig auf unser Brot. So half das Meer den kleinen Leuten mehr als einmal über schlimme Zeiten hinweg. Und sah man nicht überdies gerade vor der Snogebäk-Landspitze stets einen blanken Fleck auf dem Wasser – ein goldenes, öliges Häutchen, das nicht verschwand, mochte die See auch noch so hoch gehen? Unter diesem Fleck lagen ja die drei Schiffe König Waldemars im Sand begraben, bis zur Reling mit wendischem Gold gefüllt; die warteten bloß darauf, daß man groß genug wurde, um den Schatz aus der Tiefe zu heben.

Die Kindheitserinnerungen haben ihre eigenen Brutplätze, Stellen, wo jeder Fußbreit lebendig ist wie ein Vogelfelsen und wo bei jedem Schritt, den man tut, neue Erinnerungen aufflattern. So ist die Balkabucht, die sich wie ein heller Halbmond bis nach Snogebäk hinüber krümmt, aus irgendeinem Grund die Stelle, wo meine Kindheit noch brütet und wo ich mit jedem Schritt eine lebendige

Erinnerung einfangen kann. Hier am Strand läßt es sich ausruhen wie nirgendwo sonst, und von hier aus habe ich den natürlichen, freien Überblick über die Erde und die Menschen, der allein das stärkende Gefühl des Zusammenhangs schenkt.

Hier haben Vater und Großvater den besten Teil ihrer Kindheit und Jugend verlebt – vielleicht ist das der Grund. Großvater wurde auf einem großen Gehöft mit sandigen wandernden Feldern geboren. Was man an der einen Ecke des Besitztums säte, fand man an einer anderen wieder, oder man holte es ein Stück weit draußen im Meer mit dem Netz heraus. Denn da fand man die wichtigste Nahrung. Es war kurzweiliger, ein Boot ins Wasser zu setzen und vom Wind treiben zu lassen, als drei Mann an den plumpen Räderpflug zu stellen, vor den acht langhaarige Gäule gespannt waren. Außerdem war es ja vor hundert Jahren, zur Zeit des Seekrieges mit England, wo jeder Mensch hier in der Heimat auf dem Meer zu Hause sein mußte. Wenn der junge Hüne vom nächtlichen Fang heimwärts steuerte, die Morgensonne im Kielwasser, sprang er ein Stück vom Ufer entfernt keck in die See und schwamm mit seinem Boot an Land, die Fangleine zwischen den Zähnen. – Schließlich gab Großvater den versandeten Hof auf und wurde Fischer – Häusler und Fischer. Und hier lag auch Vaters Kinderwelt. Von klein auf schaffte er mit im Boot, nahm seinen Anteil an Gutem und Bösem. In seiner freien Zeit spielte er am Strand, badete, fischte Wrackhölzer aus dem Wasser, schlich sich an den schlafenden Seehund heran und tötete ihn mit seinem Holzschuh.

Hier ist gut weilen, wenn man frei und ledig ist! Ich habe mich bei einem Häusler in der Balkaheide eingemietet, verbringe aber meine Zeit meist am Strand, versuche die alten Schwimmtouren zu unternehmen und liege dann träumend in dem hohlen Gipfel einer Düne, während die Sonne mich mürbe brät. Nach jeder Seite hin krümmt sich der Sandstrand einem leuchtenden Horn gleich nach außen und schneidet ein bezauberndes Stück Meer heraus; und die Luft, die vom Land kommt, erzählt eine würzige Geschichte von alldem, worüber sie hinweggestrichen ist.

Drüben, links von mir, liegt ein Badehäuschen für die vornehmen Damen der Stadt. Das ist etwas ganz Neues. Im übrigen ist es hier wie in alten Tagen: Die Herren und die einfachen Leute beiderlei Geschlechts baden nach wie vor am offenen Strand – solange die Herrlichkeit dauert. Hinter mir läuft ein Landmesser mit seinem Assistenten herum und fixiert Punkte; das sind die ersten Vorbereitungen für ein neues großes Badehotel, erzählt man. Dann soll also auch dieser Erdenfleck mondän werden.

Noch ist er's jedenfalls nicht. Hier und da halten Bauernwagen am Strand, die von weit her über das Land gekommen sind. Sie wollen hier Sand holen; oder man hat auf den Höfen große Wäsche gehabt und fährt die Wäsche nun nach altem Brauch ans Meer zum Spülen. Der Spültag ist eine Art Festtag; viele verbinden damit die jährliche Badefahrt an die Küste. Tiere und Menschen sind gleich aufgeräumt, die Kutscher stehen flott auf den Wagen, um den Mädchen zu zeigen, daß sie nicht wasserscheu sind, und treiben die widerspenstigen Pferde mit Rufen und Peitschenschlägen ins Wasser hinaus; die Tiere bäumen sich prustend auf, springen vorwärts und schlagen aus, daß das Wasser sie in leuchtenden Kaskaden wie silberner Schaum umgibt. Die Wäsche wird ins Meer geworfen, und die Frauen schleppen Böcke und Klopfhölzer herbei. Sie kreischen und lachen, schürzen ihre Röcke immer höher und werden trotzdem patschnaß. Schließlich lassen sie gottergeben die Röcke fallen und schlagen, bis zum Leib im Wasser, auf die ungebleichten Laken und Hemden los. Mit vielfältigem Widerhall klingen die Schläge über das Wasser und verschmelzen mit dem sonnenleuchtenden Flimmern der Meeresfläche.

Dann und wann kommt einer eilig über den Sand, taucht in einem der Dünenkessel unter und kommt nackt wieder zum Vorschein; leichtfüßig wie ein Stück Wild springt er über das Dünengras und den flachen weißen Vorstrand. Bei dem raschen Lauf kommt das Wasser in singendes Brausen – ein Sprung, ein Prusten, und der Schwimmer schießt in langen Stößen seewärts.

Nach einer Weile liegt das Wasser wieder in träger Ruhe da und verschwindet fast für das Auge, so rein und durchsichtig ist es. Auf dem gerieften weißen Grund spielt das Licht in den seltsamsten Linien; es huscht dahin und verschiebt sich in bizarrem Durcheinander wie das chaotische Phosphoreszieren eines neuerschaffenen Gehirns. Es wird einem wirr im Kopf, wenn man eine Weile zugeschaut hat – ganz schwindlig!

Drüben auf dem Badehäuschen hissen ein paar Damen die Flagge, zum Zeichen, daß niemand vorbeigehen darf – es sind drei kleine, wohlgestalte Honoratiorendamen, die an den neuen Regeln der Wohlanständigkeit durchaus nicht körperlich interessiert zu sein scheinen. Die Leute schielen ein wenig nach dem Badehaus und traben weiter den Vorstrand entlang, wie es seit uralter Zeit Sitte ist; der Strand ist ja nicht nur Badeplatz, sondern auch Verkehrsweg zwischen dem Fischerdorf auf der Landspitze und dem Städtchen. »Da drüben wird ja geflaggt!« sagen sie arglos verwundert und bleiben einen Augenblick stehen, um schmunzelnd den Grund dieses seltsamen Ereignisses zu erörtern. Na ja, so etwas kann es ja auch werktags geben!

Die drei Damen kommen vorsichtig zum Vorschein, in schwarzen Badekostümen, die dicht behängt sind mit Volants oder Spitzen oder Gott weiß was. Es ist ganz etwas Neues, aus freien Stücken vollständig und fein angezogen ins Wasser zu gehen, und alle Menschen gaffen die Damen an, während die ängstlich über den Vorstrand trippeln. Plötzlich bleiben sie stehen, gelähmt vor Schrecken, und stellen wie auf Kommando die Knie einwärts, machen dann kehrt und stürzen schreiend in das Badehaus zurück.

Ein Seemann aus dem Städtchen ist im Begriff, sich am Strand, gerade vor dem Badehaus, auszukleiden. Es ist Nilen, der kürzlich von einer dreijährigen Fahrt um die Erde heimkehrte.

Der Schelm läßt sich beim Baden Zeit, und es scheint ihm im heimatlichen Wasser sehr zu gefallen; es vergeht eine halbe Stunde, es vergeht fast eine ganze, bis er endlich wieder aufs Trockene kriecht. Während er gemächlich seine Siebensachen anzieht, guckt er nachdenklich zu der Flagge hinauf: Was, zum Henker, mag das bedeuten? Ob's eine Quarantäneflagge ist? Dann spaziert er langsam die Badehaustreppe hinan, wobei er sich die Hosenträger anknöpft, und liest, daß es verboten ist, hier vorbeizugehen, solange die Flagge gehißt ist. Er braucht verflixt lange Zeit, um den Inhalt der Inschrift zu begreifen. Endlich schlendert er dann durch die Dünen weiter.

Behutsam wird die Tür geöffnet, und die drei eingesperrten Unschuldsengel schauen heraus und traben dann über den Sand, einigermaßen beschämt nach der überstandenen Gefahr, vielleicht auch über ihre eigene kümmerliche Ausstaffierung, die so tot erscheint in all der Sonne und dem Glanz und der Nacktheit. Aber plötzlich werden sie lebendig. Sie schreien und stürzen vorwärts, fallen, stehen wieder auf und flattern kreischend ins Wasser wie aufgescheuchte Hühner. Der garstige Seemann ist auf einmal wieder da und steuert gerade auf sie zu! Am Strand bleibt er stehen und bückt sich suchend, als habe er etwas verloren. Und dann verschwindet er schließlich endgültig.

Am Strand trotten ältere beleibte Bauersfrauen mit ihrem Korb oder Bündel entlang. Sie wollen zur Stadt, um Einkäufe zu machen, und haben Schuhe und Strümpfe ausgezogen; die Köpfe jedoch sind gehörig mit wollenen Tüchern umwickelt. Die meisten von ihnen erkenne ich wieder, die Zeit hat ihnen kaum etwas anhaben können – sie sehen aus wie in meiner Kindheit.

Bei einem der Wagen ist man fertig mit dem Wäsche-
spülen; der Bauer lädt die letzten Körbe auf und macht die
Pferde zurecht, während sich die beiden Mägde an der
Seite des Wagens auskleiden. Sie sind etwas wasserscheu,
suchen vorsichtig die seichten Stellen und bespritzen einander kreischend. Der Bauer setzt sich oben auf die Ladung, zündet seine Pfeife an, pafft bedächtig drauflos und
betrachtet sie nachdenklich, als wären sie ein paar Wagen-
pferde. Dann wagt er es, den Blick vorsichtig über das
weite Meer hinausschweifen zu lassen.

»Wieviel Wasser es doch gibt!« ruft er der Frau des
Häuslers Holm zu, die auf zwei ungeheuer schweren Beinen etwas weiter draußen steht und Wäsche klopft, nackt
bis zu den Achselhöhlen.

»Ja«, antwortet sie munter und richtet ihren Fleischberg
hoch, »und Gott sei Dank für all die Nässe! Wenn es einem
nur ein bißchen von dem vielen Fett abnehmen wollte –
denn Arbeit verschlägt da nichts!« Ihr erhitztes großes
Gesicht strahlt vor Freude über alles, sie lacht die Sonne an
und blickt sich vergnügt im Kreis der Badenden um – ein
unförmiges Wasserwesen, das vor Entzücken strahlt über
den eigenen hilflosen Versuch, Menschengestalt anzunehmen. Und die Sonne lacht zurück; ihre Strahlen treffen die
Wasserfläche kurz vor der Frau und spielen schelmisch
über ihren gewaltigen Schoß hin, der einer neuen fruchtbaren, dem Meer entstiegenen Welt gleicht.

Und ringsum, gegen das tiefe Indigo des Meeres, den
lichten Smaragdschein des seichten Wassers und die reine
singende Luft, zeichnen sich nackte Körper ab und begegnen dem Auge mit eigentümlich bebender Glut – von pul-
sierendem Blut. Die Luft liebkost sie, und die Sonne legt
zärtlichen Glanz in ihre Hautfarbe, macht die nackten
Menschenkinder zu glühenden Funken – macht sie zu
Sonnenkindern. Wie sie sich da leuchtend vom Hintergrund der übrigen Natur abheben, sind sie selber das alles:
Licht und Wärme, Luft und Wasser und Erde, verdichtet

und verschmolzen zu einem glücklichen, übervollen Organismus. Die Muskeln und die gespannten Brüste sind Anhäufungen von Sonne. Und sind nicht alle Wunder der Welt – bekannte und ungeahnte – samt all den wilden Kräften wie ein tausendfach verdichteter Sprengstoff hineingezwungen in dieses kleine plastische Mysterium: Mensch, der nach des Sonnengottes Bild erschaffen ist?

Die winzigen Menschlein der kleinen Provinzstadt – wie grau und harmlos und nichtssagend stehen sie da in den Augen der Allgemeinheit! Und doch haben manche von ihnen Saugwurzeln nach dem Abgrund hin; es kommt aber auch vor, daß sie nach der anderen Seite wachsen und grüne Zweige bis in den Himmel hinein entsenden. Aber meist sind es nur die Kinder, die das sehen können. Viele von den Gestalten, an die sich der Kindheit Schreck und Staunen knüpften, wandern hier noch immer am Strand entlang; andere sind ihre Nachkommen. Auch unter ihrem stillen, leidenschaftslosen Wesen spukt es wahrscheinlich: jetzt sind sie an der Reihe, das Dasein der Heranwachsenden zu vertiefen.

Wie frisch und empfänglich ist das Kindergemüt – alles Starke stammt aus dem Einst! Ja, wie reich an Riesen sind jene Jahre gewesen, da man klein war, wie reich an Leuten, die fluchten, starke giftige Sachen aßen und gewaltige Taten vollbrachten! Sie bevölkerten den Steinbruch mit dem Steinwerk und den Hafen, wo man den lieben langen Tag bohrte, sprengte und Dämme anlegte – überall waren sie zu finden. Da war Knort, der alles andere unheimlich überragte, obwohl er nicht größer war als ein Schuljunge; er hatte seine Seele dem Bösen verkauft, um sich unter den Riesen behaupten zu können. Er war es, der ein Mädchen so beharrlich ansehen konnte, daß sie in andere Umstände kam; die Frauen fingen an zu kreischen, wenn er sie ansah. Selbst die Riesen hatten Angst vor seinen geheimen Kräften und den bösen Augen; wir Knaben aber wußten, daß wir bei jeder Schlägerei unüberwindlich wurden, wenn wir ihn berühren konnten, ohne daß er es merkte. Alles glückte ihm – bis sein Vertrag mit dem Bösen eines Tages abgelaufen war und er in das leere Hafenbecken fiel und den Hals brach!

Mehr Angst hatten wir vor Holmberg, obwohl der einen gewissen Glanz von oben über sich hatte. Er gehörte zu den Frommen und mußte jede Nacht einen Kampf mit dem Teufel bestehen, der ihm seine Familie nehmen wollte; am Tag ging er mit deutlich sichtbaren Hautabschürfungen im Gesicht umher, die er im Kampf davongetragen hatte. Er errettete auf unfaßbare Weise Frau und Kinder aus den Klauen des Satans – indem er sich selber eines Nachts die Kehle durchschnitt.

Und da waren die gewöhnlichen Riesen, Leute, deren Gliederbau nichts verheimlichte. Wenn der Hafen umgebaut wurde, kamen sie angezogen: Raufbrüder, Zechbrüder, harte Arbeitspferde. Es war ein Ehrenamt, Branntwein für sie zu holen, und die schlimmsten unter ihnen wurden unsere Helden!

Das Kindergemüt ist groß veranlagt. Schlägerei, Geschrei und Gekeif, Flüche und Branntwein, triefender Schweiß und Hantieren mit gewaltigen Felsbrocken, Wettstreit, Haß und hinterlistige Überfälle – das alles nahm man als die selbstverständlichste Sache von der Welt in sich auf und setzte es um in Nahrung und gesundes Wachstum. In alledem waren Vitamine fürs Gemüt, und die Jugend verbraucht davon eine ganze Menge. Zwei Mann tranken einmal um die Wette Branntwein aus Literflaschen; hernach gingen sie einander mit großen eisernen Stangen zu Leibe. Ein berauschter Schwede ärgerte sich über einen Neger von der Besatzung eines fremden Fahrzeugs – wegen seiner schwarzen Farbe; und die beiden beschlossen, einander mit den Messern die Bäuche aufzuschlitzen. Wir Jungen dienten als Sekundanten; und später besuchten wir die beiden im Krankenhaus, wo sie Seite an Seite lagen und Sechsundsechzig miteinander spielten.

Zwei dieser Männer überragten alle anderen: der schlanke, geschmeidige Bergendal und Enok, der breite Hüne mit nur einem Auge. Bergendal konnte in liegender Stellung zwei Mann abwerfen und sich in eine Schar von Kämpfenden hineinwinden und sie trennen, ohne von ihren Messern verletzt zu werden. Er hatte die erstaunlichste Körperbeherrschung. Nur seine rechte Hand hatte er nicht in der Gewalt – bis sie das Messer gezogen und dem Gegner in die Seite gebohrt hatte. Nachher quälte ihn stets fürchterliche Reue.

Enok dagegen verstand nichts vom Ringkampf, aber er schlug mit der geballten Faust einen Mann zu Boden und konnte sich so viele, wie es sein mochten, vom Leibe halten. Das Messer verachtete er, aber eine Brechstange lag ihm gut in den Händen. Ob nun seine Einäugigkeit daran schuld war – wir Kinder konnten ihn jedenfalls nicht leiden. Darum gaben wir ihm den Schimpfnamen Enok, was in unserer Sprache »der Einäugige« bedeuten sollte. Sein Blick hatte immer etwas Stechendes, wie wenn da allerlei Böses gewaltsam zurückgedrängt würde; er erinnerte dadurch an einen tückischen Stier. Manchmal bekam er einen Anfall von wilder Raserei; dann lief er Amok und rannte alles nieder, was ihm in den Weg kam. Sich mit einem einzelnen Gegner zu schlagen erschien ihm verächtlich. Eine Ausnahme machte er mit seiner Frau; die prügelte er jeden Sonnabend halbtot, und dann warf er sie samt aller Habe auf die Straße hinaus.

Die Frau war klein und unansehnlich, zerlumpt, verweint und verschüchtert. Sie war einmal ein hübsches Mädchen gewesen, und der durch Mißhandlungen und Fehlgeburten verheerte Körper wies noch einzelne Züge davon auf; auch das Gesicht hatte noch immer einen mädchenhaften Ausdruck. Der kummervolle Mund aber war in Stummheit geschlossen, ihre Miene regungslos. Sie klagte nie und lief nie zu anderen Frauen, um Trost in der gemeinsamen Not zu suchen; still trug sie ihr Geschick.

212

Wenn jemand sie bedauerte, lächelte sie verständnislos. Sie liebte ihren Teufel von Mann und meinte wohl, die harten Tatsachen totschweigen zu können.

Ein armes Geschöpf war sie, und die Leute hatten Mitleid mit ihr. Obwohl eine Scheidung damals etwas sehr Schlimmes war, forderte man sie auf, sich von ihrem Mann scheiden zu lassen. Sie antwortete nicht darauf. Da nahm man die Sache selbst in die Hand und erreichte, daß Enok wegen brutaler Mißhandlung seiner Frau angeklagt wurde. Als sie aber vor Gericht ihre Aussagen machen sollte, leugnete sie alles entschieden – trotz der Merkmale an ihrem Körper, die eine deutliche Sprache redeten.

In aller Stille trat sie zur Sekte der Methodisten über.

Seitdem Enok das entdeckt hatte, schlug er sie auch, wenn er nüchtern war. Er prügelte sie, sooft sie zur Versammlung ging oder irgend etwas im Hause ihn an ihren Übertritt zum Satan erinnerte. Er selbst ging zwar nie zum Gottesdienst, aber die von Gott und der Obrigkeit eingesetzte Kirche erschien ihm doch als der einzige Träger der Religion. Alles andere war Satanswerk; und er hielt es für seine rechtmäßige Aufgabe, den Teufel wieder aus der Frau herauszuprügeln.

Ich konnte das Schicksal so vieler dieser Leute von damals verfolgen. Was war aber aus diesen beiden geworden? Hatte Enok seine Frau zu Tode gequält und sich dann selbst ins Grab getrunken? Oder hatte ihn die bittere Mischung von Blut und Branntwein, die durch seine Adern raste, ins Zuchthaus gebracht? Namentlich das traurige Schicksal der Frau versetzte meine Gedanken in fragende Unruhe. Böse Jahre waren ja sicher über sie hinweggegangen, aber mit welchem Endresultat? In der Stadt hielten sie sich nicht mehr auf, davon war ich überzeugt; es mußte etwas mit ihnen geschehen sein. So schlenderte ich denn heimwärts, um meine Wirtsleute zu fragen.

Der Tag ging zur Neige, es waren jetzt nicht mehr viele Menschen am Strand. Ich wählte den Weg durch die

Dünen. Drüben auf der Balkaheide sah ich ein Bauernhäus-
chen, dessen Fensterscheiben die Abendsonne zurück-
strahlten. Es war wohlgepflegt und hatte einen kleinen
Vorgarten. In meiner Kindheit hatte es hier weder ein
Haus noch bestellte Felder gegeben, nur Heidekraut und
Felsen! Das war also wieder eine dieser tausend Heimstät-
ten, die durch fleißiger Hände Arbeit aus dem Nichts geschaffen worden waren und die auf ganz eigentümliche Art
die letzten Jahrzehnte in Dänemark symbolisierten – die
Niederlage und den neuen Aufstieg! Zwei einfache Menschenkinder hatten hier wieder einmal die Göttlichkeit des
Menschen bekundet und sich aus dem Nichts eine Welt
erschaffen – vielleicht nachdem ihnen schon eine andere
unter den Händen zerbrochen war. Ich hatte Lust, diese
Leute zu begrüßen und unter ihrem Dach, wenn auch nur
für kurze Zeit, zu verweilen.

Während ich noch nachsann, unter welchem Vorwand
ich eintreten sollte, kam ein kräftiger, sonnengebräunter
Mann von etwa fünfzig Jahren aus dem Haus, an der Hand
ein acht- bis neunjähriges Mädchen, ein kleines bleigraues,
skrofulöses Ding mit verquollenen Augen und dünnem
Haar. Es ging nur widerstrebend mit, und der Mann
sprach lockend auf das Kind ein. Jetzt drehte er mir fra-
gend sein Gesicht zu. Das eine Auge – war das nicht …
Ach, dummes Zeug! Es gibt ja mehr bunte Kühe als die
vom Pastor.

Es war aber doch Enok. Etwas zögernd blieb er stehen, um mich zu begrüßen, und wir tauschten ein paar
Bemerkungen über Wind und Wetter aus. Die verflossenen Jahre hatten ihn nicht verschont; sein Rücken
hatte sich ein wenig gekrümmt, und die starken Glieder hingen recht schwer herab. Namentlich das Gesicht
aber hatte sich verändert: die Narben waren zwar noch
vorhanden, aber statt des Stechenden, Rauflustigen
herrschte jetzt ein Ausdruck unerschütterlicher Gottergebenheit darin vor. Er sah herzlich harmlos, fast ein wenig

einfältig aus und glich einem Riesenkind, das durch nichts in der Welt aus dem Gleichgewicht gebracht werden kann.

Er mußte mein Erstaunen bemerkt haben, denn plötzlich sagte er: »Wir danken dem Herrgott für die Zeit, die schwand, doch wir wünschen sie nicht zurück.«

Das kleine Haus war sein Eigentum, und er besaß auch ein Pferd und drei Kühe.

»Wir haben das Ganze aus dem Felsen herausgebrochen«, berichtete er, »Mutter und ich. Aber die Ehre kommt ihr zu. Ich hab nur die Kräfte gehabt, sie aber den Willen zum Guten und die Fähigkeit dazu obendrein. Und sie hat mir auch ein kleines Mädchen geschenkt – die Sonne will bloß nicht recht drauf scheinen! Es ist, als ob Gott es mir nicht richtig anzuvertrauen wagte!« Bei diesen Worten richtete er sein einziges Auge plötzlich mit einem Ausdruck auf mich, der die entsetzlichste Selbstanklage in sich barg. Dann lächelte er schlicht, die Reue verflackerte zu Gottergebenheit. Er verabschiedete sich und wanderte mit seinem kleinen welken Mädchen zum Strand hinunter.

Das also war Enok, der rohe, brutale Raufbold, der Branntweinteufel meiner Kindheit! Jetzt trug er frisch geschwärzte Holzschuhe, reine Leinwandhosen, die durch einen Riemen gehalten wurden, und ein blaugestreiftes Hemd. Noch war ein Zug der alten Unbändigkeit in dem Federn der Hüften, aber die verworfene Haltung des Kopfes war verschwunden, eine unsichtbare Hand hatte seinen Nacken gebeugt.

Am Strand kleidete er sich aus und begann auch dem ängstlichen, siechen Wesen die Kleider auszuziehen, während er beruhigend auf das Mädchen einsprach, mit einer Stimme, die vor lauter Behutsamkeit fast süßlich klang. Dann nahm er das Kind auf den Rücken, trug es hinaus und schwamm mit ihm umher; und die ganze Zeit über klang seine tiefe Stimme durch die Abendstille, das verzagte Wimmern des Kindes beschwichtigend. »Es ist ja der häßlichen Skrofeln wegen«, hörte ich ihn sagen. »Denn die müssen wir vertreiben, damit die Sonne der kleinen Marie ins Gesicht und in die Augen gucken kann.« Der Kummer machte ihn ganz poetisch in seinem demütigen Kampf mit dem Jenseits um ein winziges kleines Kinderleben.

Es begegnet einem so viel, wenn man hier und da Gelegenheit hat, Vergangenheit und Gegenwart zu verknüpfen und sich über eine Strecke Weges Rechenschaft abzulegen – man sieht dabei manch seltsames Geschick. Mit einer ganzen Reihe geeichter Wertmaße kommt man an, und das Leben schlägt sie einem, eins nach dem anderen, aus der Hand; und wenn man sie alle verloren hat, dann hat man wohl Weisheit eingefangen. Wie empörend war das gewesen, zu sehen, daß die schwache Frau dem starken Mann unterlag, ohne etwas ausrichten zu können! Und nun kommt man zurück und sieht, daß die Schwache gesiegt hat – durch eigene Kraft!

Es ist wieder die lichte Lehre vom Guten als dem siegenden Lebensprinzip, dem wir Menschen so schwer Fleisch und Blut zu geben vermögen – allen Tatsachen zum Trotz! Welch wunderbare geheime Kraft ließ die kleine einfältige Frau alle äußeren Einmischungen abweisen und allein den blutigen Kampf auf Leben und Tod mit einem rohen Trunkenbold und Riesen aufnehmen – ausgerüstet nur mit ihrer Liebe und ihrem stummen Leiden? Und wie überwand sie ihn und leitete seine rasenden, ziellosen Kräfte in die Erde ab wie Blitze? Wie vermochte sie es, ihn ins Joch zu spannen, so daß dem nackten Felsen ein friedliches Heim abgerungen wurde?

Es bleibt trotz allem immer noch des Lebens Geheimnis, wie jeder blutige Schlag auf ihren Kopf, jede erstickte Klage, jeder ihrer sich unterwerfenden Gedanken ihn am Haupthaar zog, ihn tiefer und tiefer in die Knie zwang und ihn endlich seinem Weib und ihrer Welt unterwarf. Wie die

Schwäche den Fuß auf den gebeugten Nacken der Kraft setzte, das bleibt uns immer noch verborgen.

Eine glückliche Phantasie wird das Geheimnis einmal entschleiern. – Welch unsterblicher Stoff für einen Dichter!

1909   *Übersetzt von Hermann Kiy*

Das Paradies

1

Dicht am östlichen Abhang der Hochheide, eine gute halbe Meile von der Küste entfernt, liegt – in einer Senkung des Felsplateaus – ein entzückender kleiner Landsitz: *Das Paradies*. Er bildet ein ganzes Tälchen für sich, eine üppig bebaute Welt inmitten der blauenden weitgestreckten Felsenlandschaft. Unten auf dem Talgrund wird der Boden nach gewöhnlicher Bauernart mit Getreide, Rüben und Gras bestellt; auf den weiten Felsenhängen jedoch, wo der zypressenartige Wacholder vor hohen, senkrechten Felswänden Wache steht, hat eine Hand, die zärtlicher ist als die des Bauern, die natürlichen Anlagen gepflegt, die eigentümliche, üppige Pflanzenwelt der Felsen liebevoll gehegt und ihr neue Gewächse eingefügt.

Alles, was die Natur Bornholms an exotischer Vegetation birgt, tritt hier in verschwenderischer Fülle auf. Das Geißblatt bleibt nicht unten am Boden, sondern windet sich bis in die Wipfel der alten Bäume hinauf, füllt das Waldesdunkel mit grünen, hängenden Lianen und steckt dort oben, in des Tages gleißendem Licht, seine Fackeln an. Die Brombeerranke und der wilde Efeu machen sich die Felswände streitig, und auf den vorspringenden Blöcken glüht die wilde Rose.

Alles das hat der liebe Gott selber hervorgebracht – und hier und da zwischen den Felsen viele kleine unansehnliche Pflanzen versteckt, deren Geschwister man auf der südlichen Seite der Alpen suchen muß. Eine sorgende Menschenhand hat das Ganze gepflegt, hat gerodet, daß jedes zu seinem Recht kam, und die Wildnis in einen natürlichen Garten umgewandelt, mit Zwergobst auf den sanfteren

Abhängen und seltenen südlichen Pflanzen in den Felsspalten. Da drinnen wachsen Feigen, Maulbeeren und Johannisbrot; der Weinstock legt seine Traubendolden auf das Gestein und läßt sie von der Sonne sengen, und das Japanische Pfaffenhütchen setzt sein gelbgeflecktes immergrünes Laub gegen die Felswand.

Das Ganze ist gar nicht so alt, die obersten Bäume bringen es noch nicht fertig, ihr Laub oben aus der Spalte hinauszuschieben. Man kann lange in der Hochheide umherstreifen, ohne zu entdecken, daß in der Nähe ein kleines Paradies liegt; unten in der Stadt wissen wohl kaum viele, daß es überhaupt existiert.

Das Paradies gehört jetzt dem alten weißhaarigen Großbauern vom Felsenhof, der eine halbe Meile weit nach der anderen Seite hin liegt. Den Felsenhof hat der Bauer seinem jüngsten Sohn überlassen und wohnt nun hier. Er weiß recht gut, daß das Paradies ein wunderschöner, seltener kleiner Landsitz ist, und pflegt ihn auch sorgsam. Aber geschaffen hat er nichts von alledem da drin; er kam erst dazu, als alles fix und fertig war.

Das fruchtbare kleine Tal hat seine eigene Entstehungsgeschichte, die aufs genaueste die Entwicklungsgeschichte der Erde widerspiegelt. Ursprünglich war dieses Tal, wie so viele andere auf Bornholm, eine von jenen tiefen Felsspalten mit steilen Wänden, die entstanden, als der Kern der Insel erstarrte. Aber der Fels war hier aus weicherem, fügsamerem Stoff, und Sonne, Regen und Frost verbündeten sich früh und machten sich ans Werk, um die Klamm einzuebnen. Sie sprengten oben große Blöcke los und wälzten sie hinab, so daß die Klamm im Laufe der Zeit schräge Hänge bekam, sie füllten verwitterte Gesteinsmassen nach und ließen auf dem Boden des Tales einen kleinen Bach dahinrieseln. Der Bach schuf auf seinen beiden Seiten allmählich Wiesenland; die Vögel und der Wind trugen Samenkörner herbei und besäten die unwegsamen Abhänge mit Brombeeren, Schlehen und wilden Kirschen. Die Esche erschien und erkor sich die halsbrecherischsten Standplätze, umflocht mit ihrem nackten Wurzelnetz die großen hängenden Felsblöcke, die das Übergewicht zu bekommen schienen, wenn sich nur ein Vogel daraufsetzte, und wuchs groß und laubschwer aus nichts als Luft. Heidekraut und Blaubeere kamen gekrochen und überzogen den Boden, und damit war das erste Kapitel der Entstehungsgeschichte des Paradieses zu Ende. Es spannte sich über rund eine halbe Million Jahre.

Vor gut fünfzig Jahren kamen zwei junge Leute – ein Mann und eine Frau – und ließen sich hier nieder. Es waren knochenstarke Menschen aus Gesindegeschlecht, Leute aus dem Volk, deren Vorfahren bei Bauern gedient hatten, soweit man es zurückverfolgen konnte. Sie kamen von den großen Höfen, die zerstreut am Rande der Hochheide liegen und sich tiefer und tiefer in sie hineinfressen; sie und ihre Vorfahren hatten lebenslange Übung darin, für andere Land urbar zu machen.

In diesen beiden – Munk und seiner Frau – war der kühne Gedanke eingeschlagen, nicht länger für andere arbeiten, sondern sich selbst etwas schaffen zu wollen. Daraufhin hatten sie von ihrer Konfirmation an gespart und geschuftet – und einander gefunden; nun besaßen sie ein Kapital von sechshundert Talern. Für dieses Geld konnte man eine nette kleine Kate bekommen mit Land für eine Kuh und ein paar Schweine; aber das bot keine Aussichten, vorwärtszukommen. In den beiden steckten Kräfte für viel mehr als das; und da das Geld also zu nichts Ordentlichem ausreichte, gingen sie auf den nackten Felsen los.

Strenggenommen gehörte das kleine Tal, das sie sich ausersehen hatten, dem einen wohl nicht mehr als dem anderen. Es war Urboden, und das Ödland hatte seit Erschaffung der Welt dagelegen, ohne daß sich jemand darum gekümmert hätte. Aber die Leute auf dem Felsenhof entdeckten jetzt plötzlich, daß das Tal ihnen gehören müsse.

Allerdings gab es keine Urkunden darüber, aber der Hof hatte durch mehrere Geschlechter hindurch dort Heidekraut geholt und Schafe weiden lassen. Die Obrigkeit fand, daß das ein ebenso guter Rechtsanspruch sei wie jeder andere, und die beiden Ansiedler kauften darum das Tal vom Felsenhofbauern für zweitausend Kronen. Das eine Tausend gaben sie bar, das andere blieb unkündbar auf dem Besitztum stehen und sollte mit einer jährlichen Abgabe von zehn Tonnen Hafer verzinst werden. Das kleine Tal, das zwanzig bis dreißig Morgen Land maß, gehörte also nun den beiden; sie nahmen Vorschuß auf die Zukunft und nannten es: *Das Paradies*. Für die zweihundert Kronen, die von ihrem Geld übrigblieben, kauften sie unten im Fischerdorf ein altes Fachwerkhäuschen, brachen es ab und bauten es hier oben wieder auf. Sie taten es ohne fremde Hilfe, Munk trug das meiste auf seinem Rücken hinauf.

Und dann packten sie zu. Es waren blutjunge, schaffenskräftige Leute, obendrein von einer Glücksidee besessen – zwei Menschen, die ihren Weg machen konnten, wo immer es sein sollte. Er mied alle starken Getränke, rauchte nicht einmal; ihr Vorhaben war an sich Anregung genug. Tagsüber mußte er ja auf Hof- und Wegearbeiten draußen sein, die Frau aber war dann auf dem Felsboden tätig; und sobald er nach Hause kam, arbeitete er neben ihr. Den letzten Rest des Tageslichtes nahmen sie mit, fingen das erste Dämmern auf, schufteten getreulich Seite an Seite die halbe Nacht hindurch und am Sonntag, ohne daß man ihnen eine Ermüdung anmerkte. Sie trugen Heidetorf ab als Brennmaterial und zum Dachdecken, rodeten Dorn- und Buschwerk, sprengten Felsen weg und legten zwischen langen Steinhaufen kleine Äcker an. Es war nicht leicht, das tausendjährige Wurzelnetz zum Verfaulen zu bringen, aber die Ackererde, die schon da war, war gut. Sie schrapten sie aus den Spalten des Felsens heraus und säten in sie hinein; und was nach und nach bebaut wurde, lohnte ihnen ihre Mühe.

Aber es war eine langwierige Arbeit. Die Natur ist so widerspenstig hier in den Felsen, sie hatten dieses ganze Ödland gegen sich. Immer wenn sie glaubten, über ein Stück Land den Sieg errungen zu haben, brach die ursprüngliche Natur plötzlich durch die Arbeit hindurch. Irgendeine Witterung begünstigte Samen und Wurzeln, die sie längst für abgestorben hielten, und die Wildnis erhob sich von neuem gegen sie. Dann konnten sie wieder von vorn anfangen; es war ein nie endender Kampf

Auch Geld war nötig – für Gerät, Dünger und Miete von Pferdekraft –, der größte Teil seines Tagelohns ging für den steinigen Boden drauf. Aber sie aßen trocknes Brot und hatten gute Kräfte; ein neues, glückliches Dasein hatte sich ihnen aufgetan. Der Schweiß durchtränkte ihren eigenen Grund und Boden und ging als neue Kraft wieder in sie ein, die sie singen ließ bei der Arbeit. Im Kampf mit dem Boden liegt die Heldengeschichte des armen Mannes verborgen – und diese beiden kamen sich überdies als Großgrundbesitzer vor. Sie waren geradezu unüberwindlich und fuhren unverdrossen fort, Jahr um Jahr; sie trugen die Wurzelschicht ab und kehrten sie wieder und wieder um, sprengten Felsen in den Äckern weg, pflügten, hackten und säten. Für die Bauern, die vom Vater auf den Sohn unverändert auf ihrem Grund und Boden saßen, war es ein entsetzlicher Anblick, wieviel Arbeitskraft das öde Land verschlingen konnte, ohne daß es ihm recht anzumerken war.

Nach und nach wurde es ja besser, und der Tag kam, wo das Besitztum ihnen für ihre Arbeit das tägliche Brot geben konnte. Es war auch die höchste Zeit, denn obwohl Munk erst in der Mitte der Dreißig stand, begann sein Überschuß schon zu schwinden; er hatte nicht mehr die Kraft und Ausdauer, am Tag bei fremden Leuten und in der Nacht daheim arbeiten zu können.

Um diese Zeit legte Munks Frau sich zu Bett und gebar einen Sohn. Auch das Wochenbett stahl einen Teil der

Arbeitskraft; aber das würde mit Zinsen wiederkehren. Sie setzten ihre Hoffnung auf den Knaben und nannten ihn Peter.

Sie hatten jetzt zwölf bis fünfzehn Morgen Land unterm Pflug und hielten zwei Heidegäule für die Arbeit; und hätten sie nun das in den Boden werfen können, was er an Kalkdüngung und Arbeit brauchte, so wäre er ganz ausgezeichnet geworden. Aber mit der Tagelohnarbeit blieb auch das Geld aus, und beide hatten die Spannkraft und das Selbstbewußtsein der Jugend verbraucht.

Ein kleiner Zweifel an der eigenen Unüberwindlichkeit schlich sich in ihre Welt; widerstrebend gaben sie der Möglichkeit Raum, daß ihre Kraft nicht ausreichen werde. »Wir müssen uns lieber an das halten, was wir erreicht haben«, sagten sie zueinander, »und mit dem Urbarmachen des übrigen warten, bis unser Junge heranwächst.« Sie hatten die Drohung der Wildnis verstanden und gingen zur Verteidigung über. Und das war klug, denn ihre Kräfte genügten gerade, die Stellung zu behaupten.

So verstrichen einige Jahre ohne sonderliche Veränderung nach irgendeiner Seite hin. Die Wildnis lag lauernd da und wartete nur auf irgendeine winzig kleine Unachtsamkeit von ihnen oder irgendein kleines Mißgeschick; sie wußten das und waren auf ihrem Posten – aber ermutigend war das nun gerade nicht!

Eines Tages im Winter, als sich Munk mit einem Steinblock abmühte, der gesprengt und zu Wegmaterial zerschlagen werden sollte, zerquetschte er sich einen Finger. Seine Frau goß Branntwein darüber und verband ihn, und Munk kehrte wieder an die Arbeit zurück. Aber der kalte Brand kam in die Wunde, und er mußte den Arzt aufsuchen. Das ganze Jahr hindurch war er nur halb arbeitsfähig, und das benutzte das Ödland, um sich hervorzuwagen. Hier und da auf den äußersten Äckern begannen Heidekraut und Farn wieder aufzukeimen, vorsichtig tasteten sie sich ans Licht und – schlugen plötzlich in gewaltigen

Polstern hervor. Hartnäckig warf sich Munk ihnen entgegen, und die Frau verließ ihre Arbeit im Haus und kam ihm zu Hilfe, aber es war unmöglich, dem Unkraut beizukommen; es hatte das Erdreich wieder in sein Wurzelnetz eingesponnen. Es schien, als hätte das wilde Gestrüpp sieben Leben und sie hätten erst zwei davon umgebracht – es hatte also noch gute Weile. Und eines schönen Tages beschlossen sie, die äußersten Äcker fahrenzulassen.

Und von nun an fraß sich die Natur gegen sie vor – langsam, aber sicher; Stück für Stück mußten sie ihr kleines Besitztum wieder zurückgeben. Bei dem Rückzug will ich nicht verweilen, obwohl ich ihn fast noch besser kenne als den Vormarsch – er war zur Zeit dieser beiden Menschen noch allzu selbstverständlich. Die beiden zerbrachen dabei – er wenigstens; vielleicht stürzte für ihn noch mehr zusammen als für sie – jedenfalls nahm er seine Zuflucht zur Flasche. Von Zeit zu Zeit raffte er sich auf und legte sich rasend ins Zeug, stemmte sich mit allen seinen Kräften gegen das Unheil. Aber es blieb bei diesem Anlauf.

Von dem Jahr an, wo er das letzte Stückchen vor dem Haus fahrenließ und das Ganze aufgab, war er kein Mensch mehr. Den Weg rückwärts machte er mit seinem Boden zusammen, verwandelte sich aus einem rechtschaffenen, hoffnungsvollen Arbeitsmenschen in einen Teufel. Im ganzen hatten sie fünfundzwanzig Jahre dort oben verlebt. Ebenso viele Jahre, wie sie zur Urbarmachung gebraucht hatten, dauerte es, bis die Erde wieder Ödland wurde. So hart war ihr Widerstand. Das Stück bergab aber war das schwerste.

2

Ein Ende weit von der großen Allmende, auf der ich im Vorsommer, ehe die Dorfweide benutzt werden konnte, das Vieh hütete, lag ein langgestreckter trostloser alter Kasten mit nackten Fenstern und vielen Schornsteinen: das

Armenhaus. Man hatte es dadurch noch ärmer gemacht, daß man es fern von allen anderen Wohnungen in eine kleine Steinwüste gelegt hatte.

Dort wohnten sie in meiner Kindheit. Der Sohn Peter war erwachsen und diente als Knecht, aber sie hatten noch einen Knaben bekommen – einen Nachschlag, wie ihn der Vater im Rausch nannte. Der Junge kam jeden Tag zu mir auf die Allmende gelaufen; die Mutter schickte ihn, und er half mir und erhielt seinen Anteil vom reichlichen Inhalt meines Eßkorbes. Meine Flasche Vollmilch brachte er seiner Mutter mit nach Hause; wenn es rauh und kalt war, bekam ich sie mit gutem warmem Kaffee zurück.

Er hieß Lars – der elffingrige Lars, weil er an der linken Hand sechs Finger hatte. Die Wissenschaft hat ja später herausgefunden, daß überflüssige Finger ein Zeichen von Degeneration sind; damals aber glaubten wir schlecht und recht, Lars habe einen Finger zuviel bekommen, damit die Leute sich vor ihm in acht nehmen könnten. Er stahl nämlich. Und er tat es aus einer gewissen moralischen Überlegung heraus; er ließ sich nie dazu herab, zu betteln, und hielt es für unehrenhaft für einen gesunden Jungen, zu hungern, solange es auf der Welt genug zu essen gab.

Er war überhaupt alles andere als entartet. Ein abgehärteter Bursche war er, der das harte Dasein mit harten Händen anpackte. Die Mutter trug ihn zu jener Zeit unter dem Herzen, als das *Paradies* zusammenbrach; und seine ersten Fußtritte bekam er, noch bevor er das Licht der Welt erblickte. Er überlebte sie aber; und sobald er kriechen konnte, ergriff er selber seine Maßnahmen. Als kleines Kind machte er sich immer unsichtbar, wenn der Vater angesegelt kam; als ich ihn kennenlernte, hatte er jedoch schon Mut genug, zu bleiben und für die Mutter die Stöße und Püffe in Empfang zu nehmen. Er trug oft Male von den Bleifäusten des Vaters am Körper.

Ein starker Bursche war er außerdem – und nicht nur körperlich; das Unrecht um ihn her hatte ein eigentümlich robustes Gerechtigkeitsgefühl in ihm entwickelt. Seine Holzschuhe konnten gehörige Tritte verabfolgen – aber nie ohne Grund. Wie er sich selbst aus den Brocken des Elends aufbaute und rauhe Gesundheit aus dem Geplapper der Mutter und dem Fuselatem des Vaters zog, so steht er vor mir als ein Zeugnis der unerschöpflichen Güte des Lebens.

Die Mutter beschützte er – ganz einfach deshalb, weil sie die schwächere war. Etwas Wertvolles stellte sie nicht für ihn dar; sie war ein aufgelöstes Frauenzimmer, dem Naschen verfallen und immer an billigem Zuckerzeug lutschend. Das war wohl der letzte Rest ihres einstigen Dranges, sich das Dasein zu versüßen. In der Welt der kleinen Leute betrachtet man die Dinge nicht historisch und forscht nicht nach den Ursachen der menschlichen Gebrechen – das wäre undurchführbar. Aber trotzdem gedeiht auch dort die Nachsicht; man nimmt die Dinge, wie sie sind, und tröstet sich damit, daß sie noch schlimmer sein könnten.

Seine Vorgeschichte hatte Munk ganz und gar in den Felsen gelassen, sie war nur den Bauern um das Ödland herum bekannt. Hier unten hauste und teufelte er wie ein rechter und schlechter Trunkenbold – ein großer, starker Lümmel, der mit Prahlereien um sich schlug und das Armenwesen für sich und die Seinen sorgen ließ. Die Erwachsenen im Städtchen besuchten niemals die Hochheide, und wenn wir Knaben Ausflüge dorthin machten und an dem Talstrich mit dem baufälligen Haus vorbeikamen, das jetzt dem Schafhirten ein Obdach bot, dann wunderten wir uns zwar über diese Äcker und Gräben, deren Formen unter dem Heidekraut deutlich zu sehen waren wie ein Körper unter einem Laken, aber was sie bedeuteten, wußten wir nicht. Das Besitztum gehörte immer noch Munk, da niemand es ihm nehmen mochte; und wenn er halb betrunken war, brüstete er sich mit seinem Reichtum. Es kam auch vor, daß er für einige Tage verschwand. Dann ging er da oben umher und wühlte in den Ruinen; es war immer noch etwas da, was ihn anzog. Wenn er zurückkehrte, war er in einem fiebrigen Gemüts-zustand.

Lars und ich waren so dicke Freunde, wie man es wohl nur im Alter von zehn bis zwölf Jahren sein kann. Er war mir kraft seiner größeren Erfahrung überlegen, ich be-wunderte ihn, und gemeinsam bewunderten wir seinen großen Bruder. Der diente eine halbe Meile entfernt nach dem Südland zu, und ich hatte ihn noch nie gesehen. Man erzählte sich aber, er jage jeden Abend den alten Halbhüf-ner Valentin, den Nachbarn des Hofes, aufs Feld und gehe selbst zu dessen junger Frau. Und dann umschleiche der Alte die ganze Nacht hindurch das Haus und halte seine geladene Büchse zu allen Fenstern hinein. Das war riesig spannend, und ich sehnte mich danach, den Helden dieser Liebesgeschichte einmal zu sehen.

Eines Tages teilte Lars mir mit, der Bruder werde am Abend nach Hause kommen. Ich war noch nie drüben bei ihnen gewesen. Es war ja das Armenhaus, und das betrat man nicht gern. Aber nun konnte ich mich nicht länger beherrschen. Sobald ich das Vieh heimgeführt und im Stall untergebracht hatte, machte ich mich schleunigst auf den Weg, ohne mir Zeit zu nehmen, meine Milch und die Grütze zu verzehren.

Es sah recht elend da drüben aus. Lars war dabei, auf dem Herd etwas Essen zu kochen. Seine Mutter saß auf dem Torfkorb und folgte ihm stumpfsinnig mit den Augen, während sie an einem Stück Brustzucker lutschte, das von Zeit zu Zeit zwischen ihren Lippen zum Vorschein kam. Das Hemd über ihrem welken Busen stand offen, und ich bemerkte mit Erstaunen, daß sie ihr Zuckerwerk auf der Brust verwahrte. Durch die Körperwärme war es aufgelöst, und wenn sie sich bewegte, sah ich den Zucker langgezo-gen an der Haut und an den Kleidern kleben. Sooft sie einen Laut vernahm, zuckte sie zusammen und fing an, in halb geschwätzigem, halb gehässigem Ton von ihrem Mann zu reden.

»Gott sei Dank, daß nur du es bist und niemand anderes«, sagte sie, als der älteste Sohn hereinkam. »Du bist so hart aufgetreten, daß mir angst und bange wurde.«

Peter stampfte rasch durch die Küche in die Stube hinein und warf ein Bündel Wäsche auf den Tisch. »Schau, Mutter, hier gibt es Arbeit!« rief er übermütig. »Das Geld dafür kriegst du an Teufels Geburtstag.«

»Ja, du bist eine gute Seele«, meinte die Mutter bitter. »Deinen Schmutz trägst du getreulich nach Hause. Etwas anderes bekommt man von dir nicht zu sehen.«

Peter lachte. »Da, zum Kuckuck!« schrie er und warf eine Krone auf den Tisch. »'s ist die letzte, die ich habe.«

»Du bleibst heut abend wohl ein bißchen bei uns?« fragte sie, als er sich nicht hinsetzte. »Bloß bis dein Vater gut daheim und im Bett ist. Er treibt sich jetzt scheußlich viel herum.«

»Ich habe keine Zeit. Muß um elf Uhr zu Hause sein.«

»Bei Valentins junger Frau – ja?«

Peter lachte. »Frag, dann wirst du klug, Mutter!«

»Man weiß wohl, was man weiß! Aber du solltest dich vor seiner Büchse in acht nehmen! Einem eifersüchtigen Mann ist nicht gut in die Quere zu kommen, besonders, wenn es ein alter ist.«

Es kam mir vor, als betrachte sie ihn mit einem gewissen Stolz, während sie ihn warnte.

Peter gab keine Antwort, sondern lachte nur vieldeutig. »Na, ich werd aufbrechen müssen«, erklärte er schließlich und griff zur Mütze. Er war ein kräftiger Bursche mit dikken roten Wangen und einer kleinen aufgestülpten Kindernase, deren runde Nasenlöchlein in die Luft hinausstarrten. Der Übermut leuchtete ihm aus dem Gesicht.

»Ja, mach nur, daß du fortkommst!« rief die Mutter bissig. »Im Augenblick wird vielleicht Vater hiersein, und er hat dir alles mögliche Gute zugesagt.«

»So, hat er?« fragte Peter zögernd. »Ich bin ihm übrigens noch einige Prügel von meiner Kinderzeit her schuldig.« Unentschlossen stand er da.

»Ich will dir nur raten, sie noch ein wenig aufzuheben – sie könnten sich sonst leicht gegen dich selber kehren. Noch ist's nicht ratsam, sich mit Vater messen zu wollen, soviel er auch säuft und herumlumpt; und er hat ein paarmal nach dir gefragt. Hüte dich also und gerate ihm nicht in die Quere.«

»Meinst du?« gab Peter zurück und ließ sich hart nieder. »Die Zeiten, wo ich mich von ihm prügeln ließ, kehren gewiß nicht wieder. – Aber dann mußt du uns Kaffee kochen, Mutter!«

Wir Knaben liefen zum Städtchen, um Kaffeebrot zu holen.

Als wir beim Kaffee saßen, kam Munk taumelnd nach Hause. Seine Frau wollte schnell das Aufgetafelte beiseite schaffen, aber Peter zwang sie, sitzen zu bleiben.

»Na, hier sitzt ihr also und laßt's euch wohl sein, während man selber schuften muß, um es zusammenzubringen!« rief Munk, sich über den Tisch beugend. »Könnt ihr nicht antworten, was?« Er schaute umnebelt von einem zum anderen, bemerkte plötzlich seine Frau und grub die Faust in ihre Schulter. Sie wand sich unter dem Griff.

»Willst du nicht lieber mich anfassen?« rief Peter und drehte ihn mit einem raschen Griff zu sich herum.

Der Alte starrte den Sohn einen Augenblick sprachlos an – dann stürzte er sich mit rasender Kraft auf ihn. Aber er stand zu unsicher auf den Beinen, im Nu war er zu Boden geschlagen, und Peter saß rittlings auf ihm. Wir anderen hatten uns hinter den Tisch geflüchtet, alle drei überwältigt vor Angst; die beiden großen wutschnaubenden Männer ragten so unbändig empor und tobten.

Zweimal versuchte der Alte, den Sohn abzuwerfen, dann brach er in erbittertes Schluchzen aus.

»So, nun bettelt er um Gnade«, sagte Peter, aber der Vater hörte es nicht.

»Verflucht noch mal, daß ich mich wieder besoffen habe, ich Schwein«, schrie er und schlug mit dem Hinterkopf gegen den Fußboden. »Sonst hätte ich dir beide Enden zusammengebogen, du Grünschnabel.«

»Große Worte und fetter Speck bleiben nicht im Halse stecken«, erwiderte Peter höhnisch. »Aber nun sollst du Prügel haben – und zwar mit Zinsen.«

»Ja, verhau ihn nur!« kreischte die Mutter und kam hervor. »Und wenn du ihn auch totschlägst – ich werd es nie bereuen. Jetzt ist der liebe Gott hinter dir her, du! Jetzt ist der Sohn groß geworden – worauf du dich früher mal so gefreut hast!« Sie stieß mit dem Fuß nach ihm.

»Nicht gelten lassen«, flüsterte Munk zwischen den Zähnen. »Du hast leichtes Spiel mit einem Betrunkenen, aber wir wollen es nicht gelten lassen. Sonst bist du nicht mein Sohn.«

»Willst du dich drücken vor dem, was dir zukommt?« bemerkte Peter.

»Schlag du nur, wenn du magst, aber ich wehr mich nicht. Ich werd mich dir stellen, wo und wann du's haben willst, und meine Kräfte mit dir messen, aber nicht jetzt. – Ach zum Teufel auch, daß ich meine Kraft so weggesoffen hab!« Verzweifelt warf er den Kopf hin und her.

Peter zögerte einen Augenblick, dann ließ er den Vater los und stand auf. »Ja, dann hast du's also noch gut, aber vergiß es nicht.« Er lachte höhnisch und zog seine Hose hoch.

Der Vater stand einen Augenblick da, als wolle er sich hinterlistig auf den Sohn stürzen. Dann wandte er sich schroff ab, ging hinauf auf den Speicher und legte sich zu Bett.

Während der folgenden Zeit lebten Lars und ich in großer Spannung; wir wußten, daß es zu einer Schlacht kommen würde, und hatten nichts dagegen, ihr beizuwohnen.

Sentimental waren wir nicht, wir gönnten dem Vater die Prügel aus vollem Herzen, waren aber nicht ganz davon überzeugt, daß er sie auch wirklich kriegen würde. So verheert er auch war, etwas von einem Hünen steckte doch immer noch in ihm. Und er rüstete sich zum Kampf, als gelte es sein Leben. Er trank nicht mehr, sondern aß schweigend sein Abendbrot und ging dann gleich hinauf und legte sich zu Bett.

Am Sonntagvormittag, während wir gerade auf dem Weideplatz spielten, kam die Mutter herbeigerannt. »Er ist da drüben!« rief sie und zeigte landeinwärts. »Sputet euch – ich werd schon auf das Vieh achten. Aber ihr müßt euch tüchtig beeilen, vielleicht hat Peter euch nötig.«

Wir gebrauchten unsere Beine, so gut wir konnten, bekamen aber trotzdem von dem Kampf nichts mehr zu sehen. Als wir nach einer halben Meile von der Landstraße abbogen und schräg übers Feld auf einen Hain zuliefen, der zu dem Hof gehörte, kam uns der Vater schon entgegen. Stöhnend schleppte er sich vorwärts, mit krummem Rücken, die flache Hand auf der Lende. Schnell schlüpften wir hinter einen Deich, aber das war ganz überflüssig, denn Munk sah und hörte nichts. Die Schlacht hatte auf einer Lichtung in dem Wäldchen getobt; der Grasboden war in Morast verwandelt und das junge Gebüsch zertrampelt und zerwühlt. Junge Bäume ließen ihre Wipfel in den Morast herabhängen und konnten sich nicht wieder aufrichten; ihre Blätter waren mit Blut bespritzt. Ringsum lagen dicke entzweigeschlagene Äste, welche die beiden Kämpfenden von den Bäumen losgerissen und als Waffen benutzt hatten.

Peter wusch sich gerade, als wir ganz außer Atem die Knechtekammer betraten.

»Na, seid ihr dem Alten begegnet?« fragte er. »Konnte er noch aufrecht gehen? Ich habe ihm angeboten, ihn nach Hause zu tragen, aber er wollte lieber selbst gehen. Leicht hat er mir's nicht gemacht.« Peter zeigte uns seine Arme und Schultern, auf denen sich breite Striemen blutigen Fleisches röteten; sein Gesicht war verschwollen, er tauchte es in die Waschschüssel und lachte mit einer sonderbaren Grimasse. »Jetzt könnt ihr euch fortscheren, denn ich muß ausgehen«, erklärte er.

»Er muß zu Valentins junger Frau«, verkündete Lars stolz, als wir wieder auf dem Rückweg waren. Wir waren einer Meinung darin, daß Peter ein ganzer Kerl sei.

Kurz darauf kam Lars von daheim weg. Er wurde von der Gemeinde versteigert und zu dem Mindestbietenden, einem Bauern in der Umgegend der Heide, geschickt.

3

Wir trafen uns als Lehrjungen in der Hauptstadt der Insel wieder. Nach Feierabend versammelten sich alle Lehrlinge der Stadt gewöhnlich irgendwo, um Allotria zu treiben – genauso wie es bei den Staren üblich ist. Wo wir uns niederließen, veranstalteten wir einen sündhaften Spektakel und amüsierten uns königlich; eine angenehme Schar waren wir aber sicherlich nicht.

Der elffingrige Lars, der bei einem Schmied in der Lehre stand, führte uns an. Der Schatten seiner Kindheit war ihm getreulich gefolgt; ein jeder wußte, daß er ein Armenhauskind war. Ansehen verlieh das zwar nicht, aber das Fehlende glich er durch seine persönlichen Eigenschaften aus und erzwang sich Respekt und ein Anrecht auf die Führerschaft – teils mit Hilfe seiner unerbittlichen, harten Fäuste, teils dadurch, daß er das alles ausführte, wozu wir anderen nicht den Mut hatten. Es floß altmodisches Häuptlingsblut in seinen Adern, er war stets an der Front.

An den Sommerabenden war der Hafen oder der Badestrand bei den südlichen Strandhügeln unser Sammelplatz, im Winter das Theatergäßchen. Wie die Ratten trieben wir uns in dem düsteren Packhaus herum, das als Theater diente, krochen auf die Böden und auf den Speicher – überallhin. Wir kannten die dunklen Kellerräume durch und durch, glitten aus alten Gärten durch die Kellerfenster hinab und tauchten durch Falltüren und aus dem Souffleurkasten auf. Es gab keine Vorstellung, bei der wir nicht gratis mit dabei waren. Wurde die Kontrolle vorübergehend verschärft, legten wir schweren Herzens das Geld zu einem Galeriebillett zusammen – zwei Öre pro Mann; der elffingrige Lars bekam das Billett und trabte, von fünfzig neidischen Augen verfolgt, als großer Mann durch den Haupteingang hinein. Er hatte uns feierlich geschworen, den Riegel am Notausgang zurückzuschieben – und tat es auch, allen Hindernissen zum Trotz. Auf keinen von uns anderen hätte man sich so fest verlassen können, aber Lars war der Schurke unter uns und – er leistete sich Ehrgefühl. Reisende Gesellschaften nahmen es manchmal sehr genau mit der Kontrolle; dann ging uns der erste Akt verloren. Wenn aber in der Pause die Bürger ohne Kopfbedeckung in das Gäßchen hinausströmten und ungeniert von den Mauern Besitz ergriffen, dann steckten wir die Mütze unter die Jacke und gingen unbefangen mit den anderen hinein, unterwegs unsere Toilette vollendend, genau wie sie.

In einem Winter wurde die Stadt aus ihrer Trägheit aufgerüttelt, und zwar durch die Nachricht, daß die große Naturkraft selber, der Magnetiseur mit den rätselhaften Kräften, sich herablassen werde, der Insel einen Besuch abzustatten und in dem Theater der Stadt drei Vorstellungen zu veranstalten. Der Stadtbüttel verbreitete die Kunde, Zettel wurden an den Straßenecken angeklebt, und die Zeitungen stießen für die Weltberühmtheit in die Reklametrompete. Es war nicht schwer für sie, große Worte zu finden, denn der Magnetiseur kam gerade aus der Hauptstadt, wo die gesamte Presse ihn bis in den Himmel gehoben hatte.

Diesmal waren alle unsere Schleichwege überflüssig. Das

erste, was der Magnetiseur machte, war, daß er sich in Verbindung mit drei, vier der geriebensten Theaterratten setzte, und am Sonntagvormittag waren wir alle – etwa zwanzig bis dreißig Stück – im Theater zusammengetrommelt. Wir sollten endlich einmal mitspielen, und das gab eine festliche Generalprobe; der Magnetiseur war ein Mann, der Jungen richtig zu behandeln verstand. Nachdem der beleibte, bärtige Herr unsere Rollen mit uns einstudiert hatte, hielt er uns zum Schluß eine kleine Moralpredigt und rief uns die Haupteigenschaften eines pfiffigen Burschen ins Gedächtnis: Verschwiegenheit und Geschicklichkeit. Das war jedoch vollkommen überflüssig, denn wir alle waren versessen darauf, unsere Pflicht zu tun.

Jeder bekam ein Billett, und wir sollten uns unter das Publikum mischen; wenn dann Leute auf die Bühne gerufen wurden, sollten wir auch dazwischen sein – wie zufällig natürlich. Das war doch endlich einmal das reine Fest für uns flinke Burschen; die ganze Stadt sollte an der Nase herumgeführt werden! Juchhe! Juchhe!

Am Nachmittag, gleich nach der Kirchzeit, strömten die Leute ins Theater; die zweite Entfaltung der geheimen Kräfte war auf acht Uhr abends festgesetzt.

Als die Vorstellung begann, war das Haus gefüllt. Der merkwürdige Mann hielt zunächst eine Ansprache an das Publikum, erklärte die Art seiner seltenen Kräfte und erzählte Beispiele dafür, wie phänomenal seine Fähigkeiten wären. Manchmal wage er überhaupt nicht, zu denken, damit die Leute in der Nähe nicht das begännen, woran er dächte – und sich damit vielleicht für ihr ganzes Leben ins Unglück stürzten. In Gibraltar hätte er einmal auf dem Kai eine große Vorstellung veranstaltet, bei der viele hohe Persönlichkeiten zugegen gewesen wären, darunter der Sohn eines indischen Fürsten. Während der Magier mit seinen Medien beschäftigt gewesen wäre, hätte er plötzlich den verrückten Einfall bekommen: Wenn ich ihnen nun befehlen würde, ins Wasser zu springen? Er hätte den Gedanken zwar sofort wieder als gar zu verschroben verworfen, doch in demselben Augenblick wäre der Inder schon auf das Bollwerk zu gelaufen und hinuntergesprungen.

Darauf erfuhr die tief erschütterte Versammlung, daß etwa zwei Drittel der Anwesenden für die magnetische Kraft empfänglich wären. Die Männer wären dabei in der Mehrzahl; hier wie auf allen anderen Gebieten wäre es nicht leicht, mit den Frauen fertig zu werden! Vom männlichen Geschlecht eigneten sich wiederum die halberwachsenen Burschen am besten zur Übertragung der Kraft. Dann machte der Magnetiseur einige beschwörende Bewegungen, wie um die gewaltigen Kräfte, die in ihm aufgespeichert waren, niederzudämmen, und bat die Leute, nur ruhig auf die Bühne zu kommen. Die Sache wäre ganz ungefährlich, ganz ungefährlich!

Von der vordersten Stuhlreihe war eine Laufbrücke zur Rampe gelegt. Zwei von den Ratten schlichen hinauf, dann kam der große Taucher Ström, der weder Gott noch Teufel fürchtete, und – nach reichlicher Überlegung – Knud, der lange Kommis, der Liebling der ganzen Stadt. Wo der hintrat, konnten auch andere unbesorgt hintreten, und bald war die Bühne voller Menschen. Die Vorstellung konnte beginnen.

Jedem von uns wurde eine schwarze Scheibe mit einem Prisma in die Hand gegeben; und nun sollten wir die Scheibe anstarren, bis die Hypnose sich meldete. Der Magnetiseur ging mit einem Ausdruck intensivster geistiger Anspannung umher und probierte die Wirkung; die untauglichen Elemente wurden ausgeschieden, ein leichtes Zucken des Auges von Lars war das geheimnisvolle Kriterium. Bald war nur noch die auserwählte Garde übrig, und die Possen begannen.

Einem Jungen wurde das Maul weit aufgerissen, und – o Wunder! – er konnte es nicht wieder schließen, bis der große Zauberer mit seinem magischen Finger an die Muskeln der Kinnladen rührte. Ein anderer mußte dasitzen und die Zunge herausstrecken, ein dritter wurde eingeschläfert und drohte jeden Augenblick vom Stuhl herunterzukollern; das Publikum amüsierte sich königlich. Dann wurde der kräftigste von uns so magnetisiert, daß er ganz steif wurde. Es war Lars. Sein Nacken lag auf dem einen Stuhl, seine Füße auf dem anderen – und nun setzte sich der Magnetiseur auf seinen Bauch. Die Zuschauer waren atemlos vor Spannung. »Er kann nicht nachgeben – *kann* nur mitten durchbrechen!« sagte der große Mann und sprang erschrocken auf, da es in dem Jungen unter ihm zu krachen anfing und sein Schwerpunkt sank.

Allmählich wurde uns dies zu eintönig, die Situation barg Stoff zu ganz anderen Possen. Einer der Schlafenden fing an zu schnarchen, und wir anderen stimmten mit ein, daß die Luft erzitterte, obwohl das gar nicht zum hypnotischen Schlaf gehörte. Der Magnetiseur war für eine kurze Sekunde verwirrt, dann ging er resolut auf den Spaß ein, weil es keinen anderen Ausweg gab. Er sprang hin und her: Wo ein Schelmenstreich ausbrach, war er sofort anwesend, als wäre das Geschehene ein Produkt geheimer Befehle seines eigenen Geistes. Er war in flimmernder Bewegung und spielte auf uns zwanzig bis dreißig Schelmen wie auf einem Klavier. Aber heimlich fluchte er und beschwor uns mit verbissenen Drohungen, bis alles in ruhigen hypnotischen Schlaf fiel.

»Das war mein Triumph«, sagte er angestrengt zum Publikum und wischte sich den Schweiß von der Stirn. »Ich muß Sie bitten, zu beachten, welche Arbeit es selbst einem überlegenen Geist bereitet, gleichzeitig dreißig Medien in verschiedenem hypnotischem Zustand zu erhalten. Aber jetzt schlafen sie alle.«

Plötzlich stürzte er auf mich los. »Es ist Feuer in deinem Haar! Lösch es schnell, Junge!« rief er, und ich schlug mir mit wohlgelungenem Entsetzen auf den Kopf. Die Leute lachten. »Jetzt brennt deine Jacke!« rief er wieder. »Zieh sie aus!« Aber das war ein absoluter Mißgriff; wir Lehrjungen trugen keine Manschettenhemden – nicht einmal sonntags. »Ja, wenn ich grade will!« murmelte ich gekränkt. »Puh! Erwache!« brüllte er und pustete mir unangenehm ins Gesicht, so daß ich zusammenfuhr.

Der Zauberer ging zu einem anderen Jungen und gab ihm eine Kartoffel. »Da hast du einen Apfel, iß ihn!« Der Junge besah sich die rohe Kartoffel. »Nicht mit der Schale!« sagte er nach einer Weile. »Aha, der ist aus feiner Familie!« rief der Magnetiseur und reichte ihm sein Taschenmesser. Die Zuschauer lachten unbändig und waren zugleich baß erstaunt, denn der Junge war wirklich der uneheliche Sohn eines Kopenhagener Großherrn, der ihn hier untergebracht hatte, damit er aus dem Wege war.

Der elffingrige Lars war für die Schlußnummer ausersehen und ließ sich noch einmal in Schlaf streichen. »Jetzt kann man ihn aufschneiden, kann die Gedärme aus ihm herausnehmen und ihn wieder zusammennähen, ohne daß er etwas merkt – wenn es nur nicht strafbar wäre«, erklärte der Magier. »Wir müssen uns deshalb damit begnügen, eine Stecknadel in ihn hineinzustechen. Will nicht einer von den angesehenen Männern der Stadt heraufkommen und die Sache selber ausführen?« Ein Bürgersmann wurde hinaufgeschoben; er besaß das Vertrauen aller, bedachte sich aber trotzdem. »Stechen Sie nur hier in den fleischigen Teil hinein! Der Junge merkt es gar nicht!« versicherte der Magnetiseur. Die geschlossenen Augenlider unseres Lars zuckten ein wenig, sonst verzog er keine Miene. Er war ja mit Prügeln aufgezogen worden und – sollte eine ganze Mark für das Stilliegen bekommen, während wir anderen nur wegen der Ehre kämpften.

Dies war die Glanznummer, die Stecknadel ging bis zum Kopf hinein. Mit ein paar Worten über ganz einzigartige Überraschungen, die für die Abendvorstellung bevorstünden, bedankte sich der große Zauberer beim Publikum.

Nach der Vorstellung versammelten wir Mitspielenden uns hinter den Kulissen, um unsere Instruktion für den

Abend in Empfang zu nehmen. Der Magnetiseur teilte uns mit, er werde bloß das Programm wiederholen. »Ihr habt eure Sache ja so gut gemacht!« sagte er anerkennend. »Aber jetzt geht nach Hause und eßt etwas, damit eure Gedärme sich während der Vorstellung nicht laut melden.« Lars zögerte – er wollte seine Mark haben; aber der große Mann hatte keine Zeit für ihn. »Die kannst du heute abend bekommen«, meinte er und schob ihn zur Tür hinaus. Enttäuscht schlüpfte Lars uns nach. »Er ist ein rechter Halunke«, stellte er fest. »Und ich begreife nicht, daß ihr ihm bei seinen Betrügereien helfen mögt. Mich sieht er jedenfalls nicht wieder.«

Am Abend fand sich Lars trotzdem ein, aber sein Gesichtsausdruck verkündete Unheil. »Bekomme ich nun meine Mark?« war das erste, was er sagte.

»Später, mein Junge – später!« erwiderte der Magnetiseur und lief nervös herum.

Der Abend begann mit einer genauen Wiederholung der Nachmittagsvorstellung. Wir Jungen hatten einen wunderbaren Einblick in die menschliche Dummheit und ihre Ausnützung gewonnen und brannten vor Sehnsucht danach, wieder richtig in Gang zu kommen und unseren Tyrannen dort unten – den Bürgern der Stadt – eine gehörige Nase zu drehen.

Aber daraus sollte nichts werden. Der Magnetiseur beging den großen Fehler, zu vergessen, daß er Lars die Mark noch nicht gegeben hatte – und kam auf ihn zu. Lars saß da und starrte mit einem sonderbar störrischen Ausdruck auf sein Prisma; es war schwer zu sagen, ob er sich in Hypnose befinde oder über irgend etwas brüte. Als der Magnetiseur seinen Kopf in die Höhe hob und seinen Kiefer berührte, öffnete Lars bereitwillig den Mund und streckte die Zunge heraus; aber er tat es auf eigentümlich boshafte Art – sein Gesichtsausdruck glich durchaus nicht dem eines Schlafenden.

Der Magnetiseur stutzte und wollte schleunigst die

Zunge wieder zurückzaubern, aber das überstieg offenbar seine Kräfte. Er versuchte es wieder und wieder, stieß zwischen den Zähnen verbissene Drohungen aus und bekam vor Wut einen hochroten Kopf. Es half aber nichts, der halsstarrige Lars zeigte den Zuschauern immer noch die Zunge, und sein ganzes Gesicht erstarrte mehr und mehr in einer unverschämt lächelnden Grimasse.

Die Leute lachten und lärmten; es konnte keine Rede mehr davon sein, ihre Aufmerksamkeit durch andere Phänomene abzulenken. Der Magnetiseur versuchte die Situation durch eine kleine Ansprache zu retten: Es komme vor, daß man ein Medium so stark hypnotisiere, daß man nachher selbst nicht mehr die Kraft habe, den Bann zu lösen. Das klang sehr glaubwürdig, aber der Junge saß nun einmal da mit seiner idiotischen Grimasse, um die man nicht herumkommen konnte; und wir anderen vergaßen unseren hypnotischen Zustand, gafften ihn an und lachten mit. Der Magnetiseur muß die Schlacht für unrettbar verloren gehalten haben. Er erklärte die Vorstellung plötzlich für beendet und verschwand in den Kulissen. Er vergaß, uns vorher zu wecken, und jetzt würde es wohl zu spät sein. Das letzte, was die Leute oben auf der Bühne zu sehen bekamen, war die Grimasse des Elffingrigen.

Die Stadt bereitete sich gründlich auf die Vorstellung des nächsten Tages vor – aber es war verlorene Mühe. Die große Naturkraft hatte rechtzeitig genug Schluß gemacht, um am gleichen Abend mit dem Dampfer verschwinden zu können. Weg war sie.

Dies war wohl die größte Tat von Lars. Es war jedoch überhaupt nicht ratsam, mit ihm anzubinden; mit seinen Vorstellungen von Recht und Billigkeit ging er nicht kleinlich um. Er hielt selber immer sein Wort und gehörte zu denen, die eine ganze Stadt abbrennen können im Zorn darüber, daß einer der Bewohner sein Versprechen nicht gehalten hat. Das sind immer solche Leute, die sich in ihrer Kindheit mit dem Schlimmsten haben herumschlagen müssen.

Bei der Arbeit war er nicht gerade zuverlässig; irgend etwas Unsichtbares hetzte ihn, und oft kam er und wollte mich beim Vagabundieren mithaben. Meist gelang es mir, ihn wieder zu beruhigen, es geschah aber auch, daß er verschwand und mehrere Tage fortblieb. Seine Prügel nahm er dann vom Meister hin, ohne zu knurren.

4

So gute Freunde wir auch waren, es vergingen doch Jahre, in denen ich ihm, ehrlich gestanden, nie einen Gedanken schenkte. Auf seinem Weg trifft man immer neue Wesen und Schicksale, und die neuen stellen die alten in den Schatten, bis sie zurückgleiten und unmerklich hinterm Horizont verschwinden.

Aber als wir beide wohl zweiundzwanzig Jahre alt sein mochten, stieß ich einmal spätabends drinnen im Kopenhagener Schloßviertel auf ihn; er war gerade dabei, einen Auslagekasten aufzubrechen.

»Das ist ja ein Glück, daß du es bist und kein anderer«, sagte er. »Was treibst du denn jetzt?«

»Ich studiere«, erwiderte ich, erstaunt über seine Kaltblütigkeit.

»Man sieht es dir an!« bemerkte er und betrachtete meine Kleidung von oben bis unten. »Und ich setze die allgemeine Teilung des Eigentums in die Praxis um, wie du siehst!« Er begleitete mich nach Hause – halb gegen meinen Willen. »Hör einmal«, rief er, als wir in meiner Kammer saßen, »hast du etwas dagegen, wenn ich dich von Zeit zu Zeit besuche? Dann könntest du mir etwas von dem, was in den Büchern steht, erzählen; und vielleicht könnte ich dir dafür gelegentlich eine Handreichung tun. Unsereins hat ja nie etwas gelernt.«

Ich war nicht besonders erbaut von seinem Vorschlag, aber ihm geradeswegs zu verbieten, mich zu besuchen, das konnte ich doch nicht übers Herz bringen. Er kam dann auch recht häufig, und seine Besuche begannen mir schnell Freude zu machen; ich vermißte ihn, wenn er – vermutlich auf Wegen seines Gewerbes – ausblieb. Ihm etwas beizubringen, dazu kam ich nicht. Ich hatte mir vorgenommen, zu versuchen, ihn von seinem lichtscheuen Beruf abzubringen; er war jedoch immer noch der Stärkere, und er war es auch, der meine Ansicht von der Gesellschaftsordnung beeinflußte.

Er hatte auf eigene Faust über die Dinge nachgedacht – wozu ich noch nicht gelangt war – und war mir schon aus diesem Grund überlegen. Es war für mich wie eine Offenbarung, ihn versöhnlich von der Hölle, die sein Heim doch gewesen war, reden und seine Alten von aller Schuld freisprechen zu hören. Er verstand sowohl ihren Kampf wie auch ihre Niederlage – woher er das wohl hatte? – und sprach zuweilen im Scherz davon, er wolle, wenn er einmal einen recht guten Coup gemacht habe, heimkehren und das *Paradies* wieder in die Höhe bringen. »Dann sollen die Alten noch einmal Bauern werden und ihren eigenen Hof bewirtschaften«, sagte er. »Ja, wenn es ihnen damals gelungen wäre … so wäre unsereins der Sohn eines Hofbauern gewesen und alles hätte ein anderes Gesicht gehabt«, setzte er dann wohl hinzu. Man konnte an der Stimme hören, daß ihm dieser Gedanke schon häufig durch den Kopf gegangen war.

Er war ein hilfsbereiter Bursche und hatte ein waches Auge für die Lage anderer; es war oft nicht leicht für mich, mir seine Hilfsbereitschaft vom Leibe zu halten. Geld stinkt ja freilich nicht, und wenn es sprechen könnte, so hätte der eine Zehnkronenschein dem anderen wohl kaum etwas vorzuwerfen. Aber ich legte aus verschiedenen Gründen Wert darauf, aus eigener Kraft durchzukommen, und nahm – mit einer einzigen Ausnahme – nichts von ihm an.

241

Ich hatte mir auf Abzahlung ein großes, teures, aber höchst notwendiges Handbuch angeschafft; und da ich die Raten nicht rechtzeitig bezahlen konnte, kam der Buchhändler eines Tages und holte es sich wieder.

»Hör mal, das geht auf die Dauer nicht«, erklärte Lars am Abend und glotzte mein leeres Bücherbrett an. »Ich verstehe allerdings nichts von der Gelehrsamkeit, doch so viel begreife ich, daß man ohne Bücher nicht studieren kann. Aber du bist ja ein eigensinniger Wicht. Da kann ich ebensogut still sein und mich um mich selber kümmern.«

Am anderen Tag brachte er mir das Werk wieder angeschleppt – und zwar genau dasselbe Exemplar. Ich behielt es, da ich es für meine Arbeit nun mal sehr notwendig brauchte, weiß aber bis auf den heutigen Tag noch nicht, ob er das Werk zurückgekauft hatte oder ob er auf billigere Weise dazu gekommen war.

Leicht war sein Handwerk übrigens wohl kaum. Ich hatte den Eindruck, daß sich so gerade anständig davon leben ließ, obwohl er ganz tüchtig in dem Beruf sein mußte – er stieß bei der Arbeit nämlich nie auf ernstliche Schwierigkeiten. Außer seinem eigenen ruhigen Wesen trug hierzu wahrscheinlich auch der Umgang mit mir etwas bei. Während er mir moralisch überlegen war, übte ich einen ziemlichen Einfluß auf seine äußere Person aus. Er verwandte mehr Sorgfalt auf seine Kleidung und legte sich eine feine Sprache und feine Manieren zu. Etwas von echter Einfachheit prägte sich in seiner Person und seinem ganzen Auftreten aus und bewirkte, daß er gegen Verdacht geschützt war. Ich brachte ihn sogar dazu, sich Visitenkarten anzuschaffen – etwas, dessen Nutzen der Proletarier in ihm nur schwer einsah. Gerade dadurch ereilte ihn übrigens sein Schicksal – eben als er im Begriff war, den großen Coup zu machen, der ihm die Zukunft ins richtige Gleis bringen sollte.

Eines Nachts brach er in einer Wechselbank ein und erbeutete mehrere tausend Kronen. Ich las es am folgenden

Tag in den Zeitungen. Der Dieb hatte eine Visitenkarte hinterlassen, die auf den Namen »Lars Munk« lautete. – Vor dem Abend noch war er verhaftet. Natürlich hatte er seine Karte nicht mit Überlegung am Tatort zurückgelassen, wie die Zeitungen scherzend vermuteten, er hatte sie vielmehr verloren. Er wurde zu Fall gebracht durch das einzige, was er über mich von den Gepflogenheiten der bürgerlichen Gesellschaft angenommen hatte, und das gab mir zu denken.

Er selbst trug mir nichts nach. Als er nach zwei Jährchen das Gefängnis – etwas verändert – wieder verließ, suchte er mich auf. Der Aufenthalt hinter Schloß und Riegel hatte ihn recht angegriffen; selten habe ich ein Gesicht gesehen, in das das Leben so tiefe Furchen eingegraben hatte; und das Haar war ihm ganz ausgefallen.

»Das kommt vom Grübeln«, meinte er lächelnd.

»Was willst du nun tun – willst du auswandern?« fragte ich im Laufe der Unterhaltung.

»Nein, jetzt will ich heimkehren. Das Heidebesitztum, an dem die Alten kaputtgingen, liegt ja da und wartet auf mich; das will ich bestellen, dann hab ich doch etwas Nutzen gestiftet! Ich habe zu dem Zweck im Gefängnis die Gärtnerei erlernt.«

Das schien allmählich eine Lebensaufgabe für ihn geworden zu sein. Und er löste sie, ohne sich auf etwas anderes zu stützen als auf seine nackten Fäuste und ohne Schwanken und Vagabundieren. Ganz unter den gleichen Bedingungen, unter denen seine Alten gescheitert waren, führte er die Sache durch. Es liegt ein Gesetz darin, sonst wäre es ja auch kein richtiger Sieg.

Im Verlauf von fünfzehn Jahren kultivierte er das kleine Besitztum, harrte fest aus, Tag und Nacht, allen Degenerationstheorien zum Trotz – und schuf einen Garten Eden daraus. Die Entbehrungen und die Mühe, die es ihn kostete, berührte er nie; es war die Wiederholung der Geschichte seiner Eltern, bloß – daß *er* Sieger blieb. Die

Alten starben übrigens, bevor er soweit kam; aber das *Paradies* war jetzt zum Ziel für ihn selbst geworden.

Sooft ich daheim am Strand bin, suche ich das kleine Besitztum auf, das wie ein schönes Monument ist, ein Denkmal für den Sieg, soweit der Arme Hans ihn erringen kann. Der elffingrige Lars aber geht nicht mehr auf dem Hof herum, und das hängt so zusammen: Als der Bauer des Felsenhofes sah, daß aus dem *Paradies* etwas wurde, fielen ihm die Haferabgaben ein, die er für alle die vielen Jahre noch guthatte. Geld war nicht zu erlangen, darum hielt er sich an die Besitzung selbst und ließ sie vom Gericht mit Beschlag belegen. Als man kam und Lars von seinem Gehöft vertreiben wollte, hatte er schon den Ereignissen vorgegriffen und sich erhängt.

Das ist der einzige Schatten über dem *Paradies*. Der Erhängte spukt ein wenig. Aber der alte weißhaarige Felsenhofbauer, der selber hierhergezogen ist und dem Sohn seinen Hof überlassen hat, merkt nichts davon. Er bestellt sein Eigentum mit großer Sorgfalt, zeigt es stolz jedem, der es sehen möchte, und erzählt als Zugabe seine Geschichte. Aber sie verschiebt sich ihm mehr und mehr; er gleitet allmählich zu der Auffassung hinüber, daß er selbst es gewesen sei, der das Ganze geschaffen habe.

Lars und sein Vater – das sind in groben Zügen zwei Schicksale in gerade absteigender Linie. Sie sind bös genug, die beiden Schicksale, und so selbstverschuldet, wie es bei dem armen Mann immer der Fall ist. Es gibt ja viele Leute, die der Ansicht sind, der arme Mann sei selbst schuld daran, wenn es ihm schlecht geht. Die Wahrheit aber ist, daß es ihm niemals vergönnt war, sich selber zu zerstören – das haben immer die Verhältnisse für ihn besorgt. Und noch kennt darum niemand seine schlechten Eigenschaften.

1911   *Übersetzt von Hermann Kiy*

Die Puppe

1

So schön wie der Thüringer Wald ist wohl kein anderer Wald auf dieser Erde. Wie eine Welt für sich liegt er da, hoch unter den Himmel emporgehoben, erdrückend düster oder auch festlich in weißen Schnee gekleidet, und scheint alles von des Himmels Zorn und des Himmels Gnade zu haben. Bergauf und bergab erstreckt er sich, und so viele Tannen sind in ihm, daß jeder Mensch auf Erden seinen eigenen Weihnachtsbaum kriegen könnte.

Ein sonderbarer Baum ist die Tanne. Keine anderen Bäume halten es aus, einander so dicht auf den Leib zu wachsen, und doch ist kein Baum einsamer. Man möchte beinahe glauben, die Tanne sei ein Mensch, so sehr versteht sie es, sich abzuschließen und nach allen Seiten abwehrende Nadeln zu wenden. Rührt man sie an, dann sticht sie – und erfüllt die Luft um einen her mit Wohlgeruch.

Schulter an Schulter stehen die Tannen des Thüringer Waldes und wiegen sich wie ein schlummerndes Heer: eingeschlafene, träumende Riesen, in sich selbst eingehüllt. Unter ihren hohen Wipfeln ruht unerschütterlich der Ernst, als sei *er* die Ewigkeit, und um ihre Wipfel ist stets ein Rauschen, in Sturm wie in Stille. Zu ihren Füßen aber herrscht ständig trauliches Behagen – nichts ist so weich und einladend wie das Moospolster unter Tannen.

Einmal im Jahr, wenn es auf Weihnachten zugeht, schwärmt der Thüringer Wald aus. Die grüne Waldesjugend zieht zu Hunderttausenden fort, hinunter ins Tal, den großen und kleinen Städten des Tieflandes entgegen; die alten Riesen bleiben einsam zurück, wiegen ihre wolkenhohen Kronen über den Rodungen und besäen den Boden geduldig mit neuem Nachwuchs. Wenn der Berliner eines Morgens erwacht, ist seine Steinwüste über Nacht grün geworden; junge, helle Tannen füllen alle Bürgersteige und Plätze. In wenigen Stunden erobern die Weihnachtsbäume die zahllosen kleinen Balkone, und die unfruchtbare Weltstadt gleicht einer gewaltigen, strahlenden Verwirklichung des Märchens vom Wald, der den Felsen bekleidete. Das ist das große Ereignis des Jahres für den düsteren Wald.

Hier oben kann man Tage und Wochen wandern, ohne einem Menschen zu begegnen. Ab und zu erschallt der Axtschlag eines Holzfällers aus dem Dickicht, oder der einsame Weg schlängelt sich auf einen Vorsprung hinaus, und man sieht hinab in ein Tal, wo ein Dorf halsbrecherisch an der Flanke des Berges hängt. Es sieht aus, als hätten sich die Menschen vom Wald unterdrücken lassen. Es gibt ihrer genug, aber sie schlagen sich keine Lichtungen, um den Boden zu bebauen. Sie verbergen sich im Waldesdunkel, lassen sich einzwängen und begnügen sich damit, stillzusitzen und die Finger zu rühren.

Aber darin sind sie auch geschickt; eine so fleißige und fingerfertige Bevölkerung wie die Thüringer kann man sicher lange suchen. Von hier, aus dem Waldesdunkel, werden die Zehnpfennigbasare allenthalben mit kleinen Gebrauchsartikeln und Schnurrpfeifereien versorgt; auch der Christbaumschmuck kommt hier auf die Welt. Und was noch merkwürdiger ist, in diesem düsteren Thüringer Wald wird der größte Teil des Spielzeugs hergestellt, mit dem sich jung und alt in der ganzen Welt vergnügt.

Ist vielleicht die Waldeinsamkeit daran schuld, sind es die sechzehn bis achtzehn Stunden tägliche Schufterei für eine elende Nahrung – dieses mühselige, freudlose, graue Dasein, das die Menschen gefangennimmt, sobald sie aus dem Mutterleib hervorkriechen? Hier oben entstehen auch die Karnevalsmasken: Pierrot, der gehörnte Teufel, der

Zwerg mit seinem höckerigen Gesicht – und die gutmütige alberne Fratze des dummen August! Der Nürnberger Tand, aus dem sich die Kinder ihre erste lächelnde Welt erbauen, die barocken Phantasiegeburten von Spielsachen, die sich jedes Jahr die Weihnachtsmärkte der ganzen Welt streitig machen – hier, in dem erdrückenden Waldesdunkel haben sie ihren Ursprung.

Es scheint, als kenne im Thüringer Wald groß und klein nur allzugut die düsteren Winkel des menschlichen Gemütes und habe sich zum Ziel gesetzt, Licht hineinzutragen. Mit der üppigsten Phantasie streuen die blassen Geschöpfe des schwarzen Waldes Dinge zu Freude und Spiel über den Erdball aus. Hier oben entstehen alle die Puppen, mit denen die Kinder überall in der Welt spielen; selbst die Negerkinder bekommen Puppen – kraushaarig und kohlschwarz – von hier.

2

In der Gegend um Finsterbergen werden hauptsächlich Puppen hergestellt. Es bedarf großer Fingerfertigkeit, mit dieser Arbeit einigermaßen Brot ins Haus zu schaffen; deshalb ist der Mann die am wenigsten wichtige Person des Haushalts. Die Frau bedeutet etwas mehr, aber die Kinder sind die eigentlichen Versorger. Hier bedeuten viele Kinder ausnahmsweise einmal gutes Auskommen.

Das Ehepaar Gessert hatte nur ein einziges Kind, obendrein einen Spätling. Viele Jahre hatte es so ausgesehen, als sollten sie überhaupt keine helfenden Hände bekommen. Aber der Zwerg Coryllis plagte sich so lange mit Mutter Gessert ab – besprach sie, gab ihr wundertätige Kräuter ein und schlug die Luft durch sie –, daß sie sich schließlich ergab und einen Jungen zur Welt brachte: in einem Alter, wo sich die Frauen sonst so langsam darauf einrichten, Großmutter zu werden.

Sie wohnten hoch oben im Leinetal, an der ersten

Berglehne, über welche die Leine hinweg muß; die Hütte war auf allen Seiten von dichtem Tannenwald umgeben. Durch die beiden kleinen Fenster der Stube hatte man anfänglich weit das Tal hinunter sehen können und – durch einen Einschnitt in den entfernteren Waldbergen – noch weiter hinaus bis in die Ebene mit dem Erfurter Dom in der Ferne. Aber die Tannen säten sich selber vor der Hütte aus, und Gessert ließ sie wachsen. Wenn die Frau sie beseitigen wollte, schalt er. »Was sollen wir mit der Aussicht?« fragte er. »Wir bringen es ja doch nie zu was. Mag nur der schwarze Wald uns einschließen!«

Und der Wald schloß sich um sie. Wenn der kleine Junge einen Schimmer der Welt erhaschen wollte, mußte er sich weiter und weiter von der Hütte entfernen. Auf diese Weise machte er sich frühzeitig mit dem Gedanken vertraut, daß es zu Glück und Freude ein weiter Weg ist.

Er hatte immer seltener Zeit, bis zu der Lichtung zu laufen und in die offene, freie Welt hinauszuspähen, denn schon von seinem vierten Jahr an mußte er für sein Brot arbeiten. Er mußte die halben Puppenleiber wenden, die eben aus den Steinformen herausgenommen worden waren und zum Trocknen auf den Felsplatten hinter der Hütte lagen; und bald mußte er mit seinen kleinen Fingern die aufgeweichte Pappmasse in die Formen pressen, während die Mutter die Ränder sauber beschnitt und die Masse wieder vorsichtig aus der Form nahm. Dies war eine Arbeit, die ihm noch nicht anvertraut werden durfte, und darüber war er froh. Die Arbeit hatte seinen kindlichen Ehrgeiz bereits aufgezehrt; er sah mit Grauen jeder Erklärung entgegen, daß er nun zu diesem oder jenem groß genug sei.

Es ist nicht gut, einziges Kind zu sein, wenn das Auskommen von einer großen Kinderschar abhängt; und wenn sich der kleine Heinz durch den Hunger verführen ließ, Roggenmehlkleister zu naschen, bekam er vom Vater Prügel.

Er wurde schwermütig unter der Last der Arbeit. Wenn der Vater auf Waldarbeit war, schien es, als weiche ein Druck von der Mutter. Dann kramte sie in den fröhlichen Erinnerungen an ihre Mädchenzeit, sang dem Jungen bei der Arbeit Tanzweisen und Liebeslieder vor oder erzählte von der Spinnstube und den anderen Freuden unten im Dorf. Aber das ging ihn ja eigentlich nichts an.

Die Schule brachte etwas mehr Abwechslung in sein mühsalbeladenes Kinderdasein, aber auch damit war nicht viel los, wenn man so spät wie möglich von daheim weggelassen wurde und sich nach Schulschluß wieder nach Hause sputen mußte – aus Rücksicht auf die verhaßte Arbeit. Er hatte es am besten, wenn sich der weiße Winter über den Thüringer Wald legte und er auf seinem Schlitten die fünf Kilometer ins Dorf hinuntergleiten und unmittelbar bis vor die Schultür sausen konnte. Wenn er so von droben aus dem schwarzen Wald heruntergeschossen kam, über und über weiß und doch mit einem unerschütterlich finsteren Antlitz, in dem das Dunkel des Waldes lauerte, war er der Held der Schule.

Zu Hause war es ihm am liebsten, in Ruhe bei der Arbeit zu sitzen und nachzusinnen. Dann beschäftigten sich seine Gedanken mit all den Kindern auf der ganzen Welt, die mit dem, was er herstellte, spielen würden – wie sie wohl aussähen und ob sie außer der Erlaubnis zu spielen auch so viel zu essen bekämen, wie sie mochten. Sie hatten bestimmt auch keinen Frost in den Füßen, diese … Er konnte sie nicht ausstehen.

Einmal in der Woche schnallte sich die Mutter einen hohen Korb mit halbfertigen Puppenleibern auf den Rücken und trabte zur Fabrikstadt in der Ebene hinunter, um die Arbeit abzuliefern. Es waren drei Meilen bis dahin, und sie mußte früh von zu Hause weg und kam spät zurück. Aber Heinz hielt sich wach, denn es kam vor, daß sie ihm aus der Stadt das eine oder andere mitbrachte. Blieb sie über eine bestimmte Zeit hinaus, dann wußte er, daß es in der

Puppenfabrikation keine Arbeit gab und daß sie zu einer anderen Fabrikstadt gewandert war, wo hauptsächlich Fastnachtsmasken hergestellt wurden, um von dort Rohmaterial zu holen. Aber es geschah auch, daß sie erst am nächsten Vormittag zurückkehrte, dem Umsinken nahe unter einer Last von Material, aus dem Christbaumschmuck hergestellt werden sollte: Glimmerzeug, Pappschmuck, Sprühsterne und richtige Weihnachtssterne für die Baumspitze. Dann war sie auf ihrer Jagd nach Arbeit noch weiter fort gewesen und wußte merkwürdige Dinge zu erzählen. Und Heinz hob doch einmal den Kopf und hörte ihr zu.

Einige Male hatte er sie in die Fabrikstadt begleitet, sonst aber war er an diesem Tag meist ganz allein und mußte doppelt fleißig sein.

Dann konnten sich Waldeinsamkeit und kindlicher Widerwille gegen die einförmige Arbeit um ihn zusammenrotten und ihm auf den Leib rücken. Und in seiner Not fing er an, ganz andere Gesichter auf die Masken zu malen als üblich; er vertauschte Bärte und Augenbrauen und Züge von Maske zu Maske und freute sich königlich über das Resultat, obwohl er niemals lachte. Auf diese Weise entstanden mehrere jener Masken, die auf dem einen oder anderen ausgelassenen Fasching, vielleicht hundert Meilen vom schwarzen Wald entfernt, am meisten Aufsehen erregen sollten. Er versteckte die verzerrten Masken sorgfältig tief unten im Stapel der fertigen Arbeit – und was er nicht selbst zur Genüge außer Sicht zu bringen vermochte, um das würde sich die Mutter kümmern, wenn er zu Bett war. Denn es gab Schläge, wenn der Vater seine harmlosen Narrenpossen entdeckte. Heinz bemerkte, daß die Mutter unter den Prügeln, die er bezog, mehr litt als er selber. Es muß ihr wohl irgendwo weh tun, dachte er und gab sich mit dieser Erklärung zufrieden.

Er wurde immer mehr ein schwieriger Junge, besonders der Vater klagte darüber, wenn er am Samstagabend unten in der Dorfkneipe hockte. Den Wald liebte Heinz nicht; dauernd stand er da, voll unheimlicher Drohungen, und gähnte weit in die kahlen Fenster – er haßte ihn! Und er haßte die Puppen – und alle die fremden Kinder so weit weg, die mit ihnen spielen würden.

Heinz steckte voller seltsamer Launen. So klein er war, er konnte über die harmlosesten Dinge in Wut geraten, und das wurde sein Schicksal. Als er eines Tages allein zu Hause saß und Puppenleiber machte, wurde er plötzlich der ewigen Mädchen überdrüssig – sie waren nicht zu ertragen! Warum war nie ein ehrlicher Junge unter den vielen Puppen? Plötzlich befiel ihn die unbändige Lust, nur einen einzigen Puppenjungen zu sehen, und er fing an, mit dem Taschenmesser in dem weichen Formstein herumzubohren. Das Ergebnis machte ihm Vergnügen, und als die Mutter nach Hause kam, lagen mehrere Dutzend halbe Jungenleiber zum Trocknen da; so gut hatte er gearbeitet.

Zu seinem Erstaunen weinte sie; vor lauter Verzweiflung knüllte sie ihren Rock vorn wie einen Scheuerlappen zusammen. Die Form war verdorben und das Material verschwendet; so ungern sie es auch tat, sie *mußte* es dem Vater sagen. Und diesmal schlug Gessert hart zu. Es lag ein ganzer verlorener Wochenlohn in den Schlägen, und Heinz mußte mehrere Tage lang das Bett hüten.

Da lag er auf seinem schmerzenden Rücken und gelangte zu einem Entschluß. Er wollte hinaus in die Welt, denselben Weg gehen, den die Puppen gingen! Hinaus, wo keine Haselstecken wuchsen, wo die Kinder nicht dazu verurteilt waren, still zu sitzen und Spielzeug zu machen und Prügel dafür zu kriegen – sondern wo sie selber damit spielten! Es gab eine andere Kinderwelt – die ihren Frohsinn von hier, aus dem schwarzen Wald, bezog. Er hatte ihren Lichtschein lange geahnt, jetzt wollte er dahin!

Als die Mutter am Sonnabendmorgen ihre Last auf den Rücken genommen hatte und schon einige Zeit fort war, stand er auf; der Vater war zur Waldarbeit. Er steckte einen

Klumpen Kartoffelbrei zu sich, nahm seinen Schlitten und setzte in großen Sprüngen von der Hütte fort, als werde er verfolgt. Nachdem er schon eine ganze Strecke hinter sich gebracht hatte, fiel ihm ein, daß die Mutter nichts zu essen vorfinden würde, wenn sie am Abend heimkam; er kehrte um und legte den harten Breiklumpen auf den Stein vor der Tür – in die Hütte wollte er nicht mehr hinein. Und wieder ein Stück weiter dachte er daran, daß der Fuchs kommen und den Brei fressen könnte; er kehrte noch einmal um und legte ihn oben auf den Türrahmen, wo der Schlüssel seinen Platz hatte.

Dann zog er in den Wald. Er nahm nicht den üblichen Weg talabwärts, sondern quälte sich den Berg hinauf, immer aufwärts. Um die Mittagszeit hatte er den Wald hinter sich gebracht und die freie Aussicht erreicht.

Es war einer jener klaren, stillen Wintertage, wo der Thüringer Wald eine Welt für sich ist, eine weiße, lichte Zauberwelt hoch unter dem Himmel. Nie hätte er gedacht, daß die Erde so festlich sein könnte. Stürme hatten den Hochwald hier oben gelichtet, nur einige einsame gewaltige Riesen standen da und wiegten sich leise, als wollten sie einen Schmerz betäuben. Zu ihren Füßen lag der junge Wald im Winterschlaf; er glich einer riesigen Herde zusammengerollter, phantastisch geformter Tiere – und alle trugen einen weißen Winterpelz.

Heinz konnte weit hinaussehen, hinweg über schneeweiße Höhenzüge und walddunkle Täler, in denen sich Dörfer versteckten: Das alles war ihm vertraut. Aber weit draußen, in einem Einschnitt zwischen den Bergen, blaute das Tiefland hervor – eine Stadt in seinem Schoß und darüber ein gewaltiger Dom. Das war Gottes weite Welt, und dahin wollte er!

Er ging geradeaus weiter, bis er an einen Weg kam, der sich hinabschlängelte. Da warf er sich auf seinen Schlitten und glitt, auf dem Bauch liegend, hinunter, Kilometer um Kilometer, das Gesicht unverwandt nach vorn gerichtet.

Er machte sich keine märchenhaften Vorstellungen von dem, was ihm begegnen würde, sondern ließ sich bloß hinabgleiten – hinab ins Unbekannte. Die Flucht allein genügte ihm schon – besser hatte er sich nie gefühlt.

3

Was dem kleinen Heinz von der Zeit an begegnete, als er von zu Hause flüchtete, bis zu dem Tag, da er als erwachsener Mann in einem wildfremden Land ein eigenes Heim und einen eigenen Wirkungskreis erhielt – ja, das ist eben das, was allgemein das Märchen des Lebens genannt wird, und darüber mag sich jeder selbst unterrichten. Etwas muß einem ja begegnen, und wenn man so wenig verwöhnt ist wie Heinz, dann gehört viel dazu, bis es ganz schlimm wird. Die Ausfahrt ergibt sich letzten Endes von selbst; ein bißchen mehr oder weniger erlebt – das kommt auf eins raus. Für die meisten Fahrenden beginnt das Erstaunliche da, wo sich die Bahn wieder heimwärts wendet. Wie so manch anderer, vergaß Heinz mit der Zeit seinen Ausgangspunkt; daß er trotzdem wieder zurückfand – das ist das Wunder seines Lebens.

Als Gessert, der die ganze Woche über zur Waldarbeit fort gewesen war, am Sonntagvormittag nach Hause kam und hörte, daß der kleine Heinz davongelaufen sei, lachte er ausnahmsweise einmal, und das machte die Frau noch unglücklicher. Er fühlt sich nicht wohl dabei, dachte sie und eilte in die Küche, um die großen Kartoffelklöße zuzubereiten, die sein Leibgericht waren.

Aber Gessert schluckte das Essen, ohne daß ihm anzumerken war, daß er sein Leibgericht aß, und antwortete nicht, wenn die Frau ihn anredete. Er saß da und nickte kauend vor sich hin, als ob er sagen wollte, er würde es schon schaffen, die Sache sollte wohl geordnet werden! Als er gegessen hatte, ging er hinaus und kam mit einem soliden langen Stecken wieder herein. Er schwippte damit und machte sich daran, den Rucksack zu packen.

»Mußt du schon wieder fort?« fragte die Frau bekümmert.«

Er antwortete ihr nicht, sondern hantierte nur herum und nickte unheilverkündend.

Gessert verließ ohne Lebewohl die Hütte und wandte sich durchs Dickicht aufwärts – den Weg, den er einzuschlagen pflegte, wenn er zur Waldarbeit ging. Doch sobald er die Hütte nicht mehr sah, nahm er die Richtung nach dem Dorf zu. Auf dem Weg ins Tal hinunter rief er öfters den Namen des Jungen, und jedesmal schwippte er mit dem Stecken, als ob er sein Rufen durch das Versprechen tüchtiger Prügel unterstreichen wollte.

Unten im Dorf erkundigte er sich an mehreren Stellen nach dem Jungen. »Ich gab ihm ja nur seine wohlverdiente Strafe«, erklärte er und zog die Steinform hervor, um zu zeigen, was der Lausebengel angerichtet hatte. »Aber ich werde ihn schon dazu bringen, die Nase wieder heimwärts zu wenden!« Er schwippte mit dem Stecken.

Da ihm niemand Bescheid zu geben vermochte, ging er wieder in den Wald hinein, trat aber nicht mehr so fest auf. Er schritt über den Rennsteig hinweg und gelangte in die Täler auf der anderen Seite. Oft hielt er inne und rief. Als er merkte, daß ihm der Stecken zu keiner Antwort verhalf, warf er ihn weg. Er stellte sich auf vorspringende Stellen und zeigte die leeren Hände vor, wenn er rief. Seine Stimme hatte einen schwachen, flehenden Ton.

In den Wirtshäusern nahm man den Mann auf der Suche gut auf; man setzte ihm einen Krug Bier vor, und er wiederholte seine Geschichte von dem Jungen, der weggelaufen war. »Seht bloß her«, sagte er und zeigte ihnen die Steinform. »Ein begabter Bursche, was? Wahrscheinlich hatte er Angst vor Schlägen und ist deshalb ausgerissen, denn so eine Form kostet ja Geld – aber schiet drauf! Solltet ihr ihn sehen, dann sagt ihm, daß es weiter nichts ausmacht, keiner ist ihm böse deswegen.« Seine Stimme klang ganz wund, und er tat den Leuten leid.

Nach einigen Wochen des Herumstreifens kehrte er nach Hause zurück; er klagte über Schmerzen im Kopf und legte sich gleich zu Bett. Er wäre unter einen stürzenden Baum geraten, und der hätte ihn am Kopf getroffen, erklärte er.

Mit Gessert nahm es von da an seinen eigenen Weg. Er konnte wie früher am Montagmorgen fortgehen und am Ende der Woche mit dem vollen Wochenlohn heimkehren, aber manches liebe Mal kam er auch mit leerer Tasche nach Hause. Dann wußte die Frau, daß er nach dem Jungen umhergestreift war. Manchmal lag er lange Zeit zu Hause auf der Bank, das Gesicht zur Wand gedreht und ein Kissen über den Kopf gedrückt; und das war eigentlich das beste, dann verschliß er nicht sein Zeug, und die Frau wußte, wo sie ihn hatte. Sie tat alles, um ihn ans Haus zu fesseln, unterhielt ihn, während sie arbeitete, sprach über seine Kopfschmerzen und den bösen Baumriesen, der schuld daran war, und erzählte ihm, was sie in der Nacht von dem Jungen geträumt hatte.

Für Mutter Gessert waren es schwere Jahre. Sie mußte sich tüchtig plagen, um die Not von der Tür fernzuhalten, und irgendwelche Lichtblicke sah sie nicht, wohin sie sich auch wandte. Aber sie überstand diese Zeit kraft der wunderbaren Fähigkeit der Frau aus dem Volk, an Unglück und Mißgeschick zu wachsen; Mühsal und Not konnten sie nicht unterkriegen. Niemals hatte sie sich so entschlossen an die endlose Schufterei begeben wie jetzt, und nie war sie mit ihrem Jungen so sehr verbunden gewesen wie nun in ihren Träumen. Jede Nacht war sie mit ihm zusammen, und da lebte sie ihr Leben; am Tage wartete sie bloß. Ihr Heinz hatte sich in die Welt begeben, um seinen Eltern ein sorgenfreies Alter zu verschaffen! Er würde wiederkehren, wenn seine Zeit gekommen war!

Wenn es Gessert vor Kopfschmerzen nicht mehr

aushielt, mußte er sich aufrecht auf die Bank setzen und die Steinform hervorholen. Dann füllte er sie mit Masse aus, nahm einen Abdruck und zeigte der Frau wohl zum hundertsten Male, wie verdammt gut die Veränderung ausgeführt worden war. Sie begriff, daß er sich in seinem Inneren dauernd mit Selbstvorwürfen quälte, und bemühte sich, seinen Gedanken eine andere Richtung zu geben. Aber von dem Jungen kam keiner von ihnen los. Ehe sie es wußten, war die Rede wieder von ihm.

Ihre Auffassung von der Sache wurde mit der Zeit die stärkere – wahrscheinlich deshalb, weil sie freundlicher war als seine. Allmählich brachte sie ihn so weit, daß er ebenfalls glaubte, der Sohn sei fortgegangen, um für sie alle drei das Glück zu suchen. Seine Kopfschmerzen hörten auf, und die Frau brachte ihn wieder zum Arbeiten. Es war nicht viel damit los, aber er konnte immerhin Kleister kochen, Papiermasse aufweichen und ähnliche Dinge verrichten.

Als sie das erreicht hatte, waren sie beide alt geworden. Namentlich Gessert war es anzumerken; bei der Arbeit geriet er leicht ins Spielen. Am liebsten goß er die kassierte alte Form aus, und wenn die Gelegenheit günstig war, schmuggelte er einige der Jungenleiber in Mutter Gesserts Korb. Er wollte dem Sohn behilflich sein, sich mit seiner Erfindung durchzusetzen. Die in der Fabrik unten sagten dann: »Nun hat der verrückte Gessert oben an der Leine wieder einen seiner Anfälle gehabt.«

So gut sie konnte, paßte die Frau auf, daß die mißgestalteten Puppenleiber nicht mit in die Lieferung hineinrutschten, denn sie hatte Angst, die Arbeit zu verlieren. Aber Gessert überlistete sie; er war in seiner irrsinnigen, prahlerischen Einbildung so verstockt, als gelte es Leben und Seligkeit, ihnen alles zu verderben! Als ob es etwas zum Großtun wäre, daß einmal ein kleiner Junge mit seinem Taschenmesser eine Unanständigkeit fabriziert hatte! Sie liebte ihren kleinen Heinz und erinnerte sich trotz der vielen langen Jahre an alles, was ihn betraf – auch an seinen

Drang, alles umzugestalten. Aber ihn zu verstehen, hatte sie nie gelernt. Viele bittere Tränen hatte er sie gekostet, und jetzt mußte sie sich auf ihre alten Tage von neuem mit den Folgen dieses Dranges herumschlagen. Und dann war es doch Gessert mit seiner fixen Idee, der sich auf dem rechten Weg befand – vielleicht war er ganz und gar ins Kindliche geraten und hatte dort die Spuren des kleinen Heinz wiedergefunden.

Gerade in diesem Jahr kamen die Charakterpuppen auf, und als der Fabrikbesitzer eines Tages eine von Gesserts eingeschmuggelten Puppen in die Hände bekam, sagte er: »Ja, warum eigentlich nicht? Laßt uns der Welt doch mal diesen Puppenjungen anbieten!« Die Puppe wurde nach ihrem kleinen Erzeuger Heinz getauft, und die alten Gesserts erhielten eine Bestellung auf so viele Probestücke, wie sie zu liefern vermochten. Die Puppen wurden in die malerische Bauernburschentracht gekleidet, die oben im Leinetal getragen wird, kamen jede in ihre elegant ausgestattete Schachtel und wurden in die ganze Welt an alle Geschäftsfreunde der Fabrik gesandt.

4

Eines Frühjahrsmorgens stolperte der rot uniformierte Postbote die Hauptstraße der kleinen dänischen Provinzstadt Gammelköbing hinan. Es herrschte Tauwetter und Sonnenschein, das Frühlingswasser rieselte zwischen den holprigen Pflastersteinen dahin. Der alte Briefträger mußte von Stein zu Stein springen, so daß die Pakete auf seinem Rücken auf und ab tanzten und auf die Posttasche trommelten. Zuoberst lag ein kleines Paket, das besonders rebellisch war; jeden Augenblick fiel es ihm über den Kopf und traf seine schwammige breite Nase, die – wahrscheinlich von Amts wegen – noch röter schimmerte als die Uniform. Dann fluchte er gutmütig vor sich hin.

Etwas weiter oben in der gewundenen schmalen Straße befand sich eine vorspringende alte Steintreppe, sie reichte ganz bis zum Rinnstein hinab. Über der Treppe hing ein kunstvolles altes schmiedeeisernes Schild und knarrte im Frühjahrswind; die verschnörkelten Buchstaben waren schwer zu entziffern, aber auf der Tür selber stand klar und deutlich:

Heinz Gessert

Puppenmagazin   *Puppenklinik*

Herr Gessert saß mit seinem zweijährigen Jungen auf den Knien gerade beim Frühstückskaffee, als die Post kam; seine Frau war im Laden. »Heinz, Heinz, komm, sieh bloß mal!« rief sie zu ihm hinein. »Eine ganz neue Puppenart – ein Puppenjunge! Und er heißt genau wie du.«

Heinz Gessert kam herausgesprungen; er war wie besessen, wenn es Neuheiten in Puppen gab, und machte sich sogleich mit der Puppe zu schaffen. Seine Frau stand daneben und beobachtete ihn mit einem Ausdruck froher Verliebtheit; es machte Spaß, zu sehen, wie seine Hände eine Puppe anfaßten. Und dann die Kennermiene, mit der er die Arbeit untersuchte! Er selbst hielt es für den seltsamsten Zufall, daß gerade er Inhaber eines Puppenmagazins werden mußte; alles andere läge ihm näher, meinte er. Aber das hinderte ihn nicht daran, in seinem Fach besonders tüchtig zu sein. Oftmals war es ganz unbegreiflich, wieviel er aus einem Puppenleib herauslesen konnte, der sich für alle anderen durch nichts von den übrigen unterschied.

Aber so sonderbar wie jetzt war ihr Mann noch nie mit einer Puppe umgegangen. Er drehte und wendete sie mit immer nervöseren Bewegungen um und um. Sie stand dabei und wartete darauf, daß er mit seinen amüsanten Wahrnehmungen herausrücken solle – und sah, wie seine Hände zitterten und der Ausdruck seines Gesichtes immer wieder wechselte. Und da wurde ihr angst. »Heinz!« rief sie und faßte ihn an. Aber er wandte sich von ihr ab und ging still in sein Büro; die Puppe lag seltsam leblos in seinen Händen.

Mehrere Male ging seine kleine Frau an die Tür. Sie ahnte, daß hier etwas war, was den dunklen Punkt seines Lebens berührte – seine früheste Kindheit, und daß er am liebsten damit allein sein wollte. Doch das Herz blutete ihr vor Verlangen, ihm jetzt nahe zu sein und ihm ihre Hand sanft auf die Stirn zu legen. Schließlich hielt sie es nicht mehr aus und ging leise zu ihm hinein. Er saß zusammengesunken, schlaff da – wie nach einer starken Gemütsbewegung – und starrte geistesabwesend in die Ferne; vor ihm lag der Puppenleib, ganz nackt und bloß.

»Soll ich wieder gehen?« fragte sie flüsternd und strich ihm behutsam übers Haar.

Erst jetzt kam er zu sich; er faßte die liebkosende Hand und küßte sie. »Ich habe meine Kindheit wiedergefunden«, erklärte er still, beinahe schamhaft. Als das erst gesagt war, holte er Luft und begann zu erzählen – dunkel und märchenhaft: von einem kleinen Jungen tief im Walde, von der Hütte an der Berglehne, von dem ewigen Eingesperrtsein bei der verhaßten klebrigen Arbeit mit aufgeweichter Pappmasse und Kleister. Von dem Jungen, der deshalb zum Kobold wurde, weil er im Dunkeln eingesperrt sitzen mußte, um für die Kinder draußen in der lichten Welt Spielzeug zu machen! Alles das war ihm entschwunden gewesen, aber nun trat es lebendig wieder hervor. Und das eine zog das andere nach sich: die Steinform, die die Verwandlung vom Mädchen zu dem Puppenjungen da auf dem Tisch durchmachen mußte – und dann die Prügel und die Flucht … Und während er erzählte, trat plötzlich eine neue Gestalt in seine Erinnerung ein – der Vater. Er sah ihn in einer niedrigen Tür stehen, Axt und Säge hatte er über dem Rücken, den Brotbeutel vorn.

»Und das hast du alles stillschweigend mit dir herumgeschleppt?« sagte sie schluchzend und bedeckte den kleinen Puppenleib mit Küssen. »Warum denn, Heinz?«

»Ich hatte es doch vergessen«, antwortete er bedrückt. »An Mutter habe ich immer eine Art Erinnerung gehabt – ein gütiges Gesicht, das sich über mich beugte. Alles andere aber war mir unterwegs entfallen. Ich habe wohl selber dazu beigetragen – indem ich es unterdrückte.«

»Aber warum denn?«

»Aus Angst, man könnte herausbekommen, wo ich hingehörte, und mich dann zurückschicken, glaube ich. Und vielleicht – Kinder können auch hassen, du!«

»Daß du gerade hier landen mußtest!« Ihre Augen strahlten unter Tränen.

Er legte den Arm um sie.

»Ja, du, das ist das Wunderbare! – Und wie ist es denn vor sich gegangen? Ich habe nur eine dunkle Erinnerung; eine Landstraße und ein Mann, der mich an der Hand hielt – ein Wanderbursche wahrscheinlich. Wir haben uns wohl durchgebettelt, denn ich glaube mich an Türen erinnern zu können, die mir zu einer gewissen Zeit meines Lebens ständig vor der Nase zugeschlagen wurden. Er muß mich nach Kopenhagen gebracht haben und dann auf irgendeine Weise verschwunden sein; von dem Augenblick an, da ich in dem großen Spielwarengeschäft auf dem Strög Laufbursche wurde, erinnere ich mich an alles recht deutlich, aber er taucht nirgends mehr auf. Dort behielten sie mich – und ließen mich den Handel erlernen.«

Sie nickte. »Wie ist das Leben doch seltsam«, meinte sie weich und sah träumerisch vor sich hin, mit den Gedanken irgendwo anders weilend. Dann richtete sie sich erschauernd auf – sie dachte daran, was gewesen wäre, wenn dies alles nicht stattgefunden hätte –, ergriff den kleinen Puppenleib und küßte ihn heftig – gerade auf die verhängnisvolle Stelle.

»Und nun mußt du nach Hause fahren und zusehen, daß du deine alten Eltern findest«, sagte sie entschlossen.

»Wenn es nur nicht zu spät ist«, erwiderte er – und brach plötzlich in heftiges Weinen aus.

Sie drückte seinen Kopf an sich und ließ ihn sich aus-
weinen. Es war all das Finstere in seinem Leben, was sich
nun auflöste und wie Regen niederfiel.

5

Der Weg hinaus und der Weg nach Haus sind gleich lang,
sagt das Sprichwort; für Heinz jedoch war der Heimweg
bedeutend kürzer und leichter, als es der Weg hinaus gewesen war. Zwei Tage nachdem ihm die schicksalhafte
Puppe ihren Gruß überbracht hatte, stieg er in Walters-
hausen aus dem Zug. In der großen Puppenfabrik erhielt
er alle erforderlichen Auskünfte. Es war gerade der Wo-
chentag, an dem die alte Mutter Gessert Arbeit abzuliefern
pflegte; wenn er nur zwei, drei Stunden warte, könne er
sich den Weg in die Berge sparen, sagte man ihm. Aber der
Fremdling wollte nicht warten; er machte sich stracks zu
Fuß nach Finsterbergen auf.

Auf der Bergflanke, die von Friedrichroda nach Finsterbergen hinaufführt, kam ihm ein schwer bepacktes
Mütterchen entgegen. Die hohe Kiepe beugte sie nieder;
sie hielt sich an den schleppenden langen Ästen der Tannen fest und ließ sich auf dem vom Tauwasser des Früh-
lings vereisten Pfad von Baum zu Baum gleiten, um nicht
den Berg hinunter ins Rutschen zu geraten.

Heinz hielt sie in seinen starken Armen, noch ehe sie
ihn entdeckt hatte. Er befreite sie von der Last und hob sie
auf das weiche Moospolster unter den Tannen, während
sein Herz vor Freude und Jammer weinte. Ach, wie klein
und leicht sie war! Die schwere Hand des Lebens hatte sie
fast wieder in die Erde hineingezwungen, aber in dem
runzligen gütigen Gesicht leuchteten zwei vertrauensvolle
Kinderaugen, die er aus seiner Knabenzeit wiedererkannte.

Nichts greift so tief wie eine Liebkosung von den Händen, die sich für einen abgemüht haben, und unter den

tappenden gichtigen Fingern der kleinen verwelkten Frau brach Heinz zusammen. Jetzt erst begriff er ganz, was der Schatten in seinem Dasein gewesen war: Wie schwer es gewesen war – nicht zuletzt als Erwachsener –, ohne Mutter zu sein.

Das kleine alte Mütterchen lächelte bloß, während sie über ihren Jungen hintastete, der so groß und so vornehm geworden war, und behutsam umfing sie ihn mit ihren versagenden Augen. Nichts auf der Welt konnte sie noch überraschen, und daß der da zurückkommen würde, hatte sie ja immer gewußt. Er war für sie alle drei hinausgezogen, und jetzt war er wieder hier!

»Nun wird Vater froh werden!« sagte sie, und das alte Haupt zitterte. Und das war ihr erstes Willkommenswort an ihn.

1915   *Übersetzt von Ellen Schou und Karl Schodder*

Lebenslänglich

Mattis Lau war das einzige Kind früh verbrauchter Eltern. Als er geboren wurde, war die Mutter um die Vierzig, der Vater zehn Jahre älter; und er kam nicht wie eine Gottesgabe zu einem jungen, heißblütigen Ehepaar, sondern wie eine etwas späte Handreichung zu zwei Menschen, denen es schon vor dem Alter zu grauen begonnen hatte.

Alle Kinder tragen mehr oder weniger die Bürde der Jahre ihrer Eltern; besser wird das nicht gerade, wenn die Geburt des Kindes so spät fällt wie hier. Als Mattis kam, war der letzte Rest an Überschuß bei den Eltern aufgezehrt, wenn sie überhaupt je etwas von der Art besessen hatten. Er hatte genug davon für alle drei, aber es hielt schwer, bei dem Gejammer der Mutter und den triefenden Augen des Vaters lichterloh zu brennen.

Nie verstanden sie den Trieb in seinem Spiel, sondern sie brachten ihn zum Verwelken. Er durfte nicht dies und noch weniger das, nicht mit Kohle auf die Lehmwand der baufälligen Fischerhütte schreiben und ja nicht mit irgend etwas von all den Dingen auf die rauhe Tischplatte aus Kiefernholz hämmern, die sich, sobald sie in seine kleinen geschäftigen Hände fielen, in ein Stück Werkzeug verwandelten. Wie fast alle Eltern, setzten auch sie die toten Dinge über das lebende Kind; und der kleine Mattis war sich bald klar darüber, daß er von allem auf dieser Erde das Wertloseste war. Es war sicher nur der unendlichen Güte der Eltern zu verdanken, daß ein kleiner Junge überhaupt am Leben bleiben durfte, nachdem er den Zahn eines Rechens abgeknickt oder einige Maschen des alten Fischernetzes zerrissen hatte. Geschähe ihm sein gutes

Recht, so wäre er schon längst zuschanden geschlagen worden.

Mattis' Eltern waren im Grunde keine so argen Prügler; aber er kriegte oft genug zu hören, daß schon wieder eine Gelegenheit dasei, wo man Gnade für Recht ergehen lasse. Die Prügel hingen wie eine beständige Drohung über seiner Kindheit.

Frühzeitig mußte er sich an der Arbeit beteiligen, was ihn durchaus nicht verdroß. Er wünschte bloß, allein damit zu sein; dann formte sie sich, während sie voranging, ganz von selbst zu dem herrlichsten Spiel. Waren Vater oder Mutter dabei, wurde ihm die Arbeit dagegen leicht zu einer sauren Quälerei, wie sie es für die Eltern längst war.

Trotz allem gedieh er zu einem richtigen Jungen, zog Hafen und Strand der Schulbank vor und eignete sich manches an, was ihm zugute kommen mußte, wenn er einmal in die Welt hinauskäme. Und hinaus in die Welt wollte er! Er stand hinter keinem Jungen dieses Fischernestes zurück, und die Eltern wimmerten, wenn sie von seiner Verwegenheit und seinen waghalsigen Streichen hörten.

Sie sahen ihn in seiner freien Zeit am liebsten mit einer Schiefertafel in der Hand am Fenster sitzen. Dann wußten sie, wo er war, er verschliß nicht soviel und hatte nicht so großen Hunger. Kam jemand zu Besuch, so mußte er zeigen, wie flink er im Lesen und Schreiben war. Vielleicht wollten sie sich durch ihn eine Art Genugtuung dafür verschaffen, daß sie selbst niemals einen Unterricht erhalten hatten. Jedenfalls hatte er ihnen niemals eine so große Freude bereitet wie an dem Tag, an dem er heimkam und erzählte, daß er in der Kirche ganz vorn stehen sollte.

Nach der Konfirmation zerstreuten sich die meisten seines Jahrgangs in alle Winde. Armeleutekinder sind zeitig flügge, und dort am Strand war es ein alter Brauch, daß sich die Jungen aus dem Nest warfen, sobald sie durch des Pastors Segen die Bestätigung dafür bekommen hatten, daß sie keine Kinder mehr waren. Die, an denen etwas

Rechtes war, gingen auf große Fahrt; die anderen kamen in irgendeine Stelle drüben in der Hauptstadt oder hinüber auf die andere Seite der Insel – hinaus wollte man auf jeden Fall! Nur die Nesthocker blieben daheim und nahmen sich der Frauensleute und der Erde an. So gab es von alters her zwei Arten von Menschen am Strand: Solche, die in ihren jungen Tagen auf See gewesen waren und jetzt die Fischerei betrieben, und daneben die Ofenhocker, die das Land besorgten.

Mattis war sich während seiner ganzen Kinderzeit darüber klar gewesen, daß er zur See wollte, wenn die Zeit da wäre, weit hinaus, wo niemand wußte, wie tief sie war, und wo Vater und Mutter nicht am Ufer standen und gackerten wie bekümmerte Hühner. Und doch fand er sich damit ab, daheim zu bleiben und mehr und mehr von der Arbeit der beiden Alten zu übernehmen. Wenn er zwischendurch einmal mit dem Plan umging, auszubrechen, dann klammerten sie sich mit zitternden Händen an ihn. Der Vater zog ihn mit, rund um das kleine Fleckchen Land herum, sprach davon, als sei es ein Familiengut, und beschwor ihn, das Ganze nicht im Stich zu lassen. Und die Mutter vertraute ihm schmunzelnd an, diese oder jene habe seinetwegen unruhige Nächte. Eine nette Deern mit einem Happen Geld auf dem Boden der Truhe würde sich immer finden, wenn er nur weiter daheim bliebe.

Mattis scherte sich den Teufel um alle Versprechungen und schönen Worte. Die Baracke war zu nicht viel mehr gut, als um ein Zündholz dranzuhalten, und die Mädchen, die er nie gesehen hatte, lockten ihn viel mehr als die, die er kannte. Er sehnte sich hinaus! Dorthin, wo die großen geteerten Eichenholzwiegen auf Wellenkufen von Hafen zu Hafen schaukelten.

Und es wäre nicht allzu schwer gewesen, hinauszukommen. Oft genug, wenn er auf Dorschfang draußen war und bei den Seglern anlegte, um ein Gericht Fische zu verkaufen, wurde ihm von einem Kapitän Heuer angeboten – es galt bloß, an Bord zu gehen und das alte Boot auf der Dünung an Land treiben zu lassen. Aber wenn es schließlich darauf ankam, ging er doch nicht durch. Die Pflicht gegen die zwei alten Griesgrame drinnen in der Hütte hielt ihn fest – er konnte nicht.

Ich muß warten, bis sie tot sind, dachte er, während er sich in die schweren Riemen legte.

Allezeit war es leichter für Mattis, auf See hinauszurudern als wieder heim, und er wußte selbst recht gut, weswegen. Der Weg nach Hause war der saure Weg der Pflicht, deshalb war er so beschwerlich. Von kindlicher Liebe fühlte er nicht die Spur, es machte ihm nicht das Herz warm, für die zwei Alten da drinnen zu sorgen, die unter dem Schutz der Elternschaft immer sein Dasein beschnitten hatten. Er hätte nichts dagegen, wenn der Tod sie erlösen wollte. Aber sie im Stich zu lassen fiel ihm trotzdem niemals ein.

So blieb er denn daheim und fing den Stoß für seinen alten, gichtbrüchigen Vater ab, besorgte die Fischgarne und bestellte das bißchen Land, ohne Freude, aber doch so, daß ordentlich zu essen da war. Er melkte die zwei langhaarigen Kühe für die Mutter, schnitt Nesseln für die Ferkel und pilgerte zweimal jährlich in die Stadt und bezahlte die Steuern. An innerer Bereicherung gab ihm dieses Herumpusseln nicht die Spur. Er wurde verschlossen und träge.

Eines aber hatte er sich fest vorgenommen: sich nicht von einem Weibsbild einfangen zu lassen. Wenn die Eltern einmal stürben, wollte er sein eigener Herr sein und hingehen können, wohin es ihn in der Welt zog.

Die Familie Lau stammte aus dem Innern der Insel, vom Lauenhof, der eine Meile landeinwärts lag. Der Hof gehörte Hans Lau, einem Onkel von Mattis. Da er der einzige war, der einen Hof besaß, wurde er als Oberhaupt der Familie angesehen.

Er hatte ein breitspuriges und rücksichtsloses Wesen und nahm sich diese und jene Freiheit heraus, während die

Lau sich sonst streng an das hielten, was Schick und Brauch war, wie es sich für kleine Leute gehörte. Er stand in dem Ruf, ein Wagehals beim Kartenspiel und ein Weiberfreund zu sein. Die arme Verwandtschaft konnte nicht umhin, das als Großbauernbenehmen zu bewundern.

Der Hof war übrigens weder groß noch gut, das meiste Land bestand aus Felsen. Aber ein Hof war es dennoch, und es war der Stolz aller Lau, Hofbesitzerskinder zu sein. Selbst Mattis' verbrauchtem und verhutzeltem Vater saß es wie ein Leuchten in den Augenwinkeln.

Hans Lau war gut bei Jahren, und da er keine Kinder hatte – sozusagen jedenfalls –, war es die große Frage, welches der Geschwisterkinder er zum Erben seines Hofes wählen würde. Jede Familie war des wohlbegründeten Glaubens, die vorgezogene zu sein, und richtete sich insgeheim danach ein. Auf diese Weise kamen die Lau dazu, sich von den übrigen Armen der Gegend abzusondern; es war etwas in ihrem Betragen, als hätten sie sich nur verkleidet und könnten eines schönen Tages darauf verfallen, die Armentracht abzuwerfen. Man sagte von ihnen, sie hätten große Rosinen im Kopf.

Eines Tages tauchte der Lauenhofbauer ganz unerwartet unter dem niedrigen Dach seines Bruders auf. Mattis stand gerade draußen hinterm Holzschuppen und teerte ein altes Boot. Er sah Hans Lau wohl kommen, fuhr aber in seiner Arbeit fort; es ärgerte ihn, daß alles kopfstand, sowie sich der Onkel zeigte.

Kurz darauf kam seine Mutter um die Hausecke gerannt; so hurtig zu Fuß hatte er sie lange nicht gesehen. »Du bist es, dem sein Besuch gilt«, berichtete sie außer Puste und zog ihn am Ärmel. »Jetzt wirst du wohl zum Hofbesitzer ausersehen. Führ dich nun ein bißchen nett auf!«

Mattis blieb bei seiner Arbeit und ließ die Mutter schwätzen; es sah aus, als ahne er überhaupt nicht, daß sie da war. Sie mußte sich vor seinen Bewegungen mit dem Teerquast in acht nehmen. Aber sie blieb beim Schnacken und Hacken und folgte ihm unverdrossen rund um das Boot herum. »Du solltest die Gelegenheit wahrnehmen und ein einziges Mal dein mürrisches Wesen ablegen«, fuhr sie fort. »Onkel Hans will mit dir selbst darüber reden. Betrag dich einmal ein bißchen manierlich!« Als er immer noch nicht antwortete, lief sie wieder hinein, daß die Röcke ihr nur so um die Fersen schlotterten, um soviel wie möglich von dem zu erhaschen, was drinnen vorging. Das war der größte Tag ihres Lebens.

Mattis blickte nicht von der Arbeit auf, aber er hörte, wie emsig die Mutter war, und wurde böse. Was gingen Onkel Hans und sein Hof und das ganze Drum und Dran ihn an? Der guckte nur nach seinen Verwandten, wenn er sie brauchte, der Onkel Hans! Als die Mutter gleich danach wieder zurückkehrte, warf Mattis irgendein Gerät über die Schulter und verzog sich nach dem Strand hinunter.

Die Sache verhielt sich wirklich so. Hans Lau wollte Mattis den Hof verschreiben. Die Übernahme sollte stattfinden, wenn er selbst gestorben wäre, und bis zu dieser Zeit wollte er jährlich für ihn und seine Eltern hundert Taler aussetzen, unter der einen Bedingung, daß sich Mattis schnellstens verheirate. Zur Frau für ihn hatte der Onkel Bodil ausersehen, die Haushälterin vom Lauenhof. Sie war ein gutes und treues Mädchen und hatte ihm und dem Hof das Beste ihrer Jugend geopfert. Zum Lohn für ihre Treue wünschte Hans Lau sie gut verheiratet zu sehen und als Hausmutter auf dem Hof zu wissen, wenn er – über ein Weilchen – abberufen würde.

Mattis hatte sich fest darin verbissen, sein eigener Herr zu sein, wenn er einmal von seiner Versorgungspflicht gegenüber den Eltern erlöst wäre, und war schwer zu erschüttern. Aber die beiden Alten ließen ihm keine Ruhe. Vom Morgen bis zum Abend hackten sie auf ihm herum und reizten ihn mit der Aussicht, Großbauer und Oberhaupt des Geschlechtes zu werden. Und als das nichts half, jammerten sie darüber, daß er seinen alten, abgearbeiteten

Eltern nicht einmal den kleinen Finger reichen wolle, wenn es galt, ihnen ihr Alter leicht zu machen. Sie seufzten, wenn er in ihre Nähe geriet, und bei Tisch landete das Gespräch zwischen den beiden Alten ganz von selbst immer wieder bei Eltern, die sich für ihre Kinder abgearbeitet hätten und zum Entgelt dafür den schwärzesten Undank ernteten.

Dies alles wurde Mattis bald zuviel; hier war etwas, über das er nicht hinwegkam. Die Pflicht hatte tiefe Spuren in ihn getreten, in denen sich jederzeit leicht wieder Fuß fassen ließ. Er war es gewohnt, sich opfern zu müssen, und gab eines Tages nach. Ihm war nur, als ob die einzige Luke, die ins Licht und in die Welt hinausführte, zugeschlagen würde.

Der Onkel lebte nach der Hochzeit merkwürdig auf, zum großen Ärger der beiden Alten. Es hatte noch gute Weile für sie, Bauersleute zu werden. Mattis selbst war die Sache gleichgültig. Er hielt sich abseits und wurde auch dadurch nicht umgänglicher, daß sich Bodil beeilte, ihm einen kleinen Jungen zu schenken. Das war bloß einer mehr, dem man aus dem Wege gehen mußte!

Mattis war nicht gut zu dem Jungen, und das erwartete auch keiner von ihm. Ihn zu sehen hieß einen Splitter ins Auge bekommen! Er wurde böse, wenn er Zeuge der sorglosen Freude des Kindes war, und auch, wenn es ihm, durch Erfahrungen gewitzt, aus dem Wege ging; es brauchte ihm nur unter die Augen zu kommen, dann stieg sofort Zorn in ihm auf. Über die eigentlichen Ursachen seiner Gesinnung gegen den Kleinen legte er sich keine genauere Rechenschaft ab. Aber weil ja alles eine Erklärung haben muß – auch vor einem selber –, erklärte er sich sein Verhalten etwa als das eines strengen, aber gerechten Erziehers. Wo die anderen vor den angehenden Jungenstreichen des Kleinen ein Auge zudrückten, griff er mit harter Hand ein. Er hatte selbst eine strenge Jugend gehabt – nun gab er das Erbe weiter.

Bodil wagte nicht, mit ihm darüber zu reden, sie war

sich überhaupt nicht im klaren darüber, ob und wie ihm beizukommen sei. Er kam nie mit Vorwürfen, aber trotzdem hatte sie Angst vor ihm; irgend etwas in seinem Blick riet ihr, sich in acht zu nehmen.

Es hätte auch keinen Zweck gehabt, mit Mattis wegen seines Betragens dem Kind gegenüber zu rechten – er litt selbst genug darunter. Und obwohl er sich bemühte, fand er doch keinen Ausweg. Durch seine Hilflosigkeit kam es schließlich so weit, daß sich sogar seine Gewissensbisse gegen den kleinen Hans kehrten.

Eines Tages ertappte Mattis den Jungen, wie er draußen im Schuppen stand und den Schleifstein herumsurren ließ, daß ein heller Wasserstrahl zwischen Stein und Fußboden stand; er war so vertieft in sein Spiel, daß er nichts ahnte, bis der Vater ihn am Genick hatte. Er schrie wie wahnsinnig auf vor Schrecken, als er den Vater über sich erkannte, und dieser Schrei lähmte etwas in Mattis und hemmte seine schwere Hand. Er schleuderte den Jungen verwirrt von sich in einen Stoß Grünfutter und taumelte zum Hauklotz, um Holz zu hacken. Des Kleinen entsetzliches Erschrecken vor ihm hatte ihn in einen wunderlichen Zustand versetzt.

Das verzweifelte, klagende Gejammer des Jungen klang in seine Arbeit hinein, übertönte seine Axthiebe und sickerte ihm unaufhörlich wie eine Anklage entgegen. Stärker und stärker schlug er zu, den Laut zu übertäuben, aber er vermochte nicht, sich davon zu befreien. Schließlich konnte er es nicht mehr aushalten. Er warf die Axt weit von sich und erhob sich aufgebracht. Zum Teufel, war denn kein Stück bei der Hand, den verfluchten Bengel ein für allemal zum Schweigen zu bringen! Es flimmerte ihm vor den Augen, so wütend war er.

Und plötzlich war es, als ob das Ganze berste – der Zorn und alles andere – und in ihm zusammenstürze. Er strich sich über die Augen und stierte erschrocken hinüber zur Schuppenwand. Der kleine zerquälte Junge, der dort lag, zusammengekauert und zitternd, und versuchte, das Weinen zu verschlucken, um nicht noch mehr Prügel zu kriegen, das war ja er selber, Mattis! Und der Schleifstein – ja, er hatte sich nur hineingestohlen und ihn herumsurren lassen, weil das Wasser so lustig spritzte, wenn der Stein richtig in Schwung kam. Fahrt, Fahrt! Es gab nichts, was damals sein Kinderherz mehr hatte erfreuen können, als irgend etwas in rasende Bewegung zu versetzen, so daß es rundum förmlich sprühte. Aber das durfte man nicht, und so tat man es heimlich, wie alles, an dem etwas dran war. Der Fußboden wurde ja naß davon, und eines Tages kam die Strafe fürchterlich über einen, gerade so wie jetzt über ... Der Fußboden war nur aus Lehm und konnte keinen Schaden nehmen; so klein er damals auch gewesen war, so hatte er doch erkannt und begriffen, daß es etwas gab, was angesäuertes Gemüt hieß. Und jetzt? Sein ganzes Leben hatte darin bestanden, Stück für Stück seines Schwunges einzubüßen, bis er ebenfalls ein verbitterter und verschrumpelter Grimbart geworden war, geradeso wie sein Vater. Nun machte er selbst Jagd auf die unschuldige Freude des Kindes – der Büttel, der er war!

Das erstickte, stoßweise Schluchzen des Kindes schickte Anklage auf Anklage gegen ihn; es erschütterte ihn, so daß ihm wund und weh ums Herz wurde und es ihn im Hals würgte – er *mußte* diesen Laut zum Schweigen bringen! Ratlos und verwirrt sah er sich um, als suche er noch einmal nach dem Stock, stürzte dann plötzlich zu dem Jungen hinüber und hob ihn zu sich empor. Mattis war es nicht gewohnt, jemanden zu umfangen; der kleine Körper überraschte seine Handflächen, erfüllte sie mit zärtlicher Wärme. Wie war es doch verwunderlich lieb, einen zu umfangen! Er nahm den Jungen auf die Knie und versuchte, ihm die kleinen, schmutzigen Hände vom Gesicht zu nehmen; erst jetzt beachtete er sie: Sie glichen ein paar kleinen Grabschaufeln, trugen alle Spuren ihrer Umwelt und waren innen hart, gerade wie seine eigenen. Ein richtiger Junge war das, der seine Fäuste nicht schonte.

Schweigend ließ sich der Kleine die Hände vom Gesicht ziehen, vielleicht weil er Furcht hatte. Aber er wollte Mattis nicht in die Augen sehen, sondern wendete sich ab und strampelte, um herunterzukommen.

In seiner Ratlosigkeit verfiel Mattis darauf, ihn mit hineinzunehmen an den Schleifstein und diesen herumwirbeln zu lassen, daß das Wasser nur so über den Fußboden spritzte. Der Junge war mißtrauisch und hielt sich nahe der Tür, aber die Augen konnten sich doch nicht wehren; sie stahlen sich heimlich hervor, um etwas zu erhaschen. Und ein Spritzer, der ganz herüberflog bis auf seine Füße, brachte ihn zum Lachen.

»Kannst du wohl Vater naß spritzen?« fragte Mattis und stellte sich an die Tür. – Es war das erstemal, daß er sich selbst diesen Namen gab. Der Junge schob sich, noch immer etwas beklommen, zum Schleifstein hin, und bald war das Spiel in vollem Gang. Dieses Spiel mit dem opalisierenden Wasser, das in der Luft stand wie der Schwanz eines Gockels und dann plötzlich in Spritzer zerbarst, belustigte auch Mattis. Er holte – etwas spät – hier am Schleifstein ein Stück seiner Kindheit nach und lachte mit dem Jungen um die Wette.

In der ersten Zeit war Hans noch scheu, und es war an Mattis, zu ihm zu kommen. Das Mißtrauen des Jungen tat ihm weh und machte ihn bisweilen sogar böse, aber er hatte keine andere Wahl. Er duckte sich und ging, den kleinen Burschen aufzusuchen und ihn an sich zu locken. Wo nichts anderes half, konnte er ihn jederzeit gewinnen, wenn er sich dabei des Schleifsteins bediente.

Aber bald kam der Knirps ganz von selbst und legte die kleine Hand in die seine, und Mattis wunderte sich darüber, wie schnell das Kindergemüt vergeben und vergessen kann, und – schämte sich vor sich selbst. An ihm ließ sich nun nicht mehr viel ändern, sein Gemüt war längst erstarrt und konnte nicht mehr umgeformt werden. Aber im Zusammensein mit dem Jungen war ihm, als erlebe er gleichsam die andere Seite seiner Kindheit, jene, die hätte sein *können*; und deswegen konnte er ihn nicht entbehren.

Der Schleifstein wurde der Ausgangspunkt für alles, Spiel und Ernst. Als Hans heranwuchs, wurde der Stein von anderem, was spannender war, in den Schatten gedrängt. Hans lernte fischen und ein Segelboot führen und war mit dem Vater bei der Landarbeit. Stets war der Junge hinter Mattis her oder Mattis hinter ihm; sie konnten einander nicht entbehren und wuchsen mit der Zeit verwunderlich nahe zusammen. Allen anderen gegenüber war und blieb Mattis der mürrische Grimbart, und dazu kam jetzt noch, daß er den Jungen zu verteidigen hatte.

»Er soll nicht mein Leben führen«, sagte Mattis zu sich selber und sorgte dafür, daß der Junge so wenig wie möglich gehemmt wurde. Wenn die anderen Pläne schmiedeten, was er werden sollte, schnitt Mattis die Erörterung kurz mit der Erklärung ab, daß er das Recht haben solle, selbst zu wählen, wenn es soweit wäre.

Mattis wußte gut, was der Junge wählen würde, lange bevor der selbst es wußte, und dieses Wissen machte ihn alles andere als froh. Aber er verbiß es in sich, und nach der Konfirmation ging er selbst mit Hans zur Stadt und sorgte für eine gute Heuer. Als er heimkam, ging er in den Schuppen hinaus; dort saß er fast den ganzen Tag, in Grübeleien versunken, während der harte Nagel seines Daumens an dem weichen Schleifstein schabte und schabte. Er begriff den Sinn des Ganzen nicht.

Als aber der Junge nach einigen Wochen wieder heimkehrte mit der Erklärung, er sei abgemustert worden, weil der Kasten leck gesprungen wäre und auf Helling gelegt werden müßte, bekam sein Dasein wieder einen Inhalt. Mattis begriff wohl, daß es auch einer Erklärung dafür bedurfte, warum der Junge heimkehrte, anstatt sich nach einer anderen Heuer umzusehen – aber er liebte ihn deswegen nur um so mehr.

Wenn sie zusammen arbeiteten, sprachen sie häufig davon, daß man sich nach einer neuen Heuer für Hans umhören müßte, und von Mattis' Seite war das aufrichtig gemeint. Er wäre der letzte gewesen, der sich der Zukunft des Jungen in den Weg gestellt hätte.

Der Winter verging aber, ohne daß sich etwas zeigte, und im Frühjahr erklärte Hans, daß er das Zimmermannshandwerk erlernen und dann als Zimmermann fahren wolle; das versprach höhere Heuer. Mattis machte zwar einige Einwendungen, aber sie hatten kein rechtes Gewicht, und es blieb bei dem, was der Junge wünschte.

Im Sommer darauf starb endlich der Lauenhofbauer. Mattis' Eltern lebten noch, aber sie waren sehr alt und hinfällig; die Aussicht, einmal auf dem Lauenhof wohnen zu können, hatte das Leben in ihnen weit über das Vernünftige hinaus erhalten. Mattis selbst hätte den Hof am liebsten verkauft, aber die Alten und Bodil stritten dagegen. So ließ er sie denn hinaufziehen, er selbst blieb in der Hütte. Er hatte nichts mit dem Hof zu schaffen und sehr wenig auch mit den dreien, abgesehen davon, daß sie ihn eingesperrt hatten. Jetzt war er – endlich – von allen drückenden Banden befreit. Frei war er nicht und wurde es auch nie; er fühlte, daß er allzu lange eingesperrt gewesen war, um noch frei werden zu können; aber die Bande, die ihn nun fesselten, schnitten nicht ins Fleisch. Hier unten in der Hütte hatte er alles, was ihn ans Dasein band: das Meer, das seinen Gesang in ihm gesungen hatte, seit er geboren war, und – den Jungen.

Der Junge blieb während seiner Lehrzeit bei ihm wohnen, und Mattis erwärmte sich an dem jungen Gemüt. Er konnte es nicht mehr ertragen, daran zu denken, daß er und Hans sich früher oder später einmal trennen müßten; der Junge war seine Verbindung mit der Welt, durch ihn lebte und atmete er. Irgendeinen Wunsch für seine eigene

Zukunft hatte er nicht mehr, alles hatte sich unvermerkt in blinde Ergebenheit und Bewunderung für den jungen Burschen gewandelt. Sehnsucht ins Weite fühlte er auch nicht mehr. Was er jetzt noch vom Dasein erwarten konnte, müßte durch den Jungen vollendet werden.

Hans sollte das Leben für ihn leben; alles das, worum er selbst in seinen jungen Jahren gekommen war, sollte am liebsten dem Burschen zuteil werden. Aber ach, er konnte ihn ja gar nicht entbehren!

Dies Gefühl wuchs nach und nach zu einem heimlich nagenden Schmerz an, zu Selbstvorwürfen, daß er das Opfer des Jungen entgegennehme und ihn zu Hause festhalte. Eines Tages ging es Mattis in seiner ganzen Härte auf, daß er Hans im Wege stand – gerade so, wie sich seinerzeit andere ihm in den Weg gestellt hatten. Das peinigte ihn, und es war ihm furchtbar, an den einzigen Ausweg zu denken, denn der führte in die Einsamkeit zurück. Das einzige Wesen, das sein Herz erwärmt und ihm Freude gegeben hatte, sollte er selbst von sich weisen. Mattis, der doch gewohnt war, zu verzichten, kämpfte dieses Mal einen harten Kampf, bevor er siegte.

Eines Sonntagvormittags nahm er Hans mit auf die See hinaus. Sie fischten mehrere Stunden lang Dorsche auf den »Gründen«, wo die Grasdorsche stehen; dann ruderten sie umher und boten die Fische auf den verschiedenen, vor Anker liegenden Schiffen feil, die der Landwind hierhergetrieben hatte. Mattis ging selbst an Bord und handelte mit den Schiffern, während Hans unten im Boot blieb und ihm die Fische zuwog.

Von einem der Schiffe, einer großen Bark, kam Mattis mit so seltsamen Bewegungen wieder ins Boot geklettert, daß Hans einen Augenblick lang dachte: Die haben ihm an Bord sicher einen eingeschenkt. Aber er unterdrückte diesen Gedanken sofort; sein Vater trank ja niemals Schnaps. Mattis setzte sich auf die Ruderbank und stierte vor sich hin; sein Ausdruck war furchtbar ernst, beinahe versteinert.

»Nun gehst du am besten gleich an Bord«, sagte er mit heiserer Stimme. »Sie brauchen einen Zimmermann und bieten dir gute Heuer.«

Eine jähe Freude entzündete sich im Antlitz des Sohnes – da fing er den erloschenen Blick des Alten auf. »Aber du – Vater?« fragte er langsam.

»Ich? – Ich rudre heim und packe deinen Kram. Ich werde noch vor Abend wieder hiersein – und früher wird sich der Wind nicht drehen.« Mattis stierte in die Wolken hinauf.

»Ja, aber ich meine, du selbst. Was willst du dann …?«

»Was ich will? Na … ich …«, Mattis sprach tonlos und verstummte mit einemmal.

»Geh mit, Vater! Hier hast du doch nichts, was dich hält. Wir nehmen gemeinsam Heuer, hier oder auf einem anderen Schiff. Laß uns zusammen auf große Fahrt gehen, du!«

Mattis saß versunken da, als höre er gar nichts oder lausche einer fernen Musik. Dann richtete er sich plötzlich auf. »Ja, wir lassen uns zusammen anheuern, du und ich«, sagte er und drückte Hans die Hand. »Und nun geh an Bord!«

»Und du kommst mit zwei Bettsäcken!« rief Hans dann von der Reling herunter. Mattis nickte.

Zwei Bettsäcke! – Ob der Junge das wirklich im Ernst meinte? Seine Jugend könnte doch wohl verlangen, nicht immer einen Klotz am Bein mit sich herumschleppen zu müssen. Ein guter und liebevoller Sohn war er gewesen, er, der so unerwartet im Nest aufgetaucht war wie ein Kuckucksjunges. Von ihm hatte Mattis erhalten, was ihm zukam – und noch mehr dazu; und nun mußte es genug sein. Hier an Bord war kein Platz für ihn.

Er packte die Schiffskiste und das Bettzeug für seinen Sohn und ließ sie durch jemand anders hinausrudern; selbst konnte er nicht. Er folgte dem Boot mit den Augen, bis es am Schiff anlegte; dann ging er in den Geräteschuppen und machte sich daran, ein Netz zu flicken. Er fühlte, daß der Wind sich zu drehen begann, und wußte, daß jetzt die Bark und die anderen Segler da draußen ihre Anker lichteten. Aber er sah nicht auf.

Er hatte sich wieder in sein Gefängnis begeben. Was nützte es, zurückzuschauen?

1915   *Übersetzt von Christian Döring*

Der Hofsänger

Wer liebt nicht die Singvögel? Und wenn es die Obrigkeit ist: Sie schützt sie und wacht darüber, daß ihnen kein Leid geschieht. Und alle tun wir, was uns möglich ist, damit sie bei unseren Häusern nisten und uns etwas vorsingen. Läßt sich eine Nachtigall in einem Garten nieder, dann empfindet es der Besitzer als ein Liebeszeichen aus der Hand der Natur.

Der Hofsänger aber ist etwas für sich. Im Gegensatz zu allen anderen Singvögeln hat er sich die Hauptstadt zum Aufenthaltsort erwählt und ist nur dort anzutreffen – nur in Armeleutevierteln. Während zum Beispiel die Nachtigall einen Park dem Garten des kleinen Mannes vorzieht, rückt der Hofsänger aus seiner Gegend aus, sobald sie vornehm wird.

Der Hofsänger ist der Singvogel der armen Leute. Er tritt erst gegen Winter auf, wenn alle anderen Singvögel längst verstummt sind, und meist verschwindet er wieder, sobald die Luft frühjahrsmäßig wird. Hunger und Kälte sind es, die die Töne aus seiner Kehle hervorlocken und die Hinterhöfe der Hauptstadt in gewaltige, bebende Vogelkäfige verwandeln.

Noch vor zehn Jahren war der Hofsänger in Kopenhagen etwas ziemlich Alltägliches. Aber unter den Einwohnern der Stadt hatte er nur die Armen zu Freunden – alle anderen wurden wütend von seinem Gesang. Und dieselbe Obrigkeit, die die Lerche und andere Singvögel schützt, war ihm aus irgendwelchen Gründen feindlich gesinnt und legte ihm Schlingen. Und heute ist er so gut wie ausgerottet. In den düsteren Hinterhöfen der Großstadt darf kein Lied erklingen.

Hier folgt ein kleiner Bericht, wie einer der letzten Hofsänger gehetzt und zur Strecke gebracht wurde.

Der Maschinenarbeiter Vang war von gleicher Herkunft wie nicht wenige weltberühmte Tenöre – und singen konnte er ebenfalls. Fast alle großen Sänger und Sängerinnen stammen aus der Welt des armen Mannes; sie bedeuten einen seiner vielen Versuche, sich auf Erden Gehör zu verschaffen, sein Optimismus bringt sie hervor.

Vang besaß eine großartige Stimme, und oft genug habe ich darüber nachgedacht, wie weit er es wohl hätte bringen können, wenn ...

Doch jedes »wenn« und »falls« war im Grunde genommen überflüssig, da er nun einmal Maschinenarbeiter war und Frau und Kinder hatte. Überdies gefiel ihm sein Beruf sehr gut.

Er sang seinem Weibchen und seinen Jungen vor, wie es sich für einen richtigen Singvogel gehört; und um die Zeit, da er abends von der Arbeit nach Hause kam, pflegten die Bewohner des Vorderhauses ihre Hoffenster aufzumachen, damit sie von dem Gesang ein wenig abbekamen. Er wohnte im Hinterhaus.

Ich hatte eine kleine Dachkammer nach dem Hof zu, und manchen Abend ging ich überhaupt nicht fort, sondern saß im Dunkeln und träumte bei diesem unermüdlichen Gesang zum Preis des eigenen Nestes vor mich hin; er schien – wie bei der Lerche – aus unerschöpflichen Quellen hervorzubrechen. Das war nach einem schweren Arbeitstag ein herrliches Ausruhen – und eine wunderbare Linderung für einen, der nicht ganz aus freien Stücken Einsiedler war.

Eines Abends sang er nicht. Es kam ja ab und zu vor, daß er und seine Frau ausgingen, auf Besuch oder dergleichen; man nahm es hin als etwas, das nun einmal dazugehörte – als Sängerlaune, und tröstete sich damit, daß es nicht allzuoft vorkam. Aber an diesem Abend war die Stille von anderer, gleichsam aufdringlicher Art; irgend

279

etwas Unfaßbares brachte mich zu der Überzeugung, daß in dem kleinen Nest im dritten Stock des Hinterhauses etwas vorgefallen war.

Auch an den folgenden Abenden ließ er sich nicht hören. Ich erkundigte mich im Haus und erfuhr, daß er arbeitslos geworden sei. Mehr wurde nicht gesagt, und mehr war auch nicht nötig. Dieses einzige verfluchte Wort enthielt alles.

Den Bewohnern der Arbeiterviertel ist Arbeitslosigkeit zur Winterszeit wie eine verheerende Pest- oder Choleraepidemie – keiner weiß, ob er den morgigen Tag erleben wird. Wenn sie in dem Stadtteil erst einmal ausgebrochen ist, spukt sie in allen Gesichtern – macht sie blau und grau und unangenehm gespannt. Wo sich zwei begegnen, sagt ihr starrer Blick: Was – lebst du noch? – Jederzeit kann sich einem die Erde unter den Füßen auftun; niemand weiß, wann er an der Reihe ist, vom Dasein ausgeschlossen zu werden. Sooft sich zwei Menschen voneinander verabschieden, geschieht das mit dem heimlichen Gedanken: Wer von uns beiden wird wohl zuerst drankommen? Niemand kennt die Stunde seiner Heimsuchung; man geht ruhig und vergnügt ins Bett – und wenn der Tag graut, ist der Engel des Hungers dagewesen und hat einem sein graues Kreuz an die Tür gemalt. Wenn die schwarzen Leichenträger der Pest an die Tür pochen und es flüsternd von Mund zu Mund geht: »Sie holen Petersen!«, kann es nicht unheimlicher klingen, als wenn es wie ein Seufzer durchs Haus geht, daß der und der arbeitslos geworden sei.

Bisher war unser Haus seltsam verschont geblieben. Weihnachten war glücklich vorübergegangen, der Januar mit seinem Optimismus hatte angefangen. Das neue Jahr bedeutet für die kleinen Leute nicht nur strengere Kälte, sondern auch mehr Lebensmut – es geht wieder aufwärts, dem Licht entgegen! Man atmete schon auf und meinte, für diesen Winter sei das Schlimmste überstanden – da traf es Familie Vang!

Von meinem Fenster aus konnte ich gerade in die kleine Wohnung im dritten Stock hineinsehen. Auf einem Tisch dicht an dem anderthalb Fach breiten großen Fenster stand die Nähmaschine; vormittags, wenn die Sonne schien, saß hier häufig die lustige kleine Frau Vang. Über ihrem Kopf hing der Kanarienvogel, der zu dem Rattern der Nähmaschine ständig wie besessen trillerte, und am Tischende saß ein kleiner Knirps von drei, vier Jahren mit seinem Spielzeug. Wie mochte es der kleinen Familie, die immer so froh beisammen gewesen war, jetzt gehen? Zu kleinen Leuten kommt die Not selten später als ein oder zwei Tage nach der Arbeitslosigkeit.

Ja, wie ging es ihnen wohl? Ständig waren die Vorhänge zugezogen; die Fenster wirkten wie geschlossene Augen. In das, was dahinter vorging, sollte niemand Einblick erhalten. Die lustige Familie hatte sich in sich selbst zurückgezogen.

Ich versuchte eine Annäherung, wurde aber abgewiesen; hatte ich mich in ihren guten Zeiten nicht bei ihnen gezeigt, so konnte ich auch jetzt getrost meine Nase draußen behalten. Ab und zu begegnete ich dem Mann oder der Frau im Haustor; sie trugen das eine oder andere unterm Arm und waren wahrscheinlich auf dem Weg zum Leihhaus. Kein Mensch im Haus erfuhr, wie sie sich durchschlugen; aber es ließ sich ja ahnen, daß es auf Kosten des Hausrats geschah.

Eines Tages waren die Vorhänge verschwunden und durch Zeitungen und einen alten Schal ersetzt – Dinge, die trostlos die Leere verrieten, die sie verbergen sollten. An diesem und den folgenden Tagen dachte ich mehr an die Familie Vang, als nützlich ist, wenn man mit dem Leben auf gutem Fuß stehen will; ihr Schicksal konnte einen wohl dazu bringen, mit diesem oder jenem ins Gericht zu gehen.

Eines Vormittags aber wurde ich auf die schönste Art aus meinen finsteren Gedanken aufgerüttelt. Eine bekannte helle Stimme stieg plötzlich aus der Tiefe des Hofes empor und schwebte in der kalten Winterluft hoch über dem Hofraum, trillernd wie eine Lerche, die an ihren Flügeln hängt. Es versteht sich, daß mein Fenster mit Schwung aufflog.

Mitten auf dem Hof stand der Maschinenarbeiter und sang, den Kopf entblößt und das Gesicht hinauf zu den Fenstern gerichtet. Er sang *Tycho Brahes Abschied*, und seine Stimme schwang bewegt zwischen den starken Mauern. An allen Fenstern waren Zuhörer; sie klatschten Beifall und warfen ihm in Papier eingewickeltes Geld hinunter. Ein zehnjähriger Bursche, sein ältester Junge, sprang auf dem Beton hin und her und sammelte auf.

Als ich kurz darauf fortging, begegnete ich Vang und dem Jungen vor dem Haustor; sie waren auf dem Weg in einen anderen Hof. Vangs Augen leuchteten, als er mich sah; er grüßte wie einer, der den Sprung gewagt und Glück gehabt hat.

»Passen Sie auf«, sagte ich. »Sie wissen doch, daß es verboten ist, auf den Höfen zu singen.«

»Verboten, ja! – Möchten Sie mir sagen, was in diesem naßkalten Lande nicht verboten ist? Ich bin zwei Jahre mit einem deutschen Monteur gereist; wir waren in allen Städten Europas und haben Maschinen aufgestellt, und überall durften die Leute auf der Straße singen und spielen, soviel sie wollten – sogar in Berlin. Bloß hier zu Hause sind wir solche Griesgrame, sehen Sie! Na, dieses Verbrechen gehört wohl nicht zu den allerschwersten, und sollte ein Bulle kommen, dann steht ja mein Junge hier draußen vor dem Tor und warnt mich. Es wird schon gelingen!«

Und es schien ihm wirklich zu gelingen. Es machte richtig Spaß, zu sehen, wie es mit ihm und der Frau wieder bergauf ging und sie ihr altes, fröhliches Lächeln zurückgewannen. Die häßliche Fensterverkleidung verschwand, die Vorhänge kamen wieder an ihren alten Platz. Oftmals begegnete ich ihnen auf dem Weg nach Hause; stets trugen sie das eine oder andere unterm Arm – wahrscheinlich aus dem Leihhaus.

Aufstieg ist immer erfreulich, und doppelt erfreulich ist es, Menschen zu sehen, die aus eigener Kraft das schwere Rad des Schicksals wenden. In allen Höfen war Vang ein gern gesehener Gast; das Viertel gab ihm den Spitznamen *Herold der Armen*.

Ich traf ihn häufig in unserem Viertel, und bald wurden wir gute Freunde.

Eines Abends kam er zu mir in mein Kämmerchen, um mich in einer sehr wichtigen Angelegenheit um Rat zu fragen. In jenen Jahren tauchte gerade ein neuer Gesangsstern, ein Tenor, am Himmel auf; ein italienischer Droschkenkutscher war durch reinen Zufall von einem der Professoren des Mailänder Konservatoriums entdeckt und unter kundiger Leitung ausgebildet worden. Nun zog er von einer Hauptstadt in die andere und zwang die ganze Welt, sich ihm zu Füßen zu legen. Sein Ruhm war natürlich auch zu uns gedrungen, und eine Zeitlang wurde viel darüber geredet und geschrieben, ihn auch hierherkommen zu lassen. Das scheiterte aber an seinen ungeheuren Honorarforderungen.

Vang hatte die Laufbahn des Sängers in den Zeitungen verfolgt und war von dessen märchenhaftem Schicksal stark beeindruckt. Ich hatte mehrmals bemerkt, daß er sich mit dem Italiener – dem ehemaligen Droschkenkutscher – verglich und aus dem Vergleich gewisse Schlüsse zog. Und Stimme besaß er, ohne Zweifel. Wieweit sie ausreichte, eine Zukunft darauf aufzubauen, konnte ich natürlich nicht entscheiden. Und da ich weder für Vang noch für die Welt einen Gewinn darin sah, wenn er und seine Familie aus ihrem bescheidenen, glücklichen Dasein herausgerissen würden und es dafür vielleicht einen reisenden Tenor mehr gäbe, wich ich jedesmal aus, wenn die Unterhaltung auf seine künstlerische Aspiration überzuleiten drohte.

Aber heute ging er stracks auf das Thema los. Die Sache war die, daß der italienische Sänger nun doch hierherkommen wollte, und zwar in allernächster Zeit. Die Zeitungen wußten nämlich zu berichten, daß es einem der größten Grundbesitzer des Landes unter großen finanziellen Opfern gelungen sei, den Sänger für seine Soiree zu verpflichten, die er, wie jeden Winter, auch in diesem Jahr veranstalten würde, um seine Übersiedlung vom Land in sein Palais in der Bredgade zu feiern.

»Was meinen Sie – sollte ich nicht den Italiener aufsuchen und ihn bitten, meine Stimme zu prüfen?« fragte Vang mit vor Erwartung glühenden Wangen.

»Warum gerade ihn? Wir haben doch einheimische Kapazitäten genug«, antwortete ich.

Vang verzog die Mundwinkel. »Den Menschen hier fällt es so schwer, in einem, der von unten kommt, Fähigkeiten zu erkennen; aber der hat doch selber der Unterklasse angehört. Wenn er also meinte ...« Vang versank in seine sicherlich sehr ausschweifenden Zukunftsgedanken, und sein Gesicht bekam einen träumerischen Ausdruck.

»So eine Ausbildung ist eine kostspielige Geschichte«, versuchte ich mich von neuem. »Sie dauert Jahre – und die Familie muß doch auch leben.«

»Gewiß, das ist richtig. Aber mit meiner Hofsingerei verdiene ich ja auch allerlei.«

»Solange es dauert. Es ist polizeilich verboten, und früher oder später ...«

»Es ist doch bisher gut gegangen.«

»Der Krug geht so lange zu Wasser ...«

»Ich glaube nicht, daß mir die Polizei was tun wird. Die Polizisten hier in unserem Viertel haben mich oft genug gesehen. Und warum sollte man sich denn da auch einmischen? Der Italiener singt in der Bredgade dem Grafen und seinen Gästen vor – vielleicht kommt sogar der Hof und hört ihm zu. Er soll zehntausend dafür kriegen! Na, er kriegt sie natürlich nicht in Zeitungspapier zugeworfen, und er singt in einem eleganten Saal. Trotzdem sehe ich keinen großen Unterschied; arme Leute haben ja keinen anderen Konzertsaal als den Hinterhof! Man verbietet den Vögeln doch auch nicht, auf Kopenhagener Grund und Boden zu singen – oder den Menschen, ihnen zum Dank für ihr Singen Krumen hinzustreuen. Und wenn es ihnen nicht einmal Vergnügen macht, mich zu hören!«

Er war von seiner Idee nicht abzubringen, und ich mußte versprechen, ihm behilflich zu sein, einen deutschen Brief an den Sänger zu schreiben, wenn es soweit wäre.

Wir brauchten beinahe einen ganzen Sonntag dazu; Vang konnte ihn nicht gründlich genug haben. »Es kommt darauf an, den richtigen Eindruck zu erwecken – so einer kriegt wahrscheinlich einen Haufen Zuschriften«, sagte er in einem Ton, als sei er stolz auf den Italiener.

Der Brief wurde so zeitig abgeschickt, daß der Sänger ihn gleich bei seiner Ankunft in Händen haben mußte; soviel ich weiß, ist nie eine Antwort darauf eingetroffen. Trotzdem wurde der große Sänger Vang zum Schicksal – wenn auch auf eine traurige Weise, als sich irgendwer vorgestellt hatte.

Es war am Tag der Soiree. Die beiden Polizisten, die an diesem Abend vor dem Palais patrouillieren, für geregelten Autoverkehr und so weiter sorgen sollten, wurden schon mittags aus dem Wachlokal entlassen, damit sie sich ein wenig ausruhen und ihre Galauniform nachsehen könnten. Sie wohnten beide draußen am Jagtvej, und auf dem Heimweg unterhielten sie sich über den seltenen Singvogel, der abends auftreten sollte. »Wenn man ihn doch auch hören könnte«, meinte der eine. »Aber so was ist ja nichts für unsereins.«

Ob nun eine Gedankenverbindung, ausgelöst durch den Sänger, oder der reine Diensteifer schuld daran war – jedenfalls kamen sie überein, den Nachmittag gemeinsam zu verbringen und auf Nörrebro nach Hofsängern und anderen »Bettlern« auf die Jagd zu gehen. Sie gingen nach

Hause, zogen altes Zivilzeug an, um besser auf Schußweite an das Wild heranzukommen, und trafen sich auf dem Nörrebro-Rundteil wieder. Von hier aus nahmen sie sich die dichtbewohnten Seitenstraßen mit den nordischen Götternamen vor und suchten eine nach der anderen ab, wobei der Schnelligkeit halber jeder von ihnen eine Straßenseite übernahm.

Vang befand sich gerade auf einem Hof der Aegirsgade und sang, sein Junge stand im Tor Wache. Vang war mitten in *Es war ein Samstagabend*, als ihn ein Individuum, das der Kleidung nach am ehesten ein Lumpensammler zu sein schien, beim Kragen packte und für verhaftet erklärte.

Vang drehte sich rasch um. In der Hand des schäbigen Kerls, der vor einem Augenblick zum Tor hereingeschlichen war und in dem Müllkasten herumgestochert hatte, sah er das Polizeischild blinken – und wurde rasend. Das war doch ein bißchen zu gemein – sich verkleiden und hinterrücks die Leute anfallen! Er schlug den Polizisten zu Boden, und während er durch das Tor ging, um den Jungen zu schnappen und sich mit ihm davonzumachen, machte er seinem Ekel ausgiebig Luft. So ein Lump – pfui Teufel!

Aufgeregt, wie er war, überhörte er den scharfen Pfiff der Polizeipfeife und lief draußen vor dem Tor dem anderen Polizisten gerade in die Arme. Er kehrte um und lief durch das Tor zurück, rannte seinen ersten Angreifer über den Haufen und setzte über einen Bretterzaun, die Polizisten dicht auf den Fersen. Er landete auf einem Lagerplatz und fand nicht mehr hinaus; und dort wurde er gestellt und nach kurzem, blutigem Kampf überwältigt.

Wir im Hause erfuhren es gegen Abend – eher hatte sich der Junge nicht nach Hause getraut, und wir wußten sogleich, was das zu bedeuten hatte. Das Sinnloseste von allem hatte er begangen: Er, der ordentliche Vang, der gutmütigste Mensch der Welt, hatte sich an der Polizei vergriffen! Jeder von uns war sich völlig klar darüber, daß nicht das geringste geschehen wäre, wenn die beiden Polizisten in Uniform aufgetreten wären. Der Zorn war mit ihm durchgegangen, Winkelzüge und Hinterlist konnte er nicht ertragen. Aber was half das? Er hatte ein Sakrileg begangen, und selbst das beste Zeugnis würde ihn nicht retten.

Die beiden Polizisten erschienen an diesem Abend nicht in Galauniform vor dem Palais; sie waren einem Paar Schmiedefäusten ausgesetzt gewesen und nicht präsentabel – um so schlimmer für Vang! Er erhielt ein Jahr Zuchthaus für diese Geschichte.

Irgendwelchen größeren Seelenschaden hat er dadurch nicht erlitten. Er ist einer der wenigen – wenn nicht gar der einzige –, die ich aus der Strafanstalt kommen sah, ohne daß sie verdorben worden waren. Er ist nur sehr still geworden.

Und seine Stimme hat er verloren.

»Das kommt von den feuchten Mauern«, sagt er selbst.

Aber andere Gründe sind vielleicht ebensosehr schuld daran.

1916   *Übersetzt von Ellen Schon und Karl Schodder*

Ein Strandwäscher

1

Die Hochzeit auf Bakkegaard wurde lange und gründlich in der Gemeinde erörtert. Ausnahmsweise verweilte das Getratsch diesmal am längsten bei denen, die nicht dabeigewesen waren; das waren alle angesehenen Leute der Gegend. Gebeten hatte man sie ja gehörig, aber rundum von den Höfen kamen in den letzten Wochen vor der Hochzeit Boten mit Geschenken und mit Grüßen, man möchte doch vielmals entschuldigen, aber ... Der eine hatte dies, der andere das, alles unaufschiebbar. Die ersten Absagen nahm Karen Bakkegaard noch für bare Münze, aber bald merkte sie, daß ein Plan dahintersteckte; sie sollte ausgesperrt werden!

»So könnt ihr euren Dreck auch behalten!« sagte sie zu dem nächsten Reiter, der mit Geschenk und Entschuldigung vor der Treppe hielt. »Hier braucht ihr euch nicht mehr herzubemühen.« Der Sohn vom Engegaardsbauern warf sein Pferd herum und ritt ohne Lebewohl vom Hof weg; das Gerücht, wie er empfangen worden war, flog noch hurtiger; bis zum Abend hatte es sich über die ganze Gemeinde verbreitet. Seitdem kamen weder Geschenke noch Entschuldigungen.

Das war der Bakkegaardsbäuerin ganz recht; lieber offener Krieg als all das Geklatsch und Getratsch hinter ihrem Rücken, das sie in der letzten Zeit gespürt hatte. Konnten alle, die ihresgleichen waren, sie entbehren, dann würde sie ihnen schon zeigen, daß sie ebenfalls ohne sie leben konnte. Für jede Absage, die von einem Hofbauern kam, bat sie zwei Häusler, denn ihre Hochzeitsfeier wollte sie haben. Am meisten tat es ihr weh, daß ihre drei erwachsenen

288

Söhne nicht auf die Einladung geantwortet hatten, aber vielleicht kamen sie doch an dem Tage selbst. Und wenn nicht, so mochten sie nur wegbleiben! Konnte sie ohne alle die anderen aus ihrem Kreis auskommen, so würde sie es sich wohl leisten können, auch die Söhne zu entbehren. Karen war stärker ins Aufräumen gekommen, als sie selbst wollte, aber nun mußte es eben gehen, wie es ging. Sie war sehr geneigt, die Augen zu schließen und das Ganze über die Schwelle hinauszukehren – Gutes und Schlechtes durcheinander.

Der, für den sie alles opferte, hauste in der Stadt drinnen und ließ sich nur selten sehen. Sie hätte ihn jetzt gern bei sich gehabt; die Wirtschaft verlangte nach der leitenden Hand eines Mannes, und viel war in Angriff zu nehmen. Außerdem wäre es nett gewesen, jemand bei sich zu haben, an den man sich anlehnen könnte, jetzt, wo alles andere sich gegen einen wandte. Seit dem Tag aber, an dem die Hochzeit festgesetzt worden war, hatte er draußen so Wichtiges gehabt. Weswegen, darüber zu spekulieren, hatte Karen keine Zeit. Die Vorbereitungen zum Schmaus gaben genug zu denken; und unter all dem anderen lag das beglückende Bewußtsein, daß er ihr nun bald ganz gehören würde, und tat allen Fragen reichlich Genüge.

Erst am Morgen des Hochzeitstages selbst kam er angestiegen, an der Spitze eines ganzen Schwarmes fremder Vögel: laut sprechender, verwegener Kerle, die Hüte im Nacken und mit nachlässig baumelnden Mänteln – Stadtvolk! Es waren Viehhändler, Schlächter und Bauernfänger, Geschöpfe, die sich sonst nur vereinzelt in der Gegend sehen zu lassen pflegten; eine große Erleichterung würde es sein, diese Rotte erst wieder außerhalb der Gemeindegrenze zu wissen.

Karen Bakkegaards Hochzeitsschmaus wurde großartig genug; es fehlte weder an Gästen, noch mangelte es an Essen und Trinken jeder Art. Sie selbst ging von Tisch zu Tisch, breit und ruhig, nötigte und sah zu, daß es an nichts fehlte. Stattlich war sie anzuschauen in ihrer Hedebotracht, eine schöne Braut, trotz ihrer zweiundvierzig Jahre. Nur zwei rote Flecken oben an den Schläfen wollten nicht so recht zu ihrem fest geschnittenen und gleichmütigen Gesicht passen. Aber das war wohl das Dings da, die Liebe – *der Liebe Brand*, wie geschrieben steht.

Von ihr gingen die Augen unwillkürlich zu dem zwanzigjährigen Burschen oben am Tischende – dem Bräutigam. Schön – ja, diese und jene war wohl in ihn vergafft und machte sich auf seinem Weg zu schaffen; aber für alle anderen war da nichts Besonderes zu entdecken. Eine schwarze Tolle und als Augen ein Paar glühende Kohlen – halb ausgebrannt obendrein –, das war das Ganze! Aber das war es wohl, was die *Liebe* verlangte!

Das Verwerfliche lag nicht darin, daß sich Karen Bakkegaard wieder verheiratete. Sie war eine Reihe von Jahren die rechtschaffene Witwe eines guten Mannes gewesen, hatte die Wirtschaft in seinem Sinne weitergeführt und die drei Söhne untadelig erzogen. Jeder konnte es verstehen, wenn sie sich jetzt müde gelaufen hatte und nach jemand sehnte, auf den sie sich stützen könnte. Und nach etwas Hauswärme – Witwenbett, kälter als Jungfernbett, wie das Sprichwort sagt. Sie hätte einen Witwer nehmen können, einen bejahrten Hofbesitzer aus der Gemeinde, und alle würden das in Ordnung gefunden haben. Aber sich an einem Jungen zu versehen in ihrem Alter, lüstern zu werden – wo sie doch für gesetzt und ehrbar, eingefahren im Gleis alter Sitte galt –, sich in einen schwarzlockigen Landstreicher zu vergaffen, einen Viehhändler oder Schlächter, oder was für ein Auswurf er sonst sein mochte, das war zu schamlos. Es mußte das Blut sein, das jetzt, in den Übergangsjahren, wild in ihr zu rasen anfing! Traurig war es jedenfalls, das mit ansehen zu müssen, und irgend etwas Gutes konnte sicher nicht daraus werden.

Die Bakkegaardsbäuerin ließ die Leute schnacken; sie hatte keine andere Wahl. Ihr ganzes Leben war sie in Schick und Brauch eingespannt gewesen, in die Meinung des Kirchspiels. Wie ein ruhiger, eingedämmter Strom war ihr Leben dahingeflossen, breit und stark, aber innerhalb der einmal gezogenen Grenzen. Nun brach sie plötzlich aus und ging ihren eigenen Weg, warf rücksichtslos allen Anstand und jeden Respekt vor Gott und dem lieben Nächsten beiseite und verheiratete sich sozusagen gegen die Ordnung der Natur.

Sie fühlte das selbst ganz gut; Vergebung war kaum dafür zu erhoffen, und froh war sie nicht. Aber was sollte sie machen! Irgend etwas Wildfremdes hatte sich in ihrem Gemüt eingenistet und trieb es um. Sie war in der Gewalt dunkler Mächte. Konnte sie vielleicht etwas dafür, daß es ihr in der Herzgrube zog und daß sie blutschwindlig und wirr wurde unter Johanns schwarzem Blick? Und daß die Beine ihr den Dienst versagten, wenn er sie bloß anrührte? Recht würden sie schon behalten, die Söhne und die anderen. Tief drinnen in ihr selber saß der Zweifel und fraß und fraß. Aber die Zukunft mochte sich gestalten, wie sie konnte und mußte! Sie hatte keinen anderen Ausweg, als die Augen zu schließen und alles gehenzulassen. Die *Liebe* war über ihr, wie sie sie früher nur aus Liedern und Volksbüchern gekannt hatte, sie hatte allezeit Unglück im Gefolge – Leid und Schande. Die Schande konnte sie abwehren, indem sie hartnäckig daran festhielt, den Weg über die Kirche zu nehmen; die über sie hohnlachten, sollten nur wissen, was allein dies sie an Entsagung und Kampf gekostet hatte. Über Sorge und Unglück hatte sie keine Gewalt; die teilte der Himmel jedem nach Gutdünken zu.

Das kommende Jahr wurde zu einem Dasein in Dunkel und Verborgenheit. Karen Bakkegaard, die ihr ganzes Leben im Lichte des Tages gelebt hatte, mit der Sonne aufgestanden und mit ihr zur Ruhe gegangen war und den Schlaf des Gesunden geschlafen hatte, fühlte sich wie eine Art Dunkelwesen. Der Morgen brachte ihr nicht das starke Gefühl, ausgeruht zu sein. Der Tag kam nicht über sie herein mit klarem Erwachen, doch im Dunkel flammte es rot in ihr auf. Sie ging herum und schämte sich vor dem hellen Tageslicht und den Blicken ihrer Mitmenschen. Sie, die niemals etwas anderes getan hatte, als was Gott den Frauen auferlegt hat und was die ganze Welt wissen durfte, bangte davor, daß man ihr etwas ansehen könnte. Sie fühlte sich unrein unter den forschenden Blicken, kam sich selber vor, als hinge der Alkoven ihr in den Haaren, Kleidern und Augen.

Und ständig erfüllte das Begehren sie mit der gleichen verzehrenden Sehnsucht. Betäubt und schamerfüllt, sich selber fremd, ging sie unter der Sonne und verlangte nach der Nacht mit ihrer schweren berauschenden Traumluft. Ihren ersten Mann hatte sie gern gehabt; sie waren einander gut gewesen und hatten den Tag und seine Arbeit geteilt. Ihr Verhältnis war kameradschaftliches Zusammenarbeiten gewesen – und ein Kuß nach beendetem Tagewerk. Johannes und sie hatten nichts vom Tag gemeinsam; weder begegneten sich ihre Hände jemals in gemeinsamer Arbeit noch ihre Augen in völligem Verstehen. Ermüdet schielten sie einander beim Frühstück an, und zu sagen hatten sie sich nichts. Dann ging sie an ihre Arbeit, und er ließ anspannen und fuhr weg. Sie sorgte für alles, hielt sein Zeug in Ordnung und empfing ihn mit gutem Essen, wenn er heimkam. Er nahm es entgegen als etwas, das ihm zukam, ohne Dank oder Anerkennung. Er selbst fühlte keine Verpflichtung. Er hatte mehr als genug geleistet, indem er sich an ein alterndes Weib fesseln ließ. Versuchte sie, mit ihm über die Wirtschaft zu sprechen, dann gähnte er.

So schwieg sie, aus Furcht, ihn zu langweilen und ihm das Heimkommen zu verleiden, schlug sich allein mit den Dingen herum und schuftete in der Wirtschaft, damit er Geld hatte für seine Fahrten. Am Tag mochte er sich herumtreiben, wie er wollte, da dessen Licht ihnen beiden doch keinen Segen bringen wollte. Aber sie verlangte, daß er zur Schlafenszeit wieder daheim war.

Nach einem Jahr waren sie alle beide ausgebrannt. Sie merkte es sich wie ihm an und entdeckte gleichzeitig, daß sie mit einem Kind ging. Verstört scharrte sie in der Asche nach Funken, nach einem einzigen, kleinen nur! Ein wenig Wärme für den, der ihr das Kind unters Herz gelegt hatte, mußte sich doch finden! Ja, und ein bißchen Zärtlichkeit für die, die nun sein Kind tragen sollte! Es hätte Ruhe und Buße darin liegen können, sich jetzt schwach zu fühlen unter einer starken, schützenden Hand – und diese Hand zu küssen in hingebender Dankbarkeit. Aber da war nichts.

Von jetzt an wurde sie eine andere – wurde wieder die alte, derbe Karen Bakkegaard. Aber etwas Neues kam hinzu, eine Mündigkeit und Bestimmtheit, die in die Knie zwang. Vor keinem schlug sie mehr die Augen nieder, sondern trug ihr hartes Gesicht offen und herausfordernd zur Schau. Die Knechte mußten das Bett und die übrigen Sachen des Mannes in die große Stube schaffen. Verblüfft über den Befehl, schoben sie sich in das Schlafzimmer hinein; sie traten da drinnen auf, als brenne der Fußboden unter ihren Strümpfen, und schielten einander verstohlen an. Der Ort konnte schon zu einem unflätigen Witz herausfordern. Aber in dem Wesen der Frau war etwas, das alles Ungehörige erstickte; verwunderlich rank und entschlossen ging sie umher und räumte in dem lichtscheuen Nest auf, als ob sie hoch über das alles emporgeschossen wäre. Ihr Kerlchen setzte sie ohne weiteres vor die Tür; sie war, scheint's, nicht gesonnen, ihn länger als Hätschellamm zu halten.

Eine Zeitlang hoffte Karen noch, das Kind, mit dem sie ging, würde für sie und Johannes die Brücke zu einem besseren Dasein werden, so daß der Tag unter ihren Händen gut und ergiebig werden würde, wie es für das Zusammenleben zweier Menschen vorausbestimmt ist. Aber auch aus diesem Traum erwachte sie rasch und ernüchtert. Johannes sah bloß, daß sie eine alternde Frau war, doppelt so alt wie er selbst, die – komisch genug – wieder anfing, Kinder zu kriegen.

Da faßte sie einen Entschluß – er sollte weg aus ihrem Leben.

Es fiel ihr nicht einen Augenblick ein, selbst zu gehen; der Hof gehörte ihr, hier war sie durch Geschlechter daheim. Er war das Fremde, das sich eingedrängt hatte und wieder hinausgedrängt werden mußte.

Johannes war nicht gewillt, sich verdrängen zu lassen, und so begann ein Kampf zwischen ihnen um die Herrschaft über den Hof. Er brauchte stets und ständig Geld für seine Stadttouren, und in seinen Forderungen gab es kein Maßhalten mehr. Es sah aus, als habe er sich vorgenommen, das Ganze so rasch wie möglich zu ruinieren, jetzt, da er fühlte, daß er seine Stellung doch nicht würde behaupten können. Er hatte zwar das Gesetz auf seiner Seite, aber sie hatte das Gesinde für sich, es folgte nur ihr. Selbst wenn er anzuspannen befahl, sahen sie erst auf ihre Brotherrin, ob sie den Befehl guthieß.

Und die ganze Gemeinde hatte sie bei dem Kampf außerdem auf ihrer Seite. Er war ein Fremder, ein Schmarotzer; jetzt, da sie selber von ihm abrückte, wurde sie wieder aufgenommen, und man machte gemeinsame Sache mit ihr.

Seit Johannes sich in die Familie hineingedrängt hatte, war Karen nicht mehr mit ihren Söhnen in Verbindung gewesen; aber eines Sonntags kamen sie wie auf Verabredung alle drei heim. Leute aus der Gemeinde hatten sie darüber unterrichtet, wie die Dinge standen, und nun wollten sie die Mutter in dem, was sie vorhatte, gleichsam bestärken. Der Stiefvater war zu Hause, als sie kamen; aber sie grüßten ihn weder, noch sahen sie nach der Seite hin, wo er saß. Sie gingen in den Stuben herum und sprachen mit der Mutter, ganz so, als wäre kein Dritter zur Stelle. Es war deutlich zu sehen, daß es in ihm kochte, und sie hätten nichts gegen einen Anlaß gehabt, ihn durchzuprügeln.

Aber er bezwang sich, ging hinaus und ließ anspannen.

Karen saß da und stierte ihm nach, als er vom Hof wegfuhr. In dem Blick war nichts Krankhaftes, kein hündisch unnatürliches Hangen an etwas Jungem. Sie haßte ihn jetzt, mit dem ganzen Haß des Bauern gegen den, der zerstört. Die Söhne sahen das und wurden froh.

Dann hielten sie Rat. Das Vergangene ließen sie beiseite: es fiel den Söhnen nicht ein, mit ihrer Mutter ins Gericht zu gehen, und ebensowenig ihr, sich vor ihren Kindern zu rechtfertigen. Sie besprachen, was da kommen sollte und mußte. Das Gesetz hatte er auf seiner Seite, aber keiner konnte ihnen verbieten, ihm die Lage so unleidlich wie nur möglich zu machen. Eines Tages würde er sich dann schon vergehen, hitzig und rücksichtslos, wie er war, und dann galt es, zuzupacken. Es wurde bestimmt, daß die beiden jüngsten Söhne, die sich leicht frei machen konnten, heimziehen und bei der Mutter bleiben sollten. Es war nicht ratsam, sie mit allem allein zu lassen.

Johannes erfuhr nicht das geringste davon, bis er sie selbst dort herumwirtschaften sah, in Arbeitskleidern, jeder mit seiner Arbeit beschäftigt. Er bekam überhaupt nichts mehr zu erfahren, keiner fragte ihn nach seiner Meinung oder hielt es für nötig, ihn in irgendwelche Dinge einzuweihen. Er wurde von allem ausgeschlossen, war Luft – hier auf seinem eigenen Hof wie überall in der Gemeinde – und ging in einem Zustand verbissener Raserei umher. Und was half es, wenn er sich Luft machte? Keiner antwortete ihm, man hörte nicht einmal hin.

Einmal wurde er so wütend, weil er nie einer Antwort gewürdigt wurde, daß er auf Karen losfuhr und ihr einen Fußtritt versetzte. Aber auch da brachte er es nicht dazu, das Schweigen zu brechen. Ohne ein Wort nahmen ihn die Söhne mit auf die Dünen am Meer hinaus, westlich vom Hof. Dort banden sie ihn an einen Pfahl, der aus einem Stück durchlöcherten Treibholzes in den Dünen errichtet war, und gingen wieder an ihre Arbeit. Er fand sich ohne Widerstand darein; an dem Griff ihrer Hände hatte er gefühlt, wie willkommen es ihnen wäre, wenn er sich zur Wehr setzte.

Seitdem trieb er sich noch mehr draußen herum, blieb meistens über Nacht weg und ließ die Rechnungen nach dem Hof schicken. Und um diese konnte Karen nicht herumkommen. So ging die Zeit, bis sie ihr Kleines gebären sollte, hin, ohne daß sich etwas Entscheidendes ereignet hätte.

Die ganze Zeit, während Karen Bakkegaard im Kindbett lag, zeigte er sich überhaupt nicht, und keiner war böse darüber. Es war trotz ihrer starken Natur eine schwere Geburt für Karen gewesen, sie war zu hoch in den Jahren. Sie lag drei Wochen und brauchte so viel Ruhe, wie sie nur bekommen konnte. Erst als sie das Bett verließ, tauchte er wieder auf.

Sie war eben schlafen gegangen und lag mit dem Kleinen an der Brust, als er in Gesellschaft von ein paar Zechkumpanen auf den Hof polterte. Die beiden Bakkegaardssöhne waren gerade am Strand, um ein Boot höher aufs Land zu ziehen. Trotz seines Rausches merkte Johannes ganz gut, daß sie nicht zu Hause waren, und trampelte durch die Stube direkt zu Karens Schlafzimmer. Dort stand er in der Tür und schwankte, leichenblaß vom Zechen und vor Übernächtigung, widerlich anzusehen.

»Ich hab ein paar Kameraden mit«, sagte er und deutete mit der Hand in die Stube zurück, »steh auf und gib uns was zu beißen!«

Karen antwortete nicht, sondern sah ihn bloß verächtlich an.

»Kannst du nicht antworten?« fragte er aufgebracht. Dabei glitt ihm der Türgriff aus der Hand, und die Tür schlug zurück gegen die Wand. Er taumelte seitwärts ins Schlafzimmer hinein.

Karen lachte.

»Da will ich dir, zum Teufel, eine Tür geben, um darüber zu lachen!« brüllte er los, hob die Tür aus den Angeln und schleuderte sie zu ihr hinüber aufs Bett.

Karen wehrte den Stoß von dem Kind ab, indem sie Hände und Knie hob; ein Schrei entfuhr ihr.

»Na, jetzt kannst du doch endlich antworten!« höhnte er, lachte dröhnend und ahmte ihren Schrei nach. »Nun kannst du die Schnauze aufkriegen, was?«

In demselben Augenblick kamen die Söhne angehetzt; eine von den Mägden war zu ihnen an den Strand hinuntergelaufen. Es durchzuckte Johannes, als er sie sah; er hörte, wie seine beiden Zechgenossen draußen auf dem Hof bei dem Fuhrwerk herumtaumelten, und versuchte, zu ihnen hinauszukommen.

Aber die Söhne waren nicht gewillt, ihn so leichten Kaufes entschlüpfen zu lassen. Nun hatten sie ihn; wenn er diesmal den Hof verließ, mußte es für immer sein. Sie zogen ihm die Hosen aus, für den Fall, daß er versuchen sollte zu fliehen, und sperrten ihn in einer kleinen Steinhütte ein, in der die Fischergeräte aufbewahrt wurden. Einen Armvoll Heu kriegte er hinterhergeschmissen. Da saß er, während sie besprachen, was mit ihm geschehen solle.

Zwei Tage lang berieten sie, welches Verfahren das beste wäre; leicht war es nicht. Sie konnten ihn vor die Obrigkeit bringen und ihn wegen brutalen Betragens bestrafen lassen. Aber dann mußten sie sich immer mit ihm herumschleppen – einem Vorbestraften! Das beste war, ihn übers Wasser zu schaffen, den Weg, den so viele andere Schlechte gegangen waren, nach Amerika. Dann wurde er hereingeholt.

Viel Männliches war nicht mehr an ihm; er zitterte wie ein Hund, als sie ihn über den Hof führten. Karen sah es vom Schlafzimmer aus und wurde brennend rot vor Scham. So sah der aus, dem anzugehören sie alles beiseite geschoben hatte!

Johannes fiel auf, daß ein Wagen im Hof stand mit all seinem Kram darin, das Pferdegeschirr lag zu beiden Seiten der Deichsel. In der Stube drinnen sah es sehr feierlich aus, da lag ein Pack sorgfältig geordneter Banknoten auf dem Tisch – und ein Dokument; Feder und Tinte waren parat. Zum erstenmal in seinem Leben fühlte er sich verlassen und heimatlos, all seine Verwegenheit ließ ihn im Stich, ein Schluchzen brach aus seiner Kehle.

»Ja, Johannes, nun hat deine Stunde geschlagen«, erklärte der älteste Sohn finster. »Wir hätten dich vor Gericht bringen und bestrafen lassen können, aber wir haben es vorgezogen, das im guten zu ordnen. Hier auf diesem Papier steht, daß du deine Frau im Kindbett mißhandelt hast und daß du dich verpflichtest, das Land zu verlassen und nie an Karen Bakkegaard oder das Ihrige Ansprüche zu stellen – dafür, daß sie von einer Anklage absieht. Und hier sind tausend Kronen für dich als Reisegeld und um drüben in Gang zu kommen. Wir haben sie uns leihen müssen; was da war, hast du ja durchgebracht.« Er tauchte die Feder ein und reichte sie ihm hin.

Johannes nahm sie mit zitternder Hand und unterschrieb.

Dann standen sie einen Augenblick da, ohne einander anzusehen; Schweigen herrschte in der Stube. Es war, als ob die Stille fragte: Hast du noch irgendeinen Wunsch, Johannes? Jemand, von dem du gerne Abschied nehmen oder den du vielleicht um Verzeihung bitten möchtest? Aber Johannes äußerte keinen Wunsch; er hatte niemanden, der ihm nahestand. »Dann spannen wir an!« sagte der älteste Sohn und richtete sich auf.

Er fuhr selber mit Johannes in die Stadt und blieb dort, bis er ihn wohlbehalten an Bord wußte und das Schiff hatte aus dem Hafen gleiten sehen. Diese Sache mußte so gemacht werden, daß kein Weg zurückführte.

So kamen endlich ruhige Tage auf Bakkegaard.

Karen Bakkegaard ging zwischen Stube und Schlafkammer hin und her und machte Ordnung nach der Arbeit des Tages. Es war der siebente Geburtstag des kleinen Jürgen, und sie hatte Kinderbesuch gehabt. Nun lag er in dem breiten Bett und schlief ruhig mit allem Spielzeug im Arm. Eine Menge Sachen hatte er gekriegt, und im stillen fand Karen es unvernünftig, daß man in unseren Tagen den Kindern so vielerlei schenkte, bloß damit sie es in Stücke rissen. Besonders die erwachsenen Söhne kannten kein Maß; nichts war ihnen zu kostbar, wenn es Klein Jürgen galt.

Sie waren jetzt alle drei auswärts. Es war nicht möglich, sie daheim zu halten, obgleich der Hof die leitende Hand eines Mannes wohl hätte brauchen können. Es war gleichsam, als wollte der Hof sich nicht erholen nach all dem Schweren, das vor einigen Jahren auf ihm gelastet hatte.

Karen ging still und in Gedanken versunken umher – der Tag hatte ja Veranlassung genug gegeben, sich Gedanken zu machen. Es war doch wunderlich, zu denken, daß sie hier herumging und sich zu schaffen machte und dort der kleine Jürgen lag und schlief; aber derjenige, der ihrer beider Dasein aneinandergeknüpft hatte, schweifte wurzellos irgendwo in der Welt herum. Wo mochte er jetzt wohl sein, der arme Schlucker? Vielleicht im fremden Land umgekommen, vielleicht im Elend versunken? Leicht war er wohl nicht durchgekommen, er mit seinem Sinn.

Ja, was war das eigentlich mit seinem Sinn? Worin bestand denn, richtig gesehen, seine Schlechtigkeit, die alle als etwas betrachteten, das ein für allemal feststand – auch sie selber? Er und sie hatten nicht zueinander gepaßt, aber konnte er mehr dafür als sie? Sie war doch die ältere! Vielleicht konnte all das andere in seinem Wesen aus diesem einen erklärt werden. Was wußte sie von seiner Natur, wenn sie gerecht urteilen wollte – oder was wußten die anderen? Sie hatten keine Zeit gehabt, nach seinen Eigenschaften zu fragen; er war ein fremder Hund und *sollte* gejagt werden. Und da hatte er eben während der Hetzjagd um sich gebissen, hatte Böses mit Bösem vergolten. Karen kannte sich darin nicht mehr aus, sie hatte in den verflossenen Jahren zu viel gesehen und über zu vieles nachgedacht, um die Menschen einfach in gute und böse einzuteilen. Dreck war in jedem, also war auch wohl irgendein Gutes in jedem zu finden. Wenn man nun dabei geblieben wäre, sie selber zu jagen wegen des Schlechten in ihr und sie nicht wieder für gut aufgenommen hätte – was dann? Hätte sie auf die Dauer die gute Meinung der anderen entbehren können, ohne vor die Hunde zu gehen? Und sie hatte doch das, was man einen starken Charakter nennt.

Leid tat er ihr, besonders heute abend. Vielleicht war es der Wunsch, dem kleinen Jürgen einen ordentlichen Vater zu geben, der sie dazu brachte, Johannes in Schutz zu nehmen. Vieles war auch anders geworden in ihrer Erinnerung; die Zeit zerfrißt ja manche Farben in einem Bild und läßt dafür andere entstehen. Und dann kam noch dazu, daß das Meer sich rührte und unruhig wurde. Wenn es vor dem Sturm begann, zwischen den Steinen des Strandes heraufzubranden, mußte sie, wunderlich genug, immer an Johannes denken.

Sie starrte hinaus; der Mond schien, die Wolken jagten über ihn hin. Aber hier unten auf der Erde blies es jetzt noch nicht. Sie wollte sehen, ob der Knecht daheim war, so daß sie die große Reuse noch vor der Nacht bergen könnten. Sonst würde der Sturm sie vielleicht zerstören.

Sie stand und betrachtete den Jungen, während sie den Schal umband. Wie eine dunkle, dicke Kapuze lag das Haar dicht um seinen Kopf; und die Nase – nein, äußerlich schlug er keinem der Ihrigen nach. Und im Gemüt? Wie ein fremder Vogel, schwarz und spitzschnäblig, lief er auf dem Hof herum. Ein fremder Vogel, ja!

Sie hörte Schritte im Hof, meinte, es wäre der Knecht,

und ging, mit ihm zu reden. Als sie mitten in der Stube war, ergriff jemand die Türklinke, und ein fremder Mann trat auf die Schwelle; er war schlecht gekleidet und hatte ein dickes Tuch um den Hals. Karen mußte sich am Tisch festhalten. Sie stand wie versteinert da und konnte kein Wort herausbringen. Über ihre Hüften und die schweren Beine entlang bis hinunter zu den Füßen jagten heftige Zuckungen auf und nieder, wie fliegende Gicht.

Der Fremde sah sich wiedererkennend um, ging dann mit ausgestreckter Hand ein paar Schritte auf sie zu; er lächelte armselig. Karen rührte sich nicht. Da sank er am Tischende nieder, den Kopf auf die Arme gelegt. Verkommen sah er aus, so trostlos verkommen.

Karen Bakkegaard wußte nicht, was sie anfangen sollte. Irgend etwas trieb sie, hinzugehen und seinen zerzausten Kopf in ihre Hände zu nehmen, ihm ein gutes Wort zum Willkommen zu geben; aber die alte Angst hatte sie wieder erfaßt und hielt sie zurück. Das starke Weibsbild stand da und wußte weder aus noch ein. »Du bist wohl hungrig?« fragte sie endlich leise, ratlos. Er rührte sich nicht. Da ging sie hinaus in die Küche und begann Feuer im Herd zu machen.

Sie ging wie im Traum umher und rüstete alles zu, der Verstand stand ihr still. Was würde nun kommen, wie würde sich das entwickeln? Sie wagte nicht, sich damit zu beschäftigen. Er verlangte nach Nahrung, nach irgend etwas Gutem zum Essen, anderes wußte sie nicht. Als sie einmal von der Arbeit aufblickte, stand er in der Tür und betrachtete sie; der Bratenduft hatte ihn herausgelockt. Er sprach. Karen hörte, daß sie antwortete.

Aus seinen Worten ging hervor, daß er viel Not gelitten und wenig Glück gehabt hatte. Weit hinaus war er gekommen, nun war er wieder daheim, und das glich sich aus. Am Klang seiner Stimme war zu hören, daß das alles da draußen hinter ihm lag, jetzt war er im Hafen. »Wir sind doch Mann und Frau«, schloß er, »und das Verhältnis kann nur die Ehescheidung aufheben.«

Ja, gewiß waren sie richtige Eheleute, dumm war es gewesen mit dem Papier, das sie ihn damals hatten unterschreiben lassen, das wußte Karen gut. Verheiratet war verheiratet, bis die Obrigkeit es wieder ungültig machte. Und jetzt war er eben zurückgekommen und verlangte sein Recht, es war wieder ein Hausherr auf Bakkegaard. Wer wußte, was daraus werden würde! Na, es war viel Wasser ins Meer geflossen, seit er ausgezogen war. Vielleicht nahm jetzt alles eine günstige Wendung.

»Du willst wohl deinen Sohn sehen?« fragte sie, nahm die Lampe vom Stubentisch und ging ins Schlafzimmer voran. »Er wird heute sieben Jahre.«

Johannes beugte sich über ihn und strich ihm die Wangen. Der Junge erwachte und starrte ihn erschrocken an.

»Das ist Vater, der nach Hause gekommen ist«, sagte Karen, und ihre Stimme zitterte.

Der Junge lächelte. Er wollte aufstehen, und der Vater nahm ihn auf den Schoß, während Karen hinausging, um Kaffee zu kochen. Sie saßen auf der Bank und spielten. Johannes war immer noch ein richtiger Spaßmacher. Er stellte Verschiedenes vor, das kam und den Kleinen fressen wollte, und der Junge krümmte sich vor Lachen.

»Nicht so ungestüm«, mahnte Karen von draußen, »denk doch daran, daß er ein Kind ist.«

Richtig maßhalten konnte Johannes auch jetzt noch nicht, aber es war nett, zu wissen, daß er seinen Sprößling gern hatte. Ein Weilchen war es ruhig da drinnen, aber dann fingen sie wieder an. Diesmal klang Angst im Lachen des Jungen – jetzt wäre es wohl das beste, er käme ins Bett! Karen wollte nur den Kaffee noch einmal durchseihen.

Plötzlich hörte sie ihn heftig röcheln. Hastig kam sie in die Stube. Er lag auf der Bank und zappelte, blaurot im Gesicht, und versuchte, etwas herauszubrechen. Johannes saß da und feixte.

»Was hast du mit dem Jungen gemacht?« schrie sie, riß das Kind vornüber und steckte ihm den gekrümmten Finger in den Hals. Ein langer Priem kam heraus.

Johannes lachte dumm. »Ein Priem kann doch nicht viel schaden«, meinte er.

Karen schwieg und legte den Kleinen ins Bett. Mit festen und entschlossenen Schritten ging sie aus und ein; jetzt kannte sie ihren Weg.

Die Zukunft hatte ein wenig den Schleier gehoben und sie wachgerüttelt. Sie war nicht länger Fatalistin. Schon einmal war er weggeschickt worden, gründlich, hatten sie geglaubt; jetzt wollte sie versuchen, ihn so reisen zu lassen, daß er nie wiederkehrte.

Sie kam herein, den Überrock an und ein dickes Tuch um den Kopf. »Du hilfst mir wohl die Reuse bergen?« fragte sie. »Der Knecht ist nicht zu Hause.«

Sie holten ein paar Ruder aus der Steinhütte, in der er einmal eingesperrt gewesen war, und gingen über die Dünen hinunter; Karen trug die Ruder; er erbot sich auch gar nicht, sie zu nehmen. Sie machte das Boot los, hieß ihn, sich ins Vorderteil zu setzen, und ruderte selbst. Die See ging bereits hoch, aber Karen hatte gute Arme, und heute fühlte sie sich stark wie nie zuvor.

Dann waren sie draußen; Karen Bakkegaard bezeichnete die Stelle und hielt das Boot gegen den Wind, während Johannes die Reuse aufholte. Es war schwere Arbeit, und man sah ihm an, daß er sie nicht liebte; er schüttelte sich unwillig, wenn die See auf ihn einschlug. »Greif besser zu!« rief sie und legte sich mit aller Kraft in die Ruder.

Die Reuse begann sich im Wasser zu heben, das Schwerste stand bevor.

Johannes wandte ihr das Gesicht zu. »Allein krieg ich die nie ins Boot herauf«, schrie er, »du mußt mit anfassen!«

»Ein Kerl bist du immer noch nicht geworden«, antwortete Karen spottend. »Pack ordentlich an!«

Er beugte sich weit vornüber; in demselben Augenblick glitt das Boot unter ihm weg, und er stürzte kopfüber in die See. Das Boot wurde von Wind und Seegang rasch landwärts getrieben. Karen sah einen Arm über dem Wasser, darauf einen Fuß; dann stieß das Boot an Land, und sie hatte auf anderes zu achten. Sie holte das Boot ordentlich herauf, sicherte es außerdem mit einem kleinen Anker, den sie um einen verkrüppelten Baum legte, und trug dann die Ruder in den Geräteschuppen. Der Junge schlief, als sie hereinkam, aber er sah aus, als habe er geweint; in einem Mundwinkel stand schwarzer Schaum. Sie stand lange über ihn gebeugt, in Gedanken versunken.

Plötzlich schlug er die Augen auf und starrte erschrokken ins Zimmer hinein. »Wo ist der fremde Mann?« fragte er.

»Hier gibt's keinen fremden Mann«, erwiderte Karen freundlich, »das hast du nur geträumt. Leg dich hin und schlaf weiter!« Der Junge streckte den Kopf auf das Kissen und schlief wieder ein.

Am nächsten Tag trieb unterhalb von Bakkegaard eine Leiche an Land. Sie wurde als Johannes, Karen Bakkegaards mißratener Ehemann, erkannt.

Die Leute fanden, es sei ein seltsamer Zufall, daß er gerade hier an Land treiben mußte.

1918   *Übersetzt von Christian Döring*

Ausbruchsversuche

»Ich bin 1869 in Christianshavn – dem ältesten Arbeiterviertel Kopenhagens – geboren, im Hofgebäude, zuoberst
in einem dieser Hinterhäuser, von wo man nur Aussicht
auf den Himmel hat. Hat man aber ihn, ergibt sich alles
übrige von selbst. Rote Dächer können die Sonne wiedergeben und die Glut eines frisch angezündeten Gemüts an-
fachen, wie sonst nichts auf dieser Erde; und keine Macht
wird dann die endlose, öde Brandmauer mit ihren gewaltigen Feuchtflecken, die direkt vor dem Fenster sperrend
steht, hindern können, sich in eine phantastische, sonnenbeschienene Welt zu verwandeln.«

So beginnt die autobiographische Skizze *Jugendjahre*, die
Martin Andersen Nexö 1924 seinem Erzählungsband
Kinder der Zukunft programmatisch voranstellte. Da war er
allerdings dem dänischen Hinterhaus längst entwachsen,
hatte sich auf ausgedehnten Reisen an den Farben Spaniens
und Italiens berauscht, war Hirte, Schuster, Lehrer und
schließlich Schriftsteller geworden und lebte mittlerweile in
Deutschland, wo er statt der hemmenden Brandmauer den
weiten Bodensee vor Augen hatte. Seine wichtigsten Werke
– neben zahlreichen Erzählungen und dem Reisebuch
Sonnentage (1903) vor allem die beiden Romane *Pelle der
Eroberer* (1906/10) und *Ditte Menschenkind* (1917/21) –
waren bereits veröffentlicht; in den folgenden dreißig Jahren bis zu seinem Tod im Jahre 1954 zehrte der Autor im
wesentlichen von dem Erfolg dieser Werke.

Und doch geschieht dieser Rückblick auf die Kinder-
jahre trotz aller zeitlichen und räumlichen Distanz keineswegs zufällig und ist weit mehr als nur der Versuch, den
Lesern einen Einblick in seine Biographie zu verschaffen.

Der Rückblick beschwört noch einmal einen Zustand herauf, den sich Nexö zeit seines Lebens bewahrte und den er zu Recht als eine Grundlage seines literarischen Schaffens verstand.

Nexös Romane und Erzählungen beziehen ihr jeweiliges Thema und vor allem die Atmosphäre häufig aus der Kindheit und frühen Jugend des Autors. Immer wieder ist Bornholm, wo er seine Jugendjahre verlebte, Schauplatz der Erzählungen, auch wesentliche Teile des *Pelle*-Romans spielen auf der Insel, während die Armenviertel Kopenhagens den Hintergrund einiger Geschichten bilden, in deren Mittelpunkt Kinder stehen und deren Erzählperspektive häufig dem kindlichen Blick auf die Umgebung entspricht.

Besonders eindrucksvoll gelingt dieses Verfahren in der Erzählung *Das Glück vom Müllabladeplatz* aus dem Jahre 1902. Der Weg aus dem zwischen Friedhof und Schutthalde, zwischen Tod und Abfall gelegenen Elendsviertel in die vornehme Wohngegend der reichen Leute konfrontiert die beiden Jungen nicht nur mit verschiedenen sozialen Schichten, sondern auch mit unterschiedlichen Möglichkeiten des Broterwerbs, zwischen denen sie wählen müssen: Da ist die Arbeit der Mutter, die putzen geht und mit ihrem Lohn die fünfköpfige Familie ernährt; als weitere Möglichkeiten bleiben die Suche nach Verwertbarem im Abfall der Reichen, das Betteln und schließlich der Diebstahl, der hier noch vergleichsweise harmlos ein Hundehalsband zum Ziel hat. Dabei sind die sozialen Schichten keineswegs starr in Gut und Böse geschieden, eine Aufteilung, die in einem ausdrücklich als »Märchen« bezeichneten Text durchaus naheläge. Indem die Erzählung konsequent die Perspektive der Kinder einnimmt, steht nicht der soziale Gegensatz, nicht die mitleidige Gedankenlosigkeit der Reichen und das Elend der Armen, im Mittelpunkt der Geschichte, sondern der intensive, gemeinsam erlebte und ausgiebig diskutierte Tagtraum der Jungen:

»Peter hatte die Seegrasmatratze unter dem Bett hervorgezogen und für den Bruder und sich zurechtgemacht. Sie schmiegten sich eng aneinander, die Decke ganz über den Kopf gezogen, und hatten sich eine richtige Hütte gebaut, worin es rasch warm wurde. In dieser lauen Finsternis erzählten sie einander seltsame Geschichten, die dem Nichts entsprangen. Sie drückten bloß auf die geschlossenen Lider und öffneten die Augen wieder; dann traten strahlende Farbringe hervor, glitten ineinander und verschwanden wieder, und wo sie gewesen waren, stand eine ganze Geschichte von dem, was man sich am meisten wünschte.«

Die Parallele zur »öden Brandmauer« aus *Jugendjahre*, die sich »in eine phantastische, sonnenbeschienene Welt« verwandelt, ist unübersehbar. So wie Nexös Erinnerung an das Dachgeschoß im Arbeiterviertel schon im ersten Absatz des Textes um die Flucht in den Tagtraum bereichert und die ärmliche Umgebung in ihrer Bedeutung für das Kind relativiert wird, so ist den Erfahrungen der Jungen in der Außenwelt die Flucht in die Geborgenheit des Matratzenlagers als notwendige Entsprechung beigegeben. Und Peter, der mit seinen acht oder neun Jahren einiges aufgebürdet bekommt, verzweifelt im Verlauf der Geschichte erst dann, als er erleben muß, wie der institutionalisierte Fluchtraum, der Sonntagmorgen im Bett, in Gefahr gerät.

Dem zunächst nur gedanklichen Ausbruch der Jungen stehen im Werk Andersen Nexös viele tatsächliche zur Seite. Häufig sind es Kinder oder Jugendliche, deren Entwicklung bis zu dem Punkt verfolgt wird, an dem sie sich aus einer – meist familiären – bedrückenden Situation gewaltsam herausarbeiten, indem sie allmählich lernen, Widerstand zu leisten, oder einfach fliehen. Beispiele sind etwa Pelle, der im gleichnamigen Roman mit dem vielsagenden Beinamen »der Eroberer« auftritt, oder Thorvald aus dem Kurzroman *Die Familie Frank* (1901); der Knabe vom Meierhof, der später als *Der Hufschmied von*

307

Dyndeby (1899) bekannt wird, oder Heinz Gessert aus der Erzählung *Die Puppe* (1915).

In einer der schönsten Ausbruchsgeschichten Nexös nehmen Kinder allerdings nur eine Nebenrolle ein. *Die Zugvögel* (1904) schildert einen Tag im Leben zweier in die Jahre gekommener Lebenskünstler. König Nebukaneser und seine Malvina, die vor einer zunehmend unfreundlichen Welt in die Obhut der jeweiligen Armenhäuser entwichen sind, fliehen wiederum aus diesem Asyl, das für sie Sicherheit, aber auch strikte soziale Kontrolle bedeutet. Diese doppelte Flucht – zum einen in die durch keine Verantwortung begrenzte Freiheit, zum anderen in die Vertrautheit ihrer Liebesverbindung – gelingt nur zum Teil, und es gehört zum großen Verdienst des Autors, daß er die egoistische Verantwortungslosigkeit des alternden Pärchens deutlich macht, ohne den beiden seine Sympathie zu entziehen: Selbst in der bitteren Passage im Kinderzimmer des »Erbprinzen« steht die Verbundenheit der Eltern mit ihrem Sohn außer Zweifel, auch wenn sie von völliger Hilflosigkeit gezeichnet ist.

Der Ausflug der »Zugvögel« steht unter einer doppelten Spannung: der Diskrepanz zwischen dem fortgeschrittenen Alter und dem innerlichen Festhalten an der früheren Lebens- und Denkweise, aber auch zwischen Verantwortung und Freiheit. Daß die alten Mechanismen des Überlebenskampfes ihre Wirksamkeit eingebüßt haben, wird dem Paar schmerzlich auf ihrer Suche nach einer Tanz- und Trinkgelegenheit bewußt. Daß ihre jeweilige persönliche Glückssuche keinen Raum für die Verantwortung gegenüber dem anderen oder gar dem schutzlosen »Erbprinzen« läßt, verdeutlicht vor allem die Nacht auf dem Heuboden am Ende des gemeinsam verbrachten Tages.

Auch in dieser Erzählung vertieft ein Fluchttraum die Zeichnung der Figuren: »Diese Nacht träumte König Nebukaneser von den großen Steppen und dem Sternenhimmel. [...] Über seinem Haupt wanderte mit seiner ewigen

Musik der Weltenraum dahin. Er vernahm den unendlichen Klang der großen Nacht, und daher wußte er, daß
er allein war. Aber es machte ihm nichts aus.« Malvinas
Flucht, geträumt in der gleichen Nacht, am gleichen Ort
und in den Armen ihres Geliebten, geht in eine in jedem
Punkt gegensätzliche Richtung: »Malvina war in der ›Karaffe‹ und tanzte Haubenhenne. Sie hob während des Tanzes mit zierlichen Fingern die eine Seite des Rockes hoch
in die Höhe – denn darunter war gelbe Seide bis weit hinauf übers Knie.« Es ist bezeichnend, daß keiner der beiden
im Traum des anderen in Erscheinung tritt.

Während der Traum der »Zugvögel« ins Ungefähre geht
beziehungsweise einen kurzen Glücksmoment herbeizau-
bert, ist die Vision der Familie Munk in der Erzählung *Das
Paradies* (1911) als generationenübergreifendes Projekt auf
einen langen Zeitraum gerichtet: Das Tagelöhnerpaar, das,
»von der Glücksidee besessen«, voller Hoffnung und Ta-
tendrang antritt, eine Wildnis urbar zu machen und in ein
»Paradies« zu verwandeln, scheitert an der Natur. Ihr Sohn
Lars, der hellsichtig dieses Scheitern für das spätere Verhalten seiner Eltern und damit auch für sein Aufwachsen im
Armenhaus verantwortlich macht, hegt von Kindesbeinen
an den Traum, stellvertretend für seine Eltern deren Niederlage in einen Sieg umzuwandeln: »›Dann sollen die
Alten noch einmal Bauern werden und ihren eigenen Hof
bewirtschaften‹, sagte er. ›Ja, wenn es ihnen damals gelungen wäre … so wäre unsereins der Sohn eines Hofbauern
gewesen und alles hätte ein anderes Gesicht gehabt‹, setzte
er dann wohl hinzu. Man konnte an der Stimme hören, daß
ihm dieser Gedanke schon häufig durch den Kopf gegangen war.«

Der Tagtraum eines Kindes, das in großer Armut und
unter dem bis zu Handgreiflichkeiten gehenden Gezänk
der Eltern aufwächst, wird in der Erzählung nicht direkt geschildert – im Rückblick aber und angesichts der an-
schaulichen Szenen aus dem Armenhaus fällt es nicht

schwer, sich das Brüten Lars Munks auszumalen. Und man mag dem Erzähler nicht unbedingt zustimmen, der so überzeugt davon ist, Lars habe die Visitenkarte keineswegs absichtlich verloren. Die Gärtnerlehre im Gefängnis jedenfalls erweist sich als wichtiger Abschnitt im zähen Ringen um die Verwirklichung seines kindlichen Tagtraums, der nicht zuletzt die Vorzeichen seiner Geburt umdeuten soll: Aus dem sechsfingrigen Jungen, dem man einen Hang zum Diebstahl nachsagt, soll ein Mann werden, der über das entscheidende Gran mehr an Kraft verfügt – der sechste Finger als Symbol für eine die Beharrlichkeit der Eltern übersteigende Energie.

Deutlicher als früher klagt Andersen Nexö in *Das Paradies* die Ausbeutung, die unverschuldete Notlage der Armen an, ohne Lars und seine Eltern zu idealisieren. Diese Tendenz setzt sich in vielen seiner späteren Erzählungen fort und verstärkt sich gelegentlich so sehr, daß literarische Qualitäten gegenüber unmittelbarer Agitation in den Hintergrund treten. Andersen Nexö ergreift immer deutlicher Partei für die Benachteiligten, verstärkt die Tendenz seiner Texte und opfert häufig die schwebende Mehrdeutigkeit seiner frühen Werke einer deutlich ausgesprochenen Botschaft. Den Ausbruchsversuchen aber, die Nexös Gestalten von den ersten Texten an betreiben, begegnet man noch in den spätesten Erzählungen. Die Hindernisse, die sich ihnen in die Wege stellen, sind dann freilich andere oder werden deutlicher, manchmal überdeutlich markiert. Aber eines ist geblieben: Durch das gesamte Werk hindurch finden sich Menschen, deren Revolte, deren Aufbruchsenergie aus dem langgehegten Tagtraum eines Kindes zu stammen scheint, dem eine Brandmauer zur Projektionsfläche geworden ist.

Berlin, August 2000   *Tilman Spreckelsen*

Literarische Spaziergänge
mit Büchern und Autoren

Das Kundenmagazin der Aufbau-Verlage.
Kostenlos in Ihrer Buchhandlung

  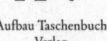 

Aufbau-Verlag   Rütten & Loening   Aufbau Taschenbuch Verlag   Gustav Kiepenheuer   Der >Audio< Verlag

Oder direkt: Aufbau-Verlag, Postfach 193, 10105 Berlin
e-Mail: marketing@aufbau-verlag.de
www.aufbau-taschenbuch.de

Für *glückliche* Ohren

ÜBER 6 MONATE PLATZ 1 DER HÖRBUCH-BESTSELLER-LISTE

Ob groß oder klein: Der Audio Verlag macht alle Ohren froh. Mit Stimmen, Themen und Autoren, die begeistern; mit Lesungen und Hörspielen, Features und Tondokumenten zum Genießen und Entdecken.

DER > AUDIO < VERLAG   D>A<V

Mehr hören. Mehr erleben.

Infos, Hörproben und Katalog: www.der-audio-verlag.de
Kostenloser Kundenprospekt: PF 193, 10105 Berlin

Martin Andersen Nexö
Pelle der Eroberer
Roman

Aus dem Dänischen
von Matilde Mann

2 Bände in Kassette
1309 Seiten
Band 5120
ISBN 3-7466-5120-4

»Pelle der Eroberer«, zwischen 1906 und 1911 entstanden,
gehört zu den unvergänglichen Werken der Weltliteratur.
Die Geschichte des jungen Pelle, die in diesem Roman so be-
wegend geschildert wird, ist zum Teil Martin Andersen
Nexös eigene Geschichte. Hier wie in allen seinen Werken
schöpft der große dänische Romancier und Erzähler aus
dem Reichtum erlebter Wirklichkeit.

A*t*V
Aufbau Taschenbuch Verlag

Martin Andersen Nexö

Sonnentage
Reisebilder
aus dem Süden

Aus dem Dänischen
von Karl Schodder
und Emilie Stein

320 Seiten
Band 6068
ISBN 3-7466-6068-8

Der angehende Dichter ist 25 Jahre alt, als er nach Italien und Spanien aufbricht, um in dem milden Mittelmeerklima eine Lungentuberkulose auszuheilen. Er besucht die berühmten Städte, erlebt die so oft beschworene Landschaft und beobachtet das Treiben der Bauern, Händler und Bettler. Sein Auge ist empfänglich für alle Farbnuancen des Südens, und sein Ohr erfreut sich an dem geräuschvollen Leben ringsum.

A*t*V
Aufbau Taschenbuch Verlag

Herman Bang
Ein herrlicher Tag
Erzählungen

Aus dem Dänischen übersetzt
Auswahl und Nachwort
vom Tilman Spreckelsen

464 Seiten
Band 6060
ISBN 3-7466-6060-2

»Sehen können … ja, das ist das ganze Geheimnis der Kunst«: Sein aufreibendes Leben in vielen Ländern und Städten, die exzentrischen Auftritte in Provinzpensionen und luxuriösen Salons, der Alltag in dürftigen Absteigen und lärmerfüllten Untermietszimmern, seine Lesereisen und fluchtartigen Aufbrüche lieferten Herman Bang die immer wiederkehrenden Szenerien seiner eindringlichen Erzählungen und Romane. Sie schärften seinen Blick für die Zwänge menschlichen Zusammenlebens vor allem in Ehe und Familie. Seine Gestalten sind stille Existenzen oder an den Rand gedrängte Wesen, aber auch Virtuosen und Artisten, die mit ihrem Erscheinen auf der Bühne des Lebens Verwirrung stiften und sich selbst aufopfern um eines längst verschollenen Ideals willen. Was Bang interessierte, sind die seelischen Vorgänge, die plötzlich an die Oberfläche treten und das ganze Ausmaß an Verletzungen und verlorener Hoffnung offenbaren.

A*t*V
Aufbau Taschenbuch Verlag

Victor Auburtin

Sündenfälle
Feuilletons

Herausgegeben
von Heinz Knobloch

380 Seiten
Band 6061
ISBN 3-7466-6061-0

Victor Auburtin (1870–1928), der Berliner Kritiker und Essayist, Lyriker und Dramatiker, war vor allem eins: Feuilletonist. Seine pointierten, witzig-ironischen Texte hatten einen festen Platz im *Berliner Tageblatt*, und manch einer las die Zeitung nur ihretwegen.

»Wer Auburtin nach einer gewissen Zeit wieder liest, wird völlig neue Seiten entdecken, bisher überlesene Gedanken und Bezüge. Sein Werk ist lebendig, weil es – obwohl für den Tag geschrieben – nicht von der Tagesaktualität verwischt werden kann. Es bietet unterrichtsreife Sprache, Zeitungsdeutsch im besten Sinne, präzise, einfach und poetisch. ... Auburtin war bei aller Resignation furchtlos und selbstbewußt durch seine innere Heiterkeit; er schrieb unbeirrt, um den Menschen aufgeschlossener und gütiger zu machen.«
Heinz Knobloch

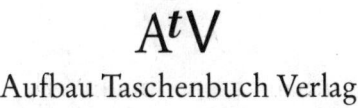

A*t*V
Aufbau Taschenbuch Verlag

Dorrit Willumsen

Ferientage
einer Katze

Aus dem Dänischen
von Ursula Gunsilius

Mit 12 Illustrationen
von Manfred Bofinger

94 Seiten. Gebunden
ISBN 3-378-00626-9

Ganz ehrlich: Hätten sie gewußt, daß Katzen französische Küche bevorzugen? Bio-Fraß hingegen ganz abscheulich finden?

Witzig und zweideutig ist Dorrit Willumsen in den Katzenalltag eingetaucht. Und wem ihre Lebensmaximen einer Katze noch nicht Verführung genug sind, der wird spätestens bei Manfred Bofingers Illustrationen begeistert aufmauzen.

Gustav Kiepenheuer Verlag

Donna W. Cross

Die Päpstin
Roman

Aus dem Amerikanischen
von Wolfgang Neuhaus

566 Seiten
Band 1400
ISBN 3-7466-1400-7

Johanna, ein junges Mädchen mit überragenden Geistes-
gaben, wächst im Frankenreich des 9. Jahrhunderts heran.
Als Tochter eines strenggläubigen Vaters und einer heidni-
schen Mutter gelingt ihr, was allen Mädchen im Mittelalter
verwehrt blieb: Sie erhält eine fundierte heilkundliche und
philosophische Ausbildung. Doch Johanna weiß, daß ihr als
Frau die letzten Tore der Weisheit verschlossen bleiben, ja
daß sie kaum überleben wird. Als Mönch verkleidet, tritt sie
zunächst ins Kloster Fulda ein und macht sich Jahre später
auf den Weg nach Rom. Dort gelangt sie als Leibarzt des
Papstes innerhalb kurzer Zeit zu großer Berühmtheit. Und
schließlich ist sie es selbst, die die Geschicke der katho-
lischen Kirche leitet: Als Papst Johannes Anglicus besteigt
sie den päpstlichen Thron.
  Donna Woolfolk Cross entwirft mit großer erzählerischer
Kraft die faszinierende Geschichte einer der außergewöhn-
lichsten Frauengestalten der abendländischen Geschichte:
das Leben der Johanna von Ingelheim, deren Existenz bis ins
17. Jahrhundert allgemein bekannt war und erst dann aus den
Manuskripten des Vatikans entfernt wurde.

Aufbau Taschenbuch Verlag